廓除疑云

—— 师旭平体育随笔选

师旭平 著

知识产权出版社
Intellectual Property Publishing House
全国百佳图书出版单位

责任编辑：刘睿　齐志　文茜　　　　责任校对：董志英
文字编辑：文茜　　　　　　　　　　责任出版：卢运霞

图书在版编目 CIP) 数据

廓除疑云——师旭平体育随笔选／师旭平著．—北京：知识产权出版社，
2013.6
　ISBN 978 - 7 - 5130 - 2053 - 4

　Ⅰ.①廓…　Ⅱ.①师…　Ⅲ.①随笔 - 作品集 - 中国 - 当代　Ⅳ.①I267.1
中国版本图书馆 CIP 数据核字（2013）第 096343 号

廓除疑云——师旭平体育随笔选
Kuochu Yiyun——Shixuping Tiyu Suibixuan

师旭平　著

出版发行：知识产权出版社
社　　址：北京市海淀区马甸南村 1 号　　　　邮　编：100088
网　　址：http://www.ipph.cn　　　　　　　邮　箱：bjb@cnipr.com
发行电话：010 - 82000860 转 8101/8102　　　传　真：010 - 82000893/82005070
责编电话：010 - 82000860 转 8113　　　　　　责编邮箱：liurui@cnipr.com
印　　刷：保定市中画美凯印刷有限公司　　　经　销：新华书店及相关销售网点
开　　本：720mm×1000mm　1/16　　　　　　印　张：22.75
版　　次：2013 年 6 月第一版　　　　　　　　印　次：2013 年 6 月第一次印刷
字　　数：321 千字　　　　　　　　　　　　定　价：48.00 元
ISBN 978 - 7 - 5130 - 2053 - 4

2004 年雅典奥运会拍摄《走希腊》。在迈都拉拍摄完修道院之后下山途中。

1. 小学五年级在北京电影学院院内一颗桃树前面。正是这一时期看了狄更斯的《匹克威克先生外传》。该书开头第一句话是："廓除疑云……"

2.1971～1976年，陆军第四师步兵第十一团特务连战士。摄于新疆阿克苏照相馆，寄给父母。当兵5年多，所拍照片不超过10张。

3. "赛诗会"，还是第七场？其实一场也没有。1975年年初，上级部门来拍摄反映连队文化活动的照片。我手里拿的不是诗，而是某农村兵从口袋里掏出的一封皱巴巴的家信，按拍摄要求要伸出手，略高于头顶，今天再看这张"摆拍"，尤为吃惊的是那时连队也有"革委会"，若非照片为证，我都难以相信。

4.1984年10月1日，为国庆35周年游行阅兵总指挥部录一套完整的游行和阅兵资料。为此在位于广场西侧的少先队方阵中撤下几个孩子，专门为我临时搭起一个面对天安门的摄像平台。

5.1982年7月，在新疆天山海拔4 500米的冰川拍摄地质夏令营，手持16mm摄影机。当时的新闻和专题节目都是用摄影机拍摄。不久摄像机取代了摄影机，16mm摄影机成为历史。

1. 1997年10月14日，在上海花园饭店采访时任国际奥委会主席萨马兰奇。

2. 1999年3月3日，在前国际足联主席阿维兰热家里拍摄。

3. 1999年3月8日，阿维兰热寄出的亲笔签名信。

Rio de Janeiro,
8th March 1999

Mr.
Shi Xuping
SPORTS CCTV
nº 11 Fuxing Road,
BEIJING China

Dear Mr. Xuping.

It was a pleasure for me to meet you at my Rio's office at 2nd and 3rd. March for an interview about my Presidency at FIFA.

Besides, you were curious to know my family and my ability as a businessman, and I hope you have had success in your survey, and that your program in China TV will be a press and public success.

Hope that you return trip back home has been happy, and that your press career will be a continuous and prosperous success.

With my best wishes and personal regards, believe me yours.

Sincerely,

João Havelange.

3

1.1996 年 6 月英格兰举行欧洲杯期间，在伦敦采访球王贝利。

2.1995 年 11 月，在拜仁慕尼黑俱乐部采访俱乐部主席贝肯鲍尔，中间是施拉普纳。此行还采访了俱乐部副主席鲁梅尼格，主教练雷哈格尔，以及马特乌斯、克林斯曼、法国球星帕潘等。

3.2000 年，施瓦辛格访华开展"中国特奥世纪行"活动，这是来央视参加《五环夜话》节目。

4.2002 年 8 月 10 日，在《五环夜话》节目中采访前世界重量级拳王霍利菲尔德。

5.1990 年 6 月意大利世界杯期间，和时任法国队主帅普拉蒂尼合影。

3

4

5

2006 年 12 月，多哈亚运会期间，何振梁先生由央视孙玉胜副台长陪同，参观央视在多哈的演播区。

1.2006年4月，在墨西哥米卢的私人农场品尝他最拿手的烤牛排。

2.2000年2月，在新西兰奥克兰市郊埃德蒙·希拉里的家里，采访这位人类历史上第一个登上珠峰的伟大登山家。

3.在《五环夜话》节目开始前和瓦尔德纳尔进行沟通。

1.2011 年 1 月，在北京采访前国家体育总局局长袁伟民。这一节目至今石沉大海，未能播出。难道是因为他建议逐步放弃举国体制吗？

2.1995 年，陈露夺得女子单人花样滑冰世界冠军后，做客央视《体育沙龙》。

3.2012 年 11 月，作为第八届北京国际体育电影周暨第 30 届米兰国际体育电影节的国际评委在观摩活动中和嘉宾许海峰交谈。

序　一

（大师）

张　斌

　　我必须承认，有的人的姓氏天然就具备优势，比如姓"师"，恰好又身材高大，面容俊朗，胡须浓密，得一"大师"绰号，岂不相得益彰，听着就无比舒坦，既象形，又表意，翻译成英文，竟然还能直接找到"master"这么好的词。姓"张"，显然差些意思，"大张"透着市井。姓"颜"，也没有优势的。至于姓"王"嘛，叫个"大王"，活像是在戏台上。

　　"大师"，专属于师旭平的称谓，一个较早年代的鲜明印记，我与那个时代不过也只有几年的交集而已。静心想来，师旭平——这个名字第一次被我知晓大约是在 1989 年或者更晚一年。那年景，电视里不断地播放着日本录像机的广告，各种字母和数字组合在一起，色彩斑斓的型号，看得让人眼红。录像带可是要命的东西，往往是用报纸裹了再裹，在高声吆喝和内涵丰富的眼神之间传递着。某一学长不知从何处觅得《豹妹》的录像带，居然在人民大学"800 人大教室"里卖票公映，做了一票漂亮生意，估计各色饭票收了不少。

　　时间已经模糊，场景也不太确定，甚至不敢判定是在"风波"的前还是后了，但人物至今记忆犹新。同学小强哥家境殷实，身边常有些稀罕物。一日，小强哥手中擒一未包装紧实的录像带踱到我面前："哥们儿，听说过这片子吗？《嘿！这才是足球》。"好新鲜！1988 年欧洲杯足球赛官方纪录片，那届大赛是我们大学四年间看到的第一场足球大赛，至今关于那届比赛的记忆还混杂着食堂午饭的味道，怪怪的。日后，在小强哥家里，我们一干自称是足球迷的同学们一遍遍地看着《嘿！这才是足球》，师旭平的名字在片尾滚动字幕中出现了。那些日子里，我开始盘算着，中央电视台体育部可是个太好的地方，走天涯，看尽大赛。那个录像带的图像时常还会出现闪动甚至断磁，但那就是我最初的电视启蒙，慢动作实在是负载情感的最佳方式，配上直指人心的音乐就算齐了，直至入行后很多年还在乐此不疲。那时候，我一直想，能编辑这片子的人得有多幸福！

1990年，我来到体育部实习，师旭平变成了"大师"，我听周边都这么叫着，但我提醒自己，那不是一个实习生该叫的，还是老老实实叫声"师老师"吧。想那时，大师正是一朵花的年纪，帅气中透着一分英气和半分痞气。那一年，意大利之夏刷新了我们关于世界杯赛的所有想象，开幕式看得令人窒息。不曾想到，自己一个学生还能为堂堂的CCTV报道作些小贡献。大约是那一年的春夏之交，忘记了什么因缘，我居然得到了大师的信任，他将世界杯前期节目——《通向罗马之路》中的一期英文稿子交给我来翻译。那可是天降大任的美妙感受，厚厚一叠打印的英文原稿装在讲究的黄色公文袋里，回到学校图书馆，恨不得所有同学都能看见我正在完成历史使命。如今，只记得每张纸上生词都不少，字典没少用，连滚带爬算是对付完了，真不知大师拿到我的译稿作何感想，是不是歪嘴还骂了一句。

23年前，亲临世界杯现场是令人艳羡至极的，大师果然去了意大利。回来的那个夏天，他的胸膛成为流动的展览会，一件件漂亮的世界杯T恤衫不重样地换着穿，再背上个有着世界杯标识的包包，那是何等的风光啊！外加在意大利之夏骄阳下晒成的焦糖色，活脱脱一个我的未来榜样！从大师身上我清晰地看到自己渴望获得的职业图景，只是那时我不敢有丝毫奢望，那扇大门对我长久地紧闭着。

几年辗转之后，我与大师终成同事。在我眼中，能拍出漂亮纪录片的大师干的是高级营生，我们则是粗糙的电视工人罢了。早先时代讲究作品，惟此才能安身立命，到了我等入行，大生产开始了，我们被产品淹没，反倒没了带几分个人色彩的看家本事。在产品的时代里，大师继续保有对于作品的个人追求，以我之见，1995年由其一手创建的《世界体育报道》深刻影响了中国体育电视表达方式的演进。虽然大师此前有不少作品已被选入教材，但是《世界体育报道》在体育频道元年之初连续播出四期大师在德国采访拍摄所得才是影响后世的最佳作品。如果我没有记错的话，该是《步步风流》《双雄会柏林》《绿茵豪门》和《老纳的旧章新篇》。就其精度而言，距离标准意义上的纪录片尚有小小距离，但是因为大师本人的驾驭与掌控，半小时的片子中的张力和空间都有了无限的拓展，这就是电视表达中的优劣之分吧。

从未有机会向大师当面讨教一二，看着片子去偷艺一两招着实困难，大师的风格就是他本性的映照，他的观察角度始终在跳跃之中，表达中的空间、场景和情绪的塑造力可以穿透屏幕感染多数人。我们与大师不是一代人，我等缺少生活磨砺，平坦的职业路线，始终不曾改变的学生腔调，而大师一代人的青春锤炼在更为宽广的世界里完成，因此那一代中国体育电视从业前辈们更江湖、更快意些。

电视中技术与技巧无数，但是观察与表达永远都是此行此业之根本，大师以一册职业生涯心血之作示人，恐怕也是在讲述着有关他自己观察与表达的历练之路。有些本领与生俱来，有些本领是要在完全参透之后才有所得。大师很多事情想明白了，做清楚了，而我们如今还在摸索之中。

此书我愿意常伴左右，我知道有些答案就在里面。

2013 年 5 月

序　二

（大师讲故事）

颜　强

我一直觉得，好的内容、好的故事，都会有生存和繁荣的空间。从事媒体这个行业，能说好故事，能说出打动人心故事的人，会在这个行业占据核心地位。

对于我们这些体育迷而言，好的体育故事，便是我们最初萌生兴趣的灵感源泉。能为大家开挖这种源泉的人，是为大师。

对于师旭平先生的最初印象，应该和中央电视台在20世纪90年代中期那段生机勃勃的媒体变革相关。那还是我的青葱岁月，对媒体行业一无所知，只是突然觉得央视的一些节目好看了：有了《东方时空》这种新视角、新语言方式的节目；有了一批出现在电视画面中、更接近观众也更接近新闻现场的新鲜面孔；有了体育节目中心这种将体育分门别类的媒体存在。

当央视体育频道逐渐在各个城市落地后，我的生活从周四开始逐渐被固化，我想我生命中收看电视节目最稳定的一段时光，应该是那几年。当年在电视画面上看到的师旭平先生，他的职业角色应该是一个出镜记者，但我总觉得他是一个说故事的人，用自己的视角，带领大家走进各种不同的国际体育世界，令我无限向往。

电视的叙述逻辑，如同师旭平先生在这本书中的分析，和文本讲述的逻辑完全不同。我们从小学习作文，多少都有着八股文般的起承转合，要按照文本的逻辑顺序去讲述，而那个年代观看师旭平先生参与的各种电视体育报道，不论是在大型赛事现场的报道，还是对阿维兰热的深度采访、驱车千里的十强赛之旅、在世界各地的体育故事探访，都能从细节镜头中感受到一些有趣的内容。许多故事的逻辑脉络，其实我已经记不清楚，可是那种新鲜有趣的感觉，长存于心。

电视的逻辑，在很多时候都是跳跃性的，甚至电视新闻留给人们的记忆，碎片化的痕迹会比较强，不过伴随着大师的视角，去到一些以往只能通过文本和少数图像了解的地方，又从一些细处，例如阿维兰热的肢体语言和表情，感受到内容无比丰富的体育世界，这样的走访，为我们打开了一扇通向体育的窗户。

体育就是文化，运动精神就是人文精神。很多年后，当我从事媒体这个行业，再回味起大师给我们启蒙的诸多作品时，逐渐悟出来这样的道理。电视新闻的逻辑，或许跟文本逻辑不同，然而人文追求、对个体的关注、深层的文化探寻，都是大师讲故事一以贯之的线索。

看过他的节目，你会觉得用"四肢发达、头脑简单"去歪曲体育是多么的无知可笑。

我第一次见到大师本人，应该是从事媒体行业 10 年左右了，虽然没能成熟，但那种偶像崇拜的紧张感少了许多。

当时我在编辑《全体育》杂志，大师在《体育人间》栏目做制片人。体育的人文表达，让我对大师这档新节目有着浓厚的兴趣，委托张斌兄询问，看大师这档节目的文字版能否在杂志上有所呈现。于是我们在恩菲大厦二楼的一个餐馆吃了顿饭，大师爽快地将栏目文字版本的刊发机会给了我。

在饭桌上，我暗自揣测着真人版大师和电视版大师的区别——最早在电视上，看到这个似乎永远剃不干净络腮胡子的大个、听到他那独特沙哑的嗓音，我总觉得这颠覆了《新闻联播》给我留下最早电视人形象的格式化概念。可是那个出镜的大师，便是我们最早收看体育专题节目时，最酷的纯爷们形象。络腮胡子的沧桑，是一种不修饰的硬朗挺拔，沙哑嗓音折射的是身临其境的工作状态和现场感。真人版的大师，沧桑感、职业感俱在，亲和力、优雅和幽默感，却是以往没能在电视画面上充分体会到的。

大师还是一位舞林高手，我这才听说，然后心里头很自然地回应了一句："果不其然"。

从初见大师，到大师终于将自己游历天下体育的一些故事集册成书，又过去了许多年。这些年，各种场合，见到大师次数非常多，虽然君子之交淡如水，但我不仅熟识了大师，更熟识了小师，辈份全乱了套。和大师论，只能称其大哥，我非常嫉恨这人怎么 20 多年就不见老；和小师称兄道弟，我多少又觉得有些吃亏……这大概就是大师在书中说的，电视无逻辑。

　　所以大师令我写序，我愧不敢当的同时，又欣欣窃喜。不久前读过马国力先生的一本文集，其中讲述了央视体育报道 20 多年的脉络。大师这本书的现场体验和各种经历，更以他极具个性的眼光，带我们进入了一个个永远不会重复、故事能无限延展的体育世界里。这当中汇聚的，不仅仅是一位超级资深媒体人对于 30 年天下体育故事的讲述，更有他独到的感悟和思想积淀。对于每一个体育媒体从业人员，我认为这是一本必读的业界精品，对于媒体行业从业者，这是难能可贵的教材。而且是有着大师讲故事风格的、优雅幽默的一本鲜活教材。The one and only.

2013 年 5 月

序　三

（大师拾零）

棋哥（王奇）

第一次听到师旭平的名字，是在中央电视台《新闻联播》的审看间，那是 1983 年年初。听到时任中央电视台副台长阮若琳表扬新闻联播组的编辑师旭平，说他能把《新闻联播》中的串联词导语、节目预告写得生动轻松。至于大师的文字有哪些特点，这本《廓除疑云》已经表现得很充分。

1983 年春天，我的同学艾民带着一台低档次的 VO－1800P 摄像机来中央电视台实习。照理说艾民的父亲是不久后出任广电部部长的艾知生，他想跟哪位电视大导实习都很容易，但是他跟的是 30 岁出头的师旭平。

用艾民这台一般电视记者不屑使用的低档机器，师旭平的第一部纪录片《早起的北京人》诞生了。播出后引起轰动，被赞为经典，直到今天。

那时我和师旭平都住单位附近的家属宿舍，为了节约家里的煤气，每天早晚他都要提着四个暖壶去广电部锅炉房打开水。我也是节约模范，自然属于锅炉房打开水一族。一来二去，经常碰面聊几句，从此开始了 30 年的交情。

1985 年春天，和大师第一次同时出国是前往欧洲，去瑞典哥德堡转播第 38 届世界乒乓球锦标赛。沿途风光、人文情怀、转播见闻等，本书首篇《北京—哥德堡往返拾零》已有详细交代。只缺最经典的一段：逛旧货市场。

那年月都穷，每月工资 50 来块，师旭平还要养儿子，孙正平也要养女儿。虽然出国算外事任务，但真没有几件像样的西装。在哥德堡我们发现一旧货市场，一件九成新二手西装也就 5 克朗，合人民币 30 多元。买！小哥儿几个一水笔挺的欧洲西装闪耀在世乒赛赛场。

那次中国队获得六项冠军，于是孙正平建议：和外国人交谈，在球馆里如实说自己是 Chinese，逛旧货市场可说自己是 Japanese 或 South Korean。

我们的青春就这么写意！

1988 年秋天，汉城奥运会后，师旭平拿出了体育音乐专题片《世界同唱一首歌》。这个表现汉城奥运会会歌、作者及演唱者的节目成为第二届国际体育电影电视节惟一获奖的中国电视节目。

这个节目给我印象特深，因为后期制作叠加字幕是在我的机房制作完成的。我觉得那个时候大师的纪录片是拍一部，成一部！无论《北京运动服装一瞥》，还是《消息来自广东》，或者《国庆趣话》，部部片子都极具影响力。

纪录片大家、时任中央电视台副台长的陈汉元当时在报上撰文猛夸师旭平的纪录片。有人纳闷：那么多年轻编导，没见你专门写文章夸过谁，为何偏偏要大赞他？陈汉元答："我一没抽过他一根烟，二没喝过他一口茶，我就是觉得他的片子好。"

这是实话。大师这人不太擅交际，认识他 30 年了，还真没抽过他一根烟（他也不吸烟）。倒是 1986 年在新疆举行的全国少数民族运动会上喝过他请的酒，啤酒而已。

1993 年秋天，申奥失利，我也离开了央视。但是和师旭平的交情没断，继续和师旭平做制片人的《世界体育报道》愉快地合作着。

1999 年春天，因陪同云南红塔足球俱乐部去巴西看望红塔少年足球队，恰好师旭平也要去巴西采访阿维兰热，于是我们再次同行出国，这次是南美。

2000 年 2 月，那时我已经混迹体育产业圈。美洲杯帆船赛赞助商邀请我去新西兰观看美洲杯，同时让我请师旭平带个摄制组做一期《世界体育报道》。

因为有交情，最重要的因为是做体育节目，师旭平满口答应，于是就有了第三次同行出国，直奔大洋洲。

大师这人"贼不走空"，不放过每一次拍摄机会，这一点我是特佩服。新西兰之行原计划做一期《世界体育报道》，结果做出了 5 期。除了反映美洲杯帆船赛的《发现美洲杯》上下集，还拍摄了介绍毛利人体育生活的《毛利轶事》上下集。最难得的是，专门到家里拍摄了世界第一位登上珠穆朗玛峰的新西兰登山家埃德蒙·希拉里，并作出一集《地球之巅上的风景》。无论是美洲杯还是毛利体育，或者是埃德蒙·希拉里，此前还没有中国记者采访过。

2009 年 12 月 29 日，我和师旭平参加了何振梁老先生 80 岁大寿晚宴。此时大师又先后拍摄了《走希腊》《奥运档案》《岁月纪事》……多部传播奥林匹克文化的经典体育纪录片。

晚宴上，大师说何老在 2008 年 2 月 26 日为中央电视台体育频道作讲座时说过的一句话"奥林匹克运动是以体育为载体的社会运动"，被当做 15 集鸿篇巨制《奥运档案》每一集的片头题记。不过，他加上了三个字："伟大的"。

2013 年春天，师旭平老师来电话，约我给他的书写个序。《廓除疑云》每一篇文章我都看了，非常精彩！篇篇都扣着这句话："奥林匹克运动是以体育为载体的伟大的社会运动。"

30 年体育活动的往事历历在目。我就不闲扯得太远了，读者们看大师的文字吧。

2013 年五一节

目　录

1. 北京—哥德堡往返拾零

　　为转播第 38 届世界乒乓球锦标赛，我们转播小组一行五人前往瑞典哥德堡，历时 24 天。

途经巴黎

　　巴黎时间 1985 年 3 月 20 日 7 点多，我们降落在举世闻名的戴高乐机场。

　　据说戴高乐本人对戴高乐机场的题词是"人间天上汇合处"。经过长时间飞行的人最能体会出这句话的含义。特别是如果你坐的飞机穿越了导弹横飞的伊朗和伊拉克上空，这句题词简直可以让你永生难忘。当巨大的波音 747 客机在机场停稳，舱门打开，我实实在在踏上陆地时，终于相信自己还在人间。

　　戴高乐机场真大！走进机场主建筑，感觉像走进了一座富丽无比的迷宫。有人说，除了机场管理人员，任何旅客无论在这里进出多少次，都很难了解机场主体建筑的全貌。这话不是夸张。

　　出机场后，头一个感觉是空气中那种浓烈的汽车排出的废气味，从这股气味便可知巴黎的汽车数量惊人。果然，坐出租汽车进市区，看见高速公路的六个车道上是六股汽车的洪流，每辆车的时速都在 100 公里以上。车虽多，却很安静，听不到汽车喇叭声，只有轮胎和路面沙沙的摩擦声，这一切使人充分感觉到一种现代社会的节奏。

　　进入市区，汽车更多。只要是马路，不论宽窄，两旁必定停满小汽车。留神看一下，法国车最多，其次是联邦德国、意大利、英国、瑞典、美国等国的车，日本车寥寥无几。这和北京到处都是日本汽车的情况大不相同。而且，相当多的车都有擦伤和碰伤的痕迹。据中国驻法国使馆的人介绍，巴黎大约有 400 万辆小汽车，几乎赶上北京自行车的数量。在这里，小汽车停靠或启动时互相擦碰是常事，也是小事，巴黎人并不计较。因为车确实太多，无论怎样小心，也难免蹭一下或碰一下。

法国距英国最近（与英国同在英伦三岛的爱尔兰除外），仅隔一条英吉利海峡。有意思的是，英语虽然风靡世界，却很难让近邻法兰西敞开大门。一位在法国留学的女孩告诉我们，法语在历史上曾有过类似今天英语这样的国际地位，但后来这一地位被英语取代。大概是一种爱国主义吧，当今法国人对英语普遍有抵触情绪，许多人不学英语，因而一点英语也不懂。也有的人虽然懂英语，但碰上讲英语的外国人时往往假装不懂，除非因工作需要必须讲英语的时候才讲。可是，如果一个外国人能讲一口流利的法语，情形就完全不同了，用法国人的话说："除了总统密室，哪儿都能去。"

也许是巴黎人见日本人见得多吧，我们有好几次被当做日本人。每当我们说明是中国人之后，对方总是流露出一种又惊又喜的表情。有一次，在等地铁列车的时候，我注意到在另一个站台上，有两个小伙子在等候开往另一个方向的列车。他们一个拿着小提琴，另一个拿着长笛，显然也注意到了我们这几个外国人，其中一个向我们高声喊道："Japan?"我们说："No, China!"两个小伙子立刻伸出大拇指，并当场取出乐器要为我们演奏。正在这时，列车来了，停在他们那个站台上。透过车窗，我看到他们上了车，挥手向我们告别。

由于在飞机上没有很好地休息，加上一时还不能适应巴黎与北京之间7小时的时差，所以，天虽刚擦黑，我们却感到好像熬到了后半夜，又累又困。我想洗个澡早点睡觉，却在浴盆里就睡着了。据解说员孙正平说，他见卫生间半天不出来人，连唤几声也没人应，立刻就想到了电视里出现过的巴黎街头凶案的镜头，于是一头冲进了卫生间……

人们赞美巴黎不是没有道理的，这里有保存完好的巴黎圣母院、卢浮宫、凡尔赛宫、凯旋门等法兰西古代文明的代表，也有埃菲尔铁塔、地下铁道、戴高乐机场、蓬皮杜文化中心等现代文明的杰作。巴黎是法国人给全世界的赠礼，是世界人民的无价之宝。可惜，我们在这里停留的时间太短，而这不应该是一个仅仅蜻蜓点水般路过的城市。

毕竟，我们的目的地不是巴黎，我们将继续向北，到瑞典去，到哥德堡去。

若纳当的话果然不错

在巴黎结识了一位法国朋友，叫若纳当。

若纳当30岁出头，曾在北京大学读书，虽是法国人，汉语却讲得蛮好。他告诉我："瑞典人非常热情、乐于助人，你一定会被邀请到他们家里做客的。"

我没有把若纳当的话告诉同伴，担心如果碰上了不热情的瑞典人，或者根本没人请我们做客，他们会讥笑："你那个法国朋友只会说好听的！"

真不愧是北欧！瑞典首都斯德哥尔摩白雪皑皑、冷风嗖嗖，天空满是阴云。

我们住宿的奥顿旅馆比较偏僻，要去市中心必须找人问路。一出门，碰上一位70来岁的老人，听了我们的询问，便自告奋勇地为我们带路。在繁华的市中心，老人像一位耐心的导游，详细地指点着广场、王宫和一家挨一家的超级市场。在书店，他帮助我们挑选有关乒乓球大赛的资料，前后耽误了个把小时。

我们以为这位老人是顺便给我们指路的，告别的时候才知道他和我们碰面时，正在回家的路上，现在还要回到奥顿旅馆门口，继续走他的路。

这是与我们打交道的第一位瑞典人。

王宫前面的湖里有成群的天鹅和野鸭，人们散步、谈天、与水鸟嬉戏……在王宫前面拍了几张照片之后，我又被一座宏伟的建筑吸引住了。这是什么地方？我向一位中年人请教。他说了一个瑞典词，我没懂，他又重复了几遍，我仍旧不明白。看他着急的样子，我有点不好意思，正想道谢告辞，忽见他像女高音独唱演员那样把手放在胸前，粗着嗓子唱了一个八度。我立刻明白了：歌剧院！为了表示我懂了，便学着他的样也来了个业余八度。一曲未了，我们俩都笑了。

这是与我个人打交道的第一位瑞典人。

一天不到，碰上了两位热心人，这，使我想起了若纳当的话。但我仍旧没有对同伴说什么，因为毕竟还没人请我们做客。

到斯德哥尔摩的当天，我们立刻打电话给瑞典电视台，通报我们的到来。接电话的是西西莉娅小姐。没想到的是，第二天，这位西西莉亚小姐来电话请我们到她家做客。

西西莉娅的家在一座公寓式楼房内，面积不算大，有一个客厅和一间卧室，厨房、卫生间设备齐全，所有房间全是木质地板，上面还铺有地毯。从图案上看，像是典型的中国新疆地毯。更令人惊讶的是，墙壁上和书柜里竟然有几幅中国字画和小摆设。房间一角摆着一架钢琴，似乎说明了主人的文化修养和生活品位。整个房间一尘不染。按瑞典人的标准，这是比较简朴的房间布置。种种迹象表明，这是一个单身女士的家。

西西莉娅个子挺高，并不年轻了，估计40岁上下。

主人十分热情好客。她请我们不要拘束，随便到房间各处转一转，她自己下厨房准备点心。当她在厨房忙活的时候，客厅里的电话铃响了，我正要起身去叫她，却听到她已经在厨房门口接上电话了。原来，厨房、卧室和客厅里用一个号码并联着三部电话，在哪儿都能随时打电话，真是太方便了。早听说欧洲国家电话十分普及，但没想到已经到了这种程度。

当我们品尝名贵的西班牙玫瑰酒和精美的瑞典点心的时候，主人拿出一把小剪刀，告诉我们，这是中国的张小泉剪刀，是她去年自费到中国旅游的时候买的，"非常好用"。

听说西西莉娅到过中国，我们的关系好像顿时近了一层，话题自然转到中国，当被问及访问中国最深的印象是什么，她稍一想，说："人多。"老实说，我本来以为她会说"风景很美""人民很友好"之类的套话，所以刚一听到她的回答时稍微愣了一下，但紧接着就明白这是没有受过"讲套话"训练而讲出的一句实实在在的话，热情的瑞典人显露出性格中直率的一面。

从西西莉娅家里出来，我故意挑起话头："若纳当的话果然不错。"

"他说什么？"

"他说瑞典人非常热情，一定会请我们到家里做客。怎么样，不是全应验了吗？"

文明、教养及其他

如果你要横穿马路，汽车会远远地开始减速，在离你几米的地方停下来，有时驾车人会向你挥挥手，示意你可以放心地过去……

如果你想看松鼠，不必去动物园。在居民住宅区的草坪上、树丛里，松鼠自由自在……

在繁华市区，鸽子在行人脚边不慌不忙地散步。奇怪的是，麻雀居然不怕人，我曾经几次在距麻雀1米左右的地方看着它们啄食。

"看来麻雀并不是天生怕人的，关键看人对它好不好。"一个同伴说，一副颇有收获的表情。

最使人感动的是瑞典观众的公正、热情和礼貌。

当瑞典乒乓球队和外国选手比赛的时候，瑞典观众希望自己的队获胜，为本国运动员欢呼、喝彩是很自然的。但是，当外国选手打出好球的时候，观众同样热烈鼓掌。中瑞男子团体争冠之战结束，中国队登上冠军奖台，全场观众长时间热烈鼓掌，向中国队表示祝贺。比赛之后，在街上碰到几个瑞典小伙子，其中一个用英语问："乒乓球队？"我们回答说是中国记者，那几个年轻人立即说："中国队好！好！"一个个伸出大拇指。瑞典人民有如此襟怀、如此文明气度，实在令人难忘。

当然，这可以看做瑞典人对来自中国的客人的一种礼貌。那么，瑞典人对当地华人的态度又如何呢？

"这个国家没有种族歧视！"84岁的老华侨刘万春先生十分肯定地说。

刘老先生是北京石景山田村人，11岁离家，25岁出洋，足迹遍及全球各个角落。20世纪40年代末，刘万春定居瑞典，开了个北京餐馆。他是黄种人，又是移民，对种族问题应该是深有体会、很有发言权的。

从我自己有限的见闻来看，瑞典人和外来的移民之间确实十分平等。我曾见到：黑人顾客在商店里和白人一样受到热情有礼的接待；我也曾看到：黑人全家悠然自得地在哥德堡街头散步。许多中餐馆的华人老板雇瑞典人当招待或跑堂，瑞典姑娘与其他人种结为夫妇也不罕见。中国驻瑞典使馆的一位二秘说，近几年瑞典接待了大量的越南难民，现在这些人已经取得了瑞典籍，在就业和生活上没有受到歧视。

4月7日是星期天，这一天哥德堡市的出租汽车忽然一辆也找不到了。西西莉娅小姐告诉我们，七天前，一位出租汽车司机被人杀死了。为了表示悼念，并提请政府和社会舆论关心出租汽车司机的人身安全，全市出租汽车司机罢工一天。西西莉娅并不讳言她的国家仍有暴力和凶杀，但她补充说："这种事情是很少见的。"

我想起刘万春老先生曾经说："在瑞典，吸毒有日益增长的趋势，会给社会风气带来不良影响。"

无疑，虽然瑞典是个文明程度很高的国家，但也有迫切需要解决的社会问题。

担架、储蓄和电视

中国驻瑞典大使馆的一位工作人员曾提醒说："参加大会的任何活动都要准时，瑞典人是很守时的。"

岂止是守时，我发现瑞典人执行规章制度太认真了，认真得有点缺乏灵活性。

中国队员范长茂途中患了病毒性感冒，一到瑞典，早有医生在机场等候。他们一定要用担架抬着范长茂出机场。范长茂一再表示完全可以自己走，但医生坚持说："病人一定要用担架抬，这是规定。"担架一出机场就直奔救护车，范长茂想乘中国乒乓球代表团的车，医生又说："病人要用救护车送，这是规定。"到了医院立刻就着手输液，范长茂说可以自己吃饭喝水，不必输液，结果，当然还是要按规定办。

中瑞两国不仅地理位置相距甚远，还因完全不同的社会发展史形成了差异很大的民族性格、社会观念和生活方式。这些差异处处都有体现。

拿储蓄来说，在中国，人们省吃俭用，把节余下来的钱存入银行。过去是为了应付大病小灾、红白喜事，现在更多的是为了买"几大件"。这一习惯根深蒂固，在瑞典的中国侨民也大都把钱存入银行，攒够了数，买汽车，买房子，一次付清。

瑞典人不同。他们家家有汽车和房子，但除了特别有钱的人家是一次性付清之外，一般都是向银行或自己供职的公司用分期付款的方式贷款买的。8年、10年，或者二三十年还清。

"瑞典人一次性付不起吗？"坐在刘万春老先生一次性付清12.5万瑞典克朗（约合1.3万美元）买来的沃尔沃汽车里，我们向他请教。

"付不起。瑞典人不存钱，有钱就出去旅游，花光了回来再挣，第二年再出去花。"

"中国人为什么不把钱花在观光旅游上，也分期付款买房子呢？"

"中国人在这儿90%是开餐馆的，都想攒点钱把餐馆搞得更红火。像扩大面积、内部翻修、更新设备，都要很多钱。手里有了点钱，就不愿意分期付款了，一方面分期付款总数比一次付清要多，另一方面大家都还有点儿要面子。"

在瑞典前后的近 20 天，作为一个电视记者，我自然十分注意观看瑞典的电视节目。

瑞典电视台是国有电视台，两套节目，播出时间不长，基本上都在晚上播出，到 10 点多结束。白天的节目很少，我只记得星期天上午看到过转播教堂里宗教仪式的实况。

从内容上看，主要是新闻、专题节目、体育节目和电影，和中国电视差不多。使我惊讶的是，许多瑞典人对看电视缺乏兴趣，这和中国的情况大不相同。

一位留学生说，中国人往往认为，在经济发达国家由于电视机普及，人们一定花大量时间看电视。其实不然。有一家刊物调查发现，经常看电视的人以儿童、老人和家庭妇女为主。那些受过较高文化教育又正值年富力强的人看电视的时间很有限，有些人看看新闻和体育节目，有些人什么都不看。调查显示，这些人正处在学知识或干工作的最佳年龄，在紧张的工作学习之余仍抓紧时间提高知识水平和业务能力，他们认为把宝贵的时间消磨在看电视上是得不偿失的。另外，录像机已在多数瑞典家庭普及，很多瑞典人想换换脑子休息一下的时候，可随时买或租自己喜欢的录像带来看。还有一点，众多的文化娱乐场所从电视机前吸引走大量的年轻人，像电影院、歌剧院、音乐厅、舞厅以及数不胜数的家庭舞会等。中国乒乓球队驻地附近的一家电影院每天都放映英国摄制的一部反映红色高棉残酷暴行的故事片《大屠杀》，观众全是青年。每逢星期五和星期六的晚上，几乎所有餐馆都办舞会，在各个舞厅和餐馆门前，全是等候入场的年轻人。花 35 瑞典克朗（约合 4 美元）买一张票，饮料费也包括在内了。在这里，交谊舞已经看不到了，青年们在震耳欲聋、节奏强烈的音乐声中，跳着随意性和自娱性很强的迪斯科舞。

在中国，电视受到亿万人的强烈关注，这是中国电视工作者的殊荣。但是，从另一个角度讲，这种对电视异乎寻常的关注是不是说明中国人普遍文化程度还不高、文化娱乐场所和设施还较少呢？

对报道者的报道

第 38 届世界乒乓球锦标赛的电视报道计划是我们行前在国内定的。

考虑到哥德堡和北京之间有七个小时的时差，团体决赛开始时正值北京时间晚上11点多，收视率恐怕不会高，于是我们决定不安排决赛的实况直播，而是在第二天播出录像。但到了瑞典之后，我们发现比赛非常精彩，不直播很可惜，因此决定争取实现实况直播。我们一面和瑞典电视台联系，以便得到他们的协作，一面往北京打长途电话，希望改录像播出为实况直播。据说徐寅生团长也为此打了电报。

有意思的是，最先知道确切消息的不是我们，而是一家报社的一位老记者。那天早上他碰到我们，开口就说："听说定了？"

"什么定了？"

"转播实况啊！我和报社通了长途电话，他们说电视节目已经预告了，今天晚上转播实况！"

对报社或通讯社的记者来说，电视转不转实况，直接影响他们的报道角度，这位老记者为了尽快得到确切的消息，以便决定报道角度，使出了舍近求远的一招。

新华社记者瞿麟是26位中国记者中最年长的一位，今年62岁，虽满头白发，但身体健硕。在体育馆里，他边看比赛，边用英文打字机撰稿。比赛结束，稿子也打完了。

中央人民广播电台记者张之是新中国第一位体育解说员。国内听众在世乒赛期间每天能听到他采写的稿子，却不知道他在采访外国运动员的时候是不需要翻译的。

最年轻的记者队伍是我们中央电视台转播小组，五个人平均年龄32岁。有好几次，我们被当成了留学生。我们虽然年轻，但也不是没有两下子。孙正平转播单项决赛的那天，从早上一直要解说到下午，连中午吃饭时间都没有。还好他未雨绸缪，吃早餐时从桌上拿了两个煮鸡蛋塞进了挎包。也许是比赛吸引了注意力，没有觉得饿；也许是忙于解说，顾不上吃，总之，鸡蛋一直没有动。转播结束时已是下午4点多钟，孙正平想吃煮鸡蛋了，他刚把手伸进挎包，很快又缩了回来，五个手指头上满是黏糊糊的蛋黄——两个半生不熟的鸡蛋不知什么时候碎了……

体育馆里灯光渐暗，我看到得胜的运动员捧着奖杯走出赛场。我想：国内观众这时都在有滋有味儿地谈论着比赛，但一定不知道，这时的解说员还饿着肚子在厕所里冲洗手上的蛋黄呢。

经苏黎世回国

4月7日下午，第38届世界乒乓球锦标赛闭幕式结束了。

次日一早，我们登上了飞往苏黎世的班机。从苏黎世，我们将转乘中国民航的飞机回国。

从瑞典到瑞士，飞机始终在厚厚的云层中穿行。实际上，我们在欧洲的20多天，每天都是在阴雨天中度过的。只是在哥德堡，碰到有一天出了两个小时的太阳。没想到进入瑞士领空，云层意外地渐渐稀薄，有时候很长一段距离没有云彩，阳光灿烂，天空湛蓝湛蓝的，俯视瑞士国土，雪山巍巍、草地融融、林海莽莽、湖水荡荡。听人介绍，在这个国家很难看到裸露的黄土，目力所及，遍地花草，这话看来并非妄言。瑞士以如诗如画的美景博得"世界花园"的美誉，据说它的风光可以和它的钟表齐名。尽管瑞士风光很美，苏黎世郊外尽是好景致，我离开时想的却是：如果再有机会到苏黎世来，首先不是来拍照片，而是要从中国带几张照片来，长城、黄山、三峡……或者李宁、郎平、江加良……谁的都行。我要去曾经住过的摩文匹克饭店，请饭店老板任选一张，来替换在这家饭店的中餐馆里赫然悬挂的一幅大照片，这幅照片给我的印象太深了：那是一个穿着旧军衣、顶着旧军帽、梳着"小刷子"、戴着红臂章、举着小红书的女红卫兵的大照片。

飞行约七个小时后，飞机在卡拉奇机场加油。4月上旬的卡拉奇，地面温度已近30℃。一出机舱，骄阳似火，热浪扑面而来，大家赶紧往有冷气的候机楼里去。

从卡拉奇起飞几个小时后，飞机便进入中国领空。此时正是黄昏，天边甩出万道霞光，透过舷窗向下看，霞光铺洒在黄土地上，气势雄浑，令人浮想联翩。这时候的祖国大地春意正浓，暖风拂面。可喜的是，这股暖风没有带来连绵不绝的阴雨；可惜的是，它将带来遮天蔽日的尘暴。

我们结束了雨中曲，我们将高唱大风歌，我想。

"北京机场的地面温度是16℃……"此时传来了乘务员的声音。

到家了。

（1985年5月）

2. 叫你干，你就应该会干
—— 在澳大利亚广播电台中文部主持体育节目

1990 年圣诞节前两天，澳大利亚广播电台（ABC）中文部惟一一位主持体育节目的记者王恩禧先生（台湾人）随中国"极地号"考察船去了南极。中文部负责人约翰·克朗（中文名字叫龙约翰）得知，中国中央电视台有一名体育记者正在澳大利亚国家电视台体育部接受培训，就打来电话，问是否可以临时借到中文部工作几个月，报道即将在澳大利亚珀斯市举行的第六届世界游泳锦标赛，并临时替王恩禧主持"世界体育"栏目。于是，圣诞节刚过，我搭上长途汽车，连夜从悉尼赶往墨尔本。在悉尼时，虽然也是在洋老板手下，但我的任务主要是"看"。这回不同了，我知道这回该洋老板"看"，而我要"干"了。

一夜昏沉沉，12 月 27 日早 7 点到了墨尔本，讲得一口流利中文的龙先生亲自开车来接，半路在咖啡店小饮之后，直驱澳广。

在中国，若请外单位来人工作，至少要管路费，并先要安排食宿。不知道澳大利亚是否有不同的接待习惯，或者仅仅是龙先生有如此做法，总之使我大感意外的是，到办公室后，他只字未提车费的事，甚至没问我是否有地方住。我刚一坐定，他就拿来几份新闻稿叫我翻译。好家伙，这就开始干啦?！我一阵愕然。再看那几篇稿子，全是多年前的旧闻。我明白了，这是例行的水平测验。虽然一夜未眠，脑袋里蒙蒙的，但是我知道，作为中央电视台第一个有机会到澳广工作的人，此时不能含糊。

强打精神头儿，译完几篇稿子，拿去给当天领班的一位资深女士（中国台湾地区移民）评估。评估的结论没跟我说，但我看到她在下一班领班先生的桌上留下一张纸，写着一行繁体汉字："體育記者師旭平可翻譯新聞和評論"。

接下来，就让我着手准备有关世界游泳锦标赛的资料。一会儿，又让我随一位先生（台湾人）去熟悉播音室环境，掌握录音机和调音台的操作方法。

"没有技师吗?"我十分惊讶。

"没有。播音的时候就你自己。你既是翻译，又是播音员；你既当节目主持人，又当技师。你不但要播音，还要负责放唱片、放录音带，并且还要调音。"

"来得及吗?"

"没问题，熟了就好了。"

他早"熟"了，我却不行，虽说使过多年电视编辑机的人操作录音机和电唱机并不难，但调音台上几十个按钮，乍一看，眼花缭乱，动错任何一个都不得了。为求快"熟"，我在播音室里又闷了好长时间。

下班了，我的行李箱还在龙约翰的车里，他真的不知道我还没有地方住吗?

"怎么，你没地方住?"听我说完之后，他一脸真诚的惊讶。

"从清早到这儿来，还没顾上找呢!"

"这儿有朋友吗?"

"有几个地址，但从没联系过。"

"你现在打电话，联系好之后，我送你去。"一句话倒叫我有几分感动。我想起刚才领我去播音室的那位先生说的，龙老板的工作方法就是这样简单："叫你干，就说明你应该会干。"表现在食宿问题上，龙老板的简单逻辑看来似乎是：你既然能来干，你当然就有地方住。

体育部一位同事的妹妹在墨尔本上大学，当晚，我就在她与人合租的房间的地毯上睡了一觉。由于旅途劳累，再加上紧张工作了一天，躺在地上一觉到天亮。

第二天，12月28日，更艰巨的任务来了。一上班，龙老板交代我，在12月31日晚上的体育节目当中，对1990年的国际体坛要作个回顾。这事应该不难，我至少亲自参加了意大利世界杯和北京亚运会这两项重大赛事的报道，对其他大事件，比如道格拉斯击败泰森、国际奥委会选定1996年奥运会举办城市等，也知道个大概。当然，要写成广播稿远远不够，要有许多精准的细节，比如，意大利世界杯赛平均每场进球数在历届世界杯赛中最少，但到底是几个？再比如，泰森是在几月几日、在第几回合中被击败的？在这之前，他曾经击倒道格拉斯，那是在第几回合？还有，国际奥委会东京会议是在几月几日通过美国亚特兰大市举办 1996 年奥运会的？第 11 届亚运会是规模最大的一届，但到底有多少运动员、多少记者、多少奖牌？……诸如此类的细节，只有查资料才能解决。

澳广中文部有来自中国大陆和香港台湾以及澳大利亚的中英文报刊不下 20 余种，甚至还有《中国电视报》，但全是近一两个月的，以前的呢？

"我们不保留资料，以前的都处理了。"几位先生、女士都这样说。

"那么做节目要查资料怎么办？"我心里有点发毛了。

"谁负责什么节目，都是平时自己留心收集。"

"我初来乍到，手头没有资料呀。"我说。

"没办法，这儿就是这样，叫你干，你就应该会干，至于你怎么会的、怎么干的，不过问。"

我心急如焚。

我知道在中央电视台有一个很大的资料室，有相当丰富的报刊资料，由专人负责保管和整理。我也知道，我 11 月到澳大利亚之前，体育部已组织了一班人马，着手编辑一个回顾 1990 年国际体坛大事的节目，他们不会面临我这样的困境。我突然心里一亮，能不能让他们把有关文字稿传真过来呢？

"OK，可以。"我把意图跟龙老板一说，他很爽快地答应了。

体育部副主任马国力接了我的电话，答应第二天一定传过来。

第二天是周六，休息日，但我必须赶来取这篇稿子。传过来的稿件字迹虽不大清楚，但作为提示和参考已经足够了。在节目当中我不但一一列举了一年间国际体坛的重大事件，而且还根据自己的看法，总结了 1990 年国际体育界的几个显著特点，这已经超过了龙老板所要求的。

节目播出后，龙老板把录音带拿去听。15 分钟的节目，却好像过了好长时间。他把录音带送回来时，眉开眼笑，说："不错啊，就是念得快了点儿，念慢一些就更好了，因为我们的广播是通过短波收听的。"

几个星期之后，当我发现龙老板实际上平时几乎很少有笑脸的时候，我才体会到，当时的眉开眼笑是多么不易！

（1991 年 4 月）

3. 北京、澳洲两访宋晓波

　　我送她走出澳大利亚广播电台的旋转门，来到停车场，互相握手道别之后，一直看她驾着她那辆鲜红的丰田小轿车离去。正转身往回走，一个澳广技术员走过来问我："这姑娘有多高？"

　　"182 公分。"

　　"是中国姑娘吗？"

　　"当然是。"

　　"我从来没有见过这么高的中国姑娘。她是干什么的？"

　　"她原来是中国国家女子篮球队的队长，现在是墨尔本一个篮球俱乐部的教练。她叫宋晓波。"

　　我和宋晓波不是第一次见面。实际上，在北京的时候，我们两家还是空军一个宿舍院里同楼居住的邻居呢。那是 20 多年前的事情了。我记得晓波家人包括她的父母亲和一个妹妹，给我印象最深的是她的父亲。父辈们都称他"大宋"。这位前空军篮球队的选手，一看便知是行伍出身。当时他大约 40 岁，身高接近 190 公分，宽肩厚胸短分头，腰板笔直，显得勇武无比，再加上满脸黑森森的络腮胡茬，让我们这些孩子望而生畏。晓波那时最多也就八九岁上下，时常看见她和一群年岁相仿的伙伴在篮球场上追逐疯跑。篮球场就在我们楼前，我们这些半大小子时常爱玩玩篮球，印象里晓波似乎从没摸过篮球，也许她还小，跟我们玩不到一起。总之，完全没有想到她日后竟成了中国女篮的领军人物。

　　1984 年 3 月，北京举行"国际女子篮球邀请赛"，波兰、日本、朝鲜、澳大利亚等国家派队前来。中国派出的是北京队、八一队、国家青年队和国家队。此时，宋晓波已是中国女篮的队长，而我作为中央电视台体育部的记者，参加了对这次邀请赛的报道。那天，在北京工人体育馆，中国女篮的一场比赛结束之后，队员们拿着衣服正陆续退场，我看准晓波，立刻走进场地，和她聊了起来。

记者为了采访到有价值的东西，需要尽快缩短和被采访者的距离，有时不免先套套近乎。我于是先提起那段"当过邻居"的往事，没想到效果并不理想，虽然街名、门牌号以及时间都不错，对她父亲的印象也足以说明我并非乱套近乎。但晓波说，她当时还小，对那个期间的事情印象不很深。她只是告诉我，她从 14 岁开始学篮球，先是在业余体校，后来进了中学生队，然后是北京一队。不到 17 岁，已经迈进了国家队的门槛。"去年在巴西，我们得了世界第三名，这是有史以来中国队的最好成绩。"她说。"那么这次邀请赛应该说是十拿九稳了？"我问。"问题不大吧。"晓波显得很有信心。

这应算是我和晓波第二次碰面，我记得当时那场比赛是中国队以大比数战胜了澳大利亚队。现在看来，它未必不是在澳大利亚再次相逢的征兆。

1990 年 11 月，我受澳大利亚广播公司（ABC）之邀，来到位于悉尼的电视台体育部进行工作培训。12 月下旬，我被临时借到设在墨尔本的澳广中文部工作几个月，主持对第六届世界游泳锦标赛的报道和每星期一次的《体育世界》栏目。

我的想法是，既然我的听众绝大部分在中国内地，我就应该除了介绍澳大利亚以及世界体育动态之外，还要介绍目前在澳大利亚的来自中国内地的著名体育人物，我第一个想到的是宋晓波。如果称她为"中国女篮第一人"，也许并不过分。在她担任队长期间，中国女子篮球队取得了历史上的最优异战绩，先是于 1983 年在巴西获得世界锦标赛第三名，接着在 1984 年夺得洛杉矶奥运会铜牌。1984 年，中国体育界公布了 40 名中华人民共和国成立 35 年来的最杰出选手，惟一榜上有名的女子篮球队员便是宋晓波。

我并不知道晓波的确切地址，于是就摊开厚厚的电话簿，翻到篮球俱乐部这一页，一个个俱乐部挨着问。

查询顺利。然后电话联系，约定采访时间。春节前的一天，她来了。

和七年前碰面时相比，已届 33 岁的晓波没有多大变化，如果说有什么不同的话，那便是更成熟了。除了仍保有运动员的朝气之外，还有一种成功的职业女性所特有的从内心世界到外部动作的劲道和力度。

晓波听说了中国女篮重新调整的消息，但并不确切知道具体人选，一进办公室，她就急着要看登有女篮新名单的报纸。

澳广中文部有许多中国内地与港台以及新加坡的报纸、杂志和图书资料。晓波一面翻着，一面说："还是看中文舒服，英文看着有点累。"

"你当初怎么想起到澳大利亚来的呢?"在录音间的 15 分钟采访一开始，我首先问道。

"在中国，很多优秀运动员退役之后都当了官，这个门对我也敞开着，但我对此没有兴趣，我喜爱篮球，退出来之后任过一段教练，这时候正好有个朋友告诉我说，澳大利亚很欣赏我们几个老队员的技术，愿意请我们来这里任教练兼打球。我当时想，这对我倒是个新的挑战，当时我还不到 30 岁，在国家队占着位置不合适了，但在澳大利亚打俱乐部没有问题。另外，我也早想好好学习英语了，这是个难得的好机会。"

晓波告诉我，自 1988 年 1 月来澳大利亚后，她也和每一个中国人一样，面临着工作、生活环境和语言上的巨大困难。有一段时间，她不得不出去打工，生活很艰苦，当然这都是过去的事了。现在，她在墨尔本的一个篮球俱乐部里任教练兼队员，生活安定、充实。

"现在还经常注意中国女篮的比赛成绩吗?"

"当然啦。不过，有些比赛，澳大利亚的电视和报纸不作报道，就不知道了。去年亚运会女篮决赛，这里的电视只播出了三分钟左右，短短一个片段，好像又是在最后时刻中国队输给了南朝鲜队。"

"当年你在国家队的时候，中澳交手，好像是中国队赢得多。"

"每场都胜，而且比分差距都挺大。"

"但现在澳大利亚队几乎每场都胜中国队。是中国队退步了，还是人家大幅度提高了呢?"

"是澳大利亚队进步了，她们过去的优势是身体好、强壮，但技术和战术比较粗。现在她们个人技术比以前好多了，所以整体实力就上来了。汉城奥运会上，得第四名，中国队是第六名。去年世界锦标赛澳大利亚的名次也比中国队好。"

"说起奥运会，明年在巴塞罗那，中国女篮前景如何?"

"这很难说，现在实力超出中国队的球队比我们那时要多，像美国、苏联、南斯拉夫、澳大利亚等，加拿大、古巴、捷克、保加利亚、南朝鲜也不比中国队弱。关键先要打好预选赛，取得资格。作为我，当然希望中国队能打出好成绩啦！"

随后，晓波谈了澳大利亚开展篮球活动的情况，并介绍了她的俱乐部。在篮球场上摸爬滚打近 20 年的人，谈起篮球来便会有说不完的话题。眼看时间不多了，我赶紧抛出最后一问："随着年龄增长，你总有一天会离开球场，你有什么想法吗？到时候干什么？"

"几年以后我准备改行做生意了。"显然晓波对下一步早有考虑。

"和中国做吗？"

"当然啦！"

访谈中，晓波说了好几次"当然啦"，这三个字最显她爽快的性格，还是十足的北京味儿。

（1991 年 4 月）

4. 如果闲下来，我就会生锈
——多明戈其人其事

普拉西多·多明戈被人们称为"歌剧之王"，他对体育的爱好也是有名的，他曾想当一名斗牛士。如果他当了，世界上虽然会多一名斗牛士，但肯定会少一位最伟大的歌唱家。

有三个词可以概括普拉西多·多明戈对生活和事业的态度，它们就是：向前、向前、向前。多明戈也许是有史以来最忙碌的歌唱家，但若不是被朱塞佩·伯蒂纳佐救了一命，那么，在全世界认识到他有一个金嗓子之前，他早已成了鲨鱼的美餐。1962 年，多明戈和妻子玛尔达在以色列特拉维夫的海滩游泳，也许是太尽兴，当他们觉得该回来的时候，已经无力游回岸边。退潮的海浪把他们卷向深海。伯蒂纳佐正好看到这一情形，便奋力游向他们。他首先一把抓住精疲力竭的玛尔达的长头发，不让她沉下去，同时以最大的嗓门呼救。喊声引来了远处的一条小船，救起了几乎奄奄一息的多明戈。

幸亏伯蒂纳佐是一名澳大利亚的男高音独唱家，若是普通人的嗓子，多明戈注定没救。

1990 年 9 月，这两个人的人生之路再次走到了一个交叉点。

此时的伯蒂纳佐担任设在珀斯市的西澳大利亚歌剧院艺术指导，而多明戈则在这一年 9 月初来到救命恩人的歌剧院演出。这是多明戈多年以前的心愿，他在 1983 年出版的自传《我一生的前 40 年》中写道："如果我能到澳大利亚演出，我当然要在珀斯举行首演式，然后才是悉尼和墨尔本。"

多明戈险些葬身鱼腹，这使他对体育的狂热兴趣略有收敛。他 14 岁时，信奉"再小的牛也比最大的狗大"的想法，幻想有一天成为一名斗牛士。但后来，"我打消这个念头，当了足球守门员。"多明戈说。

足球是多明戈永远的爱好。1990 年 9 月的澳大利亚之行，"多明戈惟一的要求是一台大屏幕电视，这样可以随时看到所有重要的足球赛。"保尔·霍吉斯说。霍吉斯是促成多明戈澳大利亚之行的国际管理集团的代表，负责安排多明戈的活动。

访澳之前，国际管理集团曾安排多明戈去欧洲演出，当时恰逢第 14 届世界杯足球赛在意大利如火如荼地进行，应多明戈的要求，许多场演出不得不仓促改期。

多明戈不允许演出日期对观看球赛有"太大的干扰"。1974 年第十届世界杯在西德举行时，他在汉堡。演出完歌剧《阿依达》，出来谢幕时，多明戈做了一个凌空怒射的姿势。初时观众愕然，但很快醒悟过来，掌声和笑声几乎爆棚。谢幕后，他来不及换掉戏装，匆匆抹去油彩，驱车直奔球场。同样是在这届大赛期间，多明戈在一出歌剧的演出中，唱到一句咏叹调"今晚 11 点有盛大演出"的时候，做了一个 4∶3 的手势代替原先的手势，以使观众了解西德队刚刚以 4∶3 击败瑞典队。

只有足球才使当今世界三位顶尖男高音歌唱家实现了史无前例的会师。1990 年世界杯决赛期间，普拉西多·多明戈、卢西亚诺·帕瓦罗蒂和何塞·卡雷拉斯会聚在罗马斗兽场，举行了被称为"凯旋音乐会"的盛大演出。

多明戈对足球的嗜好也曾使他面临险境，其危险程度不亚于那次差点儿淹死。那是 1972 年，在西德汉堡，由于晚上有演出，多明戈早早来到剧院，看到剧院工作人员在踢球，他就穿着拖鞋在旁边观看。

多明戈说："我无法抗拒想踢一脚的念头，球过来的时候，我拔脚劲射，但突然左脚一滑，我仰面朝天重重摔在地上。这是我一生中第二次想到死。"当天晚上的演出他照常上台，但却任何动作也不敢做，只好站着干唱。卧床三天之后，他又回到舞台，演唱歌剧《卡门》。这一摔，并没有减少他对足球的爱好。在多明戈自传的插图中，他最满意的一张照片是他搂着"英格兰足球先生"凯文·基岗的合影，照片的说明写着"两个兴高采烈的英雄"。

不言而喻，舞台上的多明戈和球场上的多明戈不可同日而语。他是歌唱家中的巨星、超级当中的超级，曾应邀到白金汉宫、白宫和克里姆林宫去唱咏叹调。1986 年，他在柏林创造了一项所有演出中的世界纪录：

在歌剧《奥赛罗》闭幕之后，他出场谢幕 103 次。

虽然帕瓦罗蒂更具商业上的感召力，而票房价值是按这个规律行事的，但是，多明戈是真正的歌剧之王。特别是许多角色，本来帕瓦罗蒂是可以成功扮演的，但他超常的体重和不便的行动能力使他受到了某种限制，此时更显出多明戈的光彩。他身高有 185 公分，皮肤黝黑，仪表堂堂。他是真正多才多艺的音乐家，弹一手好钢琴，能指挥大型交响乐团，并能在惊人的短时间内不经任何提示而正确理解角色。

"他有开放的头脑，外向的性格，兴趣广泛，"保尔·霍吉斯说，"他对外部世界的了解令人惊异，这使他能够成为出类拔萃的表演艺术家。"

他确实是非凡的演员。并非所有的歌唱家都能成为演员。美国导演弗兰克·柯萨洛曾经贬低歌唱家说："你如果要让一个歌唱家看上去好像是在思考，你必须先让他沿着无尽头的楼梯一直走下去。"这句话对多明戈就不合适了。英国著名演员劳伦斯·奥立佛爵士看完多明戈的《奥赛罗》之后说："他扮演的奥赛罗和我一样好，而他却有比我更好的嗓音。"

那是怎样的嗓音啊！庄严、高贵，像天鹅绒般柔和，还有那特有的比帕瓦罗蒂略显凝重的"红色"的西班牙式声调，人们说听他唱歌好像走到一个"擦得锃亮的巨大铜罩"里面，辉煌、雄浑，又那样温暖，感到心灵受到爱抚。他大概是目前活着的男高音歌唱家中，惟一能够在演完《奥赛罗》之后，立刻在《波西米亚》中扮演鲁道夫，并且把两个角色都演得很好的人。

有幸和多明戈配戏的女演员皆非等闲之辈。乔安·萨瑟兰、朱丽娅·麦金尼斯和米斯·佩吉等名字，都在世界最优秀女高音歌唱家之列。

"1971 年，我和多明戈在汉堡连续演出了八场《卢奇亚.迪·兰莫穆尔斯》，"澳大利亚的乔安·萨瑟兰说，"我庆幸仅仅是八场而不是九场，因为我再也唱不动了。上帝才知道他怎么有那么好的耐力。"

多明戈的夫人玛尔达说，多明戈精力过人到了如此程度：他在演出之后，通常要花很长时间吃夜宵或出席晚宴，凌晨 5 点睡觉，上午 11 点又开始排练了。"他的体力相当于一匹马。"玛尔达说。

多明戈这样说自己："如果闲下来，我就会生锈。"

多明戈每个月都要在各个大陆之间穿梭往来，很多同行的人觉得吃不消，他却不觉得精力和体力有什么消耗。他的记忆力惊人，精通 5 种语言，能够演唱 90 部歌剧中男主角所唱的 2 200 首歌曲。

多明戈真诚坦率、平易近人，可以很快消除和普通职员甚至和陌生人之间的距离。当他来到排练厅的时候，他向房间内的所有人作自我介绍。"我是说所有人，不光是指挥和名演员，"洛杉矶音乐中心歌剧院经理罗宾·汤普森说，"他使周围的人感到轻松舒适，这在大歌唱家中是不多见的。他为演员和每个工作人员安排生日聚会。他谦恭地向新来剧院的人询问姓名，并且很快便能记住。剧院里从歌唱家到清洁工，人人都敬慕他。"

多明戈 1941 年生于西班牙，父母是"扎兹维勒"（一种有对白和音乐的西班牙传统轻歌剧）艺人。1947 年，父母移居墨西哥，从此再没有回国。两年后，多明戈和姐姐一起来到了父母身边。青少年时期的多明戈在墨西哥城音乐学院学习声乐和钢琴，在接受广泛扎实的专业训练的同时，他也过早地得到了一位年轻的夫人，迅急的罗曼蒂克很快导致婚姻的到来和儿子何塞的降生。这是 1957 年，多明戈才 16 岁，他显然陷入了困境。"结婚意味着我的学校生活结束了，"他冷静地写道："因为我必须要找工作，养活妻儿和我自己。这使我过早地开始了歌唱生涯。"

在墨西哥歌剧院，他认识了他的第二任妻子玛尔达·奥涅拉斯，一位墨西哥女高音歌唱家。她为他放弃了自己的事业，而他为她奉献了全部的身心。他们一起到以色列国家歌剧院工作了两年，1965 年到纽约，两年后到维也纳，又过了一年，周游世界并确立了大歌唱家的地位。

多明戈和三个儿子始终保持着密切关系。大儿子何塞，34 岁；玛尔达生的普拉西多和阿尔瓦罗分别是 24 岁和 21 岁。自然，多明戈对足球的酷爱也影响着儿子，从孩子们小时候直到现在，父子经常一起踢球。多明戈在自传中承认他希望看到有一个儿子会成为歌剧演员："但却没有，除非他们热爱歌剧到了这样的程度：除了唱歌之外，什么都不干。"何塞的兴趣是摄影和摆弄声像设备，阿尔瓦罗在学习话剧，普拉西多喜爱作曲，期待着为百老汇歌舞剧写曲子。

多明戈的生活也有不幸。1985 年的墨西哥大地震，夺去他四个亲戚的生命。多明戈当时正在墨西哥城，地震后一连 12 天，他每天除了几个小时睡觉之外，其余时间都是和救援队一起挖废墟，寻找遇难者。后来，他又为救援工作筹集了 160 万美元。

多年来，帕瓦罗蒂和多明戈孰高孰低一直是个热门话题，更有人为促进两个人同台演出而积极活动。"与其说是人们都在期待，不如说是某些好事的记者一厢情愿。"多明戈在自传中写道。但霍吉斯不这样认为，他相信大多数人的确愿意看到他们两个人同时登台，即使不决高下，也是一件可以载入史册的盛事。霍吉斯说："我认为这场竞争会是健康的。从商业角度讲，帕瓦罗蒂是如此成功，有些人也许会有非议。我想多明戈如果也这样做，同样会有这种成功。"

有广泛的传言说，两位大歌唱家之间关系不睦。没有人否认这些传言，连他们自己也没有。不过，十年前有一件事也许能说明点儿什么。当帕瓦罗蒂的唱片公司称他是"世界上最伟大的男高音"之后，多明戈嘲笑说自己的对手只是"昙花一现的好小伙子"。

1986 年，多明戈在演出前一天突然宣布取消他在温布利的个人音乐会，无疑给这场争论火上浇油。他在一个电视采访节目中说，他不演出的原因是因为票价太贵了。但新闻很快指出，帕瓦罗蒂在伦敦举行的个人音乐会，票价也是同样贵，很快便售光了，而多明戈的票才卖出一半。这大概是取消演出的真正原因。

演出主办人杰弗里·克鲁日后来透露，多明戈要求付给他的演出费应该比帕瓦罗蒂多一块钱。由于取消演出，他失去了所有的钱，并被称为"歌剧界坏脾气的人。"

无论温布利风波的真相是什么，也无论两个超级明星之间到底有没有明争暗斗，如果把声音和动作结合起来比较，比较流行的看法是：多明戈是最杰出的演剧型男高音歌唱家。

谈到一般歌唱家都怕谈到的那个日子，也就是最终告别舞台的日子，50 岁的多明戈显得很轻松。他不畏惧这一天，也许他正在为这一天的到来做着准备，他兴许会当个指挥。"到那时候，"他说，"我也希望当剧院总经理，在洛杉矶艺术中心，我作为艺术顾问非常称职。我不能当音乐指导，因为我认为音乐指导必须天天到场。而我真正希望的是把自己整个奉献给歌剧院。"

"这一天迟早会来，也许是七年以后，也许是八年，但也可能是五年或十年，我不知道。"

告别舞台是否会难受呢？"是的，会非常难受。但我仍然会生活在剧院里，我喜欢剧院里那种家庭般的感觉，我永远属于它。"

（1991 年 7 月）

5. 直击 1992 年欧洲足球大战

第九届欧洲足球锦标赛结束了。此前还从来没有中国体育记者亲临欧锦赛现场直击采访。回顾在瑞典的 24 个日日夜夜，所见所闻令人难忘。

"希区柯克也不可能导演出更出人意料的结局！"

最该进球的范巴斯滕却没有射进原本应该是必进的一个点球！上届冠军荷兰队因此在半决赛输给了替补入围的丹麦队！

这一出人意料的败局，使荷兰队 64 岁的老教练米歇尔斯遗憾之余，想起了希区柯克。会见记者时，他用嘶哑的声音说："希区柯克也不可能导演出比这更出人意料的结局了！"

已故美国导演希区柯克是世界首屈一指的悬念电影大师。他的影片如《蝴蝶梦》《深闺疑云》等，无不悬念丛生、结局出人意料。如果把整个第九届欧洲足球锦标赛看做一部鸿篇巨制，那么用米歇尔斯这句形容丹、荷半决赛的话作为对离奇曲折、意外迭出的整个赛事的评价，是十分准确的。

意外！丹麦人闹出了最大的意外，他们制造了令所有人瞠目结舌的结局。

当早已在瑞典训练了好几天的南斯拉夫人被迫卷起铺盖回国的时候，丹麦人才匆匆集结。这时是 5 月 30 日，满打满算，距大赛开幕只有 11 天。6 月 5 日，我们转播小组一行四人到达斯德哥尔摩的时候，看到商店里出售的纪念品，如明信片、挂盘、T 恤衫等，仍旧有南斯拉夫国旗的图案；秩序册中仍旧有南斯拉夫队的比赛照片、队员介绍和球队战绩等；新闻中心电脑中几乎查不到丹麦队教练和队员的有关资料……11 天太短了，很多东西东道主还来不及更换，更别说对丹麦队而言，根本就等于完全没有准备期：主教练正在自家厨房里拆瓷砖、干装修；队员们有的在地中海度假，有的陪其他参赛队热身，比如守门员舒梅切尔。这就难怪为什么舆论不看好丹麦队，他们认为野心勃勃的南斯拉夫人缺席，实际上使这一小组的英格兰和法国成了最大赢家。

英、法自己也觉得占了便宜。

英、丹之战当天，我看到一家英国报纸引述球迷的话说："他们来了，安徒生童话中的玩具兵。"字里行间透着轻蔑。

法、丹之战，一名随队采访的法国电视台记者并不直接说出他对此战结果的预测，只含蓄地提醒我："丹麦人小组都没有出线。"这话意味深长：法国队八战八胜，是全胜出线的。要不是因为南斯拉夫被制裁，哪能轮到丹麦队？

法国队第二场以0:0逼和英格兰队，他们只守不攻，消极求和的踢法遭到广泛指责。对此，主教练普拉蒂尼会见记者时承认他以不输球为首要目的，其次才考虑使观众爱看。他保证："下一场法国队不会是这种踢法，将会使观众满意。"普拉蒂尼的策略是：平强敌英格兰，取弱旅丹麦。他认为有把握战胜丹麦。

丹麦人在首战平英格兰之后，实际上已显出自己绝非等闲之辈。这一点，只有法国队头号球星帕潘看出来了，他说："丹麦队太令人意外了。"帕潘的意思是他原来以为丹麦队不行，没想到还行。结果丹麦队小组赛平英格兰（0:0）、负瑞典（0:1）、胜法国（2:1），半决赛胜荷兰（点球7:6），决赛击败德国（2:0），一举夺魁。

丹麦队以替补身份仓促出战，却横扫欧洲诸强，这一前所未有的战例，被欧洲球评家称为"值得长时间回味的丹麦现象"。评论家们除指出技战术诸因素外，都毫无例外地提到心理因素。当欧洲诸强在赛前纷纷宣布"来瑞典当然是为了夺冠"的时候，丹麦人说："我们跟谁比都处于劣势。"这种想法使他们毫无思想负担。这种心理上的放松并不影响战术上的认真，丹麦人选择以"防守反击"为整个大赛期间的基本思路，针对不同对手、在不同时期又有不同侧重，终于获得令所有人备感意外的胜利。

由于新闻中心资料不足，赞助丹麦队的一家乳品公司赶印了一批材料，开幕式前放在新闻中心的桌子上由记者自取。内容包括队员介绍、丹麦队战绩和乳品公司的宣传材料，还有一张丹麦队"全家福"大彩照印成的明信片。有人翻翻就放下了，有人拿了一份。我一下子拿了十多份，主要是为了得到明信片。不用说，回国之后，当我把明信片送给同事和朋友时，引起了不止一次的欢呼。

四点印象

20 年来，专家、球迷在批评世界杯"鲜有惊人之处""缺少新东西"的同时，总是盛赞欧洲杯的成功。欧洲以其完善的竞赛制度和雄厚的经济实力压倒南美，成了当今世界足球最先进地区。欧洲诸强参加的欧洲杯，不仅水平不低于世界杯，在对世界足球发展的导向作用上甚至还要大于世界杯。采访第九届欧洲足球锦标赛，给我留下了几点最深的印象。

第一个最深的印象是，公平竞争的体育道德高于其他各洲。苏格兰队最是受到一致称赞。他们在两战两负，已经第一个被淘汰的情况下，以哀兵之师出战独联体队，兢兢业业地比赛，一往无前地进攻，终以 3∶0 击败从未战胜过的独联体队。这场比赛苏格兰队若再负，将使独联体队出线，德国队被淘汰。已经稳获另一小组第一名的瑞典队主教练斯文森，不看荷兰、德国这场世界冠军和欧洲冠军的角逐，却赶到诺列科辛观看苏格兰、独联体之战，因为他估计独联体队会以小组第二名出线，将和瑞典队在半决赛中相遇。苏格兰队的胜利，不仅使斯文森白跑一趟，也把瑞典队推到了世界冠军德国队的面前。然而斯文森却对苏格兰队高尚的体育道德表示敬意，认为这是最具体育精神的表现。

欧足联不但设立公平竞赛奖，而且有公平竞赛委员会严格监督评比。评比标准包括球员对对手、对裁判、对观众的行为，被出示红牌、黄牌的情况，场外指导和替补队员的表现以及本国球迷的表现等。欧洲杯的争夺最为激烈，但从上届开始，连续两届没有一张红牌，不能不说是提倡公平竞争的结果。看欧洲人踢球，虽然凶猛，但觉得是对球不对人，全心全意为比赛。

第二个印象最深之处是，超级球星孤掌难鸣。荷兰队在解决超级球星和全队关系方面最成功。来自 AC 米兰队的"三剑客"古力特、范·巴斯滕、里杰卡尔德都是超级球星，特别是范·巴斯滕，在 1991 ~ 1992 年意大利甲级联赛中，34 场比赛进 25 球，为最佳射手。但在本届大赛中，他却4场比赛1分未得。米歇尔斯主教练的副手、荷兰国家队教练扬·马克曾对我说："范·巴斯滕不会有什么进球机会，我们预先估计到了他被盯死，就让他起牵制作用，使博格坎普、罗伊和里杰卡尔德多射门，他们都是很优秀的射手。"

教训最大的应属法国队和英格兰队。他们过于依赖帕潘和莱因克尔。特别是法国队，自恃有欧洲最佳射手帕潘，几乎是有球就要让给他射。帕潘也的确不俗，在如此严密防守下，包揽了法国队全部两个进球。但法国队的其他球员呢？其他球员，比如坎通纳，哪怕进一个球，结果都将重新改写。

莱因克尔也是世界级射手，但已今不如昔。主教练泰勒对这一点反应迟钝，迟迟不用年轻气盛、技术拔尖的20号黑人选手戴利，仍旧把进球的希望寄托在莱因克尔身上。结果英格兰队在三场比赛中只有普拉特攻进一球，和独联体并列进球倒数第一。

上两届比赛，普拉蒂尼和范·巴斯滕分别以9个进球和5个进球高居榜首，对本队最终夺冠起了决定性作用。而本届比赛，球员最多进球数不过才3个，而且是4个人并列，分别是瑞典的布洛林、丹麦的拉尔森、德国的里德尔、荷兰的博格坎普。没有一人是原已享誉足坛的超级球星，也没有一人从此压倒别人成为新的超级球星。

印象最深的第三点是，本届比赛的防守比任何一届欧洲杯和世界杯都更加凶猛。防守不但是技术的运用，更是身体的运用，合理冲撞的动作更大、更猛，一些在中国人眼中属于犯规的动作在欧洲裁判的眼中是合理的，这就加剧了对抗，使比赛更具有刺激性，同时也导致更多的受伤。本届15场比赛中，受伤人数远远超出有52场比赛的世界杯。最严重的是丹麦队5号球员安德森，据在瑞典看到的报纸报道，大概是左膝部韧带断了，外加膝盖骨骨折，可能终生不能再踢球；另外，还有两名球员骨折。我记得头破血流满脸花，以至于不得不缝针的至少有5人。这些人多数是后卫，可见防守已达到奋不顾身的程度。

这么凶的防守，却从未见到报复行动。无论是绊倒还是踢伤，场上队员的表现给人的印象是：这就是足球，足球就是这么个踢法。这种对足球的理解和中国人相比，差距不小。

最后一点，是欧洲球员的个人技术令人刮目相看。"南美球员讲技术，欧洲球员重力量"的传统认识在前几届大赛中就已动摇了。这次，我更深深地感到，欧洲球员在保持充沛体力的基础上，个人技术绝对不亚于南美球员。德国队 8 号哈斯勒，丹麦队 11 号劳德鲁普、9 号鲍沃尔森，荷兰队 9 号范·巴斯滕，瑞典队 17 号达赫林，11 号布洛林等相当一批球员，脚下的"活儿"几乎达到了完美的程度，令人赏心悦目的盘带过人屡见不鲜。这种个人带球突破的技术，在中国只有当年的古广明偶有类似之作，现如今几近绝迹。

球迷之谜

全世界都认为英格兰球迷臭名远扬。我所见所闻却并不尽然。

6 月 14 日，我们乘火车去马尔默，转播英格兰队和法国队的比赛，一些英格兰、法国和瑞典球迷同车前往。路上，一个小伙子一路看书，快到马尔默了，他抬头看见我们挂着记者证，就主动和我们谈天。这小伙子 25 岁左右，身高超出 190 公分。我们问他是哪国人，他一指胸前印的阿森纳队队徽，爽快地说："英国人。"英格兰队每一个队员的情况他都了如指掌，并对主教练泰勒不重用戴利愤愤不平。他说，英格兰队出国赛球，他场场都到，是最坚定的支持者。快要下车了，他指了指路上看的书说："这本书写得很有意思，里面说，有一家英国报纸出钱雇了一群英国流氓闹事，砸商店、打群架。"

"是哪家报纸？"我问，觉得也很新鲜。"《太阳报》，专门登一些耸人听闻的社会新闻。""他们为什么要出钱雇人闹事呢？""这样他们就可以写出叫座的新闻来，报纸可以赚大钱。"小伙子边说边搓手指，做出数钞票的动作。

英格兰对法国和对瑞典的两场比赛，我都在现场。老实说，我没看出英格兰球迷和别国球迷有什么两样。他们都喝酒，而且酒量都不行，一两瓶啤酒下肚脑子就犯糊涂（几个来自北京的厨师自豪地告诉我，欧洲人看见他们成箱地喝啤酒，惊得目瞪口呆。）他们都在脸上涂国旗，穿印有国旗的 T 恤衫和短裤，都扯着喉咙唱歌，喝多一点的就狂吼乱叫。他们都狂热地希望本国队取胜，输球后都茫然若失，或更多地喝啤酒，或流泪，或沉默。

转播完瑞典队以 2∶1 战胜英格兰队的那场比赛，我们坐火车回旅馆。同车挤满了球迷，多数是瑞典人，少数是英国人。此战结果，瑞典队获小组第一，英格兰队被淘汰。一路上兴奋异常的瑞典球迷扯着嗓子喊，不知谁开了个头，唱起了《一路平安》，就是那首英国曲子，但歌词完全改了，只有一句"Say good bye to England!"（再见！英格兰！）翻来覆去地唱，以这种方式嘲笑英格兰队终于打道回府。英格兰球迷默默地忍受这种挑衅，在车厢里全副武装的瑞典警察的注视下，只偶尔互相轻轻交谈几句，那样子让人忘记了英格兰球迷的恶名。

只有置身欧洲赛场、置身欧洲球迷之中，才能体会为什么欧洲人认为"没有球迷就没有足球"。欧洲足球场入场时的检查很严，但你进了场，在看台上怎么吼怎么唱，就不管你了。在场内场外的特定位置上，到处是提着警棍、牵着狼狗的警察，但在看台上，却绝对没人干涉你，那是球迷的天地，欢乐、愤怒、忧伤，你尽情地发泄，只要不打、不砸，干什么都行。当全场几万球迷以强有力的节奏吼出一支啦啦歌的时候，那感觉和听到"××队，加油！""加油，××队！"是不可同日而语的。连我们这些局外人都激动，都跃跃欲试，都和着节奏拍手，都扯着嗓子跟着唱，球员能不兴奋吗?!

边吃边聊

在斯德哥尔摩我们常去一家中餐馆吃饭，老板两口子 30 多岁，浙江青田人。20 世纪 80 年代初期，青田农民到欧洲打工成风潮，基本路径是从南斯拉夫、匈牙利、罗马尼亚等国入境（好办签证），再偷渡到奥地利、法国、西班牙、意大利及北欧国家（好挣钱）。这二位是从南斯拉夫来的，辛苦几年，站稳了脚跟，陆续带出三亲六戚，还给家乡捐钱建了祠堂。

"三年前我家餐馆还上过报呢。"某日，老板娘拿出一份报纸，指着一篇文章。是《斯德哥尔摩晨报》，文章占 1/4 版，还有图片。"一个瑞典记者写的，他来吃饭，感觉菜做得不错，服务也挺好，回去就写了这个。"

"对生意有帮助？"

"确实有人说是看了报纸特意过来的，"老板娘接着说，"后来我们想请这个记者吃饭，表示感谢嘛，人之常情啊。可他怎么也不肯来。"

"为什么？"

"他说，他不能让别人产生误解，觉得是因为吃了我们的饭，就写文章给我们说好话。"

这事让我印象深刻的原因是因为此时国内新闻界正在大力开展"职业道德"教育、发誓杜绝"有偿新闻"之类。

决赛前一天傍晚，十来个中国记者在哥德堡边吃饭边聊天，记得有央视的孙正平和广东台的王泰兴，有《足球报》的老严，还有老严请的一位专家。

我是"人种有别"论者，相信不同人种在不同体育项目上各有优势，我认为就足球而言，黄种人因身体条件所限属于最不适合踢足球的人种，当然出一两个尖子球员或者有些场次超水平发挥是有可能的。此论一出，有附和的，有没说话的，老严请的专家表示反对。

"不能这么说，汉城奥运会我们跟西德队交手，克林斯曼、哈斯勒都在场上，他们打我们也并不轻松。"

那时还没有国奥队一说，国际足联为了维护世界杯的权威和水准，规定欧洲、南美的足球强国的奥运队不能有踢过世界杯的选手，但亚洲国家不受此限。在汉城，实际上是中国国家队对阵一帮没有世界杯经历的西德年轻职业球员，结果是 0 : 3 负。我以为专家忘了这个比分，立刻提醒。

"我知道，"他说，"我们前 60 分钟没有丢球。"

"可足球比赛是 90 分钟，你能扛住前 60 分钟，有什么用啊？后 30 分钟丢仨球，不正好说明我的观点没错吗？"

专家没再说话。他绝非冒牌，而是 20 世纪六七十年代的国脚，曾经的国家队教练组成员。正因为他是真专家，"前 60 分钟没丢球"的说法更让我觉得匪夷所思。

（1992 年 8 月）

6. 巴塞罗那海滩，你好随便

"真带劲儿！忽然之间，你又能看见姑娘们的腿了。"

这是十年前一位美国记者写的一篇报道的第一句话。文章说的是北京发生了服装巨变，姑娘们几乎是一夜之间纷纷脱去长裤，穿上了裙子。当我在巴塞罗那海滩接二连三地迎面和赤裸上身的女郎擦肩而过之后，不知怎么想起了美国记者这句话。显然我看到的不止是腿。带劲儿吗？当然是，却又不仅仅是。那是什么感觉呢？

1992年，第25届奥运会期间的巴塞罗那正值一年中最酷热季节。大赛之前，我抽空去游了几次泳。

巴塞罗那濒临地中海，有多处浴场。我去的这处位于巴达罗那区，离记者村最近，半小时公共汽车可到。

早上八九点钟去最好。不晒，人少，水最清。一夜清净之后沙子都沉淀在水底。远看水天一色，蓝蓝的。掬一捧水，竟无一星杂质，清清的。游出百十米开外，水深虽达四五米，水底的沙子照样清晰可见。

西班牙人晚睡晚起。10点后，人会渐渐多起来。这里没有那种只供高官显要享用的特殊浴场。奥运会期间，除了把紧靠运动员村的一块浴场隔离出来专供各国运动员使用外，其他地方照常对寻常百姓开放。

早来的，可以挑一处离海近些的地方，大浴巾往沙滩上一铺，或脱衣下水，或先躺下晒，晒完后背晒肚皮。来晚的往往见缝插针，在密密麻麻的人中间找一处能铺开浴巾的地方。结果是，谁都有可能与素不相识的异性躺得相当近。

第一次去海滨，我就碰到这种情况。时近正午，沙滩几乎爆满，仍不断有人来。两个20岁左右的姑娘见我右边有空儿，就走过来，摊开浴巾，大大方方脱圆领衫和裙子。

在我这位置，此时不往右看多半儿是傻瓜。但如果"向右看齐"般扭着脖子死盯着看，那更是傻瓜。我注意到稍远处有几位男士注视着这个方向，不过他们距离较远，不算超过礼貌所允许的限度。我离两位小姐太近，况又深谙东方文明矜持、含蓄之道，只好断续着看，看时假装是看别处顺便扫一眼，不看时其实是用余光在看。

两位小姐相当标致，可以说从脖颈到脚踝各部俱优。尤其皮肤光润柔滑，是那种在西方最时髦的深古铜色，一望便知是浴场常客。她们脱下衣裙，露出早已穿在身上的窄小的"三点式"，然后从容除下"两点"，在脖颈、前胸、后背、胳膊和腿上细细抹防晒油。抹完后，并不恢复"两点"，其中一个下水游泳，另一个坦然躺下晒太阳。

"我往右边滚一个滚儿，肯定滚到那小姐儿身上。"我看到同去的老L对我羡慕至极，就故意说给他听。他在我左侧，紧挨一对60多岁老夫妻。老汉浓密的棕色胸毛一直长到下巴，和胡子连成一片。胖胖的老妇穿着"三点式"，间或还除去"两点"，让更多皮肤曝光。但老L说："不具观赏价值。"两位小姐的到来使他再不"左顾"，只是频频"右盼"。

游了几次泳之后，我发现其实没有人来海滨是为了观赏别人或让别人观赏。大家只是自顾自地游泳，自顾自地玩儿。别人穿什么不穿什么，全属正常。姑娘们不管穿哪款泳装，所表现出来的那种从容大方、那种坦然随便，以及男士们的熟视无睹，使你觉得在海滩上不管穿什么都是自然而然、天经地义的。

实际上，巴塞罗那海滨的泳装确实随便。男士们不论长幼，大都穿花花绿绿、长及膝盖的沙滩裤，窄小的紧身泳裤难得一见。女士泳装五花八门，既有中国妇女普遍穿用的那种旧款式，也有最新款式的比基尼，无上装者也绝不少见。全家来的，祖母、母亲在儿孙面前穿"一点式"，或女儿、媳妇、姐妹在父辈、兄弟面前无上装的也常有。惟一没有的，是在国内海滨浴场时有所见的那种穿皮鞋西裤、一看就知不打算游泳、只是拎个相机到处东张西望的人。

巴塞罗那海滩难得见到有带相机的人。只有少数游泳者带了。一对青年男女把相机递给我，请我给他们照两张合影。女孩儿只穿着"一点"，依偎在情人的臂膀中，匀称的身材让人觉得不练也够健美。

说起健美，不由得想起几年前在深圳，女选手第一次按国际惯例穿比基尼泳装赛健美，引得国内数百记者趋之若鹜。黑龙江、甘肃这么远的地方都有人不远万里南下一睹"三点式"。巴塞罗那看来早度过了这一时期。也许这个城市的历史上根本就没有这么一个时期也未可知。巴塞罗那人坦言是古希腊入侵者建立了这座城市。以人体为美的古希腊文明浪漫恣意的特质想必渗入了巴塞罗那文化。2 000多年前，古希腊建筑师们就在巴塞罗那的建筑上雕刻了一尊尊半裸的男女雕像。数百年前，裸体油画和风景画一起悬挂在这个城市的公众场所和普通百姓家里。

任何文化的今天应该是它昨天的继承和延伸，再加上点外来文化的融合。社会进步的趋势恐怕是本社会主体文化对外来文化越来越宽容、随便甚至主动汲取。这是否会导致不同文化之间差别越来越小，最终成了同一种文化呢？也许不会。目前的情形是，不同文化之间仍旧存在难以填平的巨大鸿沟。在某一文化背景下习以为常的观念和事物，在另一文化背景中可能是异端邪说或者罪恶。

姑娘们在海滨浴场无上装，在西班牙是一种无矫饰的自然和健康，在中国恐怕就算沾上"黄"边儿了，当属被扫之列。话说回来，中国女孩儿穿裙子短裤、背心圆领衫，自己觉得挺美，别人也习以为常，可在某些保守穆斯林看来，全够上绞架的份儿，一个也跑不了。

你知道西班牙距最近一个穆斯林国家有多远？就一条直布罗陀海峡，宽不超过 30 公里。

这是什么感觉？文化震荡。

（1993 年 1 月）

7. 巴塞罗那日记

1992 年 7 月 16 日　晴

巴塞罗那时间下午 6 点，我们终于到了蒙蒂嘎拉记者村。40 多小时没沾枕头边儿，20 多人个个像熬干了，守着 50 个器材、行李箱，只盼赶快办完进村手续，洗澡睡觉。

一声北京话断喝：“你们也伸着脖子挨宰来啦！”是人民日报社的一位老相识，已到三天了。以“巴塞通”的口吻细述挨宰情形，一个面包五美元之类，听者连声啧啧……

第一印象不如想象中好。甫抵机场，54 岁的西语翻译老 W 就演了一出“掷铁饼者”，让人肉跳心惊。当时老 W 提箱过转门，也许是箱子大了点儿，转门卡住，老 W 进退两难。按工作人员指点，他伸右手按了一下上方一个按钮，转门开始转，但不是正转是反转。老 W 措手不及，右手被夹在门和门框之间。门是厚玻璃，门框是不锈钢的，卡住一只手，还在继续转。20 多名同事有的没看见，有的像木头桩子，倒未必是吓坏了，而是过度疲劳使思维迟钝，一时没弄清出了什么事。总之，那情形看来好似在观看玻璃橱柜里展出的一个“掷铁饼者”的粗糙复制品。一名同机抵达的黑人妇女首先有反应。这人高过180公分，黑高跟鞋、黑皮超短裙、浅黄背心、金链银镯钻戒一应俱全，30 岁上下，面似男人，肱二头、肱三头也非一般男子能比，但却确实是女人。她抢上前，拉门，纹丝不动。小 H 女士扔掉从不离手的贵重化妆包，也去拉，同时喊：“快救老 W 啊！”大家一阵呼哨，几个年轻的撂下行李冲了过去，门却还是不动。透过玻璃门看“掷铁饼者老 W”，手臂依然高扬，歪咧的嘴表明姿势并不舒服，而且似乎坚持不了多长时间了。这时旅客中奔出一白人男子，灰色西装覆盖下的躯体想必一流。他分开黑女人和小 H，握紧门，

"呀——"的一声长吼，猛发力，这一下玻璃门不开即碎。结果门开了一条缝，老 W 赶紧抽出手。

同事们纷纷慰问。老 W 连说"没事，没事"，脱下被冷汗浸湿的咖啡色小花褂儿，脸上脖子上一通擦，身上穿着的那件白里透黄的旧背心像刚洗过还没拧干。

电视报一位编辑让给他们报纸提供点儿花絮。我讲了机场遇险一幕，他说："真悬呐，出师不利，你却讲得轻松。"

我说："遇难呈祥。老 W 秋毫无损，我心里高兴，说来当然轻松。要是受伤就是另一种说法，写成花絮，题目就写《断臂老英雄坚守巴塞罗那》。第一句话应该是：一不怕苦、二不怕死的革命精神在巴塞罗那发扬光大，54 岁老翻译被转门绞断胳膊，仍活跃在奥运电视转播现场，被外国友人誉为男维纳斯。"

我不信什么出师不利之类。有惊有险却无灾无祸也未必就是出师不利。当年打球的时候，出师不利却先输后赢最后凯旋而归的事儿多着呢。

1992 年 7 月 17 日　晴

凌晨 4 点被老 B 如雷鼾声唤醒，只好去客厅看电视熬时辰。CNN 正报道美国民主党全国代表大会。克林顿上台讲话时举一块牌子，画一只大皮靴作踢状，靴子后面还画上几道，说明踢得猛狠，呼呼生风。皮靴旁边写着："踢开布什！"克林顿讲的第一句话是："美国一直在改变世界，现在该改变自己了！"一阵鼓噪欢呼。

天亮，老 B 露面，睡眼蒙胧地称睡得还可以。知我 4 点起床，老 B 惊讶了，随后宽慰我："没事，过一两天就能调整过来时差。"我说："主要是你的呼噜太邪乎！"老 B 更惊讶："是吗？我可从不打呼呀！可能太累了，40 个小时没合眼……"

上午去 IBC。同上届一样，还是和 TVB 合作。设备大部分是人家的，他们来人也多，正安装调试。

1992 年 7 月 18 日

在 IBC 见到理查德·雷，他现在是 TVB 国际事务部主任。作为澳洲人，他居然愿意申奥时北京能击败悉尼，使我意外。

他说："澳洲失业率超过 10%，政府负担已经很重。另外，北京有相当规模场馆，悉尼没有，一切得从头开始。还有，澳洲物价太高，新建场馆、奥运村、记者村、新闻中心等，开支太大，政府拿不出钱，主要靠纳税人负担。"雷停顿一下，又说："我是布里斯班人。布里斯班属昆士兰州，悉尼属新南威尔士州。在澳洲的州就和不同国家差不多，如果是布里斯班申办就是另一码事了。"

在楼道里喝咖啡，一西班牙女记者过来要烟，小 D 递上一支，女记者道谢，点上烟走了，小 D 说，找他要烟的女人不止一个，这儿的女人随便，烟抽完了，碰上谁都可以要。

我也注意到，虽说是禁烟奥运会，赛场没有香烟广告，但抽烟者众，特别是女人。

回记者村，老远听到刺耳的京胡声。这是在机场保住了胳膊的老 W 正在练习，过几天和当地华人商会联欢，他和宋世雄有节目。

1992 年 7 月 19 日

据说这里有 300 多家中餐馆。出记者村步行约 15 分钟，便有一家。时值酷暑，太阳特毒，阳光下站半分钟就是一身汗。但与在记者村吃西餐比，我宁愿晒 15 分钟吃上家乡饭。

家乡饭其实大大走了味儿，跑堂说得明白：蒙老外的。

女老板 30 岁上下，白，胖，不高，浙江青田人，到西班牙八年多。丈夫在巴塞罗那城里经营另一家餐馆。跑堂、柜台和厨房的伙计也多是青田籍，在家都是农民。十多人中竟有一半偷渡客，从荷兰、匈牙利、南斯拉夫……

一个 20 岁出头的小伙子说："这里大概有 20 个偷渡团伙，青田人当头儿的有十多个。"他们都一眼认出了宋世雄，一再问他中国队什么时候比赛。"我们打着五星红旗去助威。"一个从南斯拉夫偷渡来的胖姑娘说。

跑堂中有两个西班牙人，一男一女，不超过 20 岁。女孩儿走过来，微笑着伸出手用英语打招呼："你们好，我是玛丽娅姆·洛佩斯·罗梅罗。我可以讲英语，能为你们做点什么吗？"女孩儿一头金发，不像大多数西班牙人是黑色或深棕色。皮肤也白，更像北欧人。但她说自己是地道的本地人。西班牙这地方曾经长期被占领，巴塞罗那就是由古希腊人发现、古罗马人建立的。公元 7～15 世纪，长达 800 年，阿拉伯人是西班牙大部分地区的统治者。留下统治痕迹的还有维斯哥特人和高卢人。中世纪后，西班牙成了航海大国，向外扩张殖民的结果是留下了一片讲西班牙语、以西班牙后裔为主要居民的广大地区：北起美国加利福尼亚州，南至阿根廷合恩角，纵贯整个中美、南美大陆和加勒比海诸岛，包括墨西哥、古巴、哥伦比亚、玻利维亚、委内瑞拉、厄瓜多尔、秘鲁、智利、乌拉圭、阿根廷等国。

千百年的被侵占，使今日西班牙成了不同人种、不同文化交汇的产物。人人都是混血儿。想在巴塞罗那发现"纯种伊比利亚半岛血统"恐不可能。若在街上看到黑发棕肤小伙儿和金发白肤女郎相拥而吻的时候，你应知道这是一对西班牙男女而不是阿拉伯石油巨富之子和"黄都"哥本哈根神女之间的金钱交易。

当今西班牙国王的妻子索菲娅王后是希腊人，王室都不计较血统，更不用说平民了。

1992 年 7 月 22 日　晴

晚上和巴塞罗那华人商会联欢。地点在 Z 会长的餐馆。Z 会长 30 多岁，小眼睛，热情，青田人。伍绍祖主任、张百发副市长、大使、总领事及中央电视台报道组全体参加。

据说本城中国人数千，多是青田籍，全都干餐馆。华人商会实际上就是青田籍中餐馆老板同乡会。

当国内大肆鼓吹"有能耐去赚外国人的钱"的时候，这些背井离乡的前农民、前石匠、前无业游民已经渡过创业难关，正让外国人把钱"哗哗"地往自己口袋里倒。有些人开始在家乡投资置业，或设厂，或助学，或扶贫，也不容易。

联欢会边吃边开。宋世雄和老 W 合演"淮河营"选段揭开序幕。老 L 和小 Y 一曲新疆民歌"掀起你的盖头来，让我看看你的眉……"由于老 L 音调欠准，只引来稀稀拉拉的掌声。Z 会长献上一首胡传魁清唱使满座愕然："乱世英雄起四方，有枪就是草头王，勾挂三方来闯荡，老蒋鬼子青红帮。"剥虾的手停了，嚼春卷儿的嘴不动了，刚端起的啤酒杯又放回桌上，有人狐疑地四下张望，有人毫无必要地干咳，也有人窃窃私语：

"老哥这四句词儿怎么意思?""估摸不是心声流露就是现实写照。""没那事儿,巧合。""浙江人不擅唱京剧呀,怎么唱上胡传魁了?""八成儿胡传魁是青田人?""老蒋鬼子青红帮指谁呀?""谁都不指,这是戏词儿。"……

改革了,开放了,不搞影射了,你们别瞎猜了。人家不是说了,还要召集手下到场给中国队助威呢。

1992 年 7 月 23 日　晴

到蒙锥克体育场看开幕式预演。万般皆好,只可惜射箭点火失败了。是一名残疾人坐轮椅射的。从屏幕上看不同角度慢动作,箭头从火炬台上方越过。这使人担心,万一开幕式上一箭射偏,将大煞风景。

旁边的比利时记者显得特别恼怒:"用这种方法点火太愚蠢了,简直是发疯!"

1992 年 7 月 24 日　晴

吃中饭时,洛佩斯说,她的几个朋友晚上来,其中还有她的男朋友,问我是否愿意和他们见面。晚上正好没事,约好 9 点半来。

"这不是我的第一个男朋友。"洛佩斯说。

她提到有男友,我已感惊讶,因为她看上去完全是个孩子。现在又说不是第一个,更让人吃惊。

"如不介意,能否告诉我你多大了?"我明知在西方国家不应问女人年纪,但好奇心太强。

"16 岁。"

"你比我儿子仅大两岁。你的男朋友呢?"

"也是 16 岁。"

她的妹妹 6 岁,父亲 40 岁,母亲 37 岁。

晚上没去成。因为明天开幕,台长通知晚 10 点到他那儿开会。9 点半往餐馆打电话告洛佩斯,她说真遗憾,我说有同感。她说有机会,我说那肯定。

会上台长说准备这么长时间,明天该大干了,谁也不许病。L 副部长也讲了几点:(1)南斯拉夫参赛的问题解决了,运动员不代表国家,只能以个人名义参赛。这本来是有些屈辱意味的，但该国领导很满意并感谢国际奥委会；（2）中国记者共 113 人，分属 29 家单位，困难比预计要大，主要是语言环境不好，中国记者几乎无人懂西语，少数懂英语的也因为西班牙人多数不会讲英语而常感无力施展；（3）南方开放地区派来的记者手头宽裕，已花钱在这里雇人读报再变成自己的文章；（4）中国第一枚金牌可能是许海峰，要注意；（5）运动员住宿还可以，官员就差了，徐寅生因室友打呼噜而住进了厨房，六个半人用一个卫生间，大家同时起床往往不方便；（6）萨马兰奇将连任，这是在国际奥委会会议上由法国人首先提出的，绝大多数人无异议，只有英联邦国家反应冷淡，如澳大利亚、新西兰等。

"可能对明年我们申办有点儿利。"L 副部长微笑说。

1992 年 7 月 25 日　晴

老 W 昨天从组委会要来开幕式介绍，材料厚达百页，大有用处。

今天看了大半天材料，重要之处告宋世雄。

材料中说，点火距离 72 米，为了万无一失，运动员练习了 1 000 次。

养兵千日，用兵一时，练射千次在此一举。不亲眼看到火炬点燃，心里总不踏实。

事后有人猜测，预演那天没有射中并非失误，而是故意留一手。奥运火炬是神圣的，只能在正式开幕时点燃。射箭点火是本届奥运会的一个绝活儿，不宜提前泄露。这话有理。反正开幕式上是一箭中的，引来了体育场和电视机前 35 亿人由衷的欢呼，还是那名残疾运动员，这回是站着。

北京来电话说，浙江有人反映，看了和华人商会联欢的电视新闻，发现某老板是个"有前科者"。"有前科"是过去。既放出来，就是给重新做人的机会。"有前科"者现在通过劳动挣外国人的钱，还拿着五星红旗给中国选手加油，也行啊。

1992 年 7 月 26 日　晴

（略）

1992 年 7 月 27 日　晴

（略）

1992 年 7 月 28 日　晴

今天认识了阿历克山德尔·拜伦。他是本届奥运会正式歌曲《巴塞罗那 92》的创作和演唱者。晚上 10 点多，进门自荐他这首歌曲。

看了一遍他随身带的录像带，不错。立刻复制下来，告诉他将会在最后一辑《清晨奥运报道》中播出。

拜伦很高兴，但他希望早点儿播，多播。

"尽力争取，但要由北京的老板决定。"我说。

"顺便问一下，您是哪国公民？"我觉得这个问题该搞清楚。

"我有好几国国籍，德国、英国、阿根廷……我都有合法护照。"

"如果我对中国观众说，歌曲作者有好几本护照，恐怕会有误解，要用很多话来解释。您最好告诉我最常使用的国籍是什么。"

"德国或英国。"

"那么我称您是英国人吧，我想拜伦是很典型的英国姓。100 多年前有一个英国诗人就是这个姓。"

1992 年 7 月 29 日　晴

在餐厅碰上韩国 MBC 体育评论员崔先生，我们在汉城打过交道，1989 年在新加坡转播两个"最后的黑色 3 分钟"又见过面。闲谈中，他知道中国电视记者只有 28 人、但传送了 250 小时节目之后，表示难以置信。把我的话告诉他身边几位同事，吃惊程度不亚于崔先生。

崔先生说，MBC 来了 30 人，加 KBS 和 SBS，共 230 人，三台加起来也不足 250 小时。

一位日本记者说，NHK 派来 450 人，加上 TBS 等地方台，共 800 人，传送约 200 小时。

美国 NBC 花几亿美元买电视报道权，到西班牙来了将近 1 500 人，转播时间大约 200 小时。

当然不能这样简单比较，因为节目制作复杂程度不同。我们的节目加工制作水平低，大量的节目是采用东道国提供的国际信号配以解说。而以上各家大台基本上是到巴塞罗那建立了一个自己的"临时奥运台"，演播室、前期拍摄、后期加工等设备和人员应有尽有。但不管怎么说，中国观众够幸运了，他们看到的奥运会比赛画面之多大概仅次于西班牙人。

1992 年 7 月 30 日　晴

每日从早 9 点干到晚 12 点多，回记者村有时已近凌晨 2 点。

今天最忙。广电部领导连续从北京发来两份传真，"建议"加强《清晨奥运报道》，略去次要内容，以报道中国运动员成绩和头天晚上刚结束的决赛结果为主。台长更明确要求"搞成金牌榜"。这下难度大多了。因为大部分金牌是在晚 10 点左右产生，而我的传送时间是在晚 11 点半或 12 点。在这么短时间里，一个人绝对无法把各个项目决赛的场面都编辑起来，更别说还要从电脑中去查成绩公报和最起码的背景资料了。

只有增加人。凌晨两点到老 Z 和老 F 处商量，定下把 W 女士调整过来，她的事由别人分担。W 是快手，活儿细，主要负责编辑画面。我主要查询文字资料、收集录像素材兼写稿、播音，W 忙不过来时我也编画面。

1992 年 7 月 31 日　晴

今天决出 19 块金牌，全部编进《清晨奥运报道》。自今日始，我们把 30 分钟的《清晨奥运报道》分为三段。开始一段，中国队的金牌；中间一大段，当日所有项目的金牌；结尾一段，中国选手在人们所关心的项目中的表现。

编辑方法也改了，不是按时间顺序从头顺下来，而是把三大段内容分别编在三条带子上，然后再按照预定的三段前后顺序，串联拼接。这样，即使中国选手在晚上最后结束的项目中获金牌，也能在《清晨奥运报道》中排头条儿。

又干到凌晨 1 点。港人更辛苦，来得更早，走得更晚，有些人就睡在机房。香港队除了女乒，没有什么得牌希望。因此他们每天最关注的是中国队，为中国队获胜鼓掌叫好，为中国队失利摇头叹息。今晚经过他们身边，发现好几个港人身上都有馊味儿了。对他们的头儿阿Z说起这事，他笑答："没办法啦，哪里有时间洗澡换衣啦，给老板干活儿就是这个样子啦。"

1992年8月1日　晴

上午在记者村门口，边等班车边和一男一女两个西班牙小青年聊天。他们是专门在班车站服务的志愿人员，几乎天天见面。

听说是中国人，男青年拿出小本子，写上"ANNA"字样，请我用中文写这个名字，这是女孩子的名字，我一面写出"安娜"两个字，一面问他："女朋友吗？""不，不，不，"他连连否认，随后说，"是一般的朋友，也许将来是女朋友，五年以后。"

车来了，是那种大型的豪华轿车。这次奥运会为运动队和记者提供的都是这种大轿车。西班牙造，"毕加索"牌。这个响亮的名字提醒人们，这个国家在世界文化领域有着怎样的影响力。

上车后在最后一排落座，两名小青年也上来了。径直走到最后一排，小伙子递过本子："请再用中文写出我和她的名字。"一页纸的上半部写着"SONIA"，这是那姑娘。我在名字旁边写上"索妮娅"，对她说："名字真漂亮。"小伙子的名字在纸的下半部，叫"ANGEL"，意译是"天使"，音译，通常写做"安吉尔"。我略加考虑，写成"安吉乐"，然后告诉他，这三个中文字的含义是平安、吉祥、快乐。小伙子眉飞色舞地满意而去，旁边一个美国记者听见我的解释也笑了。

一进机房，看到广电部部长从北京发来了长篇传真，对接受"建议"、迅速改进《清晨奥运报道》表示很满意。老Z、老F也挂着笑，嘱我"就这么干"。几天来第一次有了一点儿轻松的感觉。

1992年8月2日　晴

拜伦上午来了。看得出他的来意是看看我这个中国人是否说话算话，向"北京的老板"通报了没有，为在闭幕式之前播出"尽力争取"了没有。

他没开口，我先说了："好消息。节目已经传回北京，今天或明天就会播出。"我接着说："让几亿中国人见到你，不是坏事，对吗？"

拜伦连呼："Great！Great！"同时提出想向中国观众讲几句话。约好明晚11点来此录他的谈话。

宋世雄今天共播音九个多小时，显得比哪天都疲惫，人也似乎苍老了一些，背更驼了。正播音的时候，他从演播间打手势叫技术员先关掉话筒，然后火急火燎地出来找一份材料："明明记得拿进去了，就是找不到，脑子蒙了，都快趴下了。"中午没有比赛的短暂工夫，他只是把两把椅子拼在一起，枕着一本《奥林匹克大全》躺了一会儿。

晚上，韩国的崔先生从相距100多米远他们的演播室过来，一脸愤愤不平，开口问我："你看到刚才竞走比赛没有？"我说："看了，我们整个机房的人都在喊冤。"他说："那不是走，是跑。"我说："是的，所以这么长时间电视里和电脑里都没有出成绩，估计裁判员正在处理。"

崔先生离开不久，电视里反复播放独联体的伊万诺娃双脚同时离地的慢动作。这的确是严重犯规。感谢这位内行摄像师，他注意到了，并始终用特写镜头跟随伊万诺娃的双脚。

电视和电脑里都有了成绩，陈跃玲获金牌。我意识到这是一个划时代的事件，因为这个比赛没有向国内直播，我也许是第一个向亿万中国人报道这一事件的人。

开始传送《清晨奥运报道》。"各位观众，你们好，"我觉得自己的声音和往日略有不同，有些发颤，"在现代奥运会百年历史上，中国人第一次夺得了一枚田径金牌。这个开天辟地的业绩，是陈跃玲，这个来自中国辽宁农村的23岁的姑娘创下的……"我盯着屏幕，陈跃玲正在走。不知为什么，我脑子里浮现出的是一望无际的高粱地，甚至想：辽宁的高粱这个季节是不是结穗了？

1992 年 8 月 4 日　晴

在餐厅见到崔先生，他竟还不知道竞走的最后结果，告他之后，高兴地竖起大拇指说："祝贺！祝贺！"

孙正平说："你小伙儿这几天可瘦了。"不奇怪，这么干活儿，要是胖了，倒奇怪了。

所有人在这儿都食量惊人。我在北京的早餐是两杯咖啡加两勺奶粉加两块饼干。而现在，两杯桃汁、两杯西红柿汁、两个鸡蛋、两片火腿肉、两小块儿肉饼、两片面包、10 克黄油、34 克果酱、一个苹果、四块西瓜、一杯冰激凌或酸奶、一盘西红柿加生菜，天天如此，人人差不多，这样的食谱，今天不写下来，将来自己都不信。这还仅仅是早餐。中午饭在 3 点左右吃，或在 IBC，或去餐馆。通常一两个肉菜，虾、鸡、牛、猪换着吃，外加一瓶啤酒、一个春卷儿、一盘鸡蛋豌豆火腿肉丁炒米饭。晚上下班太晚，急着睡觉，不宜多吃，一般在凌晨 1 点多回记者村后，三块蛋糕、俩苹果了事。

一无重体力劳作，二无大运动量训练，长时间在高度紧张环境中工作，精神上、脑力上的疲劳竟然也能消耗营养到这种程度！长见识。

部长又发来传真，传达了总书记、李瑞环、李铁映对电视奥运报道的表扬，大家都觉受鼓舞。

1992 年 8 月 5 日　晴

临近闭幕，决赛项目多了，更忙。

W 女士每天来到机房就坐在编辑机前，一直编到半夜。"一到晚上 10 点就脑袋发木，手直哆嗦。"她说。

韩乔生几天前就接近疲劳极限，大脑对嘴巴的指挥多次失灵。转播跳水比赛，凭空冒出一句："现在准备做动作的这名选手是英国裁判。"转播公路自行车赛时，不知不觉眯了一小觉，别人发现好久不出声儿，才进去把他唤醒。

孙正平今天连续六个小时没出播音间，午饭买来没空吃，只好先送进一瓶矿泉水和半包饼干。

昨天机房冷气太足，感冒了，今天咳嗽很厉害。传送《清晨奥运报道》，我不得不每说两三句话就关一次话筒，咳几声，喝口凉水。

1992 年 8 月 7 日　晴

几天前，餐馆跑堂的西班牙小伙子指着我胸前的西班牙国旗说："我不喜欢这个旗子。"我当时还觉得奇怪。

今天洛佩斯小姐讲了其中原因，她说，巴塞罗那所属的加泰罗尼亚省曾是一个国家，后来成了西班牙的省，但包括她在内的多数加泰罗尼亚人并不认为自己是西班牙人。这使我想起了有一次我和她聊起一件什么事的时候，她一本正经地纠正我说："我不是西班牙人，我是加泰罗尼亚人。"

"加泰罗尼亚旗是一块黄布上有四条红杠，"洛佩斯说，"但很久以前不是这样的，有一本书说，有一个英雄，我忘记他叫什么，他临死前挖出自己的心，用四个沾血的手指在黄布上画了四条杠，表示不向西班牙屈服。……你知道佛朗哥吗？他杀了很多加泰罗尼亚人。"

奥运组委会发给每个记者一本《加泰罗尼亚大全》，其中有关于省旗的介绍：这面旗帜是当今欧洲仍在使用的旗帜当中最古老的四面之一。有文件记载的历史至少可以追溯到 13 世纪，它起初是加泰罗尼亚最高统治者巴塞罗那伯爵衣服袖子上的一块标记，后来作为国旗图案。刚成为国旗时，四条红杠横列纵列都有，后来统一成现在的横列式。至于红杠因何产生，没讲。

我早就发现在巴塞罗那大街小巷，满目皆是加泰罗尼亚省旗和巴塞罗那市旗，几乎不见西班牙国旗：开幕式上三名旗手分举西班牙国旗、加泰罗尼亚省旗和巴塞罗那市旗并排入场，在奥运史上也不多见；本届奥运会四种正式工作语言中，加泰罗尼亚语排第一位，然后是西班牙语、英语、法语。

但我发现西班牙国王在这儿有很高威望，他总是穿着短袖运动衫在比赛进行中悄悄来到看台，谁也不惊动。这时，全场总是热烈鼓掌。不少加泰罗尼亚人包括洛佩斯都说国王平实可亲。"我们尊重他。"人们说。

对西班牙历史不甚了了，对加泰罗尼亚历史更一无所知，我看到的是最伟大的一届奥运会，奥运史上第一次大团圆的盛会是在西班牙、在加泰罗尼亚、在巴塞罗那实现的。

1992 年 8 月 8 日　晴

（略）

1992 年 8 月 9 日　大雨转晴

15 天骄阳似火，该闭幕了。早起便狂雨猛泻，中国人习惯于把自然现象看做某种事件的预兆。这场大雨预兆什么？

《工人日报》M 小姐说："小道消息，闭幕式可能推迟一天。"散布完小道消息，她翩然而去。

两小时后，雨住。天空更蓝更净。

有几位白天就没事了，看见我羡慕的目光，老 L 故意说："小伙儿接着干吧，我们可回去睡大觉了。"

奇怪，最后一辑《清晨奥运报道》在将近 1 点传完之后，预料中应该有的那种彻底放松的感觉竟丝毫没有，就好像和前 15 天每天深夜下班时一样，觉得睡一觉马上还得来，潜意识中怎么也接受不了奥运会竟然结束了这个事实。

"上午还来吗？"不知怎么竟脱口问出这么一句话。

"你还来干吗？你没看见设备全拆了？"老 F 说，语气中是明显的揶揄，那意思是：还有这么爱干活儿的？

这么多天，弦绷得太紧，以至失去了弹性，猛然松开，一时无法回复原状。

这是怎样的 16 天啊！不错，我们是记者，我们来报道了奥运会，但我们大多数竟没有去过任何一个场馆，没有见过任何一个运动员，没有完整地看过任何一场比赛，我们仅仅是待在编辑机房里，每天十几小时玩儿命干活儿，好让中国人看上奥运节目。

我知道人们将长时间谈论这 16 天：光荣的 16 天，难忘的 16 天，振奋人心的 16 天……但对于我们来说，宋世雄今天转播完闭幕式后说的一句话也许更贴切："这 16 天活过来，真他妈不容易！"

【注】

CNN——美国有线电视新闻广播网

IBC——奥运国际电视广播中心

TVB——香港无线电视台

MBC——韩国文化放送协会

KBS——韩国放送协会

SBS——汉城放送协会

NHK——日本广播协会

TBS——东京放送局

NBC——美国全国广播公司

（1992 年 8 月）

8. 足球是一面镜子
——亲历美国世界杯

初到达拉斯

记不清什么时候第一次听说达拉斯这个名字。也许是 30 年前，肯尼迪总统在达拉斯遇刺身亡，使大多数中国人知道了这个城市。

达拉斯位于美国得克萨斯州。第 15 届世界杯足球赛期间，这里不仅是九座设有比赛场地的城市之一，同时又是世界各国新闻记者汇聚的地方。本届比赛的广播电视中心和文字记者工作的新闻中心就设在达拉斯。可以说这是个大的信息集散地，包括电视转播信号在内的各种信息，从所有比赛城市汇聚达拉斯，再传到世界各个角落。中央电视台向国内传输全部 52 场比赛的实况，就在这里进行。

本届世界杯足球赛选择达拉斯为信息中心不是偶然的。首先，达拉斯市的地理位置适中，从达拉斯乘飞机到美国各地，最远航程不超过三个半小时。达拉斯机场是世界上最现代化的机场之一，面积比高楼林立的纽约曼哈顿岛还要大。这座机场建成于 1973 年 9 月，1974 年 1 月开始启用，每天起降客机 2 000 架次，起降飞机的架数和运送旅客人数都仅次于巴黎戴高乐机场，被称为"世界上第二繁忙的机场"。其次，达拉斯市从 1958 年开始兴起计算机工业，36 年来，已经发展成美国第三大高科技产业区，特别是通信设施，在美国最为发达。这使得达拉斯成为经常举办各种大型国际会议的地方，举办次数仅次于纽约，位居美国城市第二位。还有一些因素恐怕也在考虑之列，比如说，达拉斯市有热爱运动的传统。美国最热门的四个职业球类项目：职业橄榄球、职业冰球、职业篮球和职业棒球，在达拉斯都有高水平的俱乐部，这在美国城市中是很罕见的。其中，最著名的是今年蝉联美国职业橄榄球冠军的达拉斯牛仔队，他们和布法罗比尔斯队的决赛曾经在中国进行了直播。

职业篮球队中的达拉斯小牛队虽然不是顶尖水平，但也为中国篮球爱好者所熟悉。此外，这座城市有100万人口，在美国城市人口排行榜中名列第七，按人口平均计算，餐馆数量超过纽约，排第一位；这里各种档次旅馆为数众多，高级客房就有4万间……种种因素使得达拉斯最终成了第15届世界杯足球赛的记者之城。

经历了几乎一天一夜的旅行之后，我们终于在当地时间1994年6月11日晚上10点多钟抵达了下榻的假日旅馆。这是世界杯组委会指定记者居住的旅馆之一，翻建装修工作还没有完工。电钻和电锯的轰鸣之声不绝于耳，而且每时每刻都有飞机轰鸣着越过头顶。新装的空调不是那种分体式的，就安在床边。晚上睡觉时，那声音犹如一个织布车间的机器在轰鸣……

第二天去广播电视中心，开始收集材料，安装设备，工作就这样开始了。100多个国家和地区的广播电视记者将在这里工作一个月。这天上午，一个巴西广播电台的记者采访了我，他拿着录音机请我自报姓名、工作单位、国籍，以及对世界冠军的预测，并要求我说中文。关于谁将成为本届冠军，我说："我认为巴西队最有可能成为冠军，因为他们踢的是一种纯粹的足球。"我并不是故意在巴西记者面前说他们爱听的话。出国之前，在京伦饭店曾经有40多个中国记者作了预测，预测巴西夺冠军的有18人，我是其中之一。预测荷兰夺冠的有2人，认为德国夺冠军的有28人。我认为缺少古利特和范·巴斯滕的荷兰队很难进入四强。德国队年龄偏大，主力阵容平均年龄二十八九岁，四年前他们正当年，可以夺冠，今年应该是比他们更年轻的队取胜。实际上巴西的主力阵容也已经29岁了，我希望有更年轻的队爆冷。足球是年轻人的运动，老米拉们只能是点缀。如果世界冠军队的上场队员中有半数以上是30多岁的老将的话，那是开足球的玩笑，开年轻人的玩笑。

一切都已经开始，一个月后便见分晓。达拉斯现在是世界注目的地方，中国球迷们将在这一个月中天天听到这个城市的消息。

6月17日，直播追捕辛普森

1994年6月17日，是第15届世界杯足球赛开幕的日子，但在本届世界杯主办国——美国，发生在洛杉矶公路上的一场追捕，成了这一天的头条新闻。

当天，转播完开幕式和首场比赛实况之后，我和孙正平回旅馆观看纽约尼克斯队和休斯敦火箭队 NBA 总冠军第五场赛事的电视直播。晚上8 点多钟，信号突然中断，播音员说："现在我们看看在洛杉矶公路上的一场追逐，这是辛普森先生谋杀案的最新进展，等一会儿再回到球场。"此时，屏幕上出现从直升机上拍摄的镜头，一辆白色吉普车在公路上飞奔，后面是八九辆警车紧追不放……房间电话铃响了，是一个中国留学生，他说："快开电视！正直播追捕辛普森的情况呢！来美国这么久，还是头一次看抓逃犯的直播！"

时年 46 岁的辛普森是美国最著名的橄榄球选手，用教练的话说，他在美国的知名度"仅次于总统和拳王阿里"。这名黑人选手先后效力于布法罗比尔斯队和旧金山 49 人队，1979 年退役，担任电视台体育节目主持人，专门主持和解说最受美国人欢迎的橄榄球赛。他是职业运动员中第一个做电视商业广告的人，也曾在多部电影和电视剧中担任主角，演的都是好人。我能肯定中国的电视节目中曾经播放过他主演的电影或电视剧，只是记不起片名。当我和孙正平在 6 月 13 日第一次从屏幕上看到他时，不约而同地说："这个人怎么这么面熟啊?"

中央电视台转播世界杯足球赛的小组是 6 月 11 日到美国达拉斯的。6 月 13 日电视节目中的头条新闻就是辛普森谋杀案。警方怀疑 6 月 12 日晚上，他在已经离异的第二任妻子尼科尔的家里杀了尼科尔和一个叫做古德曼的男人。

6 月 13 ~ 17 日，每天晚上电视新闻中的头条不是世界杯，不是前总统卡特访问朝鲜半岛，也不是克林顿总统会见日本天皇，而是辛普森。辛普森事件在 6 月 17 日，世界杯足球赛开幕的这一天达到了高潮。

警方经过几天调查，决定面询辛普森本人。辛普森的律师夏皮罗建议警方到辛普森家中会面，以免辛普森走出家门时被大群记者包围拍照。夏皮罗担保辛普森会在家中等候，警方同意了。使夏皮罗尴尬的是，监视的警察刚离去 15 分钟，辛普森就开着他的一辆白色福特牌吉普车不知去向。

6 月 17 日下午 5 点，律师夏皮罗通过电台广播劝说辛普森"为家庭和两个孩子着想，赶快回家"。同时，警察也开始全面搜寻。终于追踪到他在车上使用移动电话时的方位，出动直升机和警车找到了那辆吉普车，从晚上8点左右开始，跟随了100公里，一直到了辛普森家里，此时约晚上10点。在跟随过程中，警察一直未采取任何行动，因为据说辛普森有枪，警察怕他被逼急了会自杀或杀害别人。

美国的所有主要电视台都中断了正常节目，直播各自派出的直升机拍到的图像。无论是ABC、CBS、NBC这三大电视网，还是CNN、ESPN这两家主要的有线电视网，以及芝加哥超级电视台，都派出直升机跟着吉普车，加上警察的直升机以及尾随在吉普车后面的九辆警车，场面确实难得一见。"没有任何一个编剧或者导演能够玩儿出比这更棒的场面了！"NBC的播音员对无数观众说。

美国只要有电视的地方，可以说都在看这场历时将近两个小时的追捕。NBC停止NBA篮球总决赛的直播，改播追捕，人们竟毫无怨言，甚至纽约麦迪逊花园广场篮球馆里不少人听说这消息后，纷纷离座去看电视。达拉斯阿灵顿区一个棒球场上，边看球边听广播的人忽然听到解说棒球变成追捕辛普森，一片哗然。球场外面一个6英寸的电视机前聚集了100多人。理查森区一个正在家里看电视的人对家里人说："这肯定是辛普森的一个新电视剧。"

辛普森在自家门口停车后，好长时间没出来。警车停在四周，但是没有走到吉普车跟前去，从画面上看，双方都在等待。不用说，6月17日晚上所有电视台的新闻节目，辛普森又成了主角。

到写稿时，辛普森已经被拘禁，如果罪名成立，可能被处以死刑。

不过，也有消息说，心理学家正在分析辛普森的心理活动是否正常，也可能认为他的精神有毛病。

这天，亿万人瞩目的世界杯足球赛开幕了，它被当做世界的一个节日，理所当然成了世界上大部分地区最引人注目的事。但在美国，却不是这样。

美国人喜欢足球吗

比利时球员范·德·埃尔斯特说："来美国之前，几乎每一个碰到我的人都告诉我，美国人根本不看足球，也不知道什么是足球。但经过两场比赛之后，我发现美国人很喜爱足球，一点儿也不比欧洲人差。"在美国待了十几天，我同意这种说法。

出国前，从各种渠道得到不少信息，诸如70%的美国人不知道世界杯在本国举行之类，给我一个总印象：美国人不喜欢足球。刚到美国，几件事也逐渐加深我的这个印象：6月11日晚，我们到达达拉斯机场，竟找不到一个接待记者的地方，更看不见一个接待人员。找了好几位机场工作人员打听，全是一问三不知。一位问询处的小姐叫我们"找穿红衣服的"，找了半天，远远看见一个穿红衣红裙的女士，追上去还没开腔，就见红衣女士和一个男人拥抱亲吻，走近一看，红衣女士只是个普通旅客。转了个把小时，只好自己找出租车去旅馆。这种情况在大型国际运动会上还没有碰到过。同是美国，去年的布法罗世界大学生运动会也不是这样。

旅馆也不适合记者工作和休息，从入住那天起一直在装修。空调是新装的，开动起来那声音简直是轰鸣。室外温度通常40℃，房间里不开空调热得扛不住，开空调声音又受不了。还有施工的时候电钻、电锯的声音，以及墨西哥临时工不论在哪儿干活都不离手的大录音机放出的墨西哥歌曲，这一切混在一起不仅是震耳，还是震脑震心。装修工程看来一时完不了，集装箱又运来了大批家具和建筑材料，就堆在我们的窗户外面。

世界杯足球赛在新闻报道中的比重很小。电视和报纸上大量报道的是NBA总决赛的两支球队——休斯敦火箭队和纽约尼克斯队的消息，是纽约巡游者冰球队的消息，是棒球、网球、高尔夫球。

报道世界杯足球赛的各国记者连一点儿小纪念品也没有。同样是世界杯足球赛，1990年在意大利每个记者都得到了一份小纪念品；同样是美国，去年的布法罗世界大学生运动会，也是如此。而这次连一支笔也没有，记者不能没笔，结果是等着发笔的人只好自己去买。

"国际足联让美国承办世界杯绝对是个失误。"和我同住一室的孙正平说，拎起一只鞋照墙上"啪"地一拍，一只蟑螂扁扁地留在了墙上。"就是。"我附和着，气不打一处来。

6月17日，世界杯开幕。我们工作的广播电视中心就在达拉斯著名的棉花碗体育场旁边，是观众进场的必经之路。转播完开幕式和首场比赛,我们离开广播电视中心是下午 4 点多,已经有大批观众开始入场,来看西班牙队和韩国队的比赛。这场比赛 6:30 开始,人们要在场里暴晒两个多小时呢。这时的太阳正毒,气温高达 38℃~39℃,体育场内更有 40℃以上。几万美国人(也有西班牙和韩国球迷,数量不多)冒着如此高温、提前这么长时间到体育场看一场没有美国队出场的比赛,而且票价最低 30 美元,最高 100 美元,都是自掏腰包。他们真的是这么爱足球吗?

第二天报纸上说,美国广播公司转播开幕式及首场比赛在美国的电视收视率为 5.8%,在当天同时播出的 30 多个电视节目中名列第 18 位。美国电视节目频道多,竞争激烈,5.8% 是相当高的收视率。每个百分点代表 924 000 个家庭,5.8% 意味着 500 多万个家庭在收看,而同时进行的深受美国人喜爱的美国高尔夫球公开赛的电视转播收视率也不过为 5%。

随着比赛逐渐展开,又有一些数字被披露出来:

6 月 26 日,美国和罗马尼亚队的比赛收视率达到 7.8%。

6 月 28 日,《今日美国》刊登一条消息说,去年美国共进口了 690 万个足球,其中 220 万个 "Made in China"。

更让我惊讶的是,达拉斯棉花碗体育场竟是九个比赛场地当中上座率最差的。两场比赛之后,上座率平均为 78.4%。

最好的是旧金山的斯坦福体育场,上座率超过 100%。另外几座城市的上座率分别是:芝加哥 99.9%,新泽西 98.5%,波士顿 99.7%,洛杉矶 100%,奥兰多 99.3%,底特律 94.7%,华盛顿 94.1%。这一上座率是世界杯历史上绝无仅有的,即使是最差的达拉斯,上座率也和上届在意大利举行的世界杯平均上座率差不多。美国人到底喜不喜欢足球?我有点儿说不清了。

最近,美国世界杯组委会又公布了一份对 18 岁以上成人通过电话进行的抽样调查。将近 90% 的人知道本届世界杯在美国举行,其中多数人回答:"非常了解这件事。" 44% 的人说他们将通过电视观看比赛。27% 的人能说出至少一家世界杯赞助公司,其中 80% 的人能够立即正确地回答一家赞助公司的名称。65% 的人希望在明年看到美国职业足球联赛正式开张……

你说美国人到底喜不喜欢足球?

西班牙教练克来门特·贾维尔说:"我听说抽样调查当中有 15% 的人自称是狂热喜爱足球。美国是个有两亿多人口的大国,15% 就是将近3 000万人,和西班牙全国人口差不多。你还能说这个国家不爱足球吗?"

阿根廷,我为你哭泣

马拉多纳离开了阿根廷队。

阿根廷队也离开了世界杯。

有马拉多纳,阿根廷队就有主心骨,可以连胜希腊队、尼日利亚队,势如破竹。马拉多纳一走,把阿根廷队的信心也带走了。他们接连败在保加利亚队和罗马尼亚队脚下,被挤出八强。队员们虽然踢得卖力,但没有 10 号跟没有魂儿似的,奔突虽勇,却是群龙无首。

"马拉多纳的缺阵使我们溃不成军,"主教练巴西莱说,"他是阿根廷队的基石。"

马拉多纳有遭禁赛的前科,这次是"一而再"。虽如此,国际足联在这件事上却是不念旧恶,可以说仁至义尽。

阿维兰热主席极有策略,要说谁真正懂得"人才难得",阿翁当属其一。

马拉多纳东窗事发,阿维兰热正在华盛顿准备参加巴西大使馆的盛大晚宴。他得知消息,当即取消晚宴,立即飞到达拉斯亲自了解情况。

"让我们非常非常慎重地处理这件事。"他说,并要求再作化验分析。

第二次分析被称做"拯救分析",如无问题,便否定第一次化验结果,以第二次为准。然而,第二次分析表明违禁药物不仅有麻黄碱,还有其他四种。阿维兰热当机立断,约见阿根廷足协主席。

"我告诉他,为避免国际足联采取过于粗暴和严厉的行动,阿根廷足协应主动给国际足联写信,表明马拉多纳已退出国家队。其他一切等世界杯之后再说。"阿维兰热说。他走了在这种情形下最高明的一步棋,既坚持原则,又保护马拉多纳。

"国际足联砍断了我的双腿。"马拉多纳对阿根廷记者说。他虽已 33岁,但除了在球场上无与伦比,在其他方面总好像涉世未深。

阿维兰热以长者风范对待马拉多纳这番话:"这是个身心受到伤害的人,他只是想保护自己。"比马拉多纳年长 45 岁的阿维兰热说:"从年龄上讲，他可能是我的儿子，甚至是孙子。"他保证要运用自己的影响，不使这次禁赛成为马拉多纳足球生命的终结。

国际足球大家庭没有人对这件事幸灾乐祸，也没有人落井下石。

马拉多纳是在以 2∶1 战胜尼日利亚队之后被抽签选中进行药检的。尼日利亚队没有因为这一事件而要求国际足联取消阿根廷的成绩。接受记者采访的教练和球员谈及这件事，都认为令人惋惜和遗憾，同时对马拉多纳在足球上的成就表示敬重和钦佩。

"这是悲剧。马拉多纳是有史以来最优秀的，可以和任何人相比，"德国队主教练福格茨说，"不过，在他这个年纪，应该知道什么事可以干，什么事不可以干。"

马拉多纳比谁都清楚什么事可以干，该怎么干。但仅仅是在场上，而不是场外。

在场上，马拉多纳不仅技术、意识绝佳，球风亦令人称道。1982 年，在第 12 届世界杯赛上，21 岁的马拉多纳在和巴西队比赛时因有故意踢人动作而遭红牌驱逐。这是他转变球风的分水岭，此后他只要出场便是对方重点杀伤的对象，但却再无报复行为。球风好的另一标志是"不独"。身为世界头号球星，马拉多纳既能不失时机地单骑闯关，又能恰到好处地为队友创造机会。本届世界杯前两场比赛，马拉多纳率领的阿根廷队令全世界球迷耳目一新，兴奋不已。

球场上的马拉多纳是条汉子，他是阿根廷足球之宝，是令人羡慕的足球财富。场外呢？

我是 6 月 30 日凌晨 3 点听说马拉多纳事件的。当时从北京来的长途电话把我惊醒，为世界杯特设的栏目《绿茵金辉》负责人张兴对于半夜打扰表示歉意，但他说此事紧急，希望尽快核实。

整个后半夜再没睡着。我估计这消息不是没有根据的，但又不愿相信是真的。我为马拉多纳惋惜，为阿根廷惋惜，也为世界杯惋惜。马拉多纳正踌躇满志地准备在即将开战的与保加利亚的比赛中登场，这是他连续参加四届世界杯踢的第 22 场球，是个人参加世界杯比赛场次的最高纪录……

本来就噪声烦人的空调机这时候更让人觉得无法忍受了。快 5 点的时候，我把空调狠狠一关。

最难过的是球迷。

全世界球迷的宠儿——阿根廷队让 6 月 30 日达拉斯棉花碗体育场的 63 998 张球票被一扫而光。球迷们要看马拉多纳踢球，要看阿根廷队怎么痛宰保加利亚队。

比赛下午开始。中午 12 点，国际足联新闻发布会使马拉多纳退出世界杯的消息像春风野火，迅即传遍全世界。人们变得焦躁了。新闻发布会上，许多记者边听国际足联的决定，边用"大哥大"向各自的国家进行同声传译。会场一度闹哄哄，惹得那些听不清楚的记者高声斥骂。

阿根廷第 13 频道的电视评论员流着泪，颤声说："太震惊了！居然是真的！阿根廷！阿根廷！阿根廷！……"

开赛之前，棉花碗体育场外面，聚集着成群的阿根廷球迷，仍旧披着国旗，涂着油彩，但兴高采烈已荡然无存，神色中透着茫然和悲哀。他们仍旧呼喊着马拉多纳的名字，呼喊着阿根廷，希望在最后一刻有人告诉他们，马拉多纳没有走，10 号还会出场。

有一首著名乐曲，叫做《阿根廷，不要为我哭泣》，马拉多纳也许会想到这首乐曲。

但是，人们怎么能不为阿根廷哭泣？

20 美元一颗钉子

我喜欢逛鞋店。倒不一定是想买，主要是喜欢看。我喜欢看漂亮的新鞋子摆在货架上，我觉得制作精美的鞋不仅是日用品，也是工艺品——最具实用价值的工艺品。

转播第 15 届世界杯足球赛的时候，电视画面中有时能看到某个球员被绊倒，抱腿捂脸，看上去痛不欲生。说出来不怕笑话，此时吸引我注意力的不是球员，而是他脚上那双足球鞋的鞋底。连鞋底都做得五颜六色、花花绿绿，你说这鞋做得多下工夫！

前几天，趁比赛间隙，和几个中国留学生一起到商店逛了逛。逛了一阵，因为个人兴趣不同、目标各异，往往是当某人对某件物品有想法的时候，其他人只好站在店门口频频看手表，或者在店里百无聊赖地东张西望。于是大家作出某时在某明显地点汇合的决定，然后便各奔东西。

结果我就在鞋店里了。

店里没有顾客，只有一个 20 来岁的美国小伙子，想必是店员。他迎上来打招呼："你好，能为你做点什么？"

"谢谢，只是随便看看。"

"好的，请随意。"小伙子伸手做了一个请往里走的动作。他中等个儿，微瘦，深棕色头发挺长，像女孩儿一样在脑后束成马尾。

这是一家男鞋店，干净、雅致，鞋的种类也齐全。随手拿起几只鞋看看，有"美国制造""韩国制造""意大利制造""中国制造"等。我特别注意了一下中国出口到美国的鞋，款式、质量都不错，而且价格低于美国和西欧产品，和韩国鞋的价格差不多。

几双皮制休闲鞋吸引了我的目光。这种样式在国际上流行了好几年，至今不衰。三年前，我曾在新加坡买过一双葡萄牙产的，约 50 美元。两年前在巴塞罗那替朋友买过一双西班牙制造的，60 多美元。这几双鞋是哪儿产的？多少钱？往往在商店里会有这种情况，东西并不想买，却愿意问个价，看看是哪国生产的。

鞋产自巴西。无论大小，一律 39.99 美元。鞋子做得确实不错，全部由手工缝制。鞋面由深褐色和黑色软牛皮和谐搭配，不抛光。这么好的鞋子，为什么不试试？虽然我知道试的结果往往离掏钱不远了，但还是想试。找出一双 9 号的，不用说，刚好。把鞋放回去的时候动作不够果断，被刚走进来的老王看到了。老王是三年前从上海来的，现在是得克萨斯大学达拉斯分校学生，并且是中国同学联谊会的头儿。

"想买鞋？"他热情地问。

"不，看看而已。"我说。

他拿过我刚放回去的那双鞋，看了看。"这鞋蛮好啊，很多老美都喜欢穿的。国内有这样的鞋吗？"

"有。"

"多少钱一双？"

"三四百，也许四五百。"我说。

老王看了看标签，"这价格不贵的，"他说，"你看，39.99 下面原来印的是 49.99，已经降了 10 块钱。"

"你的意思是来一双？"犹豫的时候，我常借助别人的意见，使天平倾斜。

"那看你了，如果喜欢……"老王真适合当学生联谊会的头儿，热情而稳重。

正说着，孙正平进来了："怎么着？买鞋啦？"一面拿着我刚试过的那双鞋："这鞋怎么样啊？我记得你好像穿过类似的？"

"对，那双早坏了。"我说："这种鞋比那种硬皮鞋舒服，而且适合各种场合。严肃的场合能穿，随便的场合也能穿；配长裤可以，配短裤也行；想穿袜子就穿，不想穿也没关系……你不来一双？"

"嘿！小伙儿两片儿嘴练得可以呀！"

"真的真的，大师说得对。"热情憨厚的老王开腔了。

"我倒没想买鞋。"孙正平说，一面坐到椅子上，"先试一双，看是不是真那么舒服。"

9 号鞋稍微有点儿紧，我从架子上给他拿了一双 9 号半的，然后转身看其他鞋。

"哎哟嗬！"一声惊叫，是孙正平的。我赶紧回头，看见他的眼珠在近视眼镜的镜片后面瞪得溜圆，咧着嘴，两手使劲儿搓右脚趾，脚上穿着白袜子。

"这鞋里有什么东西呀！"从声音到表情都惊魂未定，一面伸手到鞋里摸。

能有什么？不过是塞在里面保持鞋型的纸团而已，我想。我不大喜欢虚张声势，即使是朋友也不例外。

"嗬！一颗钉子！"惊恐中颇有些愤怒了。

我半信半疑，赶紧和老王拿过鞋看。真是一颗钉子！露出的部分足有 1 公分多。这种鞋的鞋底和鞋面是用线缝到一起的，根本不该有钉子。令人叫绝的是钉子的平头儿并没有从鞋底接触地面的那一侧露出来，说明缝制最外面这层鞋底之前，钉子已经存在，平头儿正好被夹在内底和外底之间。还有更绝的，脚居然没有被扎破。在毫无思想准备的情况下，贸然去穿内底耸出一根锋利尖钉的鞋，居然只有痛感而没有流血，该是怎样的铁脚板？

把美国小伙儿叫来看，他大吃一惊。连连摇头："简直不敢相信！"一面到柜台后面取出一把钳子，伸到鞋里拔钉子。这哪能拔得出来！就算硬拔出来，鞋里面肯定会留个洞。

"这下儿扎，可挨得太冤了！买不买鞋是另外一码事，咱哥们儿先说说这下儿扎！"见并未受伤，孙正平放下心来，说笑的劲头儿又有了。

美国小伙用钳子拔了几下，不顶用。到柜台后面换了一把剪铁皮的大剪子，重新伸到鞋里面鼓捣。估计柜台后面"家伙"不少，大剪子要是再不顶用可能该换电焊枪什么的了。

"别费这劲了，再拿一双9号半的不行吗？"我说。

"就剩这一双了。"小伙子说："我会很仔细地处理这颗钉子，取出钉子之后，我可以再便宜10块钱卖。"

"你是说29.99元？"老王紧盯一句。

"是的。"

"那另一双是什么价钱呢？"作为"另一双"的买主，我明知不会沾光，但还是想跟他开个玩笑。

"如果你在里面找出钉子，也是29.99元。"小伙子一挤眼睛，笑着回答。

不一会儿，钉子取出来了，是用大剪刀剪断的，所以严格说只是取出了最要命的那部分。平头仍旧在鞋底里，但不再有威胁，用手摸，没有什么感觉。因为清除了钉子，而且又便宜了10美元，孙正平决定买下这双鞋。"这下儿扎还行，没扎出什么毛病，倒省了10块钱。"付款的时候，他说。

我仍要按39.99元交钱。小伙子一面把鞋往盒子里装，一面看着我穿的圆领衫问："参加世界杯的？"

"是。"

"从哪儿来？"

"中国。"

"是足球队员还是教练？"

"是记者，电视记者。"

"噢？"小伙子说，"你这双鞋也减10块钱，跟他那双一样。"

"老板该骂你了。"我说。

"这店是我的。"小伙子平静地回答。

"嘿！就算哥们儿也为你挨了下儿扎。帮你省了10个'美刀'！"孙正平的口气异常豪迈。

就这样，一颗钉子有了相当于 20 美元的价值。

足球是一面镜子

足球是什么？

它使全巴西一亿六千万人一块儿跳桑巴；

它使酷爱艺术的意大利人宁愿退掉帕瓦罗蒂的歌剧票而去广场上站着看电视直播一场小组赛；

它使尼日利亚互相仇视的各个部落放下长矛，一起擂响欢迎猎手的鼓调；

它使休斯敦人庆祝火箭队夺得 NBA 总冠军的狂欢看上去就像是幼儿园大班孩子的游戏；

它使阿根廷报纸的头条新闻为国家队痛哭；

…………

足球还是什么？

它还是一面镜子，谁都可以用它来照照自己。

去年，有 690 万个足球进入美国市场，其中 220 万个是中国制造的。按最保守的估计，一个足球也要两个人踢，那么买足球来踢的美国人至少应有 1 380 万。中国仅向美国就出口 200 多万个足球，向欧洲或南美等足球先进地区是否出口、数量多少，不得而知，想必也有大量出口。即使是 220 万，也是个足球生产大国。这个制作足球的大国在国内市场每年卖出多少个足球？不知道。我想恐怕卖不出 220 万个。

要想成为足球强国，必须要有大量足球人口。中国乒乓球之所以总居世界前列，基本原因是打乒乓球的人多。中国喜爱足球的人也不少，但绝大多数只是爱看、爱侃，喜欢坐而论道。真正想自己去踢或有条件去踢的人，太少太少。特别是青少年和儿童。

市场经济发达，足球被纳入商品经济的轨道，被认为是许多国家足球水平高、国家队保持世界强队水准的原因。人们可以举出意大利、德国、荷兰、比利时、瑞典等作为例证。

但是，也有市场经济不够发达，或者在经济、政治、社会等方面面临许多麻烦和混乱的国家，却有世界一流足球队的情况。这样的例子很多，巴西、阿根廷、哥伦比亚、保加利亚、罗马尼亚等。

典型例子之一是巴西。巴西后卫尤金尼奥说："除了足球，巴西在世界上再没有值得一提的了。"

巴西队助理教练扎加洛说："1970年巴西有9 000万足球教练，今天有1.6亿。"扎加洛在1970年是巴西队第三次夺冠的主力队员，那一年巴西人口是9 000万，现在的人口是1.6亿。全是教练！

另一个例子是尼日利亚。来自荷兰的主教练韦斯特霍夫说："五年前我刚到尼日利亚，发现人人踢足球，这使我大为兴奋。"

如果让施拉普那套用这句话，他该说："两年前我刚到中国，发现人人在房间里侃足球。但到了外面，发现几乎没人踢足球，这使我大为惊讶。"

赞比亚更穷，因而它的例子应该更能说明问题。谁都知道，世界杯非洲预选赛，赞比亚队小组出线后，由于飞机失事，国家队全部遇难。但是，赞比亚迅速组建了一支新的国家队，参加第二阶段比赛，名列第四，几乎成为代表非洲参加世界杯决赛的三强之一。紧接着，这支事实上的国家二队，在非洲国家杯决赛中仅负于尼日利亚队，成为非洲亚军。

赞比亚在足球方面投入的资金估计不会比中国多，它的国内联赛制度估计不会比中国更完善，它的人民生活水平估计不会比中国高，它的场地估计不会比中国多，它的训练条件估计不会比中国好，但它的足球水平却显然在中国队之上。确实，赞比亚有些选手在欧洲踢球，但大部分队员毕竟来自国内。而且欧洲不是慷慨地为穷国培养足球苗子的地方，首先是你自己踢得好，够它的上场标准，才会选你去踢。

该怎么解释经济不发达国家却有大批足球强队的这种情况呢？恐怕主要还是踢球的人多。

不用多卖，每年在中国国内市场能卖出220万个足球，厂里、村里、学校里、胡同里总能见到小孩儿踢球，足球苗子就少不了。

胜一场得3分，改变了整个足球的面貌。进攻性足球重现风采，即使是防守反击的打法，也从以防守为主改为以反击为主，提高了反击的速度和质量。无论是小组赛，还是进入16强、8强、4强的淘汰赛以及半决赛，精彩的对攻或反击的场面层出不穷。

相信胜一场得3分的赛制，会迅速在许多国家的国内联赛、各洲大赛以及世界性的各年龄组的大赛当中推广。

　　为进一步鼓励进攻，中国的甲级联赛和全运会的比赛是否应该考虑采用 3 分制？

　　大赛结束，和孙正平一起聊起大赛当中的几种踢法。

　　进攻性的踢法有巴西、德国、荷兰、尼日利亚、阿根廷、哥伦比亚等。但它们之间又有很大的不同。

　　防守反击的踢法有意大利、保加利亚、罗马尼亚、比利时、沙特阿拉伯等。

　　英国式的长传冲吊、高起高打有挪威、爱尔兰等。

　　我忽然冒出一句："你说现在的中国队是什么踢法？"

　　解说过数百场国际足球赛，其中包括至少百十场中国队比赛的评论员竟被噎住了，半晌之后才说："还真说不上是个什么踢法。前几届国家队倒还真是各有特点，先别说成绩怎么样，至少各种踢法印象还挺深。象苏永舜时候的边路突破、两翼齐飞；曾雪麟强调技术，打'小、快、灵'；高丰文重视体力，明确提出打防守反击；徐根宝模仿英国式的长传急攻、快速通过中场。这些特点都还记得，再往后就真的说不清是怎么个踢法了。也可以说什么特点都没有，不伦不类。"

　　我想了半天，没什么新主意，也只好同意"不伦不类"的说法。

　　以往每届大赛之后，总会引起一场长时间的"中国足球该走什么路"的议论，我想这次也不会例外。议论这么久了，是否越来越明白了？

（1994 年 7 月）

9. 过敏反应

已知优秀的男子田径选手跑 3 000 米须 8 分钟，跑 5 000 米须 13 分钟。问：11 分钟能跑多少米？

你的答案如果是大约 4 000 米，那就错了。

在有了广岛亚运会经历之后，我想说，11 分钟也可能只跑 100 米。

1994 年 10 月 11 日下午，经过六次发令，亚洲跑得最快的七个男子终于跑完了 100 米。从第一声枪响到卡塔尔的曼索尔冲线，整整用时 11 分零 10 秒，而这本该是 10 秒多一点儿完成的事。

我是在广岛演播室通过电视看到这一罕见场面的。可惜的是，为什么会出现六次发令？原因没有得到解释。也难怪，此事确属闻所未闻。由于直播，解说员对突发事件有时很难搞清。好在晚上 8 点半有我负责的《亚运专题报道》，我必须把这个问题弄明白，好给观众一个说法。于是就有了一系列刨根问底的追问。

天刚黑，解说员 S 从田径场归来，风尘仆仆。一进门，抱起一叠材料直奔复印机，为第二天转播做准备。第一组问答便在复印机旁进行。

"男子百米决赛，在现场看，到底怎么回事？"

"前五次都是有人抢跑，我不是也说了嘛，第 7 道乌兹别克斯坦选手还被罚下去了。"

"我看见了。前两次都是乌兹别克斯坦选手抢跑。而且第一次还有一名裁判出示小黄旗警告他，第二次举了一面小红旗把他罚出场。但以后的几次抢跑，没有人被罚，你在现场看到向谁出示小黄旗了吗？"

S 想了想，说："没有。"

"我想也不会有。第一，从反复重放的慢动作看，没人犯规。第二，根据规则，这时候不管谁再抢跑，一律罚出。可实际上没人被罚。"

"对，你说得有道理。"

"这只能说明从第三次发令开始，没人犯规。而如果没人犯规，又可能是怎么回事？"

"说不好。这种事还真没遇上过。哎，那时候也忙，好几个项目都在进行，实在顾不过来……"

第二组问答在我和翻译小 Y 间进行，小 Y 一直在田径场给解说员当翻译。问题大致相同，回答也大致相同。

"你看这事要想继续问的话，我该找谁？"

"你是一定要在今天晚上搞清楚吗？"见我一怔，小 Y 解释说，"我的意思是明天去田径场转播的时候顺便问一下，然后打电话告诉你。"

"晚啦！我一定要在 8 点半前搞清楚。现在 7 点多了，你能不能打电话问问裁判委员会或其他什么委员会，我往中国体育代表团打电话试试。"

我们的资料编辑曾在新华社体育部工作过，他说可以帮助问一下新华社亚运报道组。

很快，分头查询相继有了结果。中国代表团值班室的人说，对六次鸣枪的离奇故事一无所知，因为驻地没电视。"整个中国体育代表团只有团长房间里有一台电视机"。

新华社亚运报道组说，他们去田径场的两名记者还没有回来，"可能正在半路，联系不上"。

裁判委员会或是其他什么委员会说，多数人下班了，剩下的几个值班人员对此不甚了了。但"可以肯定不是选手方面的问题"。

还能是什么"方面"的问题？只有两个"方面"："裁判方面"或"器材方面"。裁判是清一色日本人，器材是日本的精工牌计时系统。这两"方面"不管哪一边出毛病，都是让东道主极为尴尬的事。"所以，办事严谨认真的日本人也玩儿开含糊其辞了。"我想，并且打算追问到最后一秒。

负责转播田径的是日本 NHK 电视台，他们的演播室和我们同在八层楼，一墙之隔。我请翻译小 Y 去隔壁再打听。几分钟后，信息带回来了：NHK 也不太了解具体情况，"可能是操作计时系统的工作人员有失误"。

"那他们在电视节目里是怎么向观众解释的？"

"不知道，他们没说。"翻译想了想，"这样吧，我带你去组委会广播电视委员会问问，各国电视记者有事都找那儿解决。"

组委会广播电视委员会在三楼，同去的还有一个留日学生，北京广播学院外语系毕业后到东京读国际新闻专业。他几年前在央视体育部实习，和我们不少人很熟，这次是特意从东京来广岛看我们。

广播电视委员会负责接待的日本小伙儿根本不知道这回事。他脸上充满稚气和真诚，使我无法认为他是假装不知道。他认真地把问题记在纸上，然后去给某个委员会打电话。几分钟后告诉我："很抱歉，找不到人，下班了。明天我会继续问，然后给 CCTV 打电话，请留姓名。"仍旧是那份稚气和真诚。

"还能问谁啊？"我看看表，8 点多了。

"我实在想不出来了。"小 Y 满脸疲惫。

回到演播室，《亚运专题报道》的编辑正等着呢。"现在只知道与选手无关，也许是操作计时系统的人出了差错，就这些。"我说。

"那就编短点儿，用最后一次发令和比赛全过程，然后报个成绩，其他都不提了。"她说。

"只好如此。"我说，悻悻然。

半夜 1 点多下班回旅馆，照例先开电视。这已经成了在广岛的固定程序。因为工作时高度紧张，必须要看一会儿根本听不懂的节目，使注意力分散、精神放松，否则无法入睡。这时的节目内容正是男子百米决赛这件事，屏幕上出现了工作人员检查计时系统以及起跑器的近景，可惜听不懂说什么。曼索尔素衣冷面，丝毫没有蝉联三届亚运会百米冠军的兴奋和喜悦。据说他指责日本人搞小动作，为的是把他挤掉。这都是后话。当时我不知为什么想起了"一鼓作气"这个成语。古人有"一鼓作气，再而衰，三而竭"的说法。四鼓呢？古人没说，大概是想不到会有三鼓而不战之事。若他们见到曼索尔们的经历，该说什么？"四而怨，五而怨，六而几成被耍之猴儿是也……"胡乱想着，迷糊了。

第二天见到翻译小 Y，他主动说："我翻了几份报纸，都没提昨天那事。"

"是吗？"我半信半疑，随手翻开一份报。我不懂日文，但日文中大量的汉字有时能让人猜出大致内容。翻到体育版亚运专页时，右下角一篇巴掌大的文章，题目中赫然出现了"过敏反应"四个汉字。"你看看这里说的什么?"我说。

说的正是昨天那事。简言之,精工计时系统把发令枪、起跑器和计时表以电路相连,选手在枪响之前蹬起跑器的力量过大,比如说超过了五公斤,发令枪会连续鸣放,这就是抢跑。男子百米决赛时由于电路接触上的问题,选手并没有向起跑器蹬出足够的力,发令枪就连续响起来了。这就是"过敏反应"。

下午与学国际新闻的那个留学生话别,他说:"这两天有件事给我印象特别深。"

"什么事?"

"男子百米决赛这件事,我一直在场。那么多人都看了,议论完了就过去了,你却一定要弄个水落石出。我以后要当了记者,这件事不会忘。"

"是吗?"我竟不知该说什么,"当时别人手头都有事,我正好有空。"

如果没空呢? 大概也会去问。这是我的习惯,"也算一种过敏反应吧。"我想。

(1994 年 11 月)

1.1990 年底至 1991 年 4 月，在澳大利亚广播电台中文部播报国际新闻并客串主持《世界体育》节目。

2.1991 年 2 月，在宋晓波位于墨尔本的家里做客。

3.1991 年 7 月，刚从澳洲回国，即被派往斯里兰卡电视台介绍大型运动会中新闻和专题节目的制作。该国即将主办南亚运动会，迫切需要了解北京亚运会的成功经验。

4.1985 年 4 月，斯德哥尔摩。左一王奇（棋哥），左二孙正平，左三李凯，左四辜女士，后来成了棋哥夫人。右一为负责接待的瑞典电视台工作人员西西莉娅。

5.1985 年 4 月，和棋哥一起举杯庆祝中国队在第 38 届世乒赛上的胜利。我穿的就是花 5 克朗（约人民币 30 元）买的簇新的二手西服。

6.1994 年美国世界杯期间和留学生王滋顺合影。开幕式当天，正是王先生（图中）打电话让我们看电视中直播的追捕辛普森。王先生现在达拉斯经营房地产公司。

7.1992 年欧洲杯在瑞典举行。时隔 7 年，在斯德哥尔摩的新闻中心，又见到了和蔼可亲的西西莉娅。

4

5

Rice Farm

6

7

1

2

3

1.1992年欧洲杯期间，和瑞典、苏格兰的球迷合影。

2.只有9万人口的芬兰小城拉合提市，1997年8月成功举办了第5届世界运动会。背景是夏季进行高台跳雪训练的场地。

3.1990年意大利世界杯新闻中心门口的吉祥物，简明，虚实结合，有鲜明的足球元素和主办国元素，是给我印象最深的吉祥物。

4.5.6.当过记者、编辑，也主持过访谈节目。三张图代表"主持节目的老中青"三个时期：1995年主持《体育沙龙》、2000年主持《五环夜话》、2006年主持《印象多哈》。

10. 踢 70 年代的球，看 60 年代的转播

现在中国足球甲 A 联赛的水平也许已经可以和 70 年代后期足球中等发达地区的联赛相比。

不过，不少场次甲 A 联赛的电视转播还没有达到 60 年代的一般国际水平。

有记者在一家体育报上写道："从电视中看国际管理集团和国内电视台同场转播，感觉人家转播的好像是足球强国的高水平联赛。"类似的文字也偶见于其他报端。

足球转播要求高度专业化、规范化。看意大利甲级联赛，不管图像信号来自罗马还是都灵，米兰还是巴里，热那亚还是帕多瓦，佛罗伦萨还是那不勒斯……画面都是那么舒服、流畅，似乎你想看的正好是屏幕中出现的。什么时候用全景，什么时候慢速重放，有章有法，如出一辙。这就叫专业化、规范化。这就是水平。

做到专业化、规范化不容易。欧洲一些国家电视台转播足球的主要人员（如导演、解说员等）是固定的，精通足球，而对别的项目也许一窍不通。有些转播甚至由专门的体育节目转播制作公司承担，这是达到并保持高水准的重要原因。美国人转播篮球、橄榄球、冰球、棒球世界一流，惟独足球是空白。1994 年世界杯足球赛，喜欢冒险的美国人竟无人涉"足"。为什么？达不到专业化、规范化的要求。于是在所有赛场，从导演到摄像师几乎全是欧洲人，解说员也是特意从英格兰请来的。

再看我们。包括中央电视台在内的一些大台，情况好些的，有体育部、体育组的编制，从导演、摄像到解说，个个"全能"。任你是足、篮、排、手、乒、羽、网、台，还是田径、游泳、健美、体操、拳击、举重、摔跤、柔道，或者射击、射箭、高尔夫、武术、散打、大相扑、赛车、赛马、赛龙舟、桥牌、保龄、交际舞、攀岩、跳伞、花样滑、围

棋、象棋、掷冰壶……只要你听说过的项目，哪样不是这拨儿人干？全是真全，却没法儿"专"了。更甭提有些省台，连体育记者都没有。此番国奥队在昆明迎战新加坡、马来西亚的国奥，云南电视台由文艺部上阵，转播一场不如一场。

依笔者之见，我国还没有一家电视台能够做到使转播足球等大项目的人员相对固定。也无迹象表明体育节目转播制作公司正呼之欲出。这种情况下，不妨照猫画虎，认真学习和模仿国外高水平足球转播。其实不管转播什么体育项目，"照猫画虎"是普遍现象，在这方面国内各电视台已有成功先例。如第 11 届亚运会，各台按照转播项目上的分工，仔细研究国外相关项目的转播录像，认真模仿，结果有些以前很少转播的项目也转得很好，比如从未转播过举重的辽宁电视台提供了具有国际水准的举重转播信号。再如第 43 届世乒赛之前，天津电视台反复研究前几届世乒赛录像，在机位设置、构图、景别、全景近景的切换时机、慢速重放的时机等各方面，一个环节一个环节地抠，提供的国际信号也达到了国际乒联的要求。

"照猫画虎"要有好猫，说到足球，意大利的转播是"好猫"，它是公认的典范，是教科书，其中有足球转播的 ABC，也有 DEF，以及其他许多许多。

笔者认为，国内电视台不少人恐怕真的要从 ABC 学起。

A. 至少你的镜头别虚，别乱晃，别猛推、猛拉、猛甩、猛往地下扎。

B. 镜头要跟球。电视观众的第一注意力是球，比赛进行时，球绝不能从屏幕中消失。只有在出界、进球、越位、因侵人犯规而鸣哨之后，才可以离开球，切换出教练、观众、裁判、进球队员、犯规队员、受伤队员以及主席台上领袖们宽厚慈祥地微笑的画面。

C. 注意慢速重放的时机、次数和速度。绝不能因作慢速重放而漏掉其他精彩场面。6 月 9 日 AC 米兰做客成都，罚四川队点球时，屏幕上不厌其烦地反复重放四川队禁区犯规的画面，观众完全没有看到点球是怎么进的。无独有偶，7 月 9 日，中、马国奥昆明之战，屏幕上慢速重放中国队射门不进的镜头时，马来西亚队却已经敲开了中国队的大门，观众看到的是中国队员在球网里拣球的画面。

该学的还有不少，如比赛进行中的低角度不可多用；近景不可多用；

掌握全景和近景的切换时机，宁可长时间用全景；不可长时间用近景；全景、中景的景别要有更明显的区别，全景摄像机的机位一定要高；等等。

别小看 ABC，真能拿下来，中国电视观众就能看到相当于 70 年代一般国际水准的足球转播了。

这个要求高吗？

（1995 年 7 月）

11. 比奥运会更具奥运精神
——我所知道的世界运动会

一

1997 年 8 月，去芬兰报道世界运动会。行前，不断有人问："什么是世界运动会？"

确实，无论对中国体育记者还是体育爱好者来说，世界运动会都是最后的，也许是惟一的绝少涉足的领域。

我作为首批踏上这块处女地的中国体育记者，在深入观察了解一番之后，感到世界运动会确实有独到、新颖之处，耐人回味。

1980 年 5 月 21 日，12 个国际单项体育组织的领导人聚首汉城，宣布成立一个新的体育组织，初定名为"世界运动会理事会"，后更名为"国际世界运动会协会"。这 12 个单项体育组织当时没有一个是国际奥委会正式承认的，因而在奥运会上也就没有这些项目的一席之地。它们是：羽毛球、棒球、健美、保龄球、鱼竿投掷、空手道、力量举、旱冰、垒球、跆拳道、拔河、滑水。

从 1980 年至今，国际体坛发生了巨大变化，羽毛球、棒球和垒球成为奥运会正式比赛项目，跆拳道也将在下届奥运会进入奥运大家庭。这样，根据世界运动会"由非奥运会项目组成"的宗旨，羽毛球、棒球、垒球以及后来一度加入世运会的铁人三项等组织都已不再是世界运动会成员，有迹象表明跆拳道也将退出。因为担任世运会主席十余年的韩国人金永安（世界跆拳道联合会主席）已卸任，作为主要创始人，他享有名誉主席的头衔。现任主席是国际蹦床联合会主席、美国人让·弗洛利赫。

这并不意味着世界运动会年纪轻轻便要寿终正寝。正相反，更多的单项体育组织继续加入进来，现在的成员组织已达到 28 个。其中有些项目在国际上有一定影响力，如技巧、蹼泳、空手道、柔术、跳伞、体育舞蹈等。

成立之初，世界运动会宣布要"每隔四年举办一次像奥运会那样的世界最高水平的大型综合运动会。因为大型综合运动会的影响远远超过各个单项组织各自的世界锦标赛。这样才能更加吸引公众和新闻界的注意力，并进一步促进各个项目的普及和发展"。

17 年来，世界运动会不但在组织上"大扩编"，参赛项目和人数也呈上升趋势。

每一届世界运动会都有不少值得一提之处。首届世运会在美国举行，由于经费极端困难，运动员的食宿、训练和比赛都是在圣克拉拉大学的校园内。"提倡住大学校园，不兴建新的场馆"直到目前都是世界运动会所倡导的。

在伦敦举行的第二届世界运动会依然经费拮据，没有大企业赞助，没有电视台报道。加之伦敦太大，场地遍布全市东西南北，运动员疲于奔命，怨声载道。这届世运会被认为"不如期望的那样成功"。

卡尔斯鲁厄是德国的一个中等城市，精明的组织者在并不宽裕的情况下花了不少钱搞宣传。第三届世运会虽然没有赢利，但 20 万观众到场观看创下了纪录。具有重大象征意义的是，国际奥委会主席萨马兰奇亲临开幕式，这意味着国际体坛已不能忽视世界运动会的存在。

1993 年，海牙举行的第四届世运会在吸引新闻媒体注意力方面取得重大突破。世界最大的体育有线电视频道——美国 ESPN 电视台在世运会期间每天播出 25 分钟的专题节目。ESPN 遍布全球的电视网，使得从没被电视台关注过的世运会的比赛场面一下子传遍各个角落。

第五届世运会本由南非的伊丽莎白港承办。但在 1996 年 3 月，新一届的伊丽莎白港市政府宣布放弃承办权，理由是"有更紧迫的事情需要关注"。在距离世运会开幕仅剩 17 个月的情况下，只有 9.5 万人口的芬兰小城市拉合提挺身而出，接过了 1997 年第五届世运会的承办权。

二

世界运动会的众多规定当中，有几项挺有意思：

其一，不要求主办城市新建或扩建场馆，所有比赛将只使用已有的设施和场地。在大学校园住宿将受到高度赞赏，不仅是为了节约经费，也是为了促进运动员之间的友好往来。

其二，世界运动会的经费因主办城市的条件不同会有所区别。但根据已经举办过的几届世运会情况来看，总预算在 400 万～600 万美元。这笔钱用来支付体育设施的使用、运动员和官员的住宿、每日免费提供早餐和一顿正餐以及交通、保卫、医疗、药检、保险、新闻和制作电视节目的费用。

其三，参加世界运动会的官员、教练员和运动员不超过 3 000 人，其中运动员 2 500 人。

将世运会和奥运会对比一下：首先，申办奥运会的城市在申办过程中的花销据估计至少也要几千万美元。一旦申办成功，更要斥资若干亿美元大兴土木，新建或扩建体育场馆、运动员村、新闻中心等。奥运会期间的经费更是以数十亿计。当然，奥运会的运动员、官员人数更是大大超过世运会，仅运动员就达万人。按照开销和人数的比例来讲，世运会太过于俭朴了。正是这种俭朴、这种因地制宜，使得只有9.5 万人的拉合提市以 500 万美元的预算成功地主办了世运会这个设有 24 个正式比赛项目、6 个表演项目的大型综合性运动会。

拉合提市有热爱体育的传统，这里举办过多项运动赛事，就在世界运动会开幕前两星期还举行过世界少年赛艇锦标赛。1998 年，世界举重锦标赛也将在这里举行。此外，这座小城市还在积极申办 2001 年世界滑雪锦标赛和 2006 年冬奥会。

拉合提拥有两个草皮足球场、大小三个室内体育馆、一个室外游泳池，全部用来安排比赛也不够用。于是健美和健美操比赛被安排在剧院的舞台上，跳伞被安排在赛马场，旱冰被安排在体育馆外面的广场。运动员或住军营，或住大学生宿舍，真正是不添一砖一瓦。凡运动会必有纪念品，世运会当然也有。纪念章、绒衣、帽子、背包、圆珠笔、钥匙链、短袖衫之类，应有尽有，但没有一件是白送的。即使对记者，也没有任何纪念品赠送。一张印有吉祥物的不干胶"即时贴"，还没有巴掌大，售价 5 个芬兰马克，合人民币 8 元多。

有一件小事也许可以说明何以偌大的运动会只花了 500 万美元。惟一的室外游泳池四周被绿草如茵的小山坡环抱，实际上是一个袖珍小盆地，想来一定是依地形而建的。但当初也许没有考虑到有朝一日会用来进行国际比赛，需要为胜利者升国旗，因此没有埋设旗杆。这次世运会蹼泳和水中救生两项赛事在这里举行，主办者没有花钱添置旗杆，因而升旗的方式也非常独特。三名青少年志愿者各执一面国旗，代表着获前三名选手的国家，随着国歌声并排向山坡上退去。中间的旗手退得快些表明这是金牌，银牌稍慢，铜牌居后。这样，乐曲一结束，三名旗手的位置在山坡上高低不同，三面国旗也错落有致。

世运会的项目设置也颇有特色。我们知道奥运会的重要原则之一是"业余"，但实际上在很大程度上已经"职业"了。在这一点上，世运会的项目设置和选手资格倒是真正恪守奥运会"业余"的原则。如拔河，参赛者有伐木工人、牧民，也有船工。再如水中救生、鱼竿投远和投准、健美操、速度轮滑、体育舞蹈、翻筋斗，以及从来没听说过的考夫球、福士德球、潘太克、地板球等都是业余选手。这就使得世运会的竞技色彩和金牌意识不如奥运会那样浓，而大众参与气氛以及实际的参与者却可能远甚于奥运会的某些项目（如花样游泳、现代五项等）。

无论是古代奥运会还是现代奥运会，创始者的本意都是健身和参与，而不是赚钱。从这点上讲，世运会比当今的奥运会更贴近普通人，更符合奥运会的初衷，难怪一名芬兰志愿者对我说："世运会也许比奥运会更具奥运精神。"

三

1980年5月，12个国际单项体育组织的领导人在汉城筹划成立世界运动会的时候，不知是否有一个不便挑明的目标，即与奥运会分庭抗礼，并最终取而代之。现在看来当初有这种想法完全可能。因为奥运会当时不但在经济上入不敷出，政治上更是被各种纷争以及由此而产生的抵制报复搞得人心涣散，似乎难以为继。

17年弹指一挥间，两大体育组织都已今非昔比。以1984年洛杉矶奥运会为转折，奥运会首先在商业利益上大获成功。接着在1988年，中国、苏联及东欧共十几个韩国的"敌对国家"参加了汉城奥运会；1992年，因种族歧视政策被奥运大家庭开除20余年的南非出现在巴塞罗那奥运会上；1996 年，亚特兰大奥运会实现了"大团圆"，历史性地使所有国家和地区全部参加了奥运会。如今，尽管国际奥委会仍不时遭到来自各方的批评，然而不能否认，它领导下的奥林匹克运动正如日中天。

再看世界运动会，尽管未成燎原之势，也并非 17 年前的星星之火。它的成员组织已由创始之初的 12 个扩大到 28 个，有 90 个国家和地区的选手参赛；在吸引新闻媒体的注意方面也大有进展。ESPN 从上届每天播出 25 分钟专题，增加到本届每天 90 分钟专题和 90 分钟现场直播。

世运会成立之初和国际奥委会关系如何，不得而知。但现在它们的关系越来越融洽和紧密。

首先，萨马兰奇本人在 1989 年和 1997 年两次出席世界运动会开幕式。在芬兰拉合提，他在接受电视采访时表示"强烈希望加强和世运会的联系"。他说，国际奥委会"将更有力地支持世界运动会，包括财政方面的支持"。他说到做到，本届世运会第一次接受了国际奥委会的财政援助，这笔钱用于支付兴奋剂检测等项目费用。

其次，亚特兰大奥运会刚刚结束，国际奥委会体育指导委员会便宣布，要重新考虑奥运会项目设置。此次在拉合提市，一个国际奥委会的工作小组每天出入各个赛场，对世运会的项目特别是一些有望进入奥运会的项目（如体育舞蹈、蹦床、技巧、拔河等）进行"抵近观察"。

可以说，现代奥运会许多项目日益脱离大众，以更普及、更受大众喜爱的项目取而代之是大势所趋。比如拔河，算得上是最大众化的体育运动了。而且 1900～1920 年，它一直是奥运会正式比赛项目，重返奥运是国际拔河联合会的目标。实际上，"进入奥运"是绝大多数非奥运会项目的共同目标。有意思的是，世运会并不阻止自己的成员"跳槽"，正相反，它一直积极帮助它们进入奥运。正如前文所提及的，由世运会进入奥运的项目有羽毛球、棒球、垒球、沙滩排球、女子举重等。当然，在进入奥运之后，这些项目便不会再出现在世运会上了。这对世运会并没有什么影响，世界上林林总总的项目多着呢。

对于世运会这种"输送项目、培养人才"的作用，国际奥委会是赞赏的。萨马兰奇在拉合提就明确表示："要想最终成为奥林匹克大家庭的一员，首先进入世界运动会，这是一个非常好的途径。"

1997 年在芬兰拉合提市举行的第五届世界运动会，是 20 世纪的最后一届。2001 年日本的秋田市将主办第六届世运会，这是下个世纪的首届世界运动会。世运会的主办地已经离开了欧洲，这从另一个方面也表明它的影响在扩大。在芬兰，曾经有人预言："世运会在下个世纪将成为奥运会的潜在替代者。"说实话，我还看不出这个苗头。但世运会的许多原则、做法将进一步被人们了解并接受，世运会本身将进一步发展，它的影响将进一步扩大，却是肯定的。

（1997 年 9 月）

12. 萨马兰奇：我说不清楚

1997 年第八届全运会期间，我在上海主持一个每日播出的访谈节目《浦江夜话》。

10 月 14 日中午，我得到通知，下午 5 点采访来上海参观全运会的萨马兰奇。

由于只允许采访 10 分钟，所以提什么样的问题显得至关重要。和编辑张卫紧急磋商之后，达成"共识"：纯粹礼节性的问题不问，观众能够预先猜出答案的问题不问，过于宽泛的问题不问，别的记者问过的问题不问。

于是，"您对开幕式印象如何""您如何评价中国在奥林匹克运动中的作用"之类首先被我们自己否定了。

再于是，定了以下四个问题：

（1）您今天下午特意赶到嘉定看邓亚萍的比赛，您还两次邀请她访问国际奥委会总部，在奥运会和世乒赛上，您每次都要到场为邓亚萍颁奖，您为什么对这名中国运动员如此偏爱？

（2）您认为担任国际奥委会主席 17 年来，最大的成功是什么？

（3）您再一次连任国际奥委会主席，将带领奥林匹克运动进入下个世纪。作为跨世纪的奥林匹克领导人，您在新的任期内的目标是什么？

（4）中国的全运会共设有 28 项赛事，其中 27 项是奥运会项目，惟一的非奥运会项目是中国的传统项目武术。之所以设这个项目，当然是希望武术能够有朝一日进入奥运大家庭。您对武术成为奥运项目的前景如何看？

下午 4 点，我们提前赶到萨马兰奇下榻的花园饭店，在一间陈设豪华的会议室里架机器、布灯光。忙活一阵之后，一名工作人员急匆匆赶来，问："现在可以开始吗？萨马兰奇先生来了！"

我一看表，才 4 点 40 分。一定是到嘉定看乒乓球比赛的萨马兰奇提前回来了。幸亏我们早有准备，所以当萨马兰奇走进会议室的时候，一切刚好就绪。

采访提前了 20 分钟，但整个采访时间并不延长。"只给 10 分钟。"体委国际司司长老屠指着腕上的表提醒我。

照惯例，采访大人物前应该把问题用书面形式通知对方。但这次时间太紧，而且萨马兰奇也没有要求先看一下采访的题目。这样可能更好，因为他没有字斟句酌的时间，言谈话语之中也许会少些外交辞令。

我曾经在各种赛事中多次见过萨马兰奇主席，8 月在芬兰举行的世界运动会上还见到过他。但面对面正式采访还是第一次。此刻，这位国际体坛的第一号人物就坐在我的面前，相距最多两米。

对于第一个问题，萨马兰奇回答说："我非常喜欢邓亚萍这个中国女孩儿，因为我认为她是当今中国青年人的代表。她勇于进取，待人和善，我认为她在中国的体育史上也是非常重要的。"

"可是像邓亚萍一样勇于进取，待人和善，代表中国在体育史上取得非凡成就的青年人大有人在，您为什么只把殊荣给予邓亚萍一个人呢？"我紧接着追问。这一"追问"，在采访之前我已有所考虑，把它当做"备份儿"，一旦萨马兰奇的回答不能令人满意，再抛出来。

萨马兰奇显然没有想到还会有"追问"，他稍一犹豫，脱口而出的是："I don't know."（我说不清楚）但紧接着补充说："她不仅代表她本人，而且还代表中国的体育精神。我们相处得非常好，正如你所说，她到过国际奥委会总部多次，而且我邀请她明年 1 月再来。"

对于其他问题，萨马兰奇也一一作答，简言之就是"国际奥委会 198 个成员组织的团结是最大的成就，这种团结使奥林匹克运动日益强大"，"让所有国家的政府特别重视体育（是下一任的目标），这种重视不仅是对竞技体育而言，也是对全民体育和体育教育而言"，"一个项目要想进入奥运会，必须得到国际奥委会的承认，同时必须在至少 3 个洲和 75 个国家得到开展"。

采访结束，刚好 10 分钟，一位专门从事外事采访的记者说："萨马兰奇怎么说了个'I don't know'啊？这可是外交场合非常忌讳的话。你就是真的不知道也得想办法圆场啊！"

"他恐怕没有想到还会追问。"我说，"另外，这个话题让他觉得很轻松，谈的是一个老爷爷为什么要喜欢一个小孙女，就像聊家常，所以，他不必搜索外交辞令，怎么想就怎么说。"

情感上的好恶，有时很难说清楚，"I don't know"这种情况谁都碰上过。采访过后，我觉得"您为什么特别喜欢邓亚萍"这一问题的答案已经不重要了，重要的是，一个卓越的大外交家、大体育家、大政治家在我面前展示了他普通人的一面。

这使他离我们应该是更近了。

（1997 年 10 月）

13. 我是一个叙事者

80 年代初，妻子任录音师的一部电视剧获奖，剧组每人得一台"红灯牌"半导体收音机，带短波的。

毫无政治原因，纯属好奇，我有时听听短波波段。自然，听到了一些东西。其中，"美国之音"广播的一条小消息至今还记得。

消息大意是：纽约一个失业工人在地铁站看到一个盲人跌下站台，摔倒在铁轨上，这时列车正进站，眼看要撞到盲人。这个失业工人立刻跳下站台，救起了盲人。第二天，某报社会新闻版面的一个角落里报道了这件事。结果，这位失业工人接到了两个电话。

一个是里根总统打来的。

"你是××先生吗？"

"是。"

"我是罗纳德·里根。"

"请不要开这种玩笑，我刚刚失业，没有心情开玩笑！"

"不是开玩笑，我确实是里根。我代表美国人民感谢你。"

另一个电话是这位工人原来的老板打来的。

"我看了报，你干得不错。我已经改变了决定，你明天可以回来上班。"

消息完了，不到两分钟，从头到尾是一种淡淡的叙述，好像是在讲述一件极平常的小事。

没有形容词，如我们不少记者在这类消息中常用的"临危不惧""奋不顾身"之类。也没有记者的主观拔高和结论，如我们在不少文章中所常见的"真是活着的×××啊""表现了舍己救人的崇高精神""反映了社会主义时代新风貌"之类。

我不得不承认，这是比我们高明得多、巧妙得多的宣传，它令人信服地宣传了美国的总统、老板、媒体和社会。

这是叙事的功能，叙事的力量。

此后不久，偶然翻阅一份电影杂志，看到一位外国电影导演关于"政治性影片"的一段话。他说："政治性影片不是一部讨论政治的影片，而是一部影响许多人对某件事看法的影片。世界上政治性最强的影片可以是一部其中没有一句政治术语的影片，它应该把观众不知不觉地引到目的地。"

那时的中国，讲大道理的人多，讲大道理的文章和电视节目也比现在多，我们总是被喋喋不休地告诫着："我们要""我们不要""我们一定要""我们千万不要""我们必须""我们绝不应该"……

我感到说理者的阵容太强大了。更要命的是，我这人不大擅长说理，特别是说那些连自己都不相信的理。好在我已经知道叙事也完全可以很有力量，于是，我觉得应该当一个叙事者。

（1997 年 11 月）

14. 曼谷日记

1998 年 12 月 2 日　北京—曼谷

中央电视台第三批赴曼谷人员今晨出发，本人属于这第三批的 50 名成员之一。不巧的是，昨天上午在办公室突感身体不适，浑身酸乏无力，只想坐着或躺着。一同事说："你这样去曼谷可不行啊！必须要用药压下去！快去看病！"

本来还想硬撑着，撑到下午 4 点，终于到医务室看病。一试体温，39.1℃。医生听说我第二天要去曼谷，特意让我多带些药。结果买了大半塑料袋，有上十种，花了 190 元。

临出发突然生病，以前没有过。由于很少吃药，并且这次我特意加大了剂量，今天一觉醒来，感觉好多了。本想不吃了，但在曼谷机场，一位同事走过来对我说："别人脸色都红扑扑的，就你脸色惨白！"他并不知道我生病，但明显看出我脸色不好，说明我还不能大意，药还是应该继续吃。

曼谷比预计的要热多了。我在 1992 年和 1996 年来过曼谷，但那两次都是在 2 月，确实热。12 月据说是曼谷最好的季节，仍潮热难耐。同伴们在飞机上就开始脱衣服，在机场的厕所里接着脱。没一个人不喊热的。

晚饭后驱车去 IBC（国际广播中心），整个亚运会期间我们将在那里工作。

和先期到达的两批人员汇合，中央电视台报道团总人数达 150 人。超过日本、韩国，是除东道主以外电视记者最多的。而且，其中体育中心的记者普遍年轻，50 多人当中，80% 以上不足 30 岁。十年前，我参加汉城奥运会时 39 岁，在当时的体育部正好年龄居中。如今，体育部的事业发展了，人员多了，而且人员更年轻了。

（写于北京时间 12 月 3 日凌晨 1 点）

1998 年 12 月 3 日　曼谷

我们住的酒店名叫丽晶娜，属于一个叫做粤海集团的机构，显然是中国人开的。据说这家酒店大约是二星或三星，位于曼谷市东侧边缘。我们工作的 IBC 以及亚运村和主要赛场集中在位于城北的塔玛萨大学。从酒店到大学约有 30 公里路，据先来的同事讲，路途最堵车时走了两个半小时。

酒店房间里可以收到五套电视节目，除泰国的三套节目外，另两套是中央电视台第一套和第二套节目，据说有的房间还能看到浙江台的节目。

早餐时，餐厅的电视正在播放 CCTV – 1 的《夕阳红》，老主持人沈力正侃侃而谈。正在吃饭的十几个人都不出声地边吃边盯着看。他们其实都只有二三十岁，在家里不但不会看，恐怕根本不知道《夕阳红》节目为何物。

在极度潮湿酷热中工作，饮水是最重要的。当我昨晚发现楼道里惟一的百事可乐饮料柜当中实际上一无所有的时候，有先来的同伴说："这儿的供水跟不上。每次推车送水来，饮料柜前就开始抢。你别不好意思，泰国电视台的抢得更凶，下手慢了你就喝不着水。"

有昨晚这一席话，今天早上一上班，我就注意饮料柜前的动静。约 9 点半，几个中老年妇女推着小推车送水来了。我立刻通知伙伴们，大家闻风而动，动作都挺麻利，和泰国记者们一起围住了冷藏柜。不一会儿，一车饮料加矿泉水一扫而光。

在亚运村采访了大半天，各国代表团普遍抱怨的是太热，也还有其他一些小问题。卡塔尔的团长助理说他们已经来了三天，现在还没有把电话安上。王义夫、李对红抱怨射击训练场不让用实弹练习，他们不得不在酷热气候中练了半天空枪。

亚运会期间，我的任务已基本明确，那就是坚守在亚运村，采访运动员、教练和官员们。

（写于北京时间 12 月 3 日 19 点）

1998 年 12 月 4 日　曼谷

用一个字形容来曼谷以后的最深感受是什么？"热！"

用两个字来形容呢？"太热！"

"平心而论，"同事 Z 说，为了强调他这话是认真的，又加重语气重复了一遍"平心而论"。"平心而论，"他说，"泰国把亚运会准备成这样，相当不容易了！赶上那么严重的金融危机，可是该做的事还是做了，特别是那些场馆，无论是外形设计还是内部装修，应该说是相当不错！"

我还没有进过任何一处场馆，但每天乘车从旅馆去赛场集中的塔玛萨大学，都要从大部分场馆的旁边经过，外形确实一个比一个漂亮。

上午在旅馆附近一家商场的门口喝椰汁，碰上中国驻泰国使馆的一位先生。他说，李岚清来了，使馆派他到商场买点东西。一眼认出我是央视《世界体育报道》记者，过来打个招呼。他还说，使馆里的同事都挺喜欢看《世界体育报道》。

下午 4 点，中国体育代表团在亚运村举行升旗仪式。原计划孟加拉国、巴林、中国、土库曼斯坦四国同时举行，不知怎么后来没有了孟加拉国。

小仪仗队穿着传统的苏格兰服装，吹着苏格兰风笛，使人有风马牛不相及之感。记者们互相打听："为什么泰国人要如此装束？"结果谁也不知道。有人说："别问了，据说连吹风笛的人自己都不知道。"也有人说："可能是泰国传统音乐里找不出进行曲节奏的曲子吧。"

由于赛事还没全面开始，所以升旗仪式成了最受关注的事。上百名中国记者云集亚运村升旗广场，人人挥汗如雨。

仪式结束后，西装革履的中国运动员们迫不及待地脱下上衣，一个个衬衣都贴在了背上。

（写于北京时间 12 月 4 日 23 点 30 分）

1998 年 12 月 5 日　曼谷

昨晚吃饭时，酒店餐厅 CCTV 专用告示牌上写着"明早 6 点半吃饭，7 点 15 分出车，全体去 IBC，因李岚清要去视察"。

最后一批从 IBC 下班返回的几十人回到酒店已经是晚上 11 点多了，

洗澡吃饭，睡觉时已将近1点。早上6点又要起来，坐大约1小时车赶到IBC，等候视察。我因感冒初愈，"头儿"特许我不必早起。于是我仍按正常作息，9点钟离开酒店。

星期六不堵车，不到1小时到了IBC。车刚停稳，跑来一小伙儿，说："快下来，李台说用你们的车送一下伍局。"

"送谁?"我其实听清了，但不敢相信真的是用我们这辆又老又旧的破面包车去送中国奥委会主席、国家体育总局局长伍绍祖。

"送伍绍祖啊! 李岚清已经先走了，伍局长没车回去，台里的车也都出去工作了。所以李台说用你们这个车。"

我们这辆九座丰田面包是专给亚运村分演播室使用的。车旧不说，最糟的是后轮的减震钢板断裂，非常颠。昨天同事Y在后座上猛地颠起，头撞在顶棚上的空调出气孔，只听"哎哟"一声，捂着脑袋半天不松手。

李岚清是在视察完亚运村之后顺道来IBC的。据同事X说，早上他们都在IBC里忙碌着，突然门被猛然推开，随李岚清视察并拍片的时政记者W显然是跑了长路，上气不接下气地说："快，派一人一车，给岚清同志领路!"当时满座愕然，细问之下，才知李岚清的车队停在半路上了。开道的警车领着整个车队绕亚运村两圈，愣是没找到入口。不得已，来找CCTV记者去领路。CCTV的各路人马抵泰后就马不停蹄地干活儿，亚运会的各处地点早已跑得烂熟，只有亚运村的运动员住宿区没让进。而这次，我们的一名记者头前领路，另有几名记者随李岚清的车队终于鱼贯进了村。

（写于北京时间12月5日13点）

1998年12月6日　曼谷

昨天下午，亚运报道领导小组开会，中国体育代表团的主要负责人以及我们的头儿都去了。晚上11点左右，负责新闻和专题节目的X通知说，李台长在会上和袁团长说了，第二天接受CCTV采访，叫我们尽快找中国代表团负责联络的W联系，确定采访的时间和地点。

W接电话后，说要请示一下袁伟民团长。过一会儿回话说："袁团长说没有这回事呀!"

一头雾水的X无奈地说："我都不知道该相信谁了。李台长说已经打好招呼，叫咱们赶快联系。那边说根本没这回事！"

好在我们联系上了代表团副团长李富荣，他答应今天接受采访，很爽快。

今天是第 13 届亚运会开幕的日子。升旗广场上的旗杆挂上了 33 面旗帜，这说明已经有 33 个体育代表团举行了升旗仪式。也就是说，报名参赛的 42 个体育代表团，还有 9 个没到。

中国是第七次参加亚运会，又是在亚运村第七个举行升旗仪式的国家，而且中国队这次的礼仪服装是福建"柒"牌男女西服，这几个"七"莫非是一种巧合吗？在本届亚运会上还会有引人注目的"七"出现吗？

这次是第三次来曼谷，我发现有一个传统观念面临挑战。按照以往常识，越热越要穿得少，三伏天，北京满大街都是光大膀子的。曼谷此时的天气赛过北京三伏天，街上竟无一人赤膊，甚至穿短裤的本地人也不多。一般人都是两件上衣，警察穿得更多。从领口处可看见里面的 T 恤衫和衬衣，制服又厚又紧身，再加上头盔、皮靴、腰带，也没见人家怎么出汗。联想到沙漠地区的阿拉伯人，不管多热都捂着大袍、戴着头巾，以及我当年在新疆当兵时经常见到的维吾尔人大夏天穿棉袍、戴皮帽、穿大皮靴，我开始琢磨是否应该越热越多穿点儿。不过我一直没勇气去试，怕捂出一身痱子。

亚运村邮局开始出售纪念邮票，柜台四周绝大部分是中国人。游泳队教练张雄一人寄出 50 个实寄首日封。他说："钱是小事，贴邮票写地址花工夫可太大了，千里送鹅毛吧！"

（写于北京时间 12 月 6 日 19 点）

1998 年 12 月 7 日　曼谷

真正的比赛今天开始了。

中午，传来令人吃惊的消息，极有希望为中国队夺取首枚金牌的射击队失手，只得了一银三铜。

从射击队特意为我们拍摄的小录像来看，王义夫从早上起床就精神不大好，原因是昨晚不知什么原因皮肤过敏，脸上起包，一夜没睡好。早上 5 点多起床吃早餐，王义夫迟迟未到，还有队员开玩笑说："老队员就是稳得住，不慌不忙，什么也不耽误。"结果，姗姗来迟的王义夫一开口就直说昨晚休息得如何不好。

下午，给射击队领队冯建中打手机，他还在射击场。话语中，倒没听出沮丧之情，他只是说："前几天训练一直不错，今天没发挥好，回去小结一下。"

晚上在运动员餐厅外面碰上射击队的年轻女选手 W 和 Z，谈及今天的失利，她们认为还属正常。并说："射击有 34 块金牌，还要打好几天呢！"显得轻松自信。

在运动员餐厅外还见到了正去吃晚饭的足球队部分队员，江津、隋东亮、范志毅、杨晨、李玮锋等人，一个个又黑又瘦。只有孙继海例外，他不像别人那么黑。江津说："这小子就叫'晒不黑'！"

谈及前两场比赛，李玮锋仍心有余悸："太热了，从来没那么热过，身上水分都没了，出汗都出干了。"

足球圈知名写手马德兴也在，他说："那个热法和北京不一样，和广州也不同。35℃，关键是湿度大，93%，谁跑得动啊！"马德兴认为，中国足球队能得第三名。

晚 6 点多，汪嘉伟仍带着男排在健身房开展力量练习。他答应在拿了冠军以后，到我的亚运村分演播室接受采访。"大概应该是在 15 号，因为这天决赛。16 号我们就走了。"他说。

（写于北京时间 20 点 30 分）

1998 年 12 月 8 日　曼谷

天气比前几天凉爽多了，有点像北京初秋的气候。

中国游泳队再次让人失望，这次的失望比昨天还要重些，因为在今天的五项决赛中，中国队一金未得，而日本队得了四枚金牌，中国台北选手也摘走一金，加上中国射击队连续第二天低迷，以及贺璐敏到手的金牌生生被韩国人使招儿夺走，亚运会该引起国人的关注了。

晚上碰到李富荣，他也对射击选手的成绩感到不解。8 月在巴塞罗那举行的世界锦标赛上，中国队获团体总分第一。在亚洲打成这个样子，有些说不过去。李富荣说："射击六项打完只拿一块金牌，不应该！"

见到专门采访游泳的记者 L，我说："除了你那些冠冕堂皇的说法以外，你能告诉我到底是怎么回事吗？"

见 L 有点儿吞吞吐吐，我说："我不大了解情况，但我觉得是轻敌!"
L 说："可以说有这种情况吧。"出言谨慎。

从 1988 年报道汉城奥运会以来，每一次大型运动会的报道我都参加
了。不论在哪里，我都在 IBC 编辑专题节目。记得一次去北大讲座，我
开口先说："我没去过一座场馆，没见过一个运动员，没看过一场完整的
比赛。"我清楚地记得学生们全都傻了，那表情分明是觉得请错了人。我
继续说："但是我对这次运动会各项赛事的了解最多。因为我所在的 IBC
是个大信息中心，各个场馆的电视信号都要汇聚在这里。正是足不出户，
尽知天下事。"学生们的表情这才轻松下来。

这次我可不敢说这个话了。

为了加强对运动员的采访，CCTV 首次在运动员村设立了分演播室。
实际上这个分演播室仅仅是一个设在运动员村的信号源，并不具备汇聚
电视信号的功能。因此看不到任何一点儿比赛画面，也看不到 CCTV 的播
出信号。虽然离运动员近了，但信息却相当闭塞。对我们几个在此处工
作的人来说，因为看不到比赛，许多信息了解不到，很不方便。但对观
众来说，多了一个报道的层面，还是有好处。

下午到 IBC 看了一场中、塔足球的转播，这是我看到的惟一的体育
比赛。

（写于北京时间 23 点 30 分）

1998 年 12 月 9 日　曼谷

有一份专门在亚运村发行的报纸，英文名称是"Village Voice"，我
把它叫做《村中之声》。这份报纸每日八版，图文并茂。从 12 月 1 日开
始出版，今天是第九期。每天我到亚运村分演播室，第一件事是去服务
中心取《村中之声》。今天的报纸让人心里有点儿发堵。第一版有三个内
容：一是金牌榜，中国 13，日本 12，其他国家顺序排列在后；二是一幅
占将近半个版的大彩照，两个日本姑娘击败中国游泳选手之后手举金牌
开心地笑着；三是一篇分析前两天战况的文章，题目是"Japan Sink Chi-
na"——"日本使中国下沉"。

此文第一段写道："中国游泳选手在昨天的亚运会比赛中全部沉入水
下，在五个单项决赛中没有获一枚金牌。"

文章第二段说："昨天亚运赛场上的另一大冷门是世界杯足球赛的参赛队伊朗队在足球复赛中以2：4被不被人看好的阿曼队击败。"阿曼队的主教练是巴西人巴尔迪尔·维埃拉，他去年率伊朗队获世界杯参赛资格以后被伊朗弃用。

可以看出，中国游泳和伊朗足球的失利是《村中之声》认为的最重要新闻。

有意思的是，该文刊登了记者对男子400米个人混合泳银牌得主中国的熊国鸣和金牌得主日本的森隆弘的采访。

文章有一段原文如下：

熊在最后阶段输给了冲刺有力的森隆弘。"自1994年亚运会以来，游泳队发生了很大变化，我们失去了很多有经验的选手，目前这支队伍太年轻。"熊说。

"到这儿以后的第一天晚上全队开了誓师会，我们一定要在游泳比赛上击败中国队。"森隆弘说。

多么典型的回答！一个按照官方口径滴水不漏，并不涉及失利的真正原因。另一个年轻气盛，典型的日本个性。

在游泳项目上输给日本看来是不可避免了。

好在其他各项开始频频报捷。到今天结束，中国是25金，已经以9块的优势超过日本。从整体来讲，日本无法使中国下沉了。

（写于北京时间12月9日24点）

1998年12月10日　曼谷

今天的《村中之声》头版文章的题目是"Chinese Roar Back"——"中国人大吼着回来了"。

文章说在前两天连遭日本等国的闷棍之后，中国人从第三天开始奋起反击。

这一反击在今天（第四天）达到了高潮。总共决出43枚金牌，中国队狂揽24块，和前三天总共获得的25块基本持平。在金牌争夺激烈的时候，人们焦虑地指责选手们没有发挥出水平。当金牌大量到手之后，人们又该说，亚运会就是亚运会，不激烈，看着不过瘾，缺少悬念……

今晚开会，头儿说下面几天的宣传要淡化对金牌的渲染，因为现在金牌太多了，好像很容易得似的。前几天中国队夺牌受挫，我们多说了一些夺牌的艰难，今后要多讲故事，讲点儿有个性、有人情味、有趣味、有知识的故事。

今天最令人意外的夺牌场面出现在射击场。在总共决出的 8 项冠军中，中国队夺走 7 项。"连不该夺的也夺了。"我们当中一位接近射击队的 Y 这样说。吃晚饭时，Y 在亚运村碰到了射击队的几名小队员，回来后说："其实咱们夺的那块银牌也应该是金牌，被泰国人给'玩儿'了。结果泰国队比咱们多一环拿了金牌。"

我问他怎么个"玩儿"法，他说："这回不是电子计靶，是人工计，而且打完以后不封靶。按国际比赛正式要求，要封靶，统计环数的人根本不知道是谁打的，只有最后计算成绩的裁判才知道。结果他们不封靶，给自己人增加环数。"

对于东道主的个别小动作，中国体育代表团相当宽容大度，基本上只为东道主讲好话。从大局考虑，也应该。曼谷是第四次举办亚运会了，对亚运会有着特殊的贡献。1966 年是第一次；1970 年，因韩国经济困难，曼谷挺身而出，顶替汉城承办亚运，使亚运会没有断档。1978 年，曼谷又因同样原因替巴基斯坦堵漏，又办了一次亚运会。这次曼谷自身遇到困难，前所未有的金融危机使亚洲各国"易地举行"的呼声四起。此时中国支持曼谷，并以 10 亿美元援助，使曼谷得以继续进行亚运工程建设。这也许能说明中国为什么对东道主从不计较。

（写于北京时间 12 月 11 日上午 10 点）

1998 年 12 月 11 日　曼谷

每天翻翻《村中之声》，发现挺有意思。这几天，头版的综述毫无例外地都是做"中国"文章。前天的题目是"日本使中国下沉"，昨天的题目是"中国大吼着杀回来了"，今天的题目还是有"中国"两字，题目是"Thais Spoil China Party"，直译是"泰国破坏了中国的聚会"。如果不顾及字词的对应，真正的意思是"泰国把中国人的好事给搅黄了"。

文章除如实叙述中国在昨天掀起夺金高潮，一举摘得 25 枚金牌，最主要的是欢呼泰国选手在昨天获得了 3 枚金牌（游泳、射击、体操各一块），因而以 7 枚金牌压倒哈萨克斯坦、中国台北、朝鲜等队，仅次于中、日、韩，排在第四位。

文章第一段说："中国在昨天的比赛中大举夺金，但是东道主泰国的三个破坏者搅了这个亚洲体育超级大国的好梦。"

明天的《村中之声》不知又该在头版做什么文章了，因为从今天的比赛看，泰国有点儿欢呼得太早了。仅上午的皮划艇比赛，哈萨克斯坦队就夺取了6枚金牌，已经以11枚的总数跃居第四位了。

跳水在昨天刚刚结束，今天全队就已经回国了。想起昨天晚上跳水队副领队周继红和男子三米板金牌得主周义霖还在我这个亚运村分演播室接受采访，今天就已经坐在北京当了观众，不几天以后他们又将飞往新西兰，参加世界杯跳水赛，不禁觉得运动员其实也是挺辛苦的。

来泰国整10天了，每天上班，我都只提着一个白塑料袋，上面印着"望京购物"四个字。该塑料袋是我用来包着拖鞋放在箱子里从北京带来的。原以为大型运动会能给记者发个包、笔什么的，没想到一无所有。于是这个本来打算扔掉的塑料袋派上了重要用场，纸、笔、资料、证件、钱包尽在其中，有时还有衣服或水果、饮料。这么多天还没见到第二个提着塑料袋的记者。

（写于北京时间22点30分）

1998 年 12 月 12 日　曼谷

我几乎怀疑《村中之声》的总编是不是中国人。因为今晨出版的第12期报纸头版大标题仍旧在使用"中国"二字，"China Keep Excelling"——"中国保持领先"。

看起来中国在亚洲体坛确实举足轻重。哪怕是有几个"破坏者"对中国队进行了骚扰，也能成为这份亚运会会刊的头条新闻。

中午在亚运会官员下榻的 Radisson 酒店碰上了中国足协副主席张吉龙。他现在同时还担任着亚足联副主席的职务。谈及在本届亚运会他的工作，他说："我是亚足联代表团团长啊！"

原来，亚洲各体育协会都有代表团参加亚运会，这是以前所不知道的。

张吉龙通知我，本月15日下午3点，亚足联将召开新闻发布会，就国际足联宣布2002年世界杯亚洲（除日、韩）只有两个参赛名额一事表示不满。

"也可能会有比较激烈的态度。"张吉龙说。他希望 CCTV 到时候能有记者到场。"最好上午 10 点左右就来，那时候亚足联正在开会，可以拍摄一些大家讨论的镜头。"

据张吉龙说，目前亚足联内部在到底是"激烈"好还是"温和"好这个问题上意见不一致。

按国际足联惯例，举办国不占该洲名额。这样算来，亚洲的两个名额确实太少。但 2002 年世界杯偏偏碰上了两个亚洲国家共同举办，因此事实上亚洲有四个名额。作为足球水平最低的一个洲，四个名额也说得过去了。现在的问题是，亚足联认为应按"惯例"办事，而国际足联的依据则是"事实上"。

"这是谁造成的？还不是国际足联吗？是它决定日、韩联办的嘛！"张吉龙说。

在 Radisson 酒店见到老朋友 W，他是以国际拳联技术监督的身份来的。问到他的具体工作，他说："给裁判做工作，别让他们对中国队太黑。"至于如何"工作"，他笑而不答。

不过，他说："北朝鲜打得多漂亮，一个个都给'作'了。穷啊，买不起东西送礼！"

（写于北京时间 23 点）

1998 年 12 月 13 日　曼谷

上午因手头没有急需要完成的节目，定在 12 点发车去 IBC。这样，我就在 10 点多钟到酒店三楼的露天泳池游泳。

过了一会儿，来了个电视摄制组，有六七个人，像是本地的，主持人、摄像、音响等各工种一应俱全。正不知他们要干什么，又见来了一人，是条汉子，不高，深灰色休闲皮鞋、黑裤、紧身黑色短袖圆领衫，戴墨镜，宽脸长发，像女孩子似的把长发在脑后系成马尾式。

"这不是刘欢吗？"和我同游的小 S 悄悄说。

仔细一看，汉子正是刘欢。此次亚运会，几家地方台也派了记者，和我们同住一家酒店。前几天 BTV 的一个老熟人说他们在曼谷搞了一档《名人看亚运》节目，请了国内演艺圈的一些名流来看亚运，谈感想。我知道前几天葛优等人来过，看来刘欢接踵而至了。

电视摄制组来自新加坡，专门制作音乐电视，采访刘欢十分对路。

采访从 10 点 40 分直到 11 点 20 分，还没有结束的意思。我不便走，因为从泳池回房间只有一条路，而这条路正是在摄像机镜头之中。穿着游泳裤从刘欢背后走过，有些不雅，说不定就因为我这一走这段采访镜头就废了。我也不好意思下去游泳，刚才调整躺椅的角度稍微弄出点儿声响，已经引来音响师严厉的一瞥。游泳时弄出"哗哗"的水响，这不是砸人家的场子吗？

我就在太阳底下晒着，等着，好在这几天曼谷气候凉快下来了，太阳不是那么毒。要是前几天，我恐怕坚持不下来。不过话说回来，那么热的情况下，刘欢也不会露天接受采访。

到 11 点半，我等不下去了。12 点发车前，我还要洗澡换衣服吃饭。和小 S 一合计，两人一块儿走。经过刘欢背后，我拿一条白浴巾挡着腰部以下，事后一想，其实也不妥，大家还以为没穿游泳裤呢。

快吃完饭，刘欢来了。他过来打招呼时我说："你这段采访整得我够呛，游也不是，走也不是！"他笑笑，拍拍我肩膀，说："抱歉，抱歉！"

（写于北京时间 22 点）

1998 年 12 月 15 日　曼谷

今天和几个同事聊起 2006 年北京申办第 15 届亚运会一事，大家都觉得蹊跷。

先是前几天孙正平说："告你个消息，北京要申办 2006 年亚运会了。"于是大家分析，这肯定是申办 2008 奥运会的"配套工程"之一，可以看做是对奥运会的彩排和预演。就像韩国人干过的那样，在 1986 年先办亚运，然后在 1988 年成功举办奥运。

当晚，北京申办 2006 年亚运会的事在 CCTV 体育新闻中播了。

不料两天后，看到一份国内某报消息的传真，该报记者在曼谷向伍绍祖问及北京申办亚运的事，伍说："关于这件事我还是从你这儿第一次听说。"

昨晚，我采访国家体育总局宣传司司长何慧娴，请她评价一下亚运会前半程中国队的得失。采访前闲聊的时候我提到北京又要办亚运会的事,她十分惊讶,说:"没听说呀!你是不是搞错了,北京申办的是2001年世界大学生运动会。"

我说:"但是电视新闻都已经报了。"

何说:"我确实不知道,而且我觉得也不大可能再申办2006年亚运会,因为已经拿下来了2001年的大学生运动会,又要申办奥运,不大会再办一个大型运动会了。"

闲聊中,何司长还谈到中国队有些项目成绩欠佳,"拼是拼了,但是搏得不够。"她说。

我记得我吃惊不小,因为我一直以为"拼"和"搏"是含义相同的。何慧娴的说法很新奇。

"'拼'和'搏'还有什么区别吗?"我问。

"当然有区别,"她说,"'拼'是一般所说的玩儿命,不服,使出我的全部力量和你打。'搏'在这里有点儿'赌'的意思,'赌博'不是这个'搏'字,但是这个字在这里含有这层意思,就是在关键时候要敢于押宝下注,'搏'一下。这方面有些运动队还有欠缺。"

我想起去年世界杯预选赛,中国队在仍存一线生机的情况下本该押宝下注搏一下的。正是在那次失利之后,何司长抛出了"二流论"。想跟何司长探讨一下这件事,终于没有开口。

(写于北京时间12月15日10点30分)

1998年12月16日 曼谷

今天下午,中国男女排双双击败韩国,获亚运会冠军。几天前,在亚运村健身房碰上汪嘉伟。他正在跑步机上跑步,告诉我决赛时间。我当即和他约好决赛之后来亚运村分演播室接受采访。他一口答应,没有那种"要拿不了金牌怎么办"的客套,我的感觉是,冠军非他莫属。

不巧的是,决赛之后,当地侨界要为男排庆功饯行。晚上8点多钟,汪嘉伟从排球馆来电话,告知马上要出发进城,路上要45分钟,即使什么活动都不参加,点个卯就往亚运村分演播室赶,也难以按我的要求在10点以前抵达。况且作为主教练,他也不便在庆功会上只露个面,抽身便走。

我们只好实施第二方案,采访王晓竹。

　　王晓竹是吉林女子射箭选手，1992 年巴塞罗那奥运会团体亚军，1994 年广岛亚运会团体冠军。1996 年在曼谷举行的亚洲射箭锦标赛上，我曾采访过她。三天前，在亚运村巧遇，我约她在取得好成绩以后，到亚运村分演播室来聊聊。她说："没取得好成绩也应该来呀！那时候更有感受！"

　　10 点以前，她来了。见面第一句话："今天是什么题目啊？"

　　"你今天是第几名？"

　　"第五名。"

　　"成绩算好还是不好？"

　　"不算好。"

　　"得了，那就谈感受吧。三天前你不是说成绩不好也要来吗？"

　　干体育的大多快人快语，再加上是东北人，王晓竹说话更是爽快。曼谷这几天风大，可她不怨风："别人不是照样有 10 环吗？我怎么一个都没有啊！"她觉得自己没发挥好是因为"太想打好了。该出手了，还想瞄得更准，反而射不准"。她不认为中国女子射箭是亚洲二流："奥运银牌、上届亚运冠军还是二流啊？"她感叹韩国射箭运动雄厚的群众基础："优秀射箭运动员的名字在韩国家喻户晓。"

　　"韩国具有世界水平的选手太多了，随便拉出三个都能夺世界冠军。他们参加奥运会、亚运会以及世界锦标赛的选手每回都不一样，可中国队就这三四个人，什么比赛都是这几个人，其他人的水平差一截。上届亚运会冠军就是何影、林桑和我，这回还是我们仨。"

　　"教练的认同性也是咱们和韩国的重要差距。韩国教练都认同一个标准，10 个教练教的东西都是一样的。中国不同，10 个教练有 10 个教法，这个教练说这个动作是对的，那个说是错的。在省队练的动作，到国家队很可能要改。"王晓竹说。

　　"今天虽然个人名次不好，可我们三个都觉得还有浑身劲儿没使上呢，大家都觉得没尽兴。后天团体赛我们有信心赢她们。"她最后说。

　　采访结束，我看了看她的手，由于从小拉弓弦，右手指磨出厚厚的茧子，指关节似乎也有点儿变粗了。她的右手和左手不同，右手不像女孩子的手。

（写于北京时间 10 点）

1998 年 12 月 16 日　曼谷

亚运会接近尾声，大多数项目已进入决战阶段。

中国拳击队在 12 个级别当中只有 7 个人参加 7 个级别的比赛，6 名选手已经出局，仅最轻的 48 公斤级的杨相中打进了决赛。但他的决赛对手是泰国人，取胜的机会很小。

担任拳击医务监督的老 W 说："我找了乔杜里，希望他能够提醒 48 公斤级决赛裁判公正执法。乔杜里说：'我相信裁判会作出公平裁决，如果你们认为裁判不公，提出上诉，我会处理。'"

老 W 和乔杜里有相当的私交，曾被乔杜里请到巴基斯坦家中看病。据老 W 说，自亚运会拳击开赛以来，乔杜里这位国际业余拳击联合会的主席每场必到。

日本在亚运会前半程金牌数一直居第二，以一块或两块的优势领先于韩国。从昨天开始，韩国超过了日本。随着赛事临近结束，日韩争夺第二把交椅的拼杀将越来越激烈。昨天，中国乒乓球队获得第五枚金牌后，韩国队教练安宰亨对中国女队教练陆元盛说："你们干嘛要把七个冠军全拿走，让我们拿一个不行吗？"

据在场闻听此言的老 C 说，安宰亨由于娶了中国媳妇焦志敏而会说一些汉语。他的意思，一是不想让韩国乒乓球队全军覆没，二是在日、韩金牌大战中为韩国再助一把力。结果，金泽珠为韩国拿到了男单冠军。

今天中午终于进了运动员餐厅。刚来曼谷时曾想去餐厅拍摄，被拒之门外。昨晚找了亚运村副村长，在他的安排下，我们带着摄像机进了餐厅。餐厅很大，也很干净。据经理介绍，最多时每天有 8 000 人吃饭，菜式包括中、日、韩、越、印度、马来等。每天 24 小时开门，运动员随到随吃。

但实际观察，菜式似乎没有那么多。来自"饮食王国"的中国人觉得不甚可口，最好评价仅是"可以"而已。相比之下，巴勒斯坦、乌兹别克、哈萨克斯坦认为"很好"。不过，很多人说水果不够。我看到水果架基本是空的，只有一筐橘子。

（写于 12 月 16 日北京时间 24 点）

1998 年 12 月 17 日　曼谷

每晚 CCTV－1 都有从亚运村分演播室报道的几分钟小节目，这个节目的题目叫《非常接近》，内容是各运动队自己用小摄像机拍摄的，反映他们在亚运会期间的生活、训练、备战等，大致可以说是场外花絮。

中国各运动队对这个节目都很感兴趣，觉得是宣传自己这个项目的好机会，大都积极配合。举重队为我们拍了两次，射箭、跆拳道、拳击、马术、曲棍球、垒球、跳水、射击等队都是一个电话过去，满口应承，并立刻把小摄像机取走拍摄。

今天头一次遇上了"杠头"。

女足是一个不大被人惦记的项目，虽然屡获亚洲冠军，奥运银牌都拿到了手，但在国内各方面条件与尚看不到出头之日的男足相比，差得太远。从宣传女足的角度出发，我们的一个记者把小摄像机送上门。没想到被拒绝了，足协副主席、领队 W 和主教练 M 的回答是："团部叫我们拍才能拍，没有团部的命令不能接受。"

莫非中国体育代表团团部会下命令不许各运动队为中央电视台提供素材吗？如果有这样一道命令，其他各队不是在"抗命"吗？如果没有此命令，拒绝拍摄其实是放弃了一次很好的宣传自己的机会，要么是有些抵触情绪（因送小摄像机的人是《足球之夜》记者），要么是思维僵化。

不只一个运动员说，对亚运会的准备不如对全运会的充分。今天我大致知道个中原因了。晚上和小 F 闲谈，他的女友是女垒队员，话题自然是有关女垒。

"去年八运会上海队陶桦一棒子把北京队每人 5 万块钱打掉了，还打掉了好几套房子。"小 F 说。

他说，北京女垒若获全运会冠军，每人奖 10 万元，结果被陶桦的一棒子打成了亚军，奖金几乎少了一半儿。

获亚运冠军多少钱呢？

"6 000 元。"小 F 说。

我想起早就有议论说全运会有很多弊端，甚至有激烈的说法认为不应再办全运会。

（写于 12 月 18 日北京时间早 10 点）

1998 年 12 月 19 日　曼谷

今天是我参加工作 30 周年。30 年前的今天，坐火车离京赴山西省孝义县插队。30 年后，在泰国首都曼谷回想起这个日子，不由不感叹这世界变化太快。

晚上采访男子 50 公里竞走冠军，来自山东泰安的农村小伙儿王银行。

首先让人感兴趣的是他的名字。"行"是个双音字，可读做"航"音，也可读做"形"音。王银行说："我的名字读'航'音，父母亲起名字的时候希望我将来有钱。"小伙子憨厚，说得也朴实、直白。

50 公里竞走不仅是田径项目中最艰苦的，也可以说是整个亚运会上最艰苦的项目。"我这个项目挺残酷的，一般人坚持不下来。"王银行说，没有丝毫的渲染和炫耀，好像是在说一件平常事。但我知道，仅仅是把训练和比赛"坚持"下来，需要付出多么大的艰辛。

"今天拼得太凶了，快到终点的时候，我领先第二名一个身位，我看见前面队里的领导、教练，还有我们省体委的领导齐齐站成一排给我加油。我想这块金牌无论如何也要拿下来，冲刺得越来越有劲儿。一过终点线，精神上体力上立刻松下来了，倒在地上什么也不知道了。"王银行说。

王银行以比第二名领先 1 秒钟的成绩获得金牌。这一秒钟，足以说明拼得有多凶了。更何况获银牌的哈萨克斯坦选手并非等闲之辈。"他是去年世锦赛第四名。这是比完了教练告诉我的，他说比赛之前不对我讲是怕我有压力。"王银行说。

王银行今天为夺这块金牌，右脚大拇指的指甲盖磨掉了，左脚几个趾头都起了水泡，晚上到我们亚运村分演播室是一拐一拐地来的。"比赛的时候为了降温，把冰水从头上浇下来，没想到顺着腿流到了鞋里，鞋一变滑，脚就起泡，指甲也磨掉了。"

"体重减了四五公斤，一下来喝了六大瓶矿泉水、三瓶健力宝，不然尿检都没法做。过了一个半小时才有尿。我一看是血尿，褐色的，过去从来没有过。"王银行仍旧是不紧不慢地说。

30 年前我开始工作的时候，是当农民。我知道好多事情农民干得更好。

（写于北京时间 10 点 30 分）

1998 年 12 月 20 日　曼谷

亚运会临近闭幕，曼谷的天气又开始热起来。

亚运村比前几天冷清多了，据接待小姐说，回国的运动员超过了 3/4。在亚运村的泰国工作人员这两天不太忙，于是到处都是抓紧时间合影留念的人。CCTV 的亚运村分演播室也成了一个"景点"，因为在我们选择的这个三楼平台上，基本上可以把全村一览无余。

警察也少了，在村口的安检通道处，过去通常有八九个警察，今天只有一个。

亚运村的露天酒吧一直是宾朋满座，如今人烟稀少。卖纪念品的地方昨天贴着一张"减价 20%"的通知，今天，这张纸变成了"减价 30%"。即使这样，由于大部分人已经走了，而且该买的也早买了，所以虽一再减价，问津者却寥寥。

今天下午在亚运村国际区转悠，看见广场上安装了大型音响设备。一问，是韩国釜山交响乐团来此演出。釜山是 2002 年亚运会举办城市，早早地就开始了大规模自我宣传。昨天晚上釜山的一个歌舞团在亚运村里演出，大受欢迎。观看的人数以及反响之热烈大大超过十几天来一直演出的泰国歌舞表演。特别是演出结束后散发纸扇，人们一拥而上。

晚上釜山交响乐团演出前，村长亲致欢迎词。他说今晚是亚运村的最后一夜，希望所有人尽情狂欢。他特别提到除教练、运动员外，欢迎所有工作人员包括军警、保安、服务员以及志愿者都来参加。

今天采访几个外国运动员、教练，异口同声称赞亚运会的组织工作以及泰国人的热情礼貌。我知道这不是客套话，因为我也有同感。特别是对比亚特兰大的混乱以及美国人的傲慢，这种感觉就更明显。当时在亚特兰大，几乎无人不骂、无人不怨气冲天。而今天在曼谷，几乎无人不说组织有序、人民友好，这是泰国的光荣。

（写于北京时间 12 月 20 日 0 点）

15. 阿维兰热采访补记

1999 年 3 月 9 日，采访阿维兰热的电视节目"我是巴西的儿子，我以世界的名义"在《世界体育报道》栏目中播出以后，引起不小的反响。最集中的反映是"没想到这么一个大人物是这样平易近人"。几个多年从事体育报道的记者朋友说："以前知道阿维兰热是个铁腕人物，是个足坛强人，在电视上看到他的形象总是很严厉的面孔，原来他平时是这么可亲，这么有人情味儿的一个老头儿。"

采访前后的几件小事，也许更能说明阿维兰热的为人和品格。

《世界体育报道》栏目的主要内容，是采访世界各地体育人物和事件，阿维兰热自然是不容遗漏的超重量级人物。之所以一直没有采访他，一是觉得他太忙，恐难安排时间；二是相信早晚会有合适的机会。1998 年 6 月，82 岁的阿维兰热从国际足联主席职位上退下，有消息说他回到祖国巴西，重新担任一家自己年轻时买下的大型客运公司的总裁。这是否是一次机会？我决定试试。

由于不知道阿维兰热在巴西的联系方式，我们往国际足联发了传真，请他们帮助联系。传真于 1998 年 10 月 9 日发出，大约两个月过去了，没有回音。当时想，也许是国际足联不屑理睬，也许是阿翁本人没兴趣，总之，这事没人提了。

没想到 12 月初，意外收到一封苏黎世来信，拆开看，是国际足联名誉主席专用信纸，有阿维兰热亲笔签名。这封写于 11 月 23 日的信中说，《世界体育报道》10 月 9 日的传真已经送到了他在巴西的办公室，但他一直在海外，是在回到苏黎世后才刚刚看到。11 月 29 日至 12 月 12 日这段期间他会在巴西，很乐于接受采访。信中还附有巴西的地址、电话及传真号。

接到这封信已是 12 月上旬，来不及办理去巴西的签证，所以无法在

11 月 29 日至 12 月 12 日期间前往巴西。于是我在 12 月 14 日又发了一份传真，希望在 1999 年的 2~3 月进行采访。

1999 年 2 月初，阿维兰热又寄来一封信。仍旧是英文打字、亲笔签名，仍旧是有国际足联标记的名誉主席专用信纸，落款是 2 月 1 日。

信中说："我将在 3 月 2~3 日在里约热内卢的办公室接受采访，采访时间可以从 10 点开始。"

阿维兰热在信中写道："我将通知里约热内卢的市长发出邀请信。以使你们的摄制组成员能够在巴西驻中国的大使馆办理签证。"

大人物都特忙，采访不但要预约，而且通常时间都很短。1995 年在慕尼黑采访贝肯鲍尔 20 分钟算是相当长了，1996 年在伦敦各国电视台排队等候采访球王贝利每人才许 5 分钟，1997 年在上海萨马兰奇挺给面儿，也才 10 分钟。我判断阿翁的本意是让我们在两个上午当中选一个。要是纯访谈节目，够用了。但我是制作人物专题纪录片，需要拍摄尽可能多的镜头，最好能拍到他的公司甚至家庭，两个上午都不一定够，一个上午根本办不成事。

3 月 2 日上午不到 10 点，我们从圣保罗市赶到了里约热内卢阿维兰热的办公室，接待我们的是女秘书伊莱尼，60 岁上下，据说在阿维兰热的公司工作了 40 年。我们请她转告阿维兰热，能否把 3 月 2 日和 3 日上午这两个半天都让我们采访拍摄。她说等一会儿见到阿维兰热，我们可以当面向他提出来。

果然，阿维兰热以为只是录个访谈就完了。3 月 2 日上午采访一结束，我立刻提出第二天还想继续拍摄。他有些惊讶，问我还需要拍些什么，我说了，他想了几秒钟，答应了，接着补充说："还没有任何记者能拍到这些呢。"

阿维兰热甚至提出，3 月 3 日中午和他共进午餐，然后他亲自带领我们去他的公司和家里拍摄。

3 月 3 日上午一见面，阿维兰热非常抱歉地说，有商务上的紧急事情需要他陪同客户去处理，共进午餐只得取消。他将在两点半带我们去他的公司和他的家，这之前我们可以在他的办公室随意拍摄，有任何要求可以找伊莱尼。说完，他就和两个西装笔挺的先生出去了。

下午 1 点多，我们在办公室见面后直接就去了他的彗星客运公司。

阿维兰热乘银色宝马由一名黑人司机驾驶在前领路，我和摄像师乘出租车紧随其后。

这仅是彗星公司在里约的停车场之一，大约有50辆大巴。阿翁似乎是常来，他和每个人打招呼，握手，有时聊上三五句。我对摄像师的一贯要求是"不停机"，所以我拍到了这样两个镜头：

其一，一个工人正用橡皮管子洗车，见阿维兰热走过来，赶紧关掉水龙头，两手胡乱在工装裤上蹭几下，湿漉漉地握住了阿维兰热伸过来的手。

其二，临走时，阿维兰热和一位60多岁满头银发的女士依依惜别。阿翁的右臂轻轻挽住女士的肩膀，边走边说着什么，然后互相亲吻面颊告别。"她是电话接线员，已经工作了40年，是公司最老资格的职工。"黑人司机悄声说。

阿、维、兰、热，拆开看，四个极普通的汉字，但当这四个字组成一个人的名字的时候，它就具有了震撼力。多少年来，这个名字和崇高声望、显赫威权、巨大影响、钢铁意志以及无人能及的功业联系在一起。我只是在电视上见过这个名字的拥有者，他露面的时候，身边不是王公贵族，就是国际政要。在世界体坛呼风唤雨的各路英雄，在他面前只能称臣。而今，在里约热内卢的一个停车场，这位83岁的老人领着我登上一辆大巴士，拍着座位对我说："我的公司在巴西是最大的……靠背可以放倒，长途旅行的客人晚上会休息得舒服些……"语调平静、自然，好像那个领导国际足坛长达24年的铁腕儿掌门另有其人，而他，一直就是里约热内卢的一个普通商人。

随后在阿维兰热家里的拍摄也十分顺利。因为要赶飞机前往圣保罗，下午4点多我们起身告辞。阿维兰热住在10层楼，他一定要送我们到楼下。仍旧是那辆陪伴我们几乎一个下午的出租车，阿维兰热嘱咐司机直接送我们去机场，同时从灰色西装上衣口袋里掏出钱来，交给了司机。这是完全没有想到的场景，他竟然在为我们付出租车费！我赶紧看摄像师在干什么，他正在拍摄这一场面，没有停机。

回国后不久，收到了一封阿维兰热亲笔签名的信，这应该说是这次巴西之行的最大意外。

信仍旧是英文打字，用的是国际足联名誉主席的专用信纸，发自里约热内卢。

全文如下：

亲爱的师旭平先生：

非常荣幸3月2日和3日同你在里约热内卢见面及接受采访，我们谈到我任国际足联主席期间发生的一些事。

此外，你极有兴致地了解了我的家庭和我作为一名商人的能力，我希望你的采访达到了目的，你的节目在中国将会获得成功。

希望你在回国途中的旅行是愉快的，你的记者生涯将会继续取得重大成就。

顺致我本人最良好的祝愿。

若奥·阿维兰热

1999年3月8日

采访过的体坛大人物当中，阿维兰热是惟一在事后写一封跨洋信件表达"最良好祝愿"的人。

（1999年3月）

16. 真实的布莱克

大约一周前，在央视《体育新闻》节目中看到一条消息，说是曾在 1995 年和 2000 年两度夺得"美洲杯"帆船赛冠军的新西兰船长在巴西亚马孙河探险时遇害，七名凶手已被抓获……

消息中说遇害的船长是 53 岁的皮特·布莱克。

我曾于 2000 年 2 月去新西兰采访过"美洲杯"帆船赛，亲历了新西兰"黑色魔术号"以 5：0 击败意大利"普拉达号"卫冕成功的全过程，赛后出席了两位船长的新闻发布会，并单独采访过两位船长。

因此，在看这则新闻的时候，我当时对家里人说："我应该在新西兰采访过这个人，可是……"老实讲，我对电视中出现的布莱克"船长"的面孔实在很陌生。

几天后，报社一位朋友 T 来电话，说要组织几篇稿子介绍布莱克。"中国记者只有你见过他，采访过他，你就把当时的情况写一写。"

我答应了，但有点含糊：我虽然采访过新西兰的船长，但布莱克这个名字和这张面孔让我回忆不起任何东西来。

幸亏从新西兰回国时带了一些资料，为的是做电视节目用，其中有参赛各队详尽的文字和图片介绍，甚至还有第三轮、第四轮比赛之后的新闻和成绩简报。仔细核实之后，我确信率领新西兰队在 1995 年和 2000 年两夺"美洲杯"冠军的船长是另一个人，他比布莱克年轻十多岁，名叫鲁塞尔·考茨。

"怎么？布莱克不是船长?!"T 极为吃惊，"可所有的媒体都说他是船长！"

"他不但不是船长，在参赛的 16 名水手当中也没有他！"我说。

T 办事一向认真、严谨，他说："那我再查查，千万别闹出笑话，过一会儿给你打电话。"

电话来了。"布莱克确实不是船长，"T 说，然后拼出两个英文单词，"Syndicate head，我在网上查到他是新西兰队的 Syndicate head，直译是辛迪加首脑。这样看来，布莱克应该是整个船队的头儿。"

不错，在我带回来的资料上，对布莱克的介绍也是"Syndicate head"。仅有的一小段有关布莱克的文字应能看出他的身份和部分工作内容："（1995 年挑战成功后）皮特·布莱克爵士保留了大部分最初的赞助商，如斯坦拉杰啤酒、丰田汽车、LOTTO 博彩、新西兰国家电视台等，同时让新西兰电讯公司取代 ENZA 公司，成为第五家赞助商。"

"这样一来，稿子就应该是另一种写法了，"T 说，"你就把怎么样搞清布莱克的真实身份写写，毕竟除了你，中国记者没人真正见过美洲杯，也没人真正采访过新西兰船长，你的澄清有说服力。"

放下报社朋友的电话，我对新西兰现在关于布莱克的情况不知为什么突然有了一种强烈的好奇心，立刻拨通了现居奥克兰的项先生家的电话。2000 年采访"美洲杯"期间，项先生帮了不少忙。

"啊，布莱克！知道知道，在这里是很大的事啊！"电话那头，项先生的上海普通话继续说，"这里的所有报纸都是头版头条，我随便收集一下，就是 65 篇文章。"

据项先生介绍，皮特·布莱克也曾是帆船运动员，获得过多项国际赛事的冠军，被称为新西兰"帆船之父"，其声望和人类首次登上珠穆朗玛峰的埃德蒙·希拉里相齐，是新西兰最引以为豪的两位体育人士。布莱克作为高级管理人，在新西兰队两夺"美洲杯"的过程中贡献巨大，获政府颁发的"最杰出管理和市场成就奖"。

"布莱克娶了个英国女人，新西兰人都希望布莱克能在祖国下葬，但布莱克夫人不同意。所以国葬仪式结束后，布莱克的遗体要运到英国去，由他的三名前队友护送。"项先生说。

"你还记得奥克兰的港口吗？去年比赛的时候人山人海的，现在你再来看吧，全是花圈，都摆满了，成了花山花海啦！"项先生最后说。

我觉得皮特·布莱克爵士是不是船长已经不重要了。

（2001 年 12 月）

17. 单数后面加 S

参加大型运动会的报道，第一次完全撇开赛事，专注场外"花絮"，是在 2002 年盐湖城冬奥会。我的新闻和专题报道都无关赛场上的胜负输赢。

当时，"9·11"事件不足半年，我报道了直接由美军实行的异乎寻常的安检；

在奥运村，我没理会运动员，而是采访了一位印第安酋长（奥运村所在地是这位酋长的祖先的领地）；

在杨百翰大学，我拍摄了中文系二年级的汉语课，以及舞蹈团正在排练的将要带往中国的新节目；

……

我还去了一所小学，邦尼维尔小学。

去小学是因为 M 女士的一个电话，她说，邦尼维尔小学安排和中国花样滑冰选手联欢，申雪、赵宏博等都会出席。

联欢类新闻历来是应景之作，尤其和洋人联欢，着眼点不外乎"进一步加深友谊"之类，毫无实质性内容。

但这次似乎不同。M 女士介绍，三年前，犹他州政府曾发起在全州中小学开展"一所学校、一个国家"活动，每所学校通过抽签"认领"一个冬奥会参加国，利用冬奥会开幕前三年时间，广泛了解这个国家的历史、地理、文化、体育等多方面知识。

"邦尼维尔小学抽签抽的是中国，他们希望中国奥运选手能到学校和师生们见个面，这样三年来了解中国的活动就算是十分圆满了。"M 女士随后又补了一句："这不是蛮有意思吗？"

M 女士大约 40 多岁，20 世纪 80 年代中期从上海来盐湖城留学，后定居，多年来一直热心中美文化交流。冬奥会开幕前欢迎中国代表团的一次活动中，初次见面的 M 女士说："我对这儿熟，需要帮忙只管说。"我当时正愁没有熟悉情况的人士帮忙找"花絮"，立刻回应："太好了！你就帮我留心赛场外有意思的事儿。"

M 女士认为"有意思"，我当义不容辞。

联欢当天上午在校礼堂举行，主席台高悬中美国旗，据说已经挂了三年。整体气氛热烈真挚，但内容没有超出想象：致辞、演节目、照相、送纪念品等，惟一可能出彩的环节是中国驻美文化参赞 S 宣布他带来了两个大熊猫（当然是熊猫玩具）。

"我要把熊猫送给两位同学。"参赞略一停顿，他知道接下来的一句话会引起巨大轰动。我看了一眼摄像师，他扛着摄像机稳稳地站在参赞面前。机头上小红灯亮着，说明正在拍摄。

"一个送给一位学习成绩最好的男同学，另一个送给一位学习成绩最好的女同学！"S 参赞是用中文讲的，在翻译开口之前，他先鼓起了掌，所有在场的中国人（大约 20 来个，运动员、记者、官员）也都跟着起劲儿地鼓掌。

翻译准确地把这句话译成英文。令人惊讶的是，期待中的"满堂彩"没有出现。摄像机拍下来的是孩子们似乎没有听懂的茫然的表情。

随后参观校园，拍摄的画面有：

所有的教室都开着门上课（中国的教室必须关门，否则会互相干扰）；

教室里养着金鱼、兔子、小白鼠等宠物（中国的教室不能养动物）；

所有的书包和外衣都挂在楼道里（我们必须挂在自己的教室里，或锁进抽屉，即使这样还总有人丢东西）；

……

当晚我编辑这条新闻——时长将近 7 分钟，实际上成了个关于联欢的小故事——快完成的时候，M 女士又打来电话："还有一件小事不知道你觉得有没有意思？"

"说吧。"我歪着头，电话夹在肩膀上，没停止手头的操作。

"那两个熊猫给学校出了难题。"

"怎么？"我颇感意外。

"美国的小学教育是不强调名次的，所以没有谁的学习成绩最好这个概念。他们认为小学这个年龄段潜力很大，成绩好坏没有什么意义，对将来也没有什么影响。为了保护孩子们的自尊心，学校里从来没有成绩排名。我女儿就是只知道自己的分数，从来都不知道别人的分数。"M女士说。

"所以……"

"所以，不知道该把熊猫给谁呀！两个熊猫每个脖子上挂一条彩带，本来写的是给最好的 boy 和最好的 girl，都是单数。学校想了个办法，在 boy 和 girl 后面都加上 S，改成给最好的男孩子们和最好的女孩子们。熊猫已经放进了荣誉室，学校打算永久保存。"M女士说。

现在想起来，我当时的心里应该是无语，但不知为什么嘴里吐出了三个字："有意思！"我告诉 M 女士，新闻已经编好，马上传送，来不及去学校拍这两个熊猫了。单数后面加 S 的事，我会写成解说词，补充到片尾。

邦尼维尔熊猫让我觉得，M女士如果当记者，应该不错。

（2002 年 3 月）

18. 节目遭遇枪毙

　　小 X 是我们《体育人间》栏目的得力编导之一。他为拍摄一套爱马人的系列节目，用半年时间遍访京城马场，选出十来位人士，为每人制作了一集长约半小时的专题纪录片。这些人士有男有女、有老有少，包括马场经理、马主、兽医，还有骑马人。50 多岁的 Y 女士是骑马人。

　　节目陆续完成。多数被拍摄者表示相信小 X 的能力，另外，"太忙"，播出前不用看了。少数想看看，其中 Y 女士在拍摄初期就非常认真地提出，节目完成后"务必"让她先过目。结果，别人看过节目之后，基本上没什么意见，只有 Y 女士颇不满。

　　小 X 说："她提了三点意见，主要是觉得没有把她的境界表现出来，所以最好先不要播出。后来她想看看采访别人的节目做得怎么样，我给她看了一个，她觉得好，比给她做的节目强。"

　　"有这样的事？"我说。作为制片人，我看过爱马人系列的每一个节目。我认为这不是通常那种一定要把境界提升到某一高度的节目，只是讲讲普通人养马、骑马、爱马的情感故事。同时我认为采访 Y 女士的节目是其中最成功的。

　　"我对这个节目下的工夫最大，"小 X 很受伤，"她要求直接跟你谈，我把你的电话号码给她了。"

　　"行，我听听她说什么。"我相信能说服 Y 女士。我想说，也有不少采访我的文章和电视节目，其中多有不确之处，但那又怎样？不能苛求别人做事一定要完美，因为自己也并不完美，把我的境界拔高我还难受呢。我还想说，如有可能，可以在文字和画面上做些修改……

　　晚上电话来了。几句例行寒暄之后 Y 女士便滔滔不绝。40 多分钟我插不上嘴，三点意见变成六点。其中有合理的成分，但不多，给我留下深刻印象的是这样一些话："有个镜头是我的帽檐儿遮住了一只眼睛，看上去像个独眼儿龙，为什么用这样的镜头？""电视画面里我有那么多皱纹儿，在镜子里我都看不到这么多，是怎么拍的？"……

听得出 Y 女士深感受到了莫大伤害，她极度失望，曾经对小 X 说的"最好先不要播出"，对我讲的时候升级成"强烈要求不能播出"。我答应了，没有试图再解释什么，我知道对这种人，我的话不会有说服力。

第二天，小 X 说，有几个马圈儿内的人士刚才来办公室看了采访 Y 女士的节目样片，认为"真不错""挺感人的"。

"昨天晚上她给我打电话了。没戏！"我说。小 X 干活儿不惜力，Y 女士在昨晚的电话中对这一点也赞不绝口，称"没见过这么敬业的年轻人"。对这样的编导以及他的呕心沥血之作，"没戏"两个字太残酷。

"她没有这个权力！"小 X 极力抗辩："审查节目是领导的事，什么时候被采访者也有审查和枪毙节目的权力啦？"

"被采访者不同意的话，会惹上肖像权官司。"我说。

"但我们拍摄她，去她家里，都是她本人同意的，又不是偷拍。"小 X 说得也有道理。"而且每一集节目几万块钱，前期设备使用费、后期机房制作费、工作人员劳务费、交通费，都花出去了。节目播不了，这几万块钱的账怎么办？"他接着说。

停顿片刻，小 X 又补充一句："这事还真没碰上过！"

"别说你了，我在电视台 26 年，也是头一回！"我说。

"这事恐怕就是让律师解释，也有争议。不如冷处理，先等一等，看看还有什么办法。"旁边一个编辑建议，紧接着又不咸不淡地补充说："咱要是硬播了，你说会怎么样？说不定又是一司法漏洞。"

以往我听说"司法漏洞"四个字的时候常有忧虑之感，不知为什么这一次心底却掠过了一丝窃喜。

（2002 年 3 月）

19. "团本"和"人本"

CCTV-5为雅典奥运会的宣传造势大约是从去年开始的。到今年2月2日，《体育人间》正式加入，以许海峰的故事打头，长达118集的中国奥运冠军系列片铺天盖地，把87个获得奥运冠军的中国人齐齐捋了一遍（其实是84，一个没找着，俩不乐意）。

片头颇为不俗，庄严的音乐声中，87个名字鱼贯而出，浑厚的男中音（是我的）说："从1984年以来，在五届夏季奥运会上，共有87个中国人获得了81枚奥运会金牌……"不少人说，这话叫我一念，给劲！

没想到毛病就出在这句话上。

系列片正热播，不知从哪一天开始，在我的浑厚中音的片头前加了一个30秒的奥运宣传片，一个至少是同样浑厚的男声说："……中国体育代表团共获得了80枚奥运金牌……"

观众纳闷儿了："你们自相矛盾！一个说80，紧接着另一个说81，哪个对呀？"

头儿陆续接了几个观众电话后，有些恼怒："怎么回事儿？"

"咳，有些人不走脑子呗！"我说，"其实两段话都没错。在中国体育代表团名下确实是80块，但我们考虑到香港的李丽珊虽然不是代表中国体育代表团参赛，可是作为中国人，《体育人间》里应该有她的故事。所以我们说是中国人获得了81块金牌。"

头儿接受这个说法，但认为观众未必会想那么多，很多人不一定去细琢磨"中国体育代表团"和"中国人"之间有什么区别。为了不继续造成误解，两种说法只能留其一。商量的结果是，保留以"中国体育代表团"为本的宣传片，更换以"中国人"为本的《体育人间》片头。

一来二去，《体育人间》的中国奥运冠军系列片影响越来越大。首先是香港无线电视台买去了这个节目在香港的播映权，其中当然包括李丽珊的专辑。我甚至庆幸我们拍摄了李丽珊的故事，不然有些香港人也许会觉得他们被排除在了祖国大家庭之外。接着，CCTV－9 把大部分节目译成英文向海外播出；然后有全国十来家报纸、杂志登门索要解说词，或原文刊登、或改写；此外，全套节目的 DVD 光盘正在赶制当中；还有就是出书，由颇有声望的人民文学出版社承担。显然，"以团为本"的 30 秒宣传片无法成书，还是要"以人为本"的 118 集系列片作基础。于是就有了这套图文并茂的书，李丽珊的故事堂堂正正名列其中。

还有李东华。

李东华的故事人们知之甚少，但他绝对是最让人敬佩的奥运冠军之一。他是中国人，加入了瑞士籍，并代表瑞士在 1996 年亚特兰大奥运会上获得了男子体操鞍马金牌。《体育人间》原片头提到的 81 块金牌，不包括李东华这一块。不错，李东华是中国人，但从法律角度讲，金牌属于瑞士。犹豫再三，为了不让观众不明就里（李丽珊已经让很多人不明就里了），我们在片头语中没算这一块。不过当时我们已经拟了计划，一定要去瑞士采访李东华。

这样，118 集的系列片中就包括了李东华的两集。

对中国人来讲，这是有史以来最完整的中国奥运冠军系列节目。

（2004 年 7 月）

20. 访问米卢在墨西哥的家

2006 年 3 月 29 日，为拍摄系列电视片《世界足球之旅》，我随央视体育频道的一个摄制组来到了墨西哥。

也许是商业运作方面的原因，中国人眼下对国际足坛的了解颇有些"重欧轻美"，提起欧洲足球时侃侃而谈，但要说起美洲足球，除了南美的巴西、阿根廷，其他都不甚了了，包括中北美洲的墨西哥。

有两件事可以证明墨西哥足球绝对不俗。其一，我们刚到墨西哥时，正好看到国际足联公布的最新排名，墨西哥位列第四。其二，2006 年德国世界杯抽签，墨西哥是八支种子队之一。

仅此两样，便是亚洲所有球队连做梦都还没有梦到的事，不管是中国还是日、韩、伊、沙。

可见，到墨西哥采访足球，"有料"。

"有料"的另一个重要原因是米卢。

米卢是近几年在中国知名度最高的洋人，先是"快乐足球""态度决定一切"等说法让中国人兴奋，接着"被郝海东炮轰""和女记者零距离"等事件更强烈刺激了中国人的神经。那时米卢的一举一动几乎都被曝了光，但也许是我孤陋寡闻，印象中好像没见人提到过米卢的家在哪儿，家里什么样。

米卢的家在墨西哥。

"从来没有中国记者到过我家，你们是第一批。"米卢在他的位于墨西哥城郊的家里对我们说。这是 2006 年 4 月初一个异常晴朗的上午，米卢一天前刚刚从卡塔尔回国，他在那儿参加了一个王室成员的婚礼。

墨西哥城贫富悬殊，城里有大片的富人区，也有更大面积的穷人区，米卢的家当然在富人区，圣塔安妮塔路，门牌号是 255B。

这条幽静、几乎见不到行人的街上，255B 只是一所普通的房子。像所有邻居家的院子一样，墙头被一种藤类的绿色植物完全覆盖，叫不出名的大红或粉色的鲜花从院内爬出来，朝着街上怒放。一座两层楼房坐落在绿草如茵的院子中间，把院子分成各约200平方米的前后两部分。前院，四辆汽车在草坪上一字排开，分别是奥迪、沃尔沃、奔驰和大切诺基。后院是一间书房，还有一个吃烧烤的露天餐室。

眼前的米卢正是他在中国电视、报纸、杂志上出现时的经典形象：一头乱发似乎永远不曾收拾过，饱经风霜的脸上挂着笑，使皱纹更多更深。白色短袖衬衣敞着领口，一件深蓝色薄毛衣随意地披在肩上，两个袖子搭在胸前。裤子是宽松的休闲款式，纯棉，浅米色，配一双高档黑皮鞋，洒脱、干练。

米卢直接领我们到露天餐室就座，立即兴致勃勃地为我们放起了一段他在云南丽江拍摄的录像，画面中一群老人在演奏纳西古乐。这段录像是用家用DV摄录机拍的，图像一般，声音远不能达到让人欣赏的程度，所以虽然米卢边放边讲，眉飞色舞，中国客人却明显没有兴趣，一个个目光游离，心不在焉。聪明的米卢很快注意到这一点，只几分钟，就悻悻然收摊儿了。

为了提高工作效率，摄制组这次出国破例带了两台摄像机，此刻显出了优势，一台在露天餐室采访米卢，另一台拍摄米卢家里的室内环境。

"楼下可以随便拍，楼上就不要拍了，是家里人的私密空间。"米卢特意提醒说，同时狡诈地挤挤眼睛。

他说得没错，按西方习俗，除非主人邀请，访客通常是不上楼的。而且必须承认，米卢的提醒很及时，因为作为常人，我们对楼上所谓的"私密空间"有强烈的好奇心。另外作为电视记者，我们都希望对米卢进行家访的电视节目拍摄到的内容越丰富越好。老实讲我们当中有人正打算悄悄提着摄像机到楼上去"抢一圈儿"呢。

由于多年没有专门作足球报道了，所以和米卢从未打过交道。初次见面，他给我留下的最深印象是思维敏锐、反应机智。也许是有着长期漂泊、不断成为舆论焦点的生活经历，我发现米卢的敏锐和机智有很强的自我保护特色。

比如，他的夫人和女儿虽然在家，却一直待在楼上"私密空间"，未能一睹芳容。米卢解释说，她们不习惯面对媒体和陌生人，这是她们的处世哲学。当我们开玩笑说，是不是因为你在家里的地位不高，她们不重视你的客人？他立即反问："全世界不都是这样吗？家庭当中哪里有男人的地位？"反应速度之快，就好像已经预见到了你的问题，一句现成的答案早搁那儿了。

在书房，有一张米卢和贝利的合影，当问到这张照片来历的时候，他首先纠正说："不是我和贝利合影，是他和我合影。"然后嘴角向下一撇，笑得十分神秘。

米卢的机智使他善于随时随地在任何一件小事上制造悬念。他声称最喜欢的照片是独生女儿达琳卡出生时，他抱着女儿照的。"我激动地流了泪，我一生只流过两次泪，这是其中一次。""另一次呢？"见吊起了我们的胃口，米卢立刻打住："下次再告诉你。"

在米卢已经居住了25年的这个优雅、舒适、明显属于富有人家却绝不奢华的家里，我们大约停留了一小时。如果说有谁还意犹未尽的话，那就是米卢。在一家豪华餐馆品尝墨西哥玉米饼、畅饮科罗纳啤酒时，米卢宣布，邀请我们在完成采访任务离开墨西哥之前，到他的农场去休息一天。

农场距米卢的家约40公里，位于一片丘陵之中。说是农场，其实并不种植农作物，倒是有一个养着六只羊的羊圈和一个网球场。惟一看得出人工栽培的作物是几十棵树苗，半人多高，据说是从中国运来的。其余大片地方是天然树林和草地。墨西哥城地处高原，海拔2 340米，到农场基本是在丘陵中穿行，感觉上坡路居多，因此农场的海拔估计要更高些。墨西哥干旱少雨，春季就是旱季，所以草还没有返青泛绿，一片枯黄。"4月下旬雨季该来了，那时才漂亮呢。"米卢说。

农场是米卢夫人继承的遗产，这给了米卢又一次混淆概念的机会，"这个地方是我夫人的，不是我的，"他说。农场有多大？米卢也说不清楚。他带着我们走了走，基本朝着一个方向，一个来回走了一个多小时。路上，他有时会指着一大片草场说，这是他小舅子的，有时又会指着一大片树林说，这属于他的大姨子。看来这应该是米卢夫人家族的农场。

吃着米卢亲手烧烤的牛肉，我们又天南海北聊起来。让我颇感惊异的是，米卢虽偶有闪烁其辞之处，但更多情况下是少见的坦率和直截了当。

比如他主动提出让我们猜猜他认为最出色的中国球员是谁。我们列出好几个名字，他都摇头，然后说："申思，他的技术和意识都是最好的。"

米卢先后率墨西哥、哥斯达黎加、美国、尼日利亚和中国五支国家队参加世界杯，在哪个国家队工作环境最宽松呢？"美国"，米卢说，"美国足协给了我全部权利，他们不干涉我的任何决定。"

"在中国队呢？"

"我和中国足协合作得很好，他们非常支持我，不然怎么会出线呢？"

"可是中国足协曾经想解除你的主教练职务。"

"我知道，他们幸亏没有这么做。"

"哪国的媒体最让你头痛？"

"美国。他们太想搞到耸人听闻的消息了。"

"你不认为中国媒体对你有时也很苛刻吗？"

"不，我没觉得有来自媒体的很大压力。"

"我认为中国队根本不可能成为世界一流强队。"我知道米卢在公开场合一直对中国队颇多赞扬，对中国足球寄予厚望，我想最后把米卢引向一场争议。

他果然一脸惊诧："为什么？"

"因为不同人种适合不同的体育项目，这是不可否认的客观事实，足球偏偏最不适合黄种人。"

"No，no，no……你不认为韩国和日本踢得很不错吗？"

"偶尔赢一两场球说明不了问题，上届世界杯借主场之利成绩不错，也不能算是世界一流吧？"

米卢稍想了想，说："你猜我早上6点到北京，出了机场首先去哪里？"

"宾馆？足协？或者是去公园？"

"对，是公园。我想看看中国人早上干什么。"米卢接着开始慢慢比划起来，显然是在模仿太极拳的动作，"当我发现大多数人是这样锻炼的时候，我就想，他们怎么能踢好足球？"

一个同伴说："好像米卢最后同意你的看法？"

"我也没整明白。"我说。

（2006年5月）

21. 16 点，人家在干嘛？

这里所说的 16 点，特指 2006 年 12 月 5 日卡塔尔时间下午 4 点，亚运会羽毛球男女团体决赛在多哈阿斯派尔体育馆开赛，分别由中国对韩国以及中国对日本。

女团方面基本无悬念，因中国是上届冠军，且多年来一直对日本有明显优势。男团则不同，尽管中国队在世界大赛上的成绩远优于韩国，但亚运会往往表现欠佳。上届在釜山，羽毛球 7 金当中韩国尽收其 4，中国只得 2 金，特别是男团，中国半决赛败于印尼，仅列第三，冠军奖杯最终被韩国人捧走。

可以想见，中国人对本届亚运会男团冠军该是多么看重。早在亚运会开幕之前，媒体就不断造势，宣称羽毛球场将上演的是"复仇之战""荣誉之战"，中国队"迫切需要证明自己"。

因此，16 点虽然有好几项决赛同时开打，但中央电视台向国内直播的是羽毛球，而且是男团。

"复仇之战"打响时，我正在央视设在多哈 IBC 的办公区，这一区域和其他亚洲各国电视台办公及演播区同在一座像仓库一样巨大的临时建筑里。IBC，即国际广播中心的英文缩写。在这里各国电视同行互相参观、采访的事时有发生。此刻我手头工作刚完，忽然想去韩国和日本电视台的演播区看看，中国人如此关注的"复仇之战"，他们是不是也感兴趣？

16 点 5 分，我先来到 KBS（韩国放送协会，即韩国国家电视台）。令我大为惊讶的是，他们并没有转播这场中、韩大战。不仅如此，KBS 此刻没有向国内传送任何一场比赛画面，几个编辑正在看通过卫星从韩国传过来的电视节目，那竟是一出古装韩剧！

"你们觉得这场决赛不重要吗？"我问。

"不，我们迟一些会播出录像。"一个小伙子说，同时指了指一排录像机。我看到他们在同时收录好几路信号，除了羽毛球决赛，还有篮球、乒乓球、游泳和体操。

16点14分，我来到NHK（日本放送协会）。NHK这时正在直播的比赛是男子体操单项决赛，画面上一个日本选手正在做自由体操。

"羽毛球决赛的时间太长了，我们先转播别的项目，然后只转播羽毛球女团决赛的后半段就行了。"一位女编辑解释说。

16点20分我走进韩国另一家电视台SBS（首尔电视台）的办公区，希望看到中韩羽毛球男团决赛在这里没有被当做"垃圾赛事"。我又一次失望了，SBS正同时往韩国传送两路信号，一路是男子曲棍球韩国对巴基斯坦，另一路是男子柔道，其中一个是韩国选手。

在IBC，共有三家韩国电视台，各自独立报道。前两家都没有转羽毛球，第三家呢？第三家是MBC（韩国文化放送协会），16点32分，MBC门口几个人正七手八脚挂一面韩国国旗。"这几天一直忙，还没顾上挂国旗，抽空赶紧挂上。"一个人说。进门一看，十几个人，好像都不太忙，只有一路电视信号在传送，是游泳预赛。

回央视办公区，经过一间小机房，中国香港地区有线电视台和一家中国台湾地区电视台合租的。"我们现在正传输两路信号，"台湾电视台负责人说，并让我看他面前的几个电视屏幕，"一路是王楠的乒乓球赛，另一路是男子双多向飞碟发奖仪式，我们得了团体铜牌。"

香港有线电视台管事的是一名中年妇女，她说："我们只有一套节目，正直播羽毛球男团决赛。"

转了一圈儿，我的印象是，中国人特重视的这场"复仇"，大多数人包括"仇家"却没怎么当回事儿。

（2006年12月）

22. 你不歇菜谁歇菜

要看到真正的球迷，应该去阿根廷西部小城门多萨。

门多萨是阿根廷最著名的葡萄酒产地，12万人口，却有一座能容3万人的标准足球场，而且曾是1978年世界杯赛场之一。至今我清楚地记得2001年6月，沈祥福在球场边上踩着薄薄的冰渣儿，看着如茵的绿草羡慕地说："场地真棒。"

沈指率"白金一代"来门多萨，当然不是来品酒的，虽然"白金一代"在门多萨人听起来特像葡萄酒品牌。和中国队同在U20世界青年足球锦标赛门多萨赛区的，还有乌克兰、智利和美国。每个比赛日安排两场比赛，下午3点到7点半。

6月挺热，没错，那是在中国。阿根廷在南半球，6月是冬季。门多萨大约南纬33°，海拔780米，在安第斯山脚下，此时的最高气温也就是5℃~6℃，与北京12月中旬的感觉差不多，在室外待久了透骨凉。因此，当我瑟瑟发抖地看到每场比赛竟有1万多观众到场的时候，我终于明白这座小城何以会拥有一座3万人的球场了：1/10的居民在大冬天到户外坐四五个小时，只为看两场没有主队参加的（阿根廷队所在的小组在首都布宜诺斯艾利斯）、而且是U20的小组赛，你怎能不给这座城市一个像样的球场？

阿根廷是足球强国，或许该有此等球迷。美国呢？

1994年，我去美国报道世界杯足球赛，那时刚刚开始职业联赛的中国人对美国足球不屑一顾，"足球沙漠""几乎没人喜欢足球""在美国举行世界杯是个错误"等论断充斥报端。可我看到的事实却是：世界杯九个赛场的平均上座率是95%以上，而意大利世界杯才不过78%。首场比赛电视收视率5.8%，比同时进行的深受美国人喜爱的美国高尔夫球公开赛直播高出0.8%。

足球在这个国家的销量也许更有说服力。1994 年 7 月 20 日，我在一篇文章中写道："去年美国进口了 690 万个足球，其中 220 万个是中国制造的。按最保守的估计，一个足球也要两个人踢，那么买足球来踢的人至少应有 1 380 万。中国仅向美国就出口 200 多万个足球，向欧洲或南美等足球先进地区是否出口、数量多少，不得而知，想必也有大量出口。即使是 220 万，也是足球生产大国。这个生产足球的大国在国内市场每年卖出多少个足球？我想恐怕卖不出 220 万个。"

2007 年 4 月 8 日，北京梅地亚宾馆多功能厅，央视体育频道江和平总监对上百名各省市电视台体育播音员、主持人宣称："足球在中国只能说是'媒体第一运动'，真正的足球人口很少，最多 500 万。"江先生的话证实了我在 1994 年的判断，我相信，13 年过去了，中国国内市场仍卖不出 220 万个足球，而美国一年进口的足球恐怕已不止 690 万个了。

2006 年 4 月，为了专门制作一部介绍美国足球的纪录片，我随央视《足球之夜》一个摄制组曾横穿美国。

在纽约曼哈顿第五大道 420 号 7 层的总裁办公室，美国足球职业联盟（MSL）总裁唐·加伯尔毫不含糊地说："美国从事足球运动的人超过其他任何体育项目，特别是在孩子们中间，足球最为流行。"

AYSO 全称是全美青少年足球组织，总部在洛杉矶，注册并缴纳会费（年缴 30～100 美元）的孩子有 65 万。说是"全美"，却非美国惟一，实际上，美国总共有五个互相独立的全国性青少年足球组织，AYSO 还是最小的。

东哈得逊青少年足球联盟（EHYSL）仅仅是纽约东部的一个地区性组织，有 348 个青少年足球俱乐部，注册会员 14 万，每个周末都有几百场比赛。主席皮特·马索托是个石油商人，60 多岁，从 1960 年开始在 EHYSL 当志愿者，如今当了主席还是个义工。他说："全国 19 岁以下青少年中经常踢足球的有 4 000 万人，女孩子占一半。"

加州青少年足球联赛有 48 支队参加，男女各 24 支，确实"女孩子占一半"。比赛分两天，我去那天，六块场地上正同时进行 10～15 岁年龄组女队比赛。说是比赛，和中国人的概念完全不同。首先是没有主力、替补之分，每人必须踢半场。再就是不论最终胜负如何，每个孩子都会得到一块完全相同的奖牌。"我们的目的是看到孩子们享受足球，学会在一定规则下与别人相处和合作。"联赛负责人说。

除了我，摄制组其他四人都是《足球之夜》记者，和足球圈内人士走得近，对中国足球的了解也多，其中一人感慨道："先别扯体制、管理、素质、待遇、设施、内耗……光是普及程度就不能比。中国才多少女孩儿踢球？15 个专业队 400 来人儿，加上青年队、大学生队和体校，也就 3 000 多人吧。"另一人补充说："要不是全运会，女足早歇菜了。"

全运会其实是跟着奥运会转的，奥运会一旦没了女足，中国女足这 3 000 来人儿的队伍估计立马就散。可人家那 2 000 多万女孩儿肯定照踢不误，不管什么全运还是奥运。明摆着，你不歇菜谁歇菜？

（2007 年 1 月）

23. 这个名不出也罢

一位内地男影星曾对我说："都半年没接片子了，得赶紧拍个片儿，不然人们该把我忘了。"我不胜惊讶，因为按我的看法，即使所有演员都不再拍片，我这位朋友也应该属于最后被忘掉的人。

有人怕被人忘了，也有人不想被人认出来。特别是碰上有人"疑似"认识你，其实却是张冠李戴、指鹿为马的时候。

春节期间和老伴儿去一餐馆儿，在大堂等位时被一年逾七旬、已严重谢顶的老爷子紧盯着看。

"怎么瞅您这么面熟哇？"一口老京腔，有点儿油的那种。

"是吗？我不记得在什么地方见过您哪。"

"您特像一人，电视里边儿的。"老汉眯眼蹙眉，使劲儿想。

"好些人都这么说，觉得我特像电视剧里一演员。"我故意把老爷子的思路往岔道上引：电视剧男演员如过江之鲫，想出一个和我长得相像的来，不容易。

我 1995～2000 年在 CCTV－5 主持过一档名为《体育沙龙》（后改名为《五环夜话》）的访谈节目，算是曾经"混了个脸儿熟"。虽多年不做主持人了，仍时不时有人认识。这时候的标准寒暄用语通常是："您是×××吧？""是。""好久不见，退居幕后啦？""是啊，是啊。"……有时碰上含糊犹豫的，把我当成了演员或导演。这时我只好打岔，毕竟我还不习惯主动自我介绍："我是×××呀，您认不出来？"

这回的情形可能就是这样。

老爷子轻摇头："不是电视剧里头的。像谁，我想不起来了。"说话的口气表明他不打算再费脑筋了。

有了空位，坐下一看，跟老爷子邻桌。不一会儿，听见他吆喝服务员："丫头！你去问问旁边儿这位先生是不是姓马，中央电视台的！"声音有些得意，像小学生终于破解了一道难题。原来老爷子还一直操着心呢。丫头过来怯生生问："先生，您认识旁边那位大爷吗？"

出于礼貌，我向邻桌瞟一眼，说："不认识。"

"他问您是不是姓马……"丫头话音未落，老伴儿接过话茬儿："他不姓马我姓马。"语气调侃，话却不假，老伴儿碰巧真姓马。

丫头回去如此这般一说，老爷子不管那套，音调也高了："甭蒙我！我想起来了，他就是姓马！马国力！中央电视台体育部主任！"一句话引得附近几张桌子的人开始伸着脖子四处看。老汉又找补一句："你们可不能收钱啊，至少得打折！"见丫头不解，有些鄙夷："不知道马国力？他可是大名人！来这儿吃饭是你们的光荣！"

被错认成马国力先生不是一次两次，也不是十次八次，少说也有几十次。

典型情境是忽然有人微笑着说："马主任你好！"还没反应过来，那人已擦肩而过。这时不用解释，只需点一下头，也微笑。

不太典型的情境是某人兴冲冲过来紧握我的手："马主任！您主持的节目我期期都看！哎呀，总算是见到真人啦！"

完全不典型的情况只有一次，那是 20 世纪 90 年代中期，似乎是某个夏秋之季，我和一个摄制组去天津采访一场甲 A 比赛。晴空烈日，我戴一墨镜，一行四人正往民园体育场赶，马路对面一伙年轻人朝我们指指点点，其中一人操一口天津话指着我叫骂："马国力！你那烂墨镜有嘛用啊！你戴着墨镜我们也认识你！你在那《体育沙龙》说的那叫嘛？那叫屁话！……"

让天津球迷大动肝火的那期《体育沙龙》其实是我主持的，与马国力无关。栏目组把观众和裁判请进演播室，就天津队守门员飞踹北京国安队高峰那件事展开讨论，指名道姓批评了该守门员。我没有想到，这件事让马先生在天津蒙冤。"你觉得我和马国力长得像吗？"我一度几乎丧失判断力，只好问别人。一致的回答是："不像！"

一个人被错认一次并不难，难的是被错认几十次，特别是每次都被当成外貌特征毫不相干的同一个人，这才是难上加难。

有相熟的同事解释："老百姓看电视就是看热闹，有的看人，有的看事，看人的不一定记得住事，看事的不一定记得住人。孙正平主持时间比你长，露脸儿比你多吧？现在还不是经常有人把他当韩乔生！"

这话不假。我就不止一次见到孙正平纠正对方："对不起，本人姓孙！"脸上挂着笑，字却像咬着后槽牙吐出来的。

随着 CCTV - 5 的不断发展，几乎和主持《体育沙龙》同步，我先后兼任《世界体育报道》和《体育人间》的制片人，其间还拍过《走希腊》等节目。所有节目都是几年甚至十几年以前播出的，至今仍时常有人向我提及。我发现，更多的人能准确说出这些节目的内容而不是我或某个编导姓甚名谁。照同事的说法，这些人是"看事的"。

事干好了，这个名不出也罢。

（2007 年 3 月）

24. 明星和非明星之间

大约三年以前吧，一个刚刚跨出校门的新闻专业研究生向我报采访选题，这是他到《体育人间》后第一次独立做编导，他说想拍摄刚刚退役的艺术体操名将 Z 的故事。

"我不反对你去拍摄她，Z 姑娘漂亮，又是冠军、明星，肯定耐看。但是，你知道她的教练是谁吗？"我问。

"教练？不知道。"年轻编导没想到我问这样的问题。

"我告诉你吧，Z 的教练姓孟，叫孟宪君，是北京体育大学的老师。"

年轻编导的面部表情没有变化，他一定在想，体育大学老师当教练不是很正常的事吗？

我继续说："艺术体操是女子项目，但孟宪君是男人，46 岁，单身汉。"见年轻人面露几分惊讶之色，我一口气没停："而且，孟老师不只是 Z 的教练，实际上全国顶尖儿艺术体操选手绝大部分都是孟老师带出来的，他编舞，作示范，本人却是严重的小儿麻痹后遗症，走路都一瘸一拐的。他弹得一手好钢琴，却一直找不到合适的工作，被体育大学招工当艺术体操钢琴伴奏，却在舞蹈编排设计上天赋过人……现在，你对谁的故事更感兴趣？"

我对明星并无成见，我敬重他们的成就和品格，我只是想在一窝蜂炒作、追捧明星的浮躁当中，为"非明星"们保留一块小小的地方。毕竟，从本质上讲，我以为体育不仅属于明星，更属于所有人。而且，我相信平凡人身上的不平凡的故事，或许更能打动人。

"我明白了，现在我就去联系孟老师。"小伙子说。

类似的谈话在我和编导们之间进行过多次。

有意思的是，虽然《体育人间》极力为"非明星们"保留着狭小空间，但央视有史以来最全面最深入的一次对奥运冠军的宣传却是由《体育人间》完成的。那是雅典奥运会之前的一次奉命之作，总共 118 集节目，拍摄了 84 位从 1984 年以来获得过奥运金牌的中国人的故事，包括香港的李丽姗和代表瑞士参赛的李东华。

那次拍摄实际上也可以说是一次最大规模对昔日明星的"再发现"，结果是有两个没想到。

第一个没想到的是，有三位冠军拒绝接受采访。三位都是巾帼英雄，拒绝的原因略有不同。一位于十多年前去了美国，从此人间蒸发，无论是前队友还是前教练都不知道怎么找到她。千方百计联系到她在国内某省的父母，也是拒绝提供帮助，说是女儿有话，不想再提过去的事。另一位也是十多年前移居北美，现如今以外籍身份回国在南方某省发展，据说是嫁了一个干部。几次试图与她本人通电话都被她先生婉拒，说她不愿再和体育圈以及媒体有任何联系。第三位现居东北某市，倒是很好找，编导请了几顿饭，推杯换盏之间敲定了采访安排。没想酒席一散，完全没那回事了，编导再打电话就是不接。后来辗转有人捎话过来，说这种采访应该是"有偿的"。

第二个没想到的是，有 16 位中国奥运冠军必须要去国外才能采访到。为什么？因为他们已经成了外国人或是"准外国人"。曾经的爱国主义教育的活教材、年轻人的榜样和偶像、集各种荣誉于一身的 1984 年的那支中国女排，12 名队员当中有 7 个人选择永久定居国外或干脆加入外国籍。

两个没想到倒让我明白了，所谓明星，只不过是在某个特定时间、特定领域曾经强于别人罢了，在其他方面，他们就是普通人。有的比普通人强点儿，有的也不见得。对他们不必苛责，更不必狂吹热捧。

不知算不算电视圈儿世风日下，随着电视节目的品位和走向越来越被收视率和广告商所左右，爆炒明星之风更胜以往，如今冠军和明星的牌子也不如前两年那么好使了。据说某个专门采访冠军和明星的栏目的负责人向编导宣布了新的拍摄注意事项，概括为"一不两少"，即"长得不漂亮不要拍，名气不大少拍，冷门儿项目少拍"。

这就更没孟老师之类"非明星们"什么事了。

你还指望这样的媒体告诉你什么叫做体育精神，什么叫做人文奥运吗？

（2007 年 4 月）

25. 五天四问

　　我们每天都会问问题，多数只是随口问问，最常见的是"忙什么哪？"其实未必真想知道你究竟在忙什么。

　　确实想找出答案的"问"，是少数。3月21～25日，五天里我肯定问过不少问题，能记住并且认真打算搞明白的只有四个。

　　其一，郑州体育场为什么叫"航海"？

　　3月21日，中超揭幕战在河南建业队主场举行，体育场名为"航海"。乍一听，感觉有些怪异，像是黑龙江漠河建了"热带雨林研究所"、西沙群岛成立了"冰川救援队"。

　　谁都知道河南是内陆省份，无论历史、地理还是文化沿革，体育场若取名"中原""黄河""二七""炎黄"之类，可能有些俗，但至少合情理。就算考虑到时下讲究标新立异，取名"航天"也比"航海"靠谱。你总不能让人觉得郑州要凿个出海口吧？（我真这么以为的）

　　电视直播，解说员没提这事，各种媒体对这个名称也都没有解释。

　　其二，秦淮河为什么有个"秦"字？

　　3月23日去南京出差，晚上泛舟秦淮河，主人滔滔不绝细数两岸景点，但我对李香君在何处幽会侯方域不感兴趣。我想知道的是："秦淮河的'秦'字啥意思？这一带统称江淮，有个'淮'字理所当然。但'秦'似乎特指陕西，我不知道这个字还有什么其他解释。难道这条河的名称和陕西或者秦朝有关系吗？"

　　主人竟答不出。

　　其三，超短波为什么能消炎？

　　3月25日，因尾椎骨有个痛点，一压就痛，只好去本台医务室求医。男医生说有炎症，开了两盒阿莫西林，同时让我做理疗。宽衣解带（裤腰带上有一金属搭扣，须解下，但不用脱裤子）、上床（理疗床，很窄），瞥一眼床头仪器，铭牌上写着"超短波治疗仪"。

"超短波起什么作用？"我问。

"消炎。"女医生说。

"超短波消炎是什么原理？"

……

其四，我怎么没看出来是一公一母？

同日，还是医务室。窗台上有一个鱼缸，里面有两条金鱼，黑的。我在家也养了两条金鱼，红的，大小和医生的黑鱼差不多。于是我想用一条红鱼换医生的一条黑鱼，这样两个鱼缸的色彩都会丰富且生动。

男医生倒没说不换，但话听着不是那么爽快："我这可是一公一母，你那是吗？"

根据我的常识，动物进化到鱼这个级别肯定是雌雄不同体了，但怎么辨识还真不懂。我紧盯两条黑鱼好几分钟，没看出区别："你说是一公一母，我怎么没看出来？"

"我也看不出来，卖金鱼的说是一对儿。"男医生是老实人。

"嘻！"我不屑地发出一个声音，接着说："你还真信了！"

多问者多闻，是我的信条，也是我的习惯。为了长见识，这几天我一直在设法找相关答案，结果如下：

关于"航海"。

上网查以及问了几个足球记者均无果，于是我直接给《足球之夜》制片人 L 打电话请教。L 说他也不知道，但可以帮我问。几分钟后，他发来了一条短信，全文是："刚问了体育场长，总结了一下：（1）寓意郑州体育事业扬帆起航，有新的成就；（2）从空中看，造型像艘帆船；（3）体育场基调为蓝白，与大海相似；（4）紧挨航海路。"

就了解体育场名称来历而言，我的问题解决了。虽然"航海路"让我产生了新的疑问。

另外，解说员如果敏感点儿，也对名称产生疑问并去搞清楚，直播的时候介绍一下，不是蛮好嘛！

关于"秦淮河"。

在网上敲出"秦淮河的历史"，搜索，某一页上有这样一段文字："秦淮河，本名藏龙浦，汉时起称淮水，因旧传秦始皇'凿方山、断长垄'，始有秦淮河的名称。"

"秦"字果然无他解，秦淮河确实和秦朝有关。

关于"超短波消炎"。

女医生当时没有立刻回答，几秒钟的停顿让我误以为她也是二把刀，只会操作，不懂原理。其实她是在组织语言，看怎么说才能让我这种"医盲"听懂。简言之，我明白的部分是，超短波可以深入肌体的深层（"只有骨髓里边进不去。"她说），促进深层部位的血液循环，达到消炎祛痛的作用。

"我有周林频谱仪，自己在家烤也行吧？"

"不行！"这回她没犹豫，"那个烤得太浅，表皮很热，对深层血液循环没什么效果。"

关于"公金鱼母金鱼"。

两性关系问题最难缠，金鱼也不例外。此题可以说至今无解。

我先查宠物网站，"观赏鱼之家""百度金鱼吧"，没戏。直接就去问卖鱼的。清明这天别人上坟我去鱼市，先去航天桥西南角，电视发射塔北侧，原有一个挺大的花卉市场，到那儿一看，拆了。又奔西去定慧桥西南角，那儿的花卉市场更大，一看，也拆了。再掉头往东到了空军总医院，北门外地下过街通道有卖金鱼的小贩。于是有了以下一段对话：

"买金鱼。"

"小的一块钱仨，大点儿的两块、三块、五块都有。"

"我想买一对儿，一公一母。"

小贩看我一眼，那眼神似乎觉得我有病："一公一母？那谁分得出来呀？没这么卖的！"

"朋友托我买的，说要一对儿。"

"卖鱼的分不出公母来，只有专门搞研究的才懂。"

……

我的下一个问题已经有了，那就是怎么忽悠男医生，把黑鱼搞定。

（2007 年 5 月）

26. 绿茵场上的部落战歌

第一次听到如今每个中国球迷都会唱的歌曲: 3 | 5 · 3 53 53 |
1 –……（欧 – 呦 – 、欧呦、欧呦、欧呦……）是 1992 年去瑞典转播欧
洲杯。我发现，不管是哪两个国家的球队对垒，双方的球迷都会唱这首
歌。几万人同声齐唱一首歌的场面，令人震撼，在足球场上我第一次有
了一种神圣的感觉。

向一位瑞典记者请教这首歌的来历，他想了想，不很肯定地说:"也
许是从一首德国牧羊人的歌曲改编的吧。"

几年后，这首歌如狂飙突起，迅即唱遍了中国大地。有中国记者撰
文说，它的主旋律来自一首苏格兰民歌。

德国也好，苏格兰也好；牧羊歌也好，民歌也好，说明了这首歌的
粗犷、有力和原始。

现代的部落战士

在欧洲，有学者对球迷歌曲作了认真、深入的研究。学者当中有社
会学家、心理学家、动物学家、音乐家，甚至还有专门研究非洲部落音
乐的专家。有的学者深入非洲的部落实地观察部落战士们战斗或者是狩
猎时的情形，并作了录音、录像，以和球迷们的表现相对照。学者们的
结论是:从心理、情绪甚至发出的声音和做出的动作来看，足球迷其实
就是现代的部落战士。

牛津大学动物学家德斯蒙德·莫里斯从 1981 年开始研究球迷的行为，
是世界上第一位把球迷的喊叫、歌唱与非洲部落的原始音乐进行对照研
究的人。他说:"当我说球迷歌曲是一种部落战歌的时候，我是很认真
的。球迷和部落战士都是年轻男人组成的群体，除了军队以外，你在世
界上找不到这样大规模的完全由年轻男人组成的群体。足球好比是一种

部落游戏，它是球场上的部落之争。球迷们的呼叫声越接近原始部落的战争呼叫，就越能显示出球场上的敌对情绪。"

德国的莱因哈德·科佩茨教授是研究原始部落音乐的专家，他说："不能简单地把球迷看做专事起哄、酗酒、以男人为主体的乌合之众。我认为这也是一种文化形式，应有它的位置。"科佩茨教授认为："不管球迷在场外是干什么的，不管他是经理还是洗碗工，到了球场他们就成了部落战士。他们不是去狩猎狮子，而是去降服对手。球员当然是为本部落冲锋陷阵，而球迷虽然看来只是呐喊助威，但他们实际上也把自己看做战士，他们认为是在和球员共同进行一场圣战，只是他们的任务是喊叫、唱歌、手舞足蹈。"

似乎是为了印证学者们的结论，今日足球迷们甚至在外表上也尽量模仿部落战士，他们赤身露体，脸上涂着油彩，头上插着羽毛或戴着牛角帽。

你认为数万热血贲张的部落战士该唱什么歌？当然是战歌。

旧瓶装新酒

德国有一项调查表明，1974 年，有 9% 的德国家庭在聚会的时候一起唱歌，而今天这个数字是 0。与此相对照的是，今天的球迷歌曲却比 1974 年多得多。

老调新词，或者说是旧瓶装新酒，是今日欧洲球迷歌曲的主要特点。

实际上今日欧洲球场上球迷们的战歌五花八门。有改编了的儿歌，有民谣或民歌，有老的流行歌曲，也有的一听就是某部著名电影主题歌。意大利和荷兰球迷经常高唱这样一段旋律：‖: 5 | 1 1 1 212 | 3 3 3 341 | 3·2 1 0 | 2·3 3·2 1 2·3 | 3 2·3 3 1·2 | 2 − −0: ‖。熟悉西洋歌剧的人都知道这是意大利作曲家威尔第的歌剧《阿依达》第二幕的序曲。

让关注球迷歌曲的人难以相信的是，宗教歌曲的旋律也经常回荡在球场上空。福音歌、黑人灵歌、教堂赞美诗换了新词后被广为传唱。英格兰曼联队球迷唱的"荣耀、荣耀、曼联，红魔前进的时刻已到……"其主旋律是 5·4 35 12 | 3 − 1 0 | 6·7 17 16 | 5 − 3 0 |，这正是一首教堂歌曲，其原词是希伯来语："哈利、哈利、哈利、路亚……"

我们都还记得当德国队比赛的时候，德国球迷经常在看台上以一种整齐的节奏拍手，喊叫："×——×——，×××，××××，Deutsch-land（德意志）！"学者们称这一节奏为典型的"足球节奏"，他们认为，这一节奏源自英国利物浦甲壳虫乐队 1963 年演奏的一首歌曲。令人遗憾的是学者们的视线没有投向中国，因为在北京，老太太们春节扭秧歌踩高跷时锣鼓点儿就是这样的"足球节奏"："锵——锵——喊锵喊，锵锵锵锵喊锵喊。"扭秧歌这一风俗至少比 1963 年要早很多年吧？

拒绝"原创"，拒绝"正式渠道"

纵观今日欧洲球迷歌曲，可以说几乎没有一首歌是音乐人（哪怕他是铁杆球迷）为球迷们专门创作的，也没有一首歌是由足球管理部门"监制""征集"或"推荐"的。

可以推测一首在球场上被几万人齐唱的歌曲应是这样产生的：第一步，它是一首已经在男女老少中极为流行的现成的歌曲，也许是古老的民歌，也许是新老流行歌曲或电影插曲，也可以是宗教歌曲、歌剧片断，甚至国歌。

然后是第二步，在某场比赛中的一个偶然场合，一个家伙一时激动带头唱起了一首歌，旁边的人也都个个热血沸腾急于宣泄，突然听到一首会唱的歌曲，就跟着唱起来，这时还没有填上新词。

这之后是第三步，有人（通常是球迷而不是歌词作者）为这首歌填了新词，于是这首歌在比赛中更经常地被人唱起。法国球星坎通纳一度曾是英格兰曼联队的"上帝"，球迷们在场上不时为坎通纳高唱法国国歌《马赛曲》，不过，歌词改成了："坎通纳、坎通纳、你是基督再现……"

第四步，有好事者不断改词，使得歌曲的旋律虽不变，内容却常变常新。除激励自己的球队之外，大量球迷歌曲的内容是讽刺和挖苦对手。

如果对手是马赛队，球迷们会用歌曲来嘲笑马赛队曾因打假球被判降为乙级队。

如果对手是利物浦队，歌词里会说要扒下他们的裤子。

对曼海姆队，球迷们会嘲笑他们资金短缺，发不出工资。

拜仁慕尼黑队在客场最常听到的歌曲是一首古老德国民歌，歌词内容却改成了讥讽拜仁球员老迈年高不中用，嘲笑的对象一开始是贝肯鲍尔，后来成了马特乌斯、克林斯曼，然后是老门将卡恩。

球迷们编的词通常比较"痞"。它不像专业音乐人原创的作品那样"有品位""有格调"；也不像"正式渠道""推荐"下来的歌曲那样承载着太多的"政治内容"。对球迷们的管束够多了，他们不想在唱歌方面再被人指点说，什么能唱，什么不能唱。

德国社会学家西奥多·阿尔多诺说："这类歌不是球迷自己想唱的，所以他们不予理睬。足球迷一定要自编的歌曲，以宣泄自己的情绪，这才是球迷歌曲真正的意义所在。"

正是这些歌曲使一个个年轻人成了球迷。

正是这些球迷使足球变得生机勃勃。球迷创造了一种极富生命力和感染力的大众文化。莱因哈德·科佩茨说："球迷歌曲和原始部落音乐都是一种口头文化，最精髓的东西在口口相传中得到保留。这是没有文字记录的文化，它因为每个人的参与才得以流传，一切都保存在人的记忆当中。"

甭管有没有实际意义——我认识的媒体、足球界人士以及球迷都认为此事不过是一些人为满足民族虚荣心的一种自娱自乐并抱以不屑——中国已经成了"足球发源地"。当外国人按照北京老太的"足球节奏"宣泄情绪的时候，"足球发源地"的球场里只有毫无想象因而令人乏味的"加油、加油……"，稀稀拉拉、旋律很差、节奏更差的"推荐"歌曲，以及整齐的万人破口大骂。

这是因为起源于中国的"足球"是给宫廷和官宦们表演的杂耍，沾满机巧酸腐的官场之风，其 DNA 从一开始就不具备强悍、原始、充满杀戮之气的部落文化基因。这样的地方产生像样的球迷歌曲也难。

（2007 年 6 月）

1. 巴塞罗那一家中餐馆的服务员，16岁的玛丽娅姆·洛佩斯·罗梅罗。她告诉我许多关于西班牙、加泰罗尼亚以及巴塞罗那的故事。

2. 巴塞罗那奥运会闭幕后和宋世雄（右二）、佟占武（右一）、韩乔生轻松合影。

3.1992年7月，巴塞罗那奥运会开幕式预演。

4.1996年亚特兰大奥运会主持访谈节目。

5.1988年汉城奥运会时和香港无线电视台共用机房和设备。

6.1993年9月，副台长沈纪（前排戴墨镜者）率报道组抵达法国尼斯机场，转车去蒙特卡洛报道北京首次申奥。

7.2000年9月，悉尼奥运会期间在北京主持《奥运晨风》节目。

1.2004 年 8 月，雅典利卡维托斯山的山顶上，采访了希腊国家剧院的演员萨莉娅。她是从聚光镜上取火的主祭司的扮演者。右为罗彤。

2.在雅典奥运会会徽设计者罗丹西·桑杜卡（左二）的设计室里。左三为桑杜卡的妹妹。右一是摄像杜飞，右二是编辑陈冰静。

3.前往山城迈措沃途中碰上的两个阿尔巴尼亚羊倌。因经济比希腊落后，大批阿尔巴尼亚人到希腊打工。大量的苦活粗活重活都是阿尔巴尼亚人干。

4.克里特岛首府伊拉克利翁一家商店门口的地上有这么一副独片眼镜。捡起来等了几分钟无人来认领，于是先照了张相，又放回了原处。这墨镜适合左眼有眼疾的人戴。

5.每天播出一集《走希腊》，新闻中心楼顶可口可乐的休息区是写解说词的地方。

6.有 2 500 年历史的巴特农神庙又名雅典娜处女庙，是供奉雅典娜女神的地方。在希腊 40 天，天天阳光普照，偏偏我往神庙前这么一站，突然阴云密布了。下山以后，天又大晴。

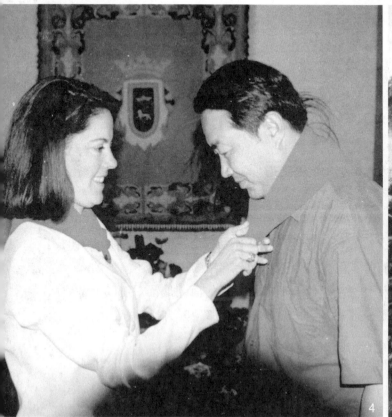

4

5

6

1. 2006年，和《奥运档案》摄制组的编导们讨论拍摄方案。

2. 2006年8月8日，北京奥运会开幕式倒计时两周年，在水立方工地现场。

3. 2008年，和《奥运档案》的一个摄制组再次来到造火炬的工厂进行采访。

4. 2000年7月，在西班牙北方只有18万人口的小城潘普洛纳拍摄，这里一年一度的奔牛节因海明威的小说《太阳照常升起》而闻名天下，女市长尤兰达·巴尔希娜在武器博物馆为我系上节日的标志：红领巾。

5. 2000年7月，在西班牙南方一个叫伊盖拉的小村，采访23岁的意大利姑娘、女斗牛士比安奇尼。在村外小路与比安奇尼"勾肩搭背"。

6. 在村中的斗牛场，比安奇尼由男友安东尼奥陪同苦练。为了让摄像师歇会儿，我也赤膊上阵。

27. 刘国正和贵妇犬

如果让中国电视人选出十大常用业务术语的话，"收视率"绝对名列前茅。

事实上，收视率不但已成为衡量节目优劣的惟一标准，也成了评价领导和节目编创人员业绩的最硬指标。有一种说法是，电视台各工种当中仅剩司机、花匠、厨师、保安和传达室开会客单的王老太还没被纳入这一评价体系。另一种说法是，你看见哪位主任的面色最菜，别以为是他老婆跑了、孩子丢了、房子着了、股票赔了，那是因为他的部门收视率跌了。

"收视率怎么统计出来的，准吗？"圈外人问，圈内人也问，这说明干电视的也没几个明白的。每当有编导看到他的节目收视率太低，因而质疑收视率的时候，我通常都是说："我也觉得你的节目很棒，收视率这么低对你不公平，但你能拿出更有说服力的数据吗？如果没有，我不信它信谁？信你？"

4月25日下午，向一位资深的收视率调查负责人J研究员认真请教了一次，才算是有点儿明白了。太过专业的术语不讲，普通老百姓可以搞懂的基本事实有如下几点：

（1）目前国内进行收视率调查的机构不止一个，其中最权威的是一家中英合资公司，由央视市场研究股份有限公司和英国TNS集团组成。包括央视在内的大部分电视台的收视数据是这家公司提供的。

（2）英国TNS集团是国际上最大的调查机构之一，除了收视率以外，还作各种民意调查。

（3）全国现有5 000余台收视测量仪，免费安装在城乡5 000多个样板家庭，是世界最大规模的收视状况调查样板之一。每台收视测量仪价值近万元，仅测量仪的成本就达数千万元。

（4）装有收视测量仪的用户在某个节目上不间断停留两分钟被视为"收视"。少于两分钟，哪怕只停留了一秒钟，也会被精确记录，但只能被统计为"到达率"，而不是"收视率"。

（5）为防止"样板老化"，每过四五个月，要更换 1/4~1/3 的样板家庭。

…………

"下回更换的时候给我家来一个？"我对这东西有了点儿兴趣。

"不可能！"J 研究员断然拒绝，"样板家庭并非想当就能当上。每个家庭都是根据国际统计学普遍认可的 PPS 等距抽样的原则随机选出的。然后我们要对每一户进行上门家访，以确定是否完全自愿。另外还要确认家庭成员及亲属当中不能有人从事和媒体有关的职业，保证收视行为不会受到利益的诱惑。你觉得你够资格吗？"

"有人说收视率并不那么可信。"这其中也包括我。

"收视率是科学，不是儿戏，数据是非常严谨可靠的。"J 研究员说，"我举个例子。我曾经在办公室一面看电视直播足球赛，一面观察电脑上显示的这场比赛的实时收视曲线。我可以负责任地说，准极了，精确到秒。裁判吹哨开球的一瞬间，收视曲线'噌'地一下就蹿上去了。电视里比赛结束的哨声一响，电脑里收视曲线'唰'就掉下来了，跟高台跳水似的，说明比赛一结束观众立刻就换台了。"

我办公室里的电脑也能看收视曲线，虽然不是实时的，但仅仅滞后两天，对于了解节目收视情况，已经够了。过去我没有太认真地注意过收视曲线，是 J 研究员一席话让我对收视率有了新认识，我决定仔细分析一下我负责的《奥运岁月》栏目的收视曲线，看看观众究竟对什么感兴趣。

《奥运岁月》每周三 18 点 35 分至 19 点 25 分播出。4 月 25 日正好是周三，这期节目的主要看点是两部长度都在 20 分钟左右的人物片，讲述两位体坛明星——"悲情剑客"王海滨和"乒坛硬汉"刘国正的故事，其中不乏精彩感人的内容。

4 月 27 日，打开电脑，收视曲线出来了。王、刘二星的收视情况果然还行，其中收视曲线的最高峰值对应时间显示是 19 点 14 分。按时间推算，这时应该正播刘国正的节目，但具体是哪段情节还得查。

叫责编去查，很快她回来了，说："确实是刘国正，是他正在家里逗狗玩儿。"

"逗狗？"我愕然。这个节目我审过，给我留下深刻印象的情节是第46届世乒赛刘国正大战金泽洙，七次挽回赛点击败韩国；是训练受伤后动手术留下了长长的刀痕；是带伤训练，期待北京奥运再披战袍……逗狗的画面我竟毫无印象。

"什么狗？"一条创下收视曲线最高峰值的狗让我不能完全漠然。

"是小 X 去拍的，他说那叫贵妇犬。"女责编说，接着补了一句："看来提高收视率光有大腕儿还不够，'大腕儿加狗'才是最佳组合。"

"我正要去沈阳拍女柔冠军老 Z，是不是找条藏獒或者圣伯纳让她摔摔，绝对有收视期待。"一个编导对我说，看似请示工作，口吻却是讥讽的。

另一个编导接过话头："Y 导正在上海采访刘翔呢，叫他整一条灵缇赛犬，电视里追假兔子那种，刘翔跑，赛犬追，保证创收视新高！"

"废话！"我怒喝一声，心里却不得不叹服数据的精准、可靠以及无情。

（2007 年 6 月）

28. 力争百人当中能有俩

2007 年上半年，CCTV－5 的收视份额为 2.09%，距离 2.1% 的任务指标只差 0.01%。如果说上半年有异常惨烈的 NBA 季后赛和萨格勒布世乒赛两大赛事强力拉动了收视的话，那么下半年有男足亚洲杯和女足世界杯，再加上大换血后的火箭队以及新加盟 NBA 的易建联，会使 10 月份开始的 NBA 新赛季有更高的关注度。如此看来，下半年体育频道的收视份额应不低于上半年，力争全年达到 2.1% 是可能的。

什么是收视份额？收视份额是指在某一时刻收看某一频道的人数占该时刻正在收看电视的总人数的百分比。

有点儿绕，通俗说，平均算下来，2007 年上半年，每 100 台电视机，收看央视体育频道的只有俩！这么少?! 这不是真的吧？

三人中只有一人看央视

央视不仅是中国电视界龙头老大，也是公认的中国第一强势媒体。一般认为，以其在资源、人才和传播手段等方面的垄断优势，央视的整体收视份额至少应独撑大陆电视的半壁江山才对。

实则不然。

每周一期的收视调查报告显示，多数情况下，央视十几个频道加起来，只占全国收视份额的 33% 左右，最低时不到 30%，最高时能到 36%。我手头现有 2006 年 6~7 月（德国世界杯期间）以及 12 月（多哈亚运会期间）共九周的收视调查报告，可以看出即使有世界杯和亚运会两大赛事的强力拉动，央视在这两个时间段的整体收视份额也不过是在 33.80%（第 23 周，世界杯开幕）至 36.58%（第 49 周，亚运会开幕后第一周）之间。换句话说，每百名电视观众当中，只有 30 多人是在看央视的十几个频道中的一个。其他 60 多人看的是各省、市、地、县甚至是企业电视台的节目。三人当中有一人看央视，既说明了央视继续独占鳌头，也说明了央视似乎并没有想象的那么强大。

CCTV-5 是名副其实的央视老五

我碰到的人至少有一半儿对我说："我家只锁定央视体育频道！"我只能说，要么是这些人说话水分太大，要么是我的工作圈子和朋友圈子太窄，只接触到了一些"锁定体育频道"的人。

每周一期的收视份额统计当中，央视14个频道的排序在一年绝大部分时间里都相当稳定。前五位依次是 CCTV-1（综合频道）、CCTV-6（电影频道）、CCTV-8（电视剧频道）、CCTV-3（文艺频道）、CCTV-5（体育频道）。只有在重大赛事期间，体育频道才可能暂时性位次前移。看看2006年世界杯期间央视各频道收视份额前五位排序：

第23周：1、6、8、3、5（世界杯开幕式及揭幕战）；

第24周：1、5、8、6、3（多场世界杯小组赛）；

第25周：1、6、8、5、3（多场世界杯小组赛）；

第26周：1、8、5、6、3（多场世界杯1/8、1/4决赛）；

第27周：1、8、6、3、5（多场世界杯1/4、1/2决赛）；

第28周：1、6、8、少儿、3（世界杯决赛）。

可以看出，即使是世界杯这样举世瞩目的赛事，CCTV-5在六周当中也不过才排进一次第二，一次第三，一次第四，两次第五，还有一次未进前五位。

现在你知道了，每100台电视机当中，有98台不看央视体育频道，作何感想？

如果我进一步对你说，2004年，在雅典奥运会、欧洲杯、亚洲杯等重大赛事的超强拉动下，CCTV-5虽然"历史性地"创下了全年2.69%的收视份额，但仍低于那几个靠平庸电影、低俗选秀、无知戏说撑台的频道，你又会作何感想？你还会以为你是生活在一个满眼尽是体育爱好者的超级体育大国吗？

2008奥运或成央视"内战"

2008年奥运会该是央视体育频道独领风骚的机会吧？

未必。

奥运会 16 天，28 个大项，302 个小项，经常是同一时刻在十多处不同场地有比赛，仅仅一个 CCTV－5 怎够用？为了尽可能多地直播比赛，央视决定投入四个开路频道，除 CCTV－5，还有 CCTV－1（综合频道）、CCTV－2（经济频道）和 CCTV－7（农林、军事频道）。由于 CCTV－1 无与伦比的覆盖率和影响力，将成为央视奥运报道的主战场。根据直播计划，302 块金牌中，有 152 块将出自 CCTV－1，超过一半。安排给 CCTV－5 直播的决赛将只有 69 场，产生 69 金。另有 81 金分别在 CCTV－2和 CCTV－7 中产生。

今年晚些时候，频道领导将宣布 2008 年收视份额的指标，如果这个数字是 2.5%，我不会奇怪。毕竟是奥运会年，还有欧洲杯，还有 130 天的火炬接力，每 100 台电视机有两个半看体育频道还算难事？

不好说，力争吧。

（2007 年 8 月）

29. 快慢拉丁

2007 年 12 月 8 日，阿根廷马球冠军赛的决赛定于下午 5 点准时开始，ESPN 西班牙语电视台进行直播。不知是什么原因，比赛实际开始时间晚了大约 20 分钟。当时我问一位阿根廷马球界人士，何以比赛不能准时开始。他耸耸肩："Who knows? It's Argentina!"（谁知道啊？这就是阿根廷!）

第二天，与中国驻阿根廷的赵大使聊天时提及此事，大使说："正常，这里办事就是这样，比较随意，基本没有什么时间观念。"大使随后举的例子让我不胜惊讶："三年前胡主席来访，定好了两国领导人会见的时间，结果胡主席按时到了，基什内尔总统晚到了半个多小时。"

"那怎么办？"我觉得简直不可思议。

"只好等着呀!"大使说。

国家元首的会见尚且如此，还有什么时间是必须遵守的？

时间观念淡薄，似乎是拉丁国家国民的共性。我听熟知墨西哥的人这么说过，也听久居古巴的人这么说过，更听巴西人自己——我指的是球王贝利——这么说过。

1996 年 6 月，我在英国采访欧洲杯。新闻中心每天都有记者招待会，安排国际足坛名流接受记者采访。这天轮到的是贝利，各国记者早早赶到，新闻发布厅座无虚席。时间到了，贝利没有出现；3 分钟、5 分钟、8 分钟过去了，贝利还是没有出现。记者中开始出现了烦躁情绪，有人高声询问还会让他们等多久。终于，整整迟到了 10 分钟之后，贝利来了。面对记者们的长枪短炮，一代球王、国际足坛里程碑式的人物第一句话是道歉。至今我还记得他微笑着说的开场白："我想请大家原谅一个巴西人。我忘了我是在英国，还在按照巴西的习惯办事。我知道，晚 10 分钟，在一些国家是不礼貌的，但在巴西，我今天其实是最守时的人。"

明知道是在为自己的迟到找借口，但你还能说什么？于是，记者们都笑了，很大度的那种。

我看到了贝利的机敏和幽默，同时也了解到巴西人是不怎么守时的。

女足主教练伊丽莎白"迟到门"刚曝光那会儿，我的第一反应是想起了贝利的迟到。我当时以为，一个闲散惯了并且从面相上看了无情趣的法国女人撞上了一个在奥运重压下已经毫无幽默感的中国男人，不该发生的事便发生了。我还非常天真地想，那一男一女如果有一方有点儿贝利式的机智和记者们的宽容，事情也好办。现在我知道了，"迟到门"后另有玄机，似乎是几个中国男人要联手"办"那个法国女人，以这样的方式开始，应该说还是有些幽默感的，黑色的。

亲历过贝利迟到以及有了与赵大使的一席闲谈，我对"迟到门"的第二反应是："拉丁人，不奇怪。"

法国人是拉丁民族？《现代汉语词典》上说"是"。该书对"拉丁民族"条目的解释如下："使用拉丁语系语言的各民族，包括西班牙人、葡萄牙人、法兰西人、意大利人、罗马尼亚人等。"

《现代汉语词典》举的例子不够全，墨西哥以南整个南美大陆几十个国家以及加勒比地区若干岛国居然没提，而这一广大地区（包括墨西哥、巴西、阿根廷这些重要国家）的各个民族才是中国人最先想到、也最常想到的拉丁民族。

如果以为拉丁人只知道浪漫、随意、闲散，那就错了。实际上拉丁文化是当今世界最具深刻影响力的文化之一，尤其是音乐、舞蹈和体育。

2006 年 4 月，纽约第十大道一个大型歌舞厅，我看到了拉丁舞的盛况。这个舞厅有三层楼，每一层都是一个 1 000 多平方米的舞场。买一张 10 美元的门票，可去任何一层，一直到凌晨关门。一楼跳交谊舞，若干年前中国人常跳的慢三、快四之类，有三对儿。三楼跳迪斯科，有 12 或者 13 人。二楼跳一种名叫"SALSA"的拉丁舞，爆满，估计有几百人。各种肤色俱全，听乡音便知还有中国人。一个光头主唱领着由十多人组成的名叫"COPACABANA"的乐队现场演奏，舞者个个神采飞扬、汗流浃背。这种舞起源于古巴，近年才开始流行，北京、上海已经有好几家"SALSA"俱乐部或酒吧了。

你说拉丁人慢吗？就文化影响力的扩大来讲，够快的。

（2008 年 1 月）

30. 在远离奥运的岁月里

地球旋转着，黑白交替，冬夏轮回。12 月，北京进入冬季，位于南半球的阿根廷却正值仲夏。2007 年 12 月初的一个夜晚，布宜诺斯艾利斯富人区的一座别墅里，我见到了刚从美国回来的别墅主人卡洛斯·格瑞西达。

格瑞西达 50 岁上下，是阿根廷马球界传奇巨星。1985 年，他成为英国查尔斯王储的私人马球教练，后查尔斯腰伤不再打球，他转而执教查尔斯的弟弟安德鲁王子。他定居在美国佛罗里达豪华别墅云集的西棕榈滩，这次回国是为了观看世界上最负盛名的马球赛——阿根廷马球冠军赛的决赛。

阿根廷马球冠军赛从 1894 年开始举行，一年一度，从未间断。世界上还有连续举行 114 年从不间断的体育赛事吗？没有。

马球是 19 世纪六七十年代由英国人传入阿根廷的，今日看来，此举不过是英国对现代体育作出卓著贡献的又一实例。不是吗？他们创立美洲杯帆船赛，自己却从没拿过冠军；他们输出板球，让澳大利亚、印度、巴基斯坦甚至西印度群岛成为最大受益者；他们发明乒乓球、羽毛球，让中国人成了这两个项目的冠军专业户；他们把足球带进巴西，让巴西人演绎一次次足球传奇；他们把世界各地的舞蹈规范成拉丁和摩登两大品种十个小项，这个被称为国际标准舞的东西成就了德国人和美国人的辉煌；还有赛艇、网球、曲棍球、橄榄球、高尔夫球、保龄球、台球、飞镖……无一不是起源于英国。而今，除了台球和飞镖这两个国际影响力极其有限的小项目，其他赛事基本上没英国人什么事了。

毫无疑问，英国人曾是阿根廷人的马球启蒙老师，但那是 100 多年前的事。如今，阿根廷人教英国人打马球，无论是皇室还是平民。

布宜诺斯艾利斯一家百年以上的老俱乐部，有一个地道的英国名字：

"不列颠霍林汉姆"，使用的正是英国第一家马球俱乐部的名称。俱乐部墙上挂着许多老照片，其中一幅的说明写着："1924 年巴黎奥运会马球冠军阿根廷队。"

12 月，英国马球赛季已经结束，成群结伙的英国马球人士涌进正值盛夏的阿根廷学习和训练。他们最常光顾的地方就是不列颠霍林汉姆俱乐部。三个马球练习场上，我最常听到的不是西班牙语，而是纯正的英语。

世界上最优秀的马球用马是阿根廷克鲁赛罗马，由阿拉伯马和本地马混血而成。比赛中最出色的马通常是母马，而不是公马和骟马。因为母马的服从性和领悟力更好，学东西快，又比较容易调教和操控，速度和耐力也都不差，因而更受选手们的欢迎。

为了让优秀的母马多参赛，就不能让它们生儿育女，但这些母马的基因往往也是最优秀最宝贵的，不遗传给后代非常可惜。在布宜诺斯艾利斯郊区的圣特雷萨牧场，我看到这里饲养了几十匹代孕母马，人们取出优秀母马的卵子，进行试管受精，再植入代孕母马的体内。这样，母马就有了明确分工，有些专门参加比赛并提供优质卵子，有些只负责一次又一次地生育。圣特雷萨牧场占地 22 平方公里，是专门繁育和训练马球用马的地方，仅首都周边就有 13 家这样的牧场。

所有制造马球装备的原料都出自本地，只有球杆是个例外。球杆的杆头一定要用西班牙木头，球杆本身必须采用东南亚竹子，马来西亚的最好。女售货员洛佩斯告诉我，每个月月亮最圆那一天午夜时分是砍竹子的最佳时机，这时候的竹子做成球杆最直，弹性最好，不容易弯，也不容易折断。

阿根廷有适合马球运动的一切元素，气候、草原、骏马以及奔放的民族气质。他们不在乎马球运动是起源于古代波斯，还是起源于印度或者中国，他们只在乎今天。今天，阿根廷是头号马球强国，国际马球界尽人皆知的一句话是："有阿根廷人参加的比赛，惟一的悬念是谁能获得第二名。"

正因为这样，一年一度的阿根廷马球冠军赛虽然只是一项国内赛事，但它已被看做事实上的世界最强之战。

新出版的冠军赛专用手册证实了这一点。手册上列有全世界所有职业马球选手名单，约 4 000 人，从 0 球到 10 球。其中最高级别的 10 球选手仅有 10 人，9 球选手 17 人，这 27 名选手全是阿根廷人。本届冠军赛的决赛，两队出场名单足以让所有马球爱好者倒抽凉气，上届亚军埃勒斯蒂娜队由两名 10 球选手和两名 9 球选手组成，而卫冕冠军拉多尔芬纳队阵容更猛，队中有 10 球选手三人，9 球选手一人。也就是说，全世界10 位 10 球级别的顶尖高手，有一半儿在决赛中亮相。我儿子从英国过来看了这场决赛，他回到英国向马界朋友谈到决赛出场阵容的时候，那些英国人惊愕得几乎说不出话，就像我儿子在阿根廷见到了上帝。

"英国最好的球手也就是 5 球，"马术三日赛骑手阿里克斯·华天说，"如果一个队里有四名 5 球选手，就是顶级队了，在英国还没听说过。"

12 月 8 日是星期六，决赛由一家美国电视台全球直播。能容纳 3 万人的看台座无虚席，据说其中不乏好莱坞影星及各国名流。

亲友团里一个又胖又矮的男人身穿拉多尔芬纳队 4 号球衣，他显然不是选手，充其量也就是个球迷。他的背影和侧脸很容易让人想起马拉多纳。不错，这正是那位曾经的球王、国宝、阿根廷的民族骄傲，如今被很多人爱恨交加地称为"草莽英雄"的马拉多纳。

经过加时赛，结果是 16 : 15，拉多尔芬纳队笑到了最后。

马拉多纳在冠军队的亲友们中间，他的庆祝动作似曾相识，1986 年他夺取世界杯的时候就是这样蹦着跳着，那时他是世界的焦点。但现在，前球王不是主角，他只是一名身穿 4 号球衣的马球迷，他那双著名的"上帝之手"和其他球迷一起把真正的 4 号抛向了半空。

马球从 1936 年柏林奥运会之后就不再是奥运项目，在远离奥运的岁月里，马球没有消亡，它仍旧如此强大、如此迷人、如此充满活力，尤其是在阿根廷。

(2008 年 3 月)

31. 探戈故乡说探戈

2007 年 12 月初，经过 30 多个小时的长途飞行，我第三次来到阿根廷，来到了布宜诺斯艾利斯。

地球上距北京最远的大城市就是布宜诺斯艾利斯。大约 100 年前，阿根廷曾是世界上位居前列的富裕国家，人均收入一度排名全球第六，当时的布宜诺斯艾利斯是南美老大，世界上数得着的繁华都市。

驱车在布宜诺斯艾利斯市中心宽阔的七九大道上，身边八上八下共 16 条车道车流如潮，首都的精华几乎都汇聚在大道两侧，展示出这个城市往日的荣耀。

事实上，阿根廷历史上辉煌和屈辱交织，或许正是这种交织和碰撞，造就了一种充满孤傲、忧伤、怀乡情绪的舞蹈——探戈。

如今探戈是世界主要知名舞种之一。都说阿根廷是探戈的故乡，布宜诺斯艾利斯是探戈的发源地，其实更准确些说，探戈的真正发源地是布宜诺斯艾利斯市的博卡区，一个在历史上主要是工人、海员、妓女和流浪汉聚居的地方。

到了阿根廷，不能不到博卡。

今天的博卡区仍旧是阿根廷首都最穷的区，贫民窟和肮脏的街巷随处可见，与七九大道两侧的繁华、气派形成鲜明对比。同去的阿根廷朋友卢西亚诺坚决拒绝驾车带我进入街巷深处，哪怕是不下车走马观花溜一圈儿也不行。"去那里就等于是送进兽笼里的鲜肉，"他说，"几年前一个电视摄影队拍摄一部反映社会问题的节目，派去保护他们的警察比摄影队的人还多。"

博卡在西班牙语中的意思是"口"，这里正是著名的拉普拉塔河流入大西洋的入海口。在阿根廷，富人打马球，穷人踢足球，因此贫穷的博卡区也是足球明星的重要产地。马拉多纳正是在博卡区诞生并成长起来的，他效力的博卡青年队被称为穷人的球队，这个队至今仍是世界最负盛名的球队之一。

在博卡区，和足球齐名的是探戈。一家名叫米圭罗·安吉洛的餐馆里，艺术家们用探戈舞剧的形式讲述探戈舞诞生的过程。19世纪下半叶，刚刚独立的阿根廷面临空前的移民潮，来自欧洲、非洲、北美洲的大批移民来到布宜诺斯艾利斯，为了排遣每日劳作的辛苦和乡愁，移民们寄情于热烈、欢娱又能让他们暂时忘却烦忧的音乐和舞蹈之中。这期间不免产生一些海员、苦力和风尘女子之间争风吃醋的小插曲，逐渐地，一种幽怨、孤傲的舞蹈在多元文化的交汇融合下诞生了。

这是穷人的舞蹈，一诞生就被布宜诺斯艾利斯的上流社会视为"下贱罪恶之舞"，因而遭到禁止。20世纪初，探戈传到欧洲，受到欧洲上至王公贵族、下至庶民百姓的喜爱，很快就成了所有舞会上必不可少的交际舞。紧追欧洲品位和时尚的布宜诺斯艾利斯上流社会逐渐发现了探戈的文化价值，他们放弃了偏见，转而把探戈看做阿根廷国家级的文化精华，并宣布探戈的确切诞生地是博卡区一条名叫卡米尼托的小街。

卡米尼托在西班牙语中的意思就是小路，如今这条小路是阿根廷国家级文化遗产，像世界各地被保护的文化遗产一样，这里的街道、民居、商店仍尽可能保持着当年的风貌。这里也有街头画家，也有各色纪念品，当然全都和探戈有关。

在一家咖啡店门口，有一对年轻的舞者。此前在电视或在体育舞蹈比赛中看到过探戈，但那是一种被"欧化"了的舞蹈。特别是这种舞蹈在欧洲成了一项体育赛事之后，动作被规范化、标准化了，这使大多数人看到的探戈已非正宗。

如果说以前我以为探戈就是夸张地甩脑袋，就是宫廷式的华丽，就是拿着贵族范儿，我此刻在咖啡馆门口看到的可以说大不相同。两位伴奏的老人至少70多岁，衣着邋遢，班多钮琴和吉他奏出的探戈舞曲却是节奏鲜明、情调欢快。姑娘一袭露背红裙配小伙子一身黑西装，两人轻触额角，目光冷峻，舞步时而激烈奔放，时而轻柔舒缓，整个儿一幅街头坊间的市井风情。

"这是真正的。"卢西亚诺眯着眼十分陶醉地说。

（2008年4月）

32. 出人意料的奥运记忆

人们更容易记住的，往往是些出人意料的事。

2001 年 7 月 13 日，国际奥委会在莫斯科投票决定 2008 年奥运会主办城市。那天我在北京王府井一家酒店大堂一边看电视直播，一边和朋友谈事儿。两轮投票后胜负已定，萨马兰奇哑着嗓子念出"北京"两个字时，我鼓掌，一个正等着"check in"的法国旅游团也大鼓其掌，而且更兴奋，拥抱的、亲脸的大有人在。

我很感动，觉得不愧是欧仁·鲍狄埃的同乡，还真有国际主义精神，够意思，便上前和一个法国男人握手。"我们其实并不在乎谁会胜出，"他说，"我们高兴的是巴黎失败了。"见我愕然，他接着说："如果巴黎获胜，我们就会缴更多的税去修建那些没用的场馆，会有更多外国人跑到巴黎来找工作，这是很多法国人不想看到的。"

2004 年雅典奥运会开幕之前，在奥林匹克运动的诞生地，我看到希腊人把讥讽和攻击的矛头直指现代奥运会本身。

雅典老城区阿齐兹剧院，正上演一部名为《埃阿斯》的古希腊悲剧。导演代尔佐布洛斯直言他是借古讽今，以悲剧的名义表达一个悲愤的观点：现代奥运会金牌至上、商业利益至上，已经背离了奥林匹克精神。一个经典场景是：三个下凡的神仙模拟赛跑，叽哇乱叫、气衰力竭之后，拿出一个又圆又扁的东西去咬，一望便知模仿的是运动员用牙齿去试金牌的成色。随后，那个又圆又扁的东西原来是一个粉扑，三个神仙把白粉扑了满脸做鬼怪状，象征金牌最终把人变成了鬼……

每个人对奥运会看法不同并不奇怪，令我印象深刻的是：在奥运会即将开幕之际，当局对这种"非主流"的、"贬低奥运形象"的恶搞并不在意，自由演出，随意采访。代尔佐布洛斯说，演出在观众中反响很好，说明不少人有同感。他透露，奥运会期间，他们将应邀去意大利作三个星期的巡回演出。

在我有限的奥运报道经历中，出人意料之事几乎涉及各个层面。

1996年亚特兰大奥运会，宋世雄等三人的房间被小偷光顾让人吃惊不小。房间在一楼，小偷破窗而入。我说"光顾"而不说"洗劫"，是因为小偷给宋老师留了很大面子，仅仅顺走了几件单摆浮搁的小物品，藏有值钱细软的三个行李箱居然都没被撬。最大损失是宋老师的"walk-man"（那时很时髦）和里面一盘"四郎探母"京剧录音带。报案之后警察来得挺快，拍照片、采指纹、做笔录，然后就没了下文。最终还是帮助订房的一位陈姓华人给每人赔400美元了事。

有过盐湖城的经历之后我不认为北京的房价能涨得多离谱。当时我们住的是组委会指定的一家"motel"（汽车旅馆），开门就是户外，门关不严，冷风嗖嗖往里钻，隔壁咳嗽、撒尿听得真真儿的。这样的房间平时一天50美元左右，我们付多少钱？一个人住120，俩人住180～190，人民币？美得你！老老实实掏美元！涨得更邪乎的是停车场。冬奥会开幕前三天，眼见一高大威猛的黑人妇女在标明每小时收费"5美元"的"5"字前面正加贴一张白纸，白纸上是手写的阿拉伯数字"2"。此后十多天，所有人都是按每小时25美元在这儿交钱。

在电视里看到北京奥运村基本竣工，无论是外部环境还是内部设施堪称一流，至少我采访过的几届奥运会运动员住不了这么好的地方。想起四年前在雅典，半夜睡得正香，忽然一声爆响把我和同屋的D记者同时吓醒，起来一看，是卫生间镜前灯的玻璃灯罩自由落体砸到洗脸池里，摔了个粉碎。灯罩坏了换一个就是，空调不制冷，只送自然风（夏季的雅典自然风基本上就是暖风），而且谁都修不好，那罪可遭大了。更出人意料并让我倍感沮丧的是，空调上写着"Made in China"，品牌由两个汉字构成，打头字母是H和L。

出人意料之事，当然远不止这几件。不论当时是惊愕，是气恼，还是觉得荒唐，如今大多成了乐子。我其实是把这些事看做奥运记忆的一部分，有了它们，奥运经历才算完整。

（2008年5月）

33. 摩纳哥的局外人

2008 年 5 月 25 日下午 1 点左右，距 F1 正式开赛大约还有 1 小时，一名黑衣人骑一辆红色哈雷·戴维森驶进车队生活区旁边的摩托车停放处。

仅仅十米开外，便有几十名记者云集，但没人向这黑衣骑士和他的摩托车投过哪怕是一丝关注的目光。

这不奇怪，此时此刻，摩纳哥只谈论 F1，记者们都伸长脖子，警觉地观察着车队生活区的动静。在这个车手们步行前往赛道的必经之地，抢拍每一个车手的镜头（如果运气好，还可以拦住某人问一两句）是第一要务，就算一辆价值百万欧元的迈巴赫或劳斯莱斯驶过，记者们也不会理睬，谁还去管什么黑衣人和哈雷摩托？

黑衣骑士摘下头盔，在几名警察护卫下，快步走过记者面前时，立刻引起了骚动，摄像机、照相机从不同角度一齐瞄向他的脸，构成这张脸的要素包括大腮帮子、尖下巴颏儿、希腊式的鼻子、微笑时略显歪斜的嘴……

"舒马赫！啊——，舒马赫来了！"同事 Z 小姐一阵惊呼，追上去、挤进去，狂按快门儿。

晚啦！舒马赫穿过人丛的时间最多也就是 20 秒，Z 小姐虽当了几年央视专职赛车记者，但摄影并不在行，手里的家伙也不灵，一架超扁傻瓜，700 万像素，只拍了几张半侧脸儿、后脑勺儿之类，还虚乎乎的。

有些失望的 Z 小姐开始把情感往红色哈雷身上倾注。

她开启照相机的录像功能，全景、近景、俯拍、仰拍、绕前、退后、移动拍、固定拍、在其他拍摄者的肩膀上以及胳肢窝底下拍……她一直是解说 F1 的，现在正好展其所长，边录像边解说，只见嘴唇动，却听不清说什么。

拍摄快结束的时候出现了最动人的一幕，不妨把这一幕称做"睹物思人"：Z小姐右手持相机，左手轻轻抚摸摩托车的把手，表情虔诚而向往，嘴里叨咕着："这是车把手，摸着它，我就像摸到了舒马赫的手……"（以上是我解读的唇语，个别字词可能有误，基本意思肯定八九不离十。）

舒马赫退役两年，从车手角度讲，已经是局外人了，但这个局外人却还是F1的最大看点之一，足以引起远胜其他人的轰动。

这趟摩纳哥之行是我第二次来到这个滨海山城之国。

15年前，1993年9月中下旬，我作为央视报道组的一员，来报道国际奥委会第101次全会，这次会议将从五个城市（北京、悉尼、柏林、曼彻斯特和伊斯坦布尔）中选出一个主办2000年奥运会，其余四个都将出局。

结果众所周知，北京落败，出局，成了"局外人"。

时隔15年再来摩纳哥，这次是转播F1，与奥运无关，但经老Y几句话点拨，竟使我局外人的感觉依然。

"别看你们央视每站都转播，在F1圈子里中国人其实还是零。"老Y说。

老Y是我在摩纳哥F1赛场仅见的七名中国人之一，其余六人都来自央视。我注意到这里黑头发黄皮肤的人很多，但全都是日本人，包括车队工作人员、记者，以及各种年龄的男女游客。

"日本在F1的影响至少占到了2/5。"作为国内某汽车杂志的资深记者，老Y已是第42次亲临F1现场，他的话应该不是故作惊人之语。

"你看，10个车队当中，有两个纯日本队，本田和丰田，这就占了1/5。"老Y继续说，"所有车队都必须使用日本的普利斯通轮胎，威廉姆斯车队用的是丰田的发动机。还有几个车队，要么是有日本资金，要么是有日本技术，要么是有日本车手或者技师，这么大致一算，2/5差不多吧？"

我不大了解F1，我只知道近几年中国每年在上海办一站比赛，并且颇引以为傲。另外，似乎某车队的车身上有一块中国企业的小广告。

"那算什么！"老Y对我的孤陋寡闻几乎嗤之以鼻："马来西亚还有一站呢，新加坡今年还要办夜间比赛呢，那算什么！你没有自己的车队，你就永远是局外人，只能出块场子看人家玩儿！"

稍停，老 Y 说："奥运会好不好？好！世界杯好不好？也好！可那都是四年才一届。F1 一年就 20 站，四年下来就是 80 站，站站直播，全世界到处跑，你上哪儿去找这么好的广告平台？这个圈子里有一句话，F1 不是体育，是商机！可惜呀，中国企业不是没实力，是没眼光！"

印度人似乎已经有眼光了。我看到在摩纳哥出现了一支新的车队：印度力量队，是印度人买下了原来的"世爵"队。

跑了十几年 F1，老 Y 还自认是个局外人，更甭提 Z 小姐和我了。

（2008 年 6 月）

34. 期待值决定成败

　　人人都有自己的期待：期待重返家园、期待股市飘红、期待油价回落、期待一夜成名、期待国足出线……

　　期待国足出线（还仅仅是小组出线）的是中国人。巴西人期待的是世界杯冠军，你要是拿个亚军回来，举国伤心，球员没脸见人，教练至少要被痛骂好几个月。

　　这说明，对同样的事物，不同的人期待值是不同的。

　　最近看一个体育纪录片，其中有一个段落是分别采访许海峰和朱建华，回忆 1984 年洛杉矶奥运会。

　　编导用平行剪辑的手法把两人的谈话接起来，有一种强烈的对比效果。

　　许："我参加奥运会的时候没有想到能拿冠军……压力并不大。我算一个新运动员，没有任何人关注我。……朱建华不一样，他出成绩出得非常早，在国内成绩非常高。"

　　朱："还没有比赛呢，他已经肯定了，这个金牌已经肯定是你的了，你肯定是去拿金牌的，而且百分之百你已经拿到了。"

　　许："由于国人对他的期待值太高，也就造成了在比赛当中，他的压力比别人大。"

　　朱："回国以后，知道家里人都遭到了老百姓的骂，还有什么往窗户里扔东西的事情（发生）。"

　　许："我得冠军以后，情况就不一样了，我自己都感觉惊讶，因为根本没想到自己参加的这个项目在奥运会上排到了第一块金牌，并且国人对这个金牌评价的影响也非常大。"

　　期待值不同导致对成败的看法不同，进而使人的命运也不同。第一次参加奥运会，朱建华为贫弱的中国田径夺得一面铜牌，实属不易，本是英雄，但因为人们期待的是金牌（你是世界纪录保持者你就肯定该拿金牌）而不是铜牌，因此朱建华被看做失败者，并从此注定了在一个相当长的时间内个人命运的悲剧基调。

这样看来，古巴人罗伯斯在奥运会来临之际"适时"刷新刘翔的世界纪录，是件好事。这使刘翔成了"老二"，成了挑战者，缓解了部分压力，更重要的是降低了人们"刘翔肯定夺金"的心理预期。刘翔一旦失手（不是没有可能），不会成为另一个朱建华。

中国人在现代奥运史上因期待值过高而导致最大心理落差似乎是1993年那次申奥失败。

为报道申奥"成功"，央视派出一个十多人的报道组，由沈纪副台长率领，大约在9月23日投票日之前一星期左右抵达蒙特卡罗。

听到了各种各样的传闻，见识过各种各样表面温文尔雅、实则绵里藏针的见面会、吹风会、发布会、招待会之后，前方报道组已没有一个人再提什么"志在必得。"

"胜，有可能；败，很正常。"这是我们当时的判断。

别人不这么想。

9月23日之前两三天，北京来电话，一位领导"传达精神"，他说国内的热度已接近沸点，人人都坚信北京必胜。但几天来前方报道组发回的新闻和专题节目"冷静有余，激情不足"，上上下下都觉着不得劲儿，和人们热烈的期待、激昂的情绪不合拍。他希望我们在最后的关键时刻一定要热烈一些、激情一些，要和国内的气氛协调起来。

懂事的都知道，这是领导提出了委婉的批评。

沈副台长没敢怠慢，速与在场的几个老记者商议。（记得有宋老师、老冯、老佟等，如今全都退了。）议来议去，大家都觉得几天来的报道分寸和尺度没啥毛病，国内高调自信、盲目乐观，是不了解这里形势的复杂和严峻。这种情况下，我们必须坚持实事求是，不应为了与国内已接近顶点的期待值"协调"，传递我们自己都没把握的错误信号和无根据的乐观情绪，误导大家继续在想当然中狂热。

沈纪副台长一面回电话介绍真实的情况，一面让大家继续按原有口径如实地报道；而国内，继续自娱自乐地在不切实际的虚幻中陶醉。虽然也偶有"一切皆有可能"的提醒，但太微弱，而且，大势如此，有几个人听得进去？

奥运史上因期待值不高却收获意外惊喜的事屡见不鲜，比如许海峰，再比如雅典。

悉尼奥运会结束，雅典周期开始，国际社会关于奥运会筹备工作的消息就一直是负面居多：经费缺口、工人怠工、交通不畅、工期拖延、罗格抱怨、国际奥委会警告……直到开幕前几天，我在雅典还碰上了全城大停电，通向一些场馆的新建道路还没铺上柏油……

雅典行吗？全世界都在问。

你看好儿吧！随着开幕式惊艳亮相，全世界目瞪口呆，回过神儿来只闻一片喝彩声，人们的心不知不觉已放下了一半儿。比赛开始，各方面运作按部就班、有条不紊，最令人担心的安保问题，居然连根儿恐怖分子的毛儿也没见着，交通顺利、比赛精彩，该拿金牌的拿金牌，该重在参与的重在参与，该吃吃，该玩儿玩儿，该抓抓（记得抓了几个东欧来的性工作者和北非扒手）……奥运会办到这份儿上，你不等着好评如潮还等什么？

雅典人聪明，我甚至一度以小人之腹，怀疑他们是有意把国际社会的期待值控制在一个低水平，以便将一份意外之喜奉献世人。

据说北京奥组委一位主要负责人到雅典考察后曾说：看来期待值不能太高，期待值太高，工作容易被动。

几乎是高不可攀且极易引起争议的"办最好的奥运会"，改成实事求是且有巨大回旋伸缩余地的"办最有特色的奥运会"，也许就是这次考察的一项成果？

其实，因期待值太高而失落，因期待值不高而惊喜，本是生活的一部分，也是体育的重要内容。至于在即将来临的 8 月，你是喜还是悲，就看你期待什么了。

（2008 年 7 月）

35. 唱歌逸事

几年前，上海赛车场开始承办 F1 赛事，须全方位"和国际接轨"。国外赛车场有女模特晃来晃去的，咱不能没有。于是，中方主要赞助商、一家巨无霸级的石油国企从京城一所设有模特专业的大学挑了 50 名女生，集中培训，以供大赛之需。

培训大约十天半月，结束时举行联欢晚会，请媒体和有关人士出席。这种场合照例先是领导讲话，然后唱歌跳舞演节目。我发现，模特们的节目完全是清一色唱卡拉 OK，无非是哥呀、妹呀、雨呀、雾呀、泪呀、梦呀、悔呀、愁呀之类。让我更惊讶的是，不论是谁上台点唱任何一首歌曲，台下所有模特们都能跟着唱。就好像这里培训的不是赛场模特班，而是 KTV 伴唱班。

我 OUT 了，因为每一首歌我都从来没有听过。

但如果因此断定我不喜欢唱歌，那不是事实。

小时候，有两个缺点使我到五年级才勉强"加入组织"。一个是"自由散漫，上课爱说话、做小动作"，另一个是"有骄傲自满情绪"。现在回想，"骄傲自满"的原因之一很可能是我唱歌还行，音准，嗓门儿亮，常被音乐老师表扬。记得四年级全校"六一"歌咏比赛，我是班上的领唱（也许是独唱）。为了不使我光脖子上台有损班集体形象，临时还给我拴了条红领巾。

有时我想，要是当年一不小心学了声乐，还不定怎么着呢。

但我没学声乐，因为把嗓子喊劈了。

初中我读的是男校，同学中属我变声晚。上初二时，全班唱歌声音已然浑厚，听着就爷们儿。其间杂有一道尖厉、刺耳的童声，那就是我和另一张姓同学。音乐老师告诫说变声期千万别使劲喊，他倒没说将来我可以去学声乐，而是说喊哑了嗓子一辈子说话难听。老师的话我没答理，我不信邪，照喊不误，以有一副与众不同的嗓音为荣。到了初三，几乎是一夜间，发现自己声音变了，变得比多数同学的声音都嘶哑。

从此我不再唱歌，直到20世纪70年代前半期，十年"文革"的后五年。

这期间我在新疆军区某野战部队一支主力步兵团的特务连当兵。这个团的前身是八路军359旅，郭兰英一曲《南泥湾》把一句"359旅是模范"传遍天下。但那阵子没人唱《南泥湾》，一方面郭兰英成了"反革命修正主义文艺黑线的代表"，正不知在哪个"五七干校"劳改呢。再者《南泥湾》适合有高深造诣的歌唱家表演，没受过音乐训练的青年农民构成的战斗连队唱着不是那意思。

我们唱军旅歌曲，那时候没这词儿，叫队列歌曲。

当年很多事儿今天看来匪夷所思，比如当兵五年，唱过的歌曲翻来覆去就那么十几首：几首语录歌，"下定决心不怕牺牲""领导我们事业的核心力量"之类；几首赞美领袖的，"东方红""大海航行靠舵手"之类；战士们爱唱的是几首真正表现士兵的歌曲，"我是一个兵""大刀进行曲""打靶归来""三大纪律八项注意"等。

特务连一百二三十人，来自陕西、河南、甘肃、上海（青浦县农民）、山西（我是插队知青，以山西农民的身份入伍）、山东、四川、河北、新疆。新疆兵当中有汉族，还有回族以及刚到部队时还不会讲汉语的维吾尔族、柯尔克孜族和蒙古族。

啥叫南腔北调？看看上面这些地名就明白了。别看平时说话还经常互相听不懂，唱歌可是不含糊。最难忘每逢全团集合听报告（传达最高指示）或者看电影（八个"样板戏"以及偶尔有朝鲜、越南、阿尔巴尼亚电影）时，操场上各连队互相拉歌，我和一个上海兵轮流担任特务连指挥，直吼得骆驼腿软、胡杨叶落、戈壁颤抖、天山雪崩，谁跟特务连叫板谁倒霉。

后来，全民卡拉OK时代来了。歌越来越多，唱歌的地方越来越多，见面应酬，多数人都张罗着找地方K歌，我总是不大积极的少数人之一。因为唱歌的少，喊歌吼歌的多。这些人通常是"麦霸"，特别爱唱却永远找不着节奏也找不着调儿，喉咙里不时发出痰音，狂呼"让你劈腿劈到死""就这样被你征服"……大漠孤烟、戈壁茫茫，吼吼也就罢了，在烟雾腾腾的包房里忍受三四个小时，还得鼓掌、叫好、献假花儿，太难了。

再回头说模特班。姑娘们大秀歌喉的间歇不时穿插一两首舞曲，这时候绝大多数模特都稳坐不动。放迪斯科舞曲时，才有几个人出场扭了扭。该大学一位领导坐我旁边，我说："至少在拉丁国家，情形正相反，台上唱歌，台下都伸腿伸脚耸肩扭胯跃跃欲试，舞曲一响，一拥而上，你拦都拦不住。看来咱们的姑娘爱唱，动口不动手，活动肢体的热情不够。"

"我也发现了，"领导回答，"过去只是觉得她们对体育锻炼兴趣不高，跑步、打球，包括舞蹈，都不够积极。虽然我们有这方面训练，但今天唱和跳一对比，反差太明显了。恐怕今后在教育理念和课程设置上都要改进。"

几年没见这位领导了，也不知情形如何。

（2008 年 7 月）

36. 了不起的中国人？

7月22日报载，北京奥运会期间，写有"中国加油"字样的标牌将禁止带入赛场。

北京奥组委的解释是："北京是主场，其他200多个国家的观众可能看不懂中文，如果现场出现各种各样的横幅，一定会破坏'世界大家庭'共享盛事的氛围，所以国际奥委会几十年来一直坚持制定这项规则。"

我赞同这一说法，因其出发点是"尊重他人的感受"。

"中国加油"标牌被禁，使我想起10天前——7月12日，东北某地一次国际汽车拉力赛的发车仪式。

"东北某地"是个不大的地级市，该市主办的这项赛事跨越中、蒙、俄三国，赛事手册上印着"和谐之旅""加强友好和体育交流"这些在今日中国必不可缺的字句。

我不止一次参加过赛车的发车仪式，去年还在广西南宁参加了"中国—东盟国际汽车拉力赛"的发车并随队出征。老实讲，小小的不大出名的"东北某地"搞的发车仪式远胜南宁。表演空中特技的五个动力伞（从北京请的）刻意选择了奥运五环的五种颜色，你要是不因此联想到"奥运"俩字儿你就是弱智；40多个女模（也是从北京请的）一水儿的黑色连衣裙，超短，柳腰配猫步，晃来晃去的，看得出主办者深知什么是最能吸引眼球的当今时尚。节目设置不仅天上地下，而且古今通吃，既有国家级水平的武术表演（依然是从北京请的）顾及传统国粹，也有美国的两辆赛车（据说是特意从香港请来的）尽显现代体育魔力，他们在雨后的积水路面上玩儿特技飘移玩儿得全场老少心花怒放……

一切近乎完美，除了最后一首歌。

是一名漂亮的本地女歌手唱的（确切说是对口型），歌名叫《了不起的中国人》。我只记住一句词儿："俺们中国人真是了不起。"因为这句词儿跟歌名非常像。其余都没记住，但大意错不了：勤劳勇敢、历史悠久、改天换地、无所畏惧、披荆斩棘、无人能敌……

我当时就想，国际场合东道主演唱一首这样内容的歌曲，不知客人会有什么样的感受？

好比你应邀去邻居家做客，主人大谈他家儿子有才、闺女有貌、后娘有钱、亲爹有势……你作何感想？

此刻，主席台上，坐着一干蒙古官员：什么"音图"、什么"日勒"、什么"巴特"……还有俄罗斯远东边疆区的几位头头：什么"维奇"、什么"诺夫"、什么"连科"……用北京奥组委那句话，他们都"不懂中文"。翻译懂，但翻译都是中国人。客人没问，翻译也没人主动去讲解歌词大意。

心理学家说，生怕别人不知道、不承认"俺了不起"，是一种弱者心态。我以为此种心态若仅存于"东北某地"，倒还无大碍。如果是更大的范围（大到全世界）、更重要的国际场合（比如说奥运赛场以及先前的境外火炬传递）、更多的人群（官员、媒体、海内外平头百姓）都以这样心态，急于宣示强大、宣示崛起、宣示复兴，那恐怕就成了很难"让国际社会满意"的事了。

第二天离开"东北某地"，有两条后续消息值得一提。

主办方设饭局为媒体送行，我左侧正是赛事活动主要策划人、当地体育局×局长。吃人家饭、喝人家酒，我也没客套，把对最后那首歌的想法全说了。×局长40多岁，认真听完，很兴奋："说得对，说得对！"倒满酒，接着说："你这种说法从来没听说过，我们也想不到。但我觉得你说得有道理，你的提醒非常重要，再有这种事我们肯定会注意！来！敬你！"一仰脖，下去了。

正在酒店收拾行囊，电话铃响，当地广播电台说想和我作几分钟电话连线直播采访，谈谈对前一天盛大发车仪式的印象。我自然是一五一十，口无遮拦。半个多小时后，我已开车上了回京的高速路，编辑追来电话表示感谢，说节目反响挺好，不少听众来电赞同我的说法，而此前他们没有这么思考过。

一首歌让我相信，能自省的中国人才有可能是了不起的。

（2008 年 7 月）

37. 多彩 IBC

北京奥运会引起全世界几十亿人的观看热情，但真正到比赛现场的能有几人？

由谁来满足几十亿人的观看需求？IBC。

IBC 是国际广播中心的缩写，我第一次听说这个词，是在 1988 年的汉城奥运会。那时，IBC 是我每天编辑《奥运专题报道》的地方。

汉城归来，去北京大学作了一次讲座，第一句话是："这次在汉城我其实没有到现场看过任何一场比赛，也没有到过任何一个场馆，我甚至连一个运动员都没有见过！"

全场哗然。一片嘈杂的议论之声，看得出学生们都很失望。

"我知道你们心里都在嘀咕，这个人到汉城干嘛去了？他今天是不是滥竽充数？"听众笑了，我接着说："如果让你报道篮球，你只能一天到晚泡在篮球赛场，你可能对篮球馆里的事了如指掌，但是对足球、排球、游泳、田径、体操、拳击、马术、自行车、射击、射箭、摔跤、柔道……你可能一无所知，或知之甚少，可奥运会有 20 多个大项目呢！有没有一个地方，可以把赛场内外的各种信息集中到一起，足不出户，就可以对奥运会方方面面有一个相对全面一些的了解呢？有，这个地方就叫做 IBC。它的作用不仅是把所有场馆的电视转播信号汇聚到一起，而且是从这里再传到全世界。"

稍一停顿，我用一句话结束开场白，也为的是把孩子们惴惴不安的心彻底夯踏实："奥运会 16 天，我的工作地点就在 IBC，每天从早上 8 点干到晚上 11 点，所以应该还是能够给大家介绍些东西的。"

再次哗然。孩子们都兴奋，好像还鼓了掌。

实际上，IBC 不但能看到电视信号，还能看到别的，比如行事方式、文化特色，甚至国际社会的风云变幻、此消彼长。

20 年前的汉城奥运会，中国的综合国力以及央视的实力远不如今天。那时央视和 TVB（香港无线电视台）在 IBC 地下二层（可能是租金便宜?）合租了一个不足 100 平方米的房间。没有演播室，只有几套收录、编辑、配音和转播设备，而且从设备到技术人员基本都是 TVB 出的，事实上是以 TVB 为主，CCTV 有点儿"挂靠"的意思。

1992 年巴塞罗那奥运会继续"挂靠"TVB。

直到 1996 年的亚特兰大，央视才在 IBC 里有了自己独立的地盘儿。接着是悉尼、雅典、北京，人和设备一次比一次多，投入一次比一次大。

在汉城，所有国家电视机构都在 IBC 的地上一层或地下一层、二层，惟苏美两强例外。苏联国家电视台和美国全国广播公司（NBC）是高高在上，第三层还是第七层或者第九层记不清了，总之各包下了整整一层楼。我曾到这两家电视台去过，苏联电视台大门紧闭，去几次都没见开过，门上贴着"No T-shirt! No pins!"（不换 T 恤衫，不换纪念章），一副拒人于千里之外的架势，让我没敢敲门。

进 NBC 容易多了，一个胖编辑叫威尔逊或是纳尔逊之类的，想换一件中国 T 衫，邀我去他的办公室，门口有保安，他打声招呼就 OK 了。房间里一年轻女同事正在工作，胖编辑装出很受伤的表情对我说："你看见这位漂亮女士了吧? 多可爱! 可她居然告诉我说她已经结婚了! 这就是我一走进这个房间就打不起精神的原因。"然后两个人互相问候，亲吻面颊，兴高采烈，精神头高着呢。

时过境迁。今天，北京的 IBC 已是 NBC 独大。如果说 IBC 大楼内部还有什么深宅大院的话，那就是 NBC。7 000 平方米的面积，2 900 人，圈在一堵三四米高的围墙内，墙上遍设摄像探头，四周还有身着黑衣的中国女保安日夜值守。女保安算不上多漂亮，但个个身材挺拔，清爽利落，不卑不亢，举止得体，一看就训练有素，据说都是从警校选出来的优秀女学员。

如今想进 NBC 不容易了。像在汉城那样由工作人员领进去看看? 门儿也没有。你必须提前几天提出书面的采访需求，通过电子邮件，经过几番往来，能不能行，还不一定。

我提出申请两天后获准进入。"除了演播室不能拍摄，其他地方都可以。"负责接待的约瑟夫提醒我。"为什么?""因为演播室还没有最后完工，我们不想把一个还不够完美的东西拿出来给人看。"约瑟夫回答。

采访俄罗斯电视台轻而易举，电话约定就行。俄罗斯电视台的全称是全俄电视广播公司（RURTR），与摩纳哥、比利时、土耳其、波兰、罗马尼亚、匈牙利、瑞典等一批欧洲中小国家的电视机构相邻，要不是一扇普通得像北京家庭的户门一样的门口挂着俄罗斯国旗，很难相信这扇门后面是一个世界大国的电视台。

没有了排场，放下了架子，俄罗斯人随和热情。一位女士领着我们在机房、办公室、演播室各处转了一圈，说："随便拍吧，有什么问题再找我。"一个小伙子特意告诉我们，他正要往墙上挂 RURTR 的大幅台标，如果我们需要拍摄，他会配合。

RURTR 占地不大，不会超过 400 平方米。演播室是十足的俄罗斯味儿，宽敞、优雅、明亮，色调以白色为主，辅以浅棕色，让人联想到白雪覆盖的俄罗斯原野和小白桦树林。

多数国家电视台的演播室是由自己设计制作的，融入中国元素的同时，也尽显各自的民族和文化特色：日本紧凑雅致，一室多用；韩国左右对称，四平八稳；德国线条简洁，布局新颖；西班牙是大红大黑大银为主色，浓重热烈，古典情调和现代活力扑面而来……

只有墨西哥是另类，他们的演播室完全被中国元素塞满了，不知道的还以为是到了中国某个市县一级的电视台：四面墙布置成四块景区。第一景区是大屏幕。大屏幕对面一个中国式的亭子和透明塑料布做成的水帘瀑布是第二景区。第三景区是缩小了的故宫太和殿大门局部，巨幅牌匾上书"正大光明"四个大字，没有忽略按照中国古时的习惯从右往左写。最引人注目的是太和殿对面的第四景区——天安门景区，几乎完全是按比例缩小的一个完整的天安门占了一面墙。天安门是三合板儿做的，门洞可以让人进进出出……

墨西哥人能搞出这么地道的中国货？

我的错鄂让负责人曼努埃尔很得意："我们委托一家中国公司创意并且由他们在北京制作的，肯定会让墨西哥人大吃一惊。"

据 IBC 一官员透露，在这儿花钱最多的无疑是 NBC，第二是谁？"不是德国，不是日本，是墨西哥。"

一位受雇为墨西哥电视台作中方联络工作的朋友证实了这种说法。

"我原来是给 NBC 干，但这里给的报酬高，我就来了"，她说，"NBC 开销是大，但不如墨西哥人大方，他们不还价的，你说多少就是多少，一掷千金，眼都不眨"。

"不奇怪，他们的老板是墨西哥电信大王卡洛斯·埃鲁，最新的世界富豪榜上排第二位，财富超过比尔·盖茨上百亿呢。"我说。

有些国家的电视台对北京奥运会的准备几年前就开始了，其中包括派骨干到中国学汉语。

日本广播协会（NHK）奥运报道团事务局长筱塚信明的名片上印有"资深制片人、国际奥委会广播电视委员会委员"等头衔，应是有些身份的。他告诉我，两年前，NHK 让他来北京担任中国总局局长："就是让我好好学习中文，为北京奥运会工作，可我说得不够好，不够好。"筱塚这番话是用汉语说的，不大流利，但发音挺准，挺清楚。40 多岁的人学两年说成这样，不易了。

我希望筱塚在中国观众面前"秀"一把中文，简单介绍一下 NHK 的报道计划。这下他认真起来了，请助手把要说的话用汉字打印在两张 8 开的白纸上，每个字有乒乓球大小，先反复朗读多遍，然后背诵，觉得差不多了，才面对镜头。为保险，助手举着那两张纸站在摄像机镜头边上，要是忘了词儿，还可以瞄一眼。筱塚的"中文秀"搞了两回。第一回他不满意。"有一点紧张。"他说。

相比之下，韩国文化放送（MBC）美女主持方贤珠的中国话地道多了。去年，当我接过她的名片，念出"方贤珠"三个字的时候，她一口京腔说："叫我阿方好了。"

阿方在韩国上大学时学的是中国文学，后来 MBC 出资派她来北京又学了三年汉语，为的就是在奥运会能派上用场。

在一群中青年韩国汉子惊讶、羡慕的注视中（我揣摩他们的心理是：这个美女跟中国人说话怎么比跟我们都热情无障碍），阿方指点着我们拍摄了办公区及演播室等处。

"你的汉语讲得真不错。"我说。

"别拍马屁哦!"阿方说完大笑。我也笑了，是尴尬那种，顿时觉得自己挺没面子。

韩国汉子都没听懂，不然他们还不定幸灾乐祸地笑成什么样呢。

爱笑的阿方只有一次收住了笑容。那是我告诉她来拍摄 MBC 之前，先去了隔壁的 SBS（汉城电视台）。"你不要去拍摄他们，给我们韩国丢人！"阿方愤愤地说。

SBS 因开幕式之前的泄密事件而备受指责，事情虽然已经过去几天了，在他们这里仍可以隐隐感到一种压抑和凝重。负责人小心翼翼、很有礼貌地介绍情况，领着我们参观。只是在没有拍摄的时候，一个记者急迫地打听国际奥委会是否作出了处罚的决定。他说："国际上都说我们作了道歉，其实没有。我们只是表示了遗憾，和道歉是有区别的。"

……

这就是 IBC，已经是五彩缤纷了！

确切地说，这还仅仅是开幕之前我在 IBC 溜达大半天儿所见所闻的一小部分，你要是天天泡在这儿，那就更是丰富多彩了。

（2008 年 8 月）

38. 兵贵神速与后发制人

不少人知道我正和一帮弟兄在整《奥运档案》，而且都听说了这是一个"大起底""大解密"的节目。于是，奥运会闭幕之后，当一个个以"揭秘""探秘""幕后""真相"为标题的节目和文章铺天盖地，电视、网站、报纸上突然冒出无数成功的密探、卧底和知情人大曝"内情"的时候，人们担心《奥运档案》前景不妙。

"秘都让人家给揭完了，你还有什么可揭啊？"所有人都这么问，包括 C 副主任。

前天 C 副主任见到我，一开口还是这句关怀用语，接下来的话却透着不悦："你这《奥运档案》不在这时候推出来，黄瓜菜都凉啦！你是当过兵的人，兵贵神速你不会不知道吧？"

"正因为我当过兵，所以我不但知道兵贵神速，我还知道后发制人哪！"我说。

C 副主任一愣，没想到我喷出这么一句，让他更没想到的是，我还没喷完呢。

"日本偷袭珍珠港，希特勒闪击苏联，应该算兵贵神速吧？结果怎么样？还不是被美国、苏联给灭了？这就是后发制人。"

最好别跟我聊当兵的事儿，聊起来，我怕收不住。

一

现在媒体的拼杀越来越激烈了，拼什么？拼速度吗？恐怕不一定。抢速度、抢首发，我以为那是百年前纸媒时代的思维。那时候没电视，更没网络，只有每天一印的报纸。哪家报纸抢发了重要新闻，就等于比别人领先一天。

当今传媒无论是报刊、广电，还是网络、短信，无孔不入，同类媒体报道消息的速度相差无几，人们也不大关注谁先谁后。

刘翔退赛，谁在乎是新华社还是法新社，或者是美联社首先发出的电讯？我相信他们前后差不了几秒。人们关注的是"为什么？""真的假的？"以及"我们的教训是什么？"这样深层的问题。

美国"9·11"，首先中断正常节目报道撞楼事件的电视台（据说是FOX）比第二家早7秒，这7秒钟除了在电视史教科书上或许会留下一行文字，有多大实际意义？人们最想知道的是：什么人干的？怎么干的？为什么要这么干？有多大的伤亡？……以及：对美国和世界会有什么样的影响？

显然，如今决定媒体高下的，速度不再是第一，角度、深度和广度似乎更重要。特别是大的题材，需要一定的沉淀时间。

可惜，奥运会后风起云涌的"揭秘"，多是抱着纸媒时代"速度取胜"的旧思维，只求抢先爆料，不惜仓促出手，大家都往一条早已挤得水泄不通的窄道儿上挤。相似的报道框架，大体一样的角度，鲜有新意的见解，大同小异的内容……

有意思的是，已经兵贵神速、占得先机的人反而对我按兵不动、后发制人羡慕得要死要活的。

"你们多好啊！不用跟着我们瞎搅和、瞎起哄。我们都觉得这么大事儿，应该静下来，好好想想，沉淀沉淀。可领导非逼着我们闭幕式第二天就要拿出一个六集的节目，每集45分钟，要总结，还得揭秘，说是趁热打铁，赶早不赶晚。我揭什么呀我?！我还不知道拍什么呢！"

这是非体育频道的一位制片人在奥运会赛事正如火如荼的时候说的一段话，我同情他。

牢骚归牢骚，这小子的节目还真按时拿出来了，不能不说是个奇迹。基本是资料加赛事加场外花絮汇编，采访了几个人，披露了一些技术层面的小秘密。

二

兵贵神速也好，后发制人也好，最重要的是做好准备，伟人说"不打无准备之仗"，就是这意思。准备好了，你是想先下手为强（C副主任说的"兵贵神速"其实是这层含义）还是后发制人，只是时机和策略上的选择。而一旦作出了选择，兵贵神速是必要的。

"后发制人也行，但你得有真东西呀，不然拿什么制人？" C 副主任说到点儿上了。

"当然了，《奥运档案》推出时间迟，如果没点儿东西，还是重复别人说过的事，我也别干了。另外，我们的侧重点不仅是解密，而是解密和解读并重。"我粗略地讲了两件事，大多数细节以及关键环节都有所保留。鉴于以前我向他汇报的一些事情很快就在全部门大会上尽人皆知了，我特意嘱咐这两件事不可外传。

领导紧锁的双眉终于舒展开了："你知道大家都很期待，包括我本人。" C 副主任鼓励说。

这倒有可能坏事！领导这种充满期待的心态不是我所希望的，我倒宁愿他还像原来那样满腹狐疑，用担忧、不怎么放心的口吻来谈论我的节目。因为我知道，很多事情的成败与其说有一个客观标准，不如说其实是由人们的期待值决定的。

（2008 年 11 月）

39. 武僧奇事

2008 年 11 月，从美国亚特兰大传来朋友刘向阳的最新消息，他自掏腰包 10 万美元办的国际武术散打赛又赔了，欠了两万美元的债。

对我来讲，这不意外。只不过是年复一年得到的相同消息的又一次重复，一个"08 版本"。

刘向阳 1956 年生于安徽，三岁时被右派父亲送到河南登封亲戚家寄养。因亲戚家靠近少林寺，所以从小就在寺院里上蹿下跳地疯淘。四岁习武，法号释德如。1969 年 13 岁时回安徽，进过省武术队、省体操队，当过体校教练，当过工人、司机。怎么就到了美国？这要先从他开始学英语说起。

"Hospital" 改变人生

1978 年，22 岁的刘向阳在安徽芜湖一个拆船厂当司机。某日他开车送一个朋友回家，路经医院门口，朋友问："你知道医院用英语怎么说？""不知道。""Hospital。"朋友说了一遍。"Hospital，Hospital..."刘向阳跟着嘀咕了几遍。

七拐八绕，朋友到家。下车时冷不丁甩出一句："还记得医院怎么说吗？""Hospital。"刘向阳毫无防备，竟然脱口而出。"不错啊，我看你应该去学英语。"朋友鼓励说。

没想到这句半真半假的玩笑话让刘向阳动了心，他认真地问："英语有多少个字母？"

"26 个。"

"是吗？我还一直以为只有 16 个字母呢！"

以上这段传奇是刘向阳本人对着我的摄像机和采访话筒说的。时间是 2002 年 3 月 5 日。地点是美国亚拉巴马州一个叫莫比尔的小城。刘向阳的家在这儿。

我 3 月 1 日在路易斯安那州新奥尔良市开始采访刘向阳。几天来，目睹他在各种场合熟练使用英语，特别是在一间酒吧对着一对纽约来旅游的退休老夫妇大侃中国太极拳的健身功效和健身方法，使得老夫妇跃跃欲试，当下交换地址，表示日后定来拜师学艺。很难想象英语如此纯熟的人在 22 岁还搞不清英语中有多少个字母。

"你真的就因为朋友一句话，就相信自己肯定能学英语了？"我觉得故事有点儿离奇，问话中有半信半疑的口气。

"绝对没错！"刘向阳说："我不经意间记住的一个单词以及朋友的一句话，让我特别自信。我先是听广播学，有空就听，特别着迷。大约一年以后，又跟着电视学，每天都看。这样总共学了两年，我觉得要想学得更好就得上大学，于是就去考安徽师大外语系，一下就考上了。当时我的英语考了 90 多分，数学是 0 分，哈哈！"不好意思地大笑一阵之后，他说："我不喜欢数学，高考前也没有复习，所以一道题也不会。"

"我 80 年上大学，81 年跳级上了大三，83 年就毕业了。"说起这段事，刘向阳有几分自得："当时我们班有两个成绩好的可以免修大二，直接升三年级，我是其中之一。"

大学毕业后，刘向阳到芜湖纺织局当了三年翻译，1986 年赴美留学。"我那时的想法是再进一步学好英语，回国当英语老师。"他对我说。

李小龙的皮箱

说完"英语传奇"，再说他的"功夫传奇"。

像一般武林高手多是五短身材一样，刘向阳低胯短腿长腰身，160 公分多点儿，精瘦，光头，架一副亚深度近视镜。在美国如林的壮汉当中，这个东方小个子没人怕。相反，倒是美国南方一些零星劫匪对这类目标最感兴趣。

如果他身边还有一只新皮箱，那就没跑儿了。

1990 年的一天，新奥尔良。刘向阳拎着一只从中国买的新皮箱登上一辆开往洛杉矶的长途汽车。

"我坐后排，总感觉前面有两个黑人不时回头往我这边儿看，还小声说什么。我看看周围，除了我有一个箱子以外，和其他人没什么两样。

我明白了，这两个家伙是在琢磨我的箱子。"说到这儿，刘向阳有点儿兴奋，嗓门儿也提高了："我打量他们，别看一脸骄横，真动起手来他们占不着便宜。但我又想，动手总是不好，说不定还会误伤别人。得想办法镇住他们，让他们不敢动手。"

刘向阳说，他假装累了，要舒活舒活筋骨。于是在座位上他竖起一条腿，膝盖紧贴胸部，脚底朝天，脚背扛到了肩膀上。双手抱腿压了几下，引得邻座一片惊叹，前面两个黑人也急忙回头。

"我其实就是给他们看的，"刘向阳说，"见他们回头，我不紧不慢，换个腿，又压了几下，还做了几个吻靴动作。我发现他们神色变了，虽然还是嘀嘀咕咕，也听不清说什么，但有时能听见说'布鲁斯·李'，就是李小龙。"

行至中途某小镇，车坏了，修车需停留两小时，乘客们纷纷下车。两个黑人青年主动找刘向阳搭讪，骄横之气荡然无存："你是布鲁斯·李？"显然他们没看过李小龙的电影，但却知道他的名声。刘向阳见他们这么惧怕李小龙，也就将错就错："我是他的学生。"接着他直截了当地问："你们是不是想抢我的箱子？"两名劫匪也不遮掩："我们就是专干这个的，不过现在咱们是朋友。"

以上故事已经够奇了，但还没完。

刘向阳在镇上转一圈回来，发现车提前开走了。正着急，一个警察过来问："你是布鲁斯·李的学生？请到办公室来拿箱子。"

原来，两名黑人青年见车要提前开走，怕"布鲁斯·李的学生"误以为他们劫走了箱子，死活要求停车，把箱子托给警察，千叮万嘱一定要交给一个"东方小个子，'布鲁斯·李的学生'"。

刘向阳搭下一班车到洛杉矶，比前一班晚了几个小时。"我特别吃惊，那两个家伙居然一直在车站等着我。他们说是放心不下，一定要看看箱子是不是交给了我。"刘向阳笑着说，随后又加了一句："其实箱子里没什么值钱东西，你想我当时一个穷学生，除了几件衣服几本书，还能有什么？"

"这件事让我作为一个中国人的感觉特别强烈。我原来是打算毕业以后回国教英语的，后来一想，算了，就在美国搞武术吧！"

这是刘向阳的"功夫传奇"之一，要说真正大打出手，满地找牙，那是两年以后。

一脚踹断一条腿

巴黎以南大约 100 公里有个城市叫奥尔良。美国南方也有个奥尔良，不过，全称应该是新奥尔良。可以想见，位于密西西比河出海口的新奥尔良的第一批移民肯定是法国人。直到今天，新奥尔良最出名的地方仍是一条十足法国味儿的街道，名叫"波旁大街"，这条街附近的几个街区被统称为"法国角"。

2002 年 3 月 4 日晚上，刘向阳在法国角的一个十字路口对我说："10 年前，我就是在这儿和三个黑人大打出手。"

"那天是 1992 年圣诞节的晚上，街上人不多，都回家过节去了。我一个人在这儿闲逛，想想自己也出国好几年了，一直和家人天各一方，心里空空的。平时我不喝酒，但那天晚上破例买了瓶啤酒，边走边喝。"刘向阳说着，比画着当时的情景："刚走到这个拐角，只觉得眼前什么东西一闪，突然一根大棒打在我脸上，一下子就把我打倒了。你知道，练过武术的人对突然袭击很快就能作出反应，我跌倒的同时顺势滚了几个滚，立刻站起来。一抹脸，满手是血，眼镜也飞了，牙也松了，再一看，三个黑人，一人一根棒子，直向我逼过来。"

"为什么？"我问。

"抢东西呗！"刘向阳说："估计是流浪汉，不然为什么不回家过节？再加上喝了酒，醉了，看见我个儿小，又是东方人，好欺负。"

我知道刘向阳在长途汽车上遭遇劫匪，靠几个吻靴压腿的动作使劫匪以为碰上了李小龙，没敢下手。这一次他要么赶紧逃，要么得拿出点儿真功夫。

刘向阳选择的是打。

"一开始那一棒子真把我打蒙了，但我很快就清醒过来，围着门廊这一排柱子转，边跑边躲他们的棒子。"刘向阳指着沿街的一排柱子说。

这一带都是小店铺，百多年的老房子，每所房子前面都有一个进伸约两米的大房檐或棚子，用碗口粗的木柱支撑，木柱间相隔约两米。商店鳞次栉比，房檐和棚子也就连成一排，像一条街边长廊，为行人遮阳避雨。

1992 年圣诞夜，正是在这条长廊的木柱之间，一个手无寸铁的小个子中国人和三名手持木棒的黑大汉展开了一场打斗。

"追打了我一阵，大约有 10 分钟吧，怎么也打不着我。后来他们分开了，从三面围过来，离我最近的一个家伙抢起棒子就要打。"刘向阳模仿着歹徒的动作：左腿在前，是直的；右腿在后，稍弯曲；双手握棒向右转体，两臂微曲，棒子引向身后。这动作让我觉得那名歹徒可能打过棒球，因为击球手作出致命一击之前就是这个姿势。

"我一看机会来了，就在他抢棒子的一瞬间，蹿起来照着他左腿关节狠端下去，先听见'咔嚓'一响，接着一声惨叫，那小子当时就趴下了。"46 岁的刘向阳模拟十年前的那脚飞端，仍旧迅猛。可以想象当年 36 岁的刘向阳在实战中的那一脚该有断墙之力。

"还有俩呢？"我觉得把另外两个歹徒的腿也端断才更痛快。

"吓傻了！愣了一会儿，把棒子一扔，大喊着'布鲁斯·李、布鲁斯·李'，扭头就跑。也不管他们的朋友了！"

我突然想到该感谢李小龙以及把李小龙搬上银幕的好莱坞编剧和导演们。至少，他们让中国功夫成了家喻户晓的神话，这种神话为中国人赢得了某种敬畏。

结果，刘向阳在警察局度过了圣诞平安夜。他和那个断了腿的家伙当晚被警察拘留，罪名大概是涉嫌聚众斗殴之类。

"后来法院判我是自卫，什么事儿也没有，一分钱也没掏。"刘向阳得意之情溢于言表。

"这件事儿给我刺激太大了。本来我打算回国教英语，后来一想，教什么书啊，就在美国搞中国武术吧！"这是他第二次讲这句话。

1991 年，刘向阳获南亚拉巴马州立大学运动生理学硕士学位，留校教书，几年后辞职开了两家武馆，一个在新奥尔良，另一个在莫比尔。

在国外开武馆发大财的没听说过，略有盈余或至少收支平衡应在情理当中。但刘向阳不是，他年年欠债。

具体年份不清楚，总之从 20 世纪 90 年代末期以来，他每年都要在美国搞一次国际武术比赛，邀请亚、非、拉、美、欧武林豪杰一比高低。请的选手有时多有时少，视刘向阳手头有几个钱而定。这种比赛卖不出几张票，找不到像样的赞助，刘向阳基本上是全额自费，所有选手包吃、包住、包往返机票，还要给优胜者发奖金。靠两个武馆每年能挣几个钱？这么干能不赔吗？

没人劝吗？有！多了！包括我。他不听。

这次亚特兰大传来的消息有积极成分，第三家武馆即将在该市开张。据说刘向阳的认识有所提高："以后不再干这种傻事了。"

那么聪明的脑袋瓜儿，这么多年才想明白一件那么简单的事儿，也算是一"奇"。

（2008 年 12 月）

4

5

1.2007年12月，第三次访问阿根廷，采访拍摄第114届阿根廷马球冠军赛。

2.2000年12月，拍摄世界汽车拉力赛澳大利亚珀斯站的比赛。赛道在异常干燥的丛林里，车一过，漫天飞黄沙，不得不用塑料布罩上摄像机。

3.2002年11月在美国新奥尔良拍摄一级方程式超级摩托艇世锦赛，和老友刘向阳（左二）再次见面。右一、右二为摄制组王雪、张子缨。中间妇女为刘向阳武馆的学员。

4.洲一级的大型综合运动会，都会为各国运动员设置不同的宗教活动场所。这是1998年曼谷亚运会期间，与演播室隔壁的一位神职人员聊天。

5.1998年12月，报道曼谷亚运会中国代表团在亚运村的升旗仪式。

1.2002年2月盐城湖冬奥会在奥运村采访时碰到一位印第安酋长，他是专门在此迎接客人的。据说他的祖先就是这块地的主人。美国虽然年轻，但还是有一段沉重历史的。

2.2002年盐城湖冬奥会距"9·11事件"不到半年，安保措施空前严密，记者的车回新闻中心，每次都要经过美军设置的五道安检关卡。但士兵对事不对人，检查时一丝不苟，近乎严苛，待人却非常友善尊重。想起我们的警卫，感觉在他的眼中你就是一个敌对分子。

3.2006年4月，纽约曼哈顿第五大道的美国职业足球大联盟总裁办公室外面，等候采访。

4.2006年4月，加州青少年足球联赛，48支队，男女各半。这天6块场地正在进行10~15岁女队比赛，要开电瓶车才能及时采访拍摄。

5.墨西哥城阿兹台克体育场的球迷塑像。该像建于2001年5月29日。原型是29岁的美洲队球迷伊格纳西奥·比利亚努埃瓦，以此感谢球迷的支持。

40. 阵容不整

1965 年，我在北京 101 中学上高一，那时全校六个年级 36 个班，其中 35 个是男女各半或男生略多。只有我们班 41 人，31 个是女生，比例失调独一无二。

干别的还成，踢足球就麻烦。那年深秋，101 中班际足球赛开打，我们班成了被调侃的话题。

"借给你们一个男生吧，好歹凑齐上场阵容，不然涮你们太轻松了，没劲！"

"你们班不是女生多吗？找一个把大门儿的，不丢人！"

……

细数班上这 10 个男生，不招风凉话都不正常。够格儿跟别人拼身体、比速度的，只有三个。那时 101 中是北京数一数二的名校，"德智体全面发展"。其中体育尤以田径最强，足球次之。这三人正是校田径队的：一个跑短跑，一个扔铅球，一个练跨栏儿。虽然在田径队都不算顶尖高手，但在我们班，是撑着门脸儿的三条汉子。

另外七人中有四个（包括我）在别的班也许可以勉强进入板凳儿阵容，其余三个根本不会被考虑：一个是举重豪强陈镜开的同乡，广东东莞石龙镇人士，准确身高是 148.5 公分，如果进举重队，说不定"举重神童"的称谓就没苏莱曼·诺尔古什么事了。另一个身高 162 公分，先天体障，肺活量小，速度慢、耐力差，跑动不行，开大脚还算用得上。第三位是一极单薄的文弱书生，身高比前两人高点儿，但也有限，164 公分，最怕冲撞，深度近视眼镜撞飞的话就基本上看不见啥了。如果踢九人制，这位铁定是替补。

赛前某天晚自习，10 个男生凑到黑板前商量这球怎么踢。我提了两点，边说边用粉笔在黑板上画出位置图。

首先是排兵布阵。

我建议三名田径好手在前、中、后场各放一人：跑短跑的踢中锋，靠百米 11 秒 7 的速度冲锋陷阵；扔铅球的身高块儿大，百米也有 12 秒出头，让他镇守右中场，卡住"右边锋"眼镜书生身后的位置，力保右路防线不会太弱；练跨栏儿的速度快、韧带好，需要飞铲的时候肯定比别人出腿快还不容易受伤，在三名后卫背后当"清道夫"，哪儿有漏洞往哪儿堵。

三个后卫由"陈镜开的同乡"居中，头球没指望了，但他步频快、转身快、伸脚快的特点，对盘带型的前锋应有阻滞作用。先天体障人士踢左后卫，惟一的任务就是开大脚，要么往前场，要么往界外。剩下在外班"勉强能当板凳儿队员"的四位，我自告奋勇踢左边锋。主要原因是 10 个人中没有一个左撇子，而我从小瞎踢胡踢练得左脚也能传出几脚球，从左路传中，为"11 秒 7"输送炮弹，我责无旁贷。其余仨，身高都在 160 公分以上、170 公分以下，体力好点儿的踢左前卫，吨位足点儿的踢右后卫；还剩下一位，这哥们儿有一特点，套上一件破绒衣之后真敢往地上扑，正好，穿着那件破绒衣把大门儿。

其次，"进攻是最好的防守"。

这句话是从《北京晚报》上学来的，谁写的，忘了，当时对这句话印象特深，觉得特辩证、特哲理。我们的实力明摆着，防守根本防不住，必须靠进攻减轻防守的压力。

怎么攻？我主张完全放弃右路，死打左路。这种战法是我下军棋的招儿，我其实对棋牌兴趣不大，邻居小孩儿有时非要找上门来下，我懒得动脑，就把师长、军长、总司令和两个炸弹都摆在一侧（另一侧放一师长看门儿），上来就对子儿，力战，搏杀，狂轰滥炸，活着干、死了算。初次交手者，这一招有时能收奇效。既然明知道把球传到右路交给"眼镜书生"是百分之百有去无回，为什么不试试集中兵力突击左路？谁和谁也没交过手，人家看不起我们，自然防备懈怠，这不正是我们出奇招儿的机会？

两点建议大家一致赞同，反正也就是个玩儿，既然没更高的招数，就这么踢吧。

比赛过程不细说了。按分组，初三和高一是一个大组，抽签决定对阵，我们首战的对手是初三的一个班，这个班有几名初中校队的成员，结果我们扬长避短的排兵布阵和赌博式的死打左路的怪招儿一举成功，最终以一球小胜。

首战告捷，全校震动，自然也引起了第二个对手、同年级某班一定程度的重视。这个班有一两名高中校队的主力，但他们明显战术应对措施不够，看不出"眼镜书生"完全是个"伪右边锋"（我们让他在场上一刻不停大喊着要球，就数他喊得欢，但却从来没有传给他一个球），始终派一名强力后卫防着他。这使得我们的左翼突击仍颇有威胁，最终以3：2再胜一场，闯进决赛。

不管决赛成绩如何，一个让全校师生目瞪口呆的奇迹已经产生了，如果我们再进一步，击败最后一个对手——拥有多名校队成员的同年级另一个班，那将会让初三、高一其他11个班的所有男孩子大失脸面。

1：1的比分几乎保持到了最后，右后卫（此人现在是美国佛罗里达州政府的水利工程师，他在那儿不是防传球，而是防洪水）的一个禁区内无意手球（地不平，球弹起来碰到了手）被判了个点球，我们终以一分之差输掉了决赛。

这就是为什么43年来，每当看到足球消息中出现"某队阵容不整"这几个字眼的时候，我总忍不住要窃窃发笑的原因，我心里想说的是："见过阵容不整吗？"

（2008年12月）

41. 常识，再加点儿想象

　　为电视节目写解说词，有人追求优美，要像诗；也有人希望深刻，要有思想。这两点我都做不到，于是我对自己的要求就是：把话儿写通顺，把事儿说清楚。

　　写通顺、说清楚的前提下，我不会束缚自己的想象。当然，这种想象是建立在普通人都具有的常识的基础上。

　　《奥运档案》的解说词由编导写初稿，我再逐字逐句修改。由于稿子数量大，时间紧，年底杂事太多（学科学发展观、党支部改选、写个人年终总结、听单位年终总结、评大单位先进集体先进个人、评中单位先进集体先进个人、评小单位先进个人、报评优秀节目、编导出差乘机住店吃饭打车签字报账、筹备与京城媒体看片儿见面、审节目、本组仨小伙儿娶媳妇、老娘发火见天儿来电话催我把她的保姆赶走、我感冒吃错了药过敏浑身奇痒起疙瘩脸肿得像倭瓜差点儿没活过2008……），脑子短路越来越频繁，想象力越来越枯竭。我当时只求文字平实流畅，观众能听明白就行。

　　也有茅塞顿开的时候。

　　1月6日播出的《奥运档案》第二集，有一个7分多钟的短片，介绍引导员的选拔过程。编导交给我的是一个半成品，他按自己的思路编了一组画面，在某几段需要写解说词的地方注明想说些什么事：

　　0秒—15秒（共15秒）

　　（画面：引导员们忙忙碌碌，做上场前的准备）。

　　编导提示是这样写的：引导员历来是开幕式仪式部分一道亮丽的风景线，历届组委会都力图通过这一仪式的引导员展现东道国女性迷人的风采。

　　15秒—86秒（共71秒）

　　（画面：引导员出场，与老师击掌加油；

引导员领走各自要举的牌子；

一组引导员举着牌子的画面；

画面倒放 11 秒，闪出字幕"8 月 7 日"，一男老师怒喝："别说了！再说你就错！明天你错了就要后悔！"

画面倒放 6 秒，闪出字幕"8 月 1 日"，一女引导员哭着说："就是想为家乡做点儿贡献……"

画面倒放 9 秒，闪出字幕"3 月 20 日"，张艺谋食指点着桌子说："有统计表明，入场式的收视率要高于文艺表演。"

画面倒放 6 秒，闪出字幕"3 月 10 日"，北京吉利大学礼堂，正在进行引导员选拔）。

这组总共 71 秒的画面没有解说提示，编导说，他想不出来写什么好。"这是给你想象的空间。"他说。

86 秒—116 秒（共 30 秒）

（画面：吉利大学礼堂，几乎都是女孩子，穿泳装上场的，化妆的，换衣服的，坐在座位上观望的；等等）。

编导提示是这样写的：2008 年 3 月 10 日，来自北京大学、北京体育大学、北京科技职业学院、北京农学院、吉利大学五所大学的约 400 名大学生美女汇聚在吉利大学进行北京奥运会开幕式引导员的选拔。吉利大学的礼堂里从来没有出现如此多的小镜子和镜子里亮丽的容颜，虽然还是初春，穿棉衣的季节，但这里出现了如此多的泳装。

（116 秒以后从略。）

按说两段编导提示已经"写通顺、说清楚"了，不改也可以直接就当解说词用。但既然编导给了我 71 秒的"想象空间"，我就打算来一个通盘改造。反复看那几段倒放的画面，忽然感到像时光在倒流，于是就有了如下的文字：

0 秒—15 秒

北京奥运会开幕式的入场仪式明星云集，有人要看科比，有人惦记姚明，有人紧盯梅西，但是无论你想看谁，当 204 位引导员出场的时候，都不能不引起人们的注意。

15 秒—86 秒

所有的人都心存同样的疑问：她们是谁？来自何方？怎么来的？

　　我们都知道时光是不能倒流的，但那是在电视录像技术发明之前的事。如今，我们只需通过回放录像，就可以轻而易举地让时光回到昨天，甚至于回到更久远的某个日子。

　　比如说，我们可以回到开幕式前一天，8 月 7 日，看看老师对姑娘们说了怎样的重话。

　　我们也可以退回到 8 月 1 日，那天，有的姑娘被淘汰了。

　　我们甚至于可以再往回退，退到 3 月 20 日，张艺谋的一句话表明，运动员入场式及引导员在他心中的分量。

　　于是我们可以干脆退到 3 月 10 日，从第一次选拔说起。

86 秒—116 秒

　　这一天北京吉利大学的礼堂里阴盛阳衰。来自北京大学、北京体育大学等 5 所首都高校的大约 400 名女生在这里进行首次引导员的公开选拔。如果电视录像技术不但能还原图像和声音，还能还原气味的话，我们今天就能闻到浓浓的脂粉和各种品牌的香水的味道。

　　（116 秒以后从略。）

　　我打电话把整篇改动后的解说词给编导念了一遍，他异常兴奋，连说："好！好！太经典了！这是教科书啊！"

　　我有些受宠若惊，把稿子仔细看了两遍（万一真被人误当了教材，我好歹得说出点儿门道来）。我没有看到诗一样优美的字句，也没发现有什么深刻的哲理，有的只是人人皆知的普通常识：入场式有大明星、时光不会倒流、录像可以回放，但放不出气味……只不过是在提到这些常识的时候，多了一点儿想象，比如说，你怎么就会想到录像机放不出味儿来？

　　仅此而已。

（2009 年 1 月）

42. 以体育为载体

大约一年前，确切地说是 2008 年 2 月 26 日下午，央视体育频道请何振梁作"奥林匹克运动及其人文精神"讲座，这是北京奥运会前夕体育频道培训编辑、记者、主持人的系列讲座之一。

那天何老访问伊朗归来，直接从机场就到了央视。看得出他很疲惫，而且，用他自己的话说："也没有来得及认真准备。"

但何老还需"认真准备"吗？这位有着 30 年资历的 IOC 委员，曾经的第一副主席、两届执委，现在的 IOC 奥林匹克文化与教育委员会主席，即使"没有来得及认真准备"，讲一堂"奥林匹克运动及其人文精神"不是绰绰有余吗？

果然何老第一句话就出口不凡："奥林匹克运动是以体育为载体的社会运动。"

说这话时他正低头翻找桌上的纸本，完全是不经意间脱口而出。何老在国际体坛阅历无数，这句话在他也许只不过是一个早已深植于心的常识。但对我来说，这是第一次听到有人如此精到且经典性地阐明了奥林匹克运动的定义。

那时我负责的《奥运档案》节目正抓紧拍摄，因下午有采访，讲座我没听完。我的小本子上除了刚才那段儿话，另记有以下七句半：

"奥林匹克运动和奥运会不同，后者是前者的一部分，是主要部分。"

"体育与文化教育结合是精髓。"

"文化和教育是奥林匹克运动根本所在。"

"反对任何歧视，提倡尊严，公平竞争，更快更高更强。"

"体育、文化教育、环境是三大要素。"

"罗：我不能讨好中国而得罪其他人。"（"罗"是罗格，何老提到有人建议罗格施加影响让武术进入奥运会，被一口回绝。何老引述的是罗格的原话。）

"1922 年，国际奥委会承认……"（我怎么也想不起来当时为什么只记了半句话，承认什么？不记得了。）

一共七句半，在我那小本儿里一躺就是小半年。

这期间，《奥运档案》按照领导交代的"大起底""大解密"的思路继续运作，同时，不断有消息证实我原先的估计，那就是按同一路数吃定奥运会，大作"探秘""幕后"节目的颇有人在。不仅央视，还有其他"视"；不仅体育频道，还有其他频道：新闻、经济、社教、农林、军事、法治等；体育频道中也不仅是《奥运档案》，还有其他栏目。

我的另一个判断随后也被证实：所有的揭秘节目无一例外地都打算以速度制胜，奥运会结束立刻就会开始一场媒体扎堆儿抢先爆料的恶战。

对于争时间、抢速度，我毫无兴趣。"大跃进"就是一哄而上比谁速度快，结果怎么样？

我当时的想法恰如古人所云"韬光养晦"：别人先折腾着、搅和着、起哄着、拼杀着、抵消着，我不掺和，我潜心琢磨节目，看能不能在角度和深度上下点儿功夫。仨月半年之后，你们折腾完了、搅和够了、起哄累了、拼杀光了、抵消尽了，想歇着了，老百姓心里也不那么躁了，我再来，不碍别人事儿，别人也不容易碍我事儿。

说是不碍事儿，还是有两件事儿不得不想：

第一，毕竟北京奥运会的诸多"内情"是当今世界上保守得最好的秘密，能让媒体去"解密"的就那么点儿，别人抢先披露了，我不得不放弃。我选择内容的标准是"务求独家"。后来我在每集节目的片头之前都要打上三行字幕"你不知道的、你看不到的、你想不到的"，就是这意思。

好在我的几位编导拍摄了 3 000 盘素材，选独家内容做成十几个小时的节目还是有些把握的。

第二，既要有独家内容，更要有独家的角度和见解。奥运会开幕前大约半年多，我已看出《奥运档案》面临内外夹击、前后堵截的形势，感到必须调整思路、另辟蹊径。终于有一天，在每周一次的编导碰头会上，我提出"从解密向解读过渡，解密和解读并重"的想法，这等于是把领导框定的节目方向作了重大调整。这种调整符合已经变化了的形势，与时俱进，所有的编导一致认可。

　　但怎么解读，从什么角度解读，没想明白。

　　奥运会闭幕，《奥运档案》开始后期编辑制作，解读的角度问题还是似懂非懂，似乎是缺一句点题的、一听就能让人茅塞顿开的话。

　　很偶然，一天我漫无目的地翻开办公桌上的一个小本子。桌上其实有好几个本子，这个最小、最不常用。三翻两翻，何老那句话跳入眼帘："奥林匹克运动是以体育为载体的社会运动。"完全是一瞬间，柳暗花明、豁然开朗，我知道我找到了"纲"，纲举目张，在解读角度上的所有困惑就这样迎刃而解了。

　　"奥林匹克运动是以体育为载体的伟大的社会运动。"这是《奥运档案》每一集片头都会出现的题记，细心的读者会发现我在何老原话上加了"伟大的"三个字，我想他会同意的。无论从人民的关注和付出，从对中国现实和久远的影响，北京奥运会作为 2008 年发生在中国的一场社会运动都是伟大的。

（2009 年 4 月）

43. 缤纷夏日

　　某大报一退休资深体育记者前不久对我说起一事：1984 年年底，"全国十佳运动员"评选筹备会上，体委一位副主任提及："国际奥委会认为洛杉矶奥运会期间中国记者的文章没有一篇是真正懂体育的人写的。"

　　老记说，这话印象极深，因为太受刺激。过后一想，人家不无道理："那时候咱们谈什么都是高屋建瓴、经天纬地，拿了金牌只管把纲往高里上，'祖国荣誉''民族骄傲''振兴中华''顽强拼搏''青年标兵''妇女模范''新长征突击队''三八红旗手'，这些词是不可少的。"至今提起，老记仍深有所感。

　　北京奥运会中国记者出手应该和 24 年前不同了。虽然有不少仍旧"不懂"，但"懂的"已是大有人在。

　　世界上像中国人这样看待奥运会的几乎没有。中国体育界一位在国际体坛颇有声望的元老（该人士目前仍担任某国际单项运动联合会主席）概括说："区别在于，中国人是提前很久就开始关注，其他国家是在奥运会举办期间才关注。"

　　"提前很久"是多久？我看基本上是四年。

　　2008 年奥运甫一鸣金，媒体已开始关注各运动队"为下一个奥运周期"换帅、换血、换头儿，让人觉得好似又上了套，立马就要杀奔英伦。今年一些队伍陆续出境参赛，除围棋、斯诺克、热气球，所有报道都毫无例外往下届奥运会上扯，"考察新人""为下届奥运会练兵""目标直指 2012"等不绝于耳。乒乓、羽毛、游泳、跳水等队出征世锦赛这样的顶尖赛事，教练、队员也是口口声声"为伦敦奥运会锻炼队伍"，好像除了奥运会，他们眼里没有别的。

　　中国人不能像别人那样用轻松一些、超脱一些、游离一些、娱乐一些的心态看待奥运会么？

远的不提，单说今夏，林林总总的国内外体坛热闹事便都与奥运无关：

首先，美国队在南非踢疯了。世界排名第一、35 场不败的西班牙都没挡住。跟巴西决赛，上半时还领先两球，差一点儿制造今年足坛第一大冷。

再有，皇马烧钱烧疯了。两亿多欧元买来四人，包括意甲旗帜卡卡、法甲头牌本泽马、英超第一人兼新科世界足球先生 C. 罗。作为球迷，我对皇马新赛季充满期待。作为记者，我担心这股烧钱风愈演愈烈，不知会导致一个什么样的后果。

NBA 不像皇马那样挥金如土，不是美国人不如西班牙人有钱，而是因为 NBA 有相对公平的制度：工资帽和奢侈税。今夏 NBA 转会虽风起云涌、劲爆不断，但非常有序，没有皇马令人侧目的张狂。

NBA 的相对公平还表现在裁判可以观看录像决定判罚（当然什么情况下需要观看录像还有细则规定）。6 月的总决赛，几乎每场都不止一次看到裁判仔细研究录像后才作出判罚。这种措施也是呼吁多年，近年才实行的。

类似的措施在网球场上叫做"挑战鹰眼"，如果"鹰眼"证明是错判，裁判就要改正。今夏的法网、温网，这种镜头多了。

NBA、网球这些被公认为是有益于公平竞赛的措施，足球做不到。其实不是做不到，是足坛大佬们不做。"错判是足球的魅力之一，"1996年在伦敦，贝利接受我的采访时说，"当两匹马同时撞线的时候，你必须通过回放录像确定哪匹马的鼻子领先那么一点点，但足球不同，通过录像纠正判罚我认为不可取。"

贝利讲话这会儿，NBA 还没有允许裁判看录像，网球也没有"鹰眼"。

夏日缤纷有中超的功劳。赛程过半，从观众数和热闹劲儿看，可以说"回暖"。水平低？不假。低水平竞争也是竞争。就好像小学生比赛，大人们看着毫无章法、一塌糊涂。小学生们自己觉得极其激烈精彩，简直火花四溅。

"上海男人的脚"本可以成为今夏流行词组，但因为此话出自北京人民广播电台梁言之口，听众只限北京一地，所以没流行开。老梁说的是中国体坛最大的男腕儿，两个上海男人，都因为脚伤加入了今夏缤纷的话题当中。

其中一个说："别人急，我不急。"据我所知，其实现在没人急。要说急，那是一年前，有人急着讨说法。后来被告知是真伤不是诈伤，是老伤不是新伤，隐瞒真相的部门的官儿被更高的部门的官儿骂了个狗血喷头，大家就没法儿急了。

倒是另一个上海男人的脚让人有点儿急。这主儿这些年给老百姓带来乐趣、激情，没有伤害，所以大伙真的挺挂记，有人怕没球儿看，有人怕生意亏，有人怕收视率跌。

还有好多缤纷事呢！F1 乾坤倒转，法拉利、迈凯轮一蹶不振；费德勒法网、温网两连霸；朗哥再战环法，续写传奇……我全都没空提，哪件不是体坛大事？哪件跟奥运会能搭上边儿？

所以，拜托教练们，您真不把世锦赛当回事，只为"练兵"，您练就是了。您别把这机密透露给记者，也一点儿不妨碍您"练兵"。

所以，也拜托记者们，慎用"练兵"二字。教练这么说了，您可用可不用。教练说的话多了，总不能都用吧？教练没说，您就别起哄非写不可。一来对于"练兵"，老百姓关注度不会高。再说让世锦赛方面知道了，"怎么着？没把我们放眼里？"不利于中国体育形象。

说来说去，其实一个意思，到 2012 年，咱再把"奥运"俩字儿翻腾出来玩儿命鼓噪，哪怕鼓噪个大半年。这之前两三年，多关注点儿别的，眼球闲不住。

（2009 年 9 月）

44. 关于国庆节的片段记忆

我出生的时候不是中华人民共和国公民，因为 1949 年 9 月 27 日那天，中华人民共和国还没成立。算民国人吗？也不是，民国政府已经管不了北京了。所以从时间和法律上讲，我生命的最初三天是不是算黑户啊？

事实上，虽然我的 60 次生日伴随着共和国 60 次国庆盛典，但大多数情况下没有留下特别的记忆，只有那么少数几次，发生在国庆节的事至今难忘。

第一次在现场观看国庆阅兵和游行是 1959 年，那时还是各单位组织人到东西长安街两侧观看。在北京电影学院任教的父母带着我和两个妹妹一大早就和其他家属们一起，被学院用卡车或者大轿车送到了西长安街。我们在街的南边，中南海新华门西侧，有的坐自带的小马扎，有的垫张报纸坐地上。那天大晴天，特热，快中午了，队伍才过来，印象中有坦克，还有骑兵。

有一位亲戚当时是初中生，参加过这次游行。前几天提起来他还说："那时国家穷，我们学生也挺不容易的，参加游行也就补助二两粮票，没别的。"

1969 年，国庆 20 周年，我已成了山西省孝义县梧桐公社南梧桐大队的一个农民。农村过国庆节和普通日子没有区别，照样下地干活。晚上收工后，我们北京知青都习惯边做饭、洗脸，边听收音机。收音机是一个同学从北京带来的，美国造，大小厚薄和一部毛选差不多。山西地广人稀，基本没有无线电干扰信号，收听短波特别清晰。那天"敌台"莫斯科广播电台的中文节目正在播送一篇为彭德怀鸣冤叫屈的文章，讲他的历史、功绩，庐山会议如何遭到整肃等，我们当时都听傻了，但没人把收音机关掉或调到别的台。只是有人嘀咕一句"苏修真阴险"，就完了。

国庆 25 周年时，我是一名已有四年军龄的老兵、班长，驻守新疆，距苏联边界直线距离 90 公里。那年国庆节《解放军报》一个整版刊登军内共和国同龄人的先进事迹，有歼击机飞行员、女军医、参谋，似乎还有一位"副团"。班上一陕西新兵傻乎乎问："咱班长也是共和国同龄人，咋就没上军报呢？"这话让我受多大刺激，可想而知。

到了第 35 个国庆日，我已在央视干了八年。国庆前一个月，被台领导临时抽调去拍摄《国庆趣话》，因《国庆趣话》而和国庆游行阅兵指挥部来往颇多、搞得满熟。他们知道《国庆趣话》已经完成了，希望我给他们帮个忙，在"十一"当天为他们录一套完整的资料，送到深山老林里的战备仓库永久保存。为此在位于广场旗杆西侧的少先队组字方阵中撤下几个孩子，腾出地方专门为我搭建一个在长安街南侧面对天安门的摄像平台。1984 年 10 月 1 日，从天蒙蒙亮到阅兵和游行结束，我就是在这个平台上度过的。

没想到，我拍摄的这套资料还起到了救场的作用。

"十一"那天天气不理想，多云，能见度差。再加直播导演经验不足，切出的画面全景多，近景少，而光线和清晰度都不足的情况下全景（比如行进中的方队）就是黑乎乎的一块，效果不能令人满意。

当晚须紧急赶制几百盘录像带寄往驻外使领馆及侨胞团体，台领导认为应该加以补救，减少全景，增加近景及特写。

于是有人想到我给国庆游行阅兵指挥部录了一套资料，此刻应该还在我手里。

于是有人气喘吁吁敲我家的门（那时家里没电话），叫我速把资料拿到台里看看。

于是人们在快速搜索了几分钟镜头之后就已经大大松一口气。

于是有人说了一句："幸亏有这套资料……"

于是那个晚上我和几位编辑熬了一通宵，修改了几百盘录像带，第二天准时送到机场。

10 月底，广电部召开国庆工作表彰会，我收到一份嘉奖令，红皮儿，在我的名字后面写着："你在庆祝中华人民共和国成立 35 周年宣传报道工作中，付出了辛勤的劳动，取得了显著成绩。特发此通令予以嘉奖。"

署名的是时任广播电视部部长吴冷西。

有人说获嘉奖是因为《国庆趣话》，但我估计，更大的可能是那次很少有人知道的救场。

（2009 年 9 月）

45.《国庆趣话》二三事

临近"十一",媒体关于国庆阅兵和游行的消息多起来。这些消息让我有一种额外的亲切感,不仅因为我是这个国家的公民、前解放军战士、共和国的同龄人,更主要的是,25 年前,我自己就曾深入阅兵部队和群众游行队伍的排练现场进行过采访。

若没记错,应该是 1984 年 8 月 29 日下午,从不同部门抽调的几个人到台领导 C 的办公室开会。C 说:"几十万人准备了几个月,如果只转播国庆当天两三个小时阅兵游行,不做点儿别的节目,太可惜了。"当下决定搞一个特别节目,让我们立即放下手头工作,临时搭成一个班子,第二天下到各阅兵村和群众游行排练的场所采访拍摄。

"记住!要的是花絮、幕后、有趣的故事。"C 强调说。那时《话说长江》走红没两年,作为主要撰稿人之一,C 对"话"字似乎有好感:"特别节目就叫《国庆趣话》吧。"

临时摄制组就这样成立了。那时央视只有两套节目,人力、物力、财力和今天相差十万八千里,这样一个台领导亲抓的重点节目,一个编辑兼撰稿(我)、俩摄像师、两部摄像机、一个助手、4 500 元钱节目预算(大部分用于包两辆出租车),就开练了。

节目定在国庆前三天开播,每天播一集。从 8 月 30 日开拍第一个镜头到 9 月 28 日播出第一集,不足一个月。

前 20 天,我们兵分两路,疯了似的往京郊的各个机场跑,因为阅兵村在机场,群众游行的联合排练也在机场。通县的张家湾机场、海淀的西郊机场、昌平的沙河机场、大兴的南苑机场,光这四个地名就能看出跑得不善。我甚至还跑到河北遵化某军用机场去采访,500 米超低空飞越天安门的轰炸机编队就是从这里起飞的。

跑路不难,难的是发现"有趣的故事"。无论农民、工人、教师、学生、个体户，开口基本都是"光荣""骄傲"一类的表态，说的差不多全是"不怕苦不怕累""带病坚持训练"一类的事迹。这些事令人感动，但角度雷同，内容相似，知道开头就能把结局猜个八九不离十。另外，不"有趣"，因而不是我的节目所需要的。

这时候就要帮他们打开思路。

在阅兵村，各方队负责人呼啦啦几乎坐满一帐篷，指挥员一声令下："现在开始向中央电视台领导汇报！"于是，我听到某战士老父病重，数封电报催着回家，仍坚持训练；某战士死抠动作细节，熄灯了还在拔正步；某战士脚底板儿磨出了水泡没在意，结果变成了血泡……这样一些故事。

"有没有10月1号过生日的？"我适时打断，插了这么一句。我知道将有近35万人参加游行和阅兵，根据概率推算，"十一"出生的应有近千人。

"有啊！海军方队的王志国、王志庆，就是'十一'的生日，这是一对儿双胞胎，在队列里俩人肩并着肩走。"

"太好了！有没有父辈曾经参加过国庆阅兵的？"

"有啊！坦克部队前导车指挥员苗政委，他父亲在1959年是军事院校学员方队的。对了，他女儿刚满月，父女还没见过面呢，苗政委给女儿起名叫阅阅，阅兵的阅。"

"太好了！我要的就是这些！"

……

20天过去，收获不少。摄制组四个人，其余三位都刚刚走出大学校门才一两年，面对庞杂的素材，不知该如何下手。而我在拍摄采访当中就不停地清理思路、构思结构，停机之前，第一集的开头已经写出来了。

坐在中山公园一条绿漆斑驳的木制长条靠背椅上，我对几个小弟兄说："我念一下第一集的开头，看有没有感觉，能不能把节目编下去。"于是念：

在北京的学校、工厂、机关、部队和农村中仔细挑选35万青年男女和儿童，把他们组织起来，排列成110个大小不等的方块队形。

让其中1万名军人穿上新式军服，戴上大檐帽，其他人则穿上你想象得到的最美丽的服装。

用大约 1 万辆汽车把这整个巨大的军团送到天安门广场，把 104 辆彩车、423 辆坦克、装甲车、炮车和导弹牵引车安插其间，还有 16 个直径 6 米的红气球、100 只喜鹊、1 万只鸽子、94 架大大小小的战斗机和几千名兴致勃勃的外国人，再加上东一处西一处 20 多个医疗救护站、百十个饮水点。

最后，千万别忘了还有数以百计的简易厕所。

熟悉情况的人介绍说，这样规模的节日游行活动实际上是一项史无前例的艺术创作。比如说，任何艺术品都很难囊括人世间的所有颜色……

我继续说："接下来咱们就在颜色上做文章，第一集就说各种各样颜色的故事。第二集说人，各种各样人的故事，战士、学生、农民、个体户等，就是咱们已经拍到的那些。第三集专说彩车，各种各样彩车的故事。行不？"

我忘不了他们不约而同长吐一口气的声音。

这是我惟一一次做的非体育类的节目。

（2009 年 10 月）

46. 非英格兰式幽默

真正英格兰式的幽默多有自嘲。以下一则笑话，或为经典：

一个留着朋克发型的年轻人在街上走，他发现一位老先生在看他，很不高兴，质问说："老家伙，有什么好看的？"老先生不慌不忙地回答："20年前，我跟一只母孔雀干了一把，我在想你会不会是我的儿子。"

"老家伙"的自嘲（"我跟一只母孔雀干了一把"，太流氓了！）极其巧妙（谁都知道这根本不可能），然后以退为进，抛出更辛辣的嘲讽：你小子不过是个人和鸟生的杂种；（这话也没人信，但够狠。）好端端的年轻人，怎么把脑袋整得跟鸟似的！（这是老爷子，也是本笑话真正要表达的意思。）

难道以退为进的英格兰式幽默最近变了，变得只是一味自嘲，只退不进了？

11月18日，京城某报体育版一篇题为《老马访英伦，主人不记仇》的文章，就给我留下这样的印象。文章说，马拉多纳"访英伦"，在机场受到大批球迷的热烈欢迎，人们"捧着1986年世界杯阿根廷击败英格兰时，马拉多纳展示'上帝之手'的海报和图板，大声呼叫着'迭戈'的名字……"这段文字让人有点晕，我琢磨，是新的英格兰式幽默吗？是不是自嘲得有点儿过？

再往下看，才知道，马拉多纳"访英伦"不假，但不确切，他去的不是英格兰，而是苏格兰，这就大不一样了。

英国，只是从国籍、版图、外交、军事和货币角度讲，是一个整体。有些爱文学的中国人愿意称英国为英伦，把国家和首都译名的第一个汉字组合在一起，听起来觉着多少有点儿诗意。但这种组合只适用于英国，你要是把法国称为"法巴"，把德国称为"德柏"，把韩国称为"韩首"，听着就不雅，把俄国称为"俄莫"就更不可取，因为和"恶魔"谐音了。

若讲足球，"英伦"就不是一个整体，而是四"足"鼎立：英格兰、苏格兰、威尔士和北爱尔兰，四个足协各有各的势力范围，完全独立、激烈争斗，有你没我，有我没他，在国际足坛从来没有联合组成英国国家队一致对外这么一说。相反，某个足协的球队（主要是英格兰）要是输给了外国队，其他三地的球迷欢天喜地，就像自己的球队赢了一样。

2001 年，我在威尔士的滨海小城埃博沃斯韦思的一家旅游商店里，看到一款钥匙链，一面是威尔士的"国"旗，上白下绿，中间一条带翅膀的红龙；另一面有如下英文字样："There are only two teams I ever support, Wales, and whoever plays against England!"直译过来就是："我永远只支持两个队，一个是威尔士队，另一个是与英格兰比赛的队！"

我儿子在威尔士大学读过几年书，他说曾经去酒吧看英格兰队和德国队世界杯（也许是欧洲杯）预选赛的电视直播，酒吧里全是威尔士人，每次德国人进攻都会伴随一阵欢呼，英格兰队控球便会招来嘘声一片。德国队获胜之后，酒吧里展开了一场狂欢。

有理由推断，1986 年马拉多纳率阿根廷队把英格兰淘汰出局在威尔士是引起过一片欢腾的。

我没有去过苏格兰，但我知道，"英伦"四个足球圈子当中，论实力和战绩，苏格兰仅次于英格兰，也最不服英格兰。两地球迷的宿怨也最深。威尔士尚且如此，苏格兰便可想而知了。

可以进一步推断，当年马拉多纳的"上帝之手"给苏格兰人带来的狂喜甚于威尔士。

因此，京城某报标题所说的"主人不记仇"，完全不是那么回事，真相应该是：苏格兰球迷至今不忘阿根廷灭掉英格兰，替苏格兰人出了口恶气，间接报了"仇"。

这哪儿是不记仇啊？苏格兰球迷是捧着大英雄的照片感激报仇之恩呢！

想当然，不求甚解，似是而非，有时也能弄出点儿幽默，但那是非英格兰式的。

（2009 年 12 月）

47. 素描三老友

悲喜，宋

5月13日报载，曼联夺得本赛季英超冠军，在盛大庆祝宴会门口，夺冠功臣、后防大将、一度当过英格兰队和曼联队长的里奥·费迪南德被保安拦住，非要他出示身份证明才能入场，而里奥恰巧没带，双方纠缠15分钟，里奥错过了宴会的开幕仪式。英国报纸称此事"令人啼笑皆非"，曼联人士则称"太荒谬了，几乎没人不认识他"。

这倒让我想起十多年前，正当红的宋世雄老师还有比里奥更惨的遭遇：他活活儿被保安从屋里给赶出去了。

1991年11月19日晚，宋老师在广州人民体育场解说第一届世界女足锦标赛中国队的第二场比赛，对手是丹麦队。

战局让人揪心。面对高大的对手，中国队一味长传冲吊，虽毫无成效，却迟迟不变招儿，苦撑半场，先输后平。中国队明显战术不对，下半时会有什么变化？中场休息，宋老师来到中国队休息室，他想听听教练有什么布置。他看见了领队杨秀武、副领队容志行，也看见了主教练商瑞华。这几位是很熟的朋友，但这个场合、这种气氛，不是他说话的时候，大家彼此点点头算是打招呼，商瑞华立即为队员作部署。在角落里，宋老师拿出本子，开始记。总共记下了11个字："大家不要急，处理球要冷静。"这是商瑞华的开场原话。

"你出去！"

宋老师正埋头写，不知道这声音是命令谁，没搭茬儿。

"你出去！"还是那声音，女人的，细小但威严。

宋老师抬头，一个20来岁的女保安正盯着他。

"我是中央电视台的，今天转播……我就是听听，不提问……"宋老师只得停笔，向女保安略述原委。他没说自己的名字。这不奇怪，央视播音员、主持人之类，都知道自己这张脸是最有效的身份证，倘还有人一时糊涂，再亮出央视的牌子，已足够让人明确无误地作判断了，说名字多俗啊，丢面儿。可惜，女保安不识趣，也许她压根儿不看体育节目？

"你出去，这儿禁止记者入内。"压得很低的女声，像窃窃私语，但仍旧坚决。

"能不能请你们负责同志来，我跟他解释一下。"宋老师声音也很轻。两个人怕影响这一极端重要的短会，都极力压低声音，旁人看来，更像是小姑娘彬彬有礼地通知一位长者"请外边用餐"，而不像是一场令人尴尬的驱逐。

女保安出去片刻，领来体育场新闻官，妇女，年龄稍大点儿，看来也是个体育盲，因为她面无表情且更坚定地重申了驱逐令。宋老师知道没法儿再待了，他无助地瞥一眼杨、容、商，三人中随便哪一个只要往这边扫一眼，说声"老宋不能走"，事情就完全变了。遗憾，他们没往这边看。因为这一切发生在一个不起眼的角落；因为驱赶者和被驱赶者都是悄声细语；因为他们太投入于会议，根本不知道发生了什么；因为……总之，宋老师被赶出来了。

宋老师没放弃。一出休息室，他找到女足世锦赛新闻委员会主任、省体委某处干部Z，原原本本讲述被逐经过。回答颇令他吃惊："你不能进去。"Z说，"这是新闻委员会根据国际足联的有关条款作的规定。"

宋老师是说球儿的，不是解释条款的。他没听说过"有关条款"，只知道说了这么多年国际足球比赛，从来没被人从休息室赶出来过，包括本届女足世锦赛中国队首场对挪威队的比赛。

哨声一响，已经回到转播席的宋老师迅速打开话筒。他迟疑一下，显然在稳定情绪。"观众朋友们！下半场比赛开始了……"还好，声音正常，清脆高亢，电视观众不会听出他因为刚刚被扫地出门而极其沮丧。他接下来介绍，休息的时候商瑞华教练对打好下半时比赛强调了几点："其中之一是，提醒大家不要急，处理球要冷静。"之二呢？之三呢？观众等着听，他却没得说了。小本子就在面前的桌上，摊开着，还是那11个字"大家不要急，处理球要冷静"。一字没漏全说了。

"唉，兜头挨了一闷棍！"转播结束，他又想起那件事，边摇头边自言自语。一直到第二天早上，他都发蔫儿。

上午，女足虽无战事，却有广州军区召开先进文艺体育单位表彰大会，请中央新闻单位报道女足世锦赛的记者参加，特别提出希望宋老师"光临指导"。

那天，我也去了。一行十余人在广州军区院内下车。

首长们早等着了，司令员为首，他直奔宋老师，伸出手："啊哈，认识，认识，太认识了！宋世雄同志！你可是我们的老朋友、老熟人啊！"宋老师明白，面前这几位他其实谁也没见过。

开会了。宋老师再三推托，将军们还是请他同上主席台。你肯定在电视里见过人民大会堂那场面吧，头头儿们出现在主席台上，这次就有点儿那意思。只是会场小得多，主席台小得多，上台的人少得多，十一二个。

将军们一个接一个从侧幕后鱼贯而出，鼓着掌。宋老师一再退让，倒数第二出来的，他学前面的样子，也鼓着掌。台下的掌声开始是礼节性的，宋老师一出来，先是轰然议论，接着掌声也大了，这说明"几乎没人不认识他"。他感觉到了，但不知道是否应转过脸来向台下挥挥手。看将军们，都没有转过脸，于是假装什么也没感觉到，拍着手，继续走，看似笑着，其实没笑。他肯定认为此时不该笑，之所以看上去像笑，纯粹是因为这场面使他不自在。

照例先介绍到会首长和嘉宾。介绍到宋老师，司仪提高了调门儿："全国人大代表、中央电视台著名体育评论员宋世雄同志！"掌声热烈，时间也长得多。

宋老师起身，面对台下，鼓掌，笑着。这回是真笑，但不是咧嘴大笑，而是这个场合应有的那种矜持的笑。

我这才注意到他今天仔细梳了头，昨晚那件沾了晦气的黑色运动衣换成了淡黄夹克衫，拉链有意只拉一半儿，露出雪白的衬衣和一条深色领带。

上午开会，光线很亮。他看见下面成千双手使劲儿地拍，成千双眼睛盯着他，目光中是景仰，是热情，是意外相见带来的惊喜。看得出他深受感动，容光焕发。

哪儿还有女保安那回事啊！一夜加半天儿，宋老师缓过来了。

多面，孙

北京奥运会临近，一支30来人的队伍扯起了大旗。

这队人马由孙正平孙先生统领，一群风头正劲的央视精壮尽在阵中，另有地方台的王泰兴、金宝成、焦研峰、李博等七八条老枪来投，更有汪嘉伟、宋晓波、马燕红、王涛等一干沙场老泡儿赫然在册，人称"体育解说国家队"，实至名归。

消息人士说，这帮人是临时搭伙，本无正式名称，之所以有"体育解说国家队"一说，盖因在某次誓师、动员、表彰、总结或颁发聘书一类的仪式上，某人（有人记得好像就是孙先生本人）灵机一动（有人说哪里是什么灵机一动，大家平时就是这么想的，蓄之既久，其发必速）、登台（有人说没上台，就在台下）、振臂（有人说没那么大动静，顶多就摇了摇食指，像穆大叔那样）、高呼（有人说嗓门儿根本不高，跟平时说话差不多，但比平时说话要激动一点点）："'体育解说国家队'成立，弟兄们就算是特殊的奥运参赛队了！无弟兄，也解说！"大伙儿觉着这话到位，有高度，有力度，有理性，有激情，还挺有诗意，过瘾，关键是一下子让人找到了奥运参赛队的感觉。

这种情况下，即使"体育解说国家队"队名只流传于坊间野巷、田头地埂，不会被红头文件正式命名，你称呼孙先生为孙队长，也不算太离谱。

不知从什么时候开始，中国人对当官儿或其他有头有脸的人物的称呼简而化之了，只提姓氏加职务或名号的第一个字，结果，代校长成了戴孝，范局长成了饭局，朱厂长成了猪场，朴记者成了嫖妓……一些人不明不白就被骂了。

孙先生不会遭此霉运，"孙队长""孙队"，听上去都没毛病。

孙先生领薪水的正式职务是体育频道播音组组长，应是"孙组"，但似乎没人叫过。还有一个中国电视体育播音员主持人协会，孙先生干了好几任会长，印象中也没听谁叫"孙会"。至于在电视播音指导委员会及其他地方的几份闲差，就更别指望听到"孙播""孙指"之类了。

现在知道为什么是"多面孙"了吧？临时的、永久的、官方的、民间的、行政的、业务的、营利的（央视）、非营利的、专业的、业余的、单位的、社会上的……"多方面头衔",还不算"多面"?

"多面"还有另一层意思——"多方面经历"。

孙先生是插队知青,简言之就是农民。那时候,央视体育节目很少,所以没有专职解说。那么,孙先生是"文革"以后中央电视台第一位体育解说员吗?不是。是宋世雄老师吗?也不是,宋老师那时是中央人民广播电台的,后来才调入央视,比孙正平进央视还晚几年。

那是谁?老 L。老 L 是 1977 年年末从山西晋北找来说球儿的北京知青。几场球过后,广大革命群众反映受不了他使用频率极高的固定词组——"一个大脚"。只要某球员踢得稍猛或稍远点儿,老 L 必喷出这四个字:"角球开出来,一个大脚到了球门前,王俊生跳起稳稳接住,一个大脚开到前半场,容志行停球,转身就射,一个大脚,球上了看台。"

这球儿还能看吗?换人吧。于是一面继续请中央人民广播电台宋世雄客串(当时多数比赛是两台合转,所以宋老师的标准呼号是:"中央人民广播电台、中央电视台……"),一面再派人翻越太行山,西出娘子关,既然晋北找来的不灵,这次就奔了晋南。

我搞不懂为何不在北京而非要上黄土高坡找"说球儿的"。莫非山西梆子、碗碗腔之类与体育解说的相似之处比京韵大鼓、北京评书要多一些?后来得到些零碎信息,拼凑起来大致有了如下一个模糊轮廓:晋南稽山县翟店村一所农民中学爆土狼烟的操场上,这些日子常有该校一青年体育老师手捧录音机口中念念有词,见鸡说鸡、见狗说狗(后来才知道人家那是练基本功呢),并且把录音带寄到了央视。这小青年儿姓孙,名正平,也是一北京知青,山西大学体育系学成归来。

从知青、农民到大学生,再到农中、然后铁中当体育老师,最终成为电视主持人,名噪华夏,孙先生经历之"多面"在新老同事中鲜有人及。

第一次见孙先生是在 1980 年或 1981 年,广电部篮球场。当时此人刚进央视,30 来岁,身高差 4 公分不到 180 公分,脱衣服上场白胳膊白腿儿的,不怎么像农民。因为是单身(那时候单身意味着不仅未婚,而且没有同居女友),所以总有一些女青年(也有少数女中年)在场边或深情注视,或大呼小叫。孙先生也确实每场都会有选择地露两手,保留节目是大弧顶远投三分,出手虽然低点儿,没人封盖,每场也能进个俩仨的。

很快，央视男篮主力控卫非他莫属了。

毋庸置疑，孙正平进央视是因为学张之、宋世雄两位老师学得像。他也确曾打算正经发挥一把，沿二位前辈的光明大道继续往前走。没成想只几年的工夫，电视大普及，老百姓很快就不满足于电视解说照搬广播电台解说的风格和套路，要求电视体育解说要有电视特色。出道没几年就不得不弃旧图新、另辟蹊径，孙先生虽然聪明，也不是一下子就理得清、办得到的。1985 年前后，老宋、韩乔相继离开中央人民广播电台和北京人民广播电台转投央视，实现了体育解说"桃园三结义"。印象中他们除了说球儿，还爱经常议论。议论什么？当然是怎么才能让解说适应电视。

那时候，三位名嘴似乎总是在不断摸索、不断自省、不断修正和完善自己，为的是使自己尽可能适应别人（电视观众）。孙正平似乎更有紧迫感，他经常向同事征询看法："昨晚儿那球儿看啦？解说方面有啥说头儿没有？"总是觉得自己还有哪一点做得不够好，不敢轻言已成"行业标准"。

我一直以为，作一个体育记者，不仅应喜欢体育，更应身体力行，最好有一两个拿得出手的项目。你总不能除了散步啥都不会吧？

孙先生是实践者，玩儿过以及正在玩儿的项目挺多，"多面孙"也可称"多面手孙"：小时候练过体操，据说玩儿杠子不输同年龄时期的李宁。这几年迷高尔夫了，好像在这个圈子里打得很深，进步神速、杆数骄人。从体操到高尔夫，时间跨度凡 40 年，前十来年不知道，进央视的年头二十有八，粗粗算来，孙先生玩儿篮球（央视及广电部代表队，获中直机关、国务院系统冠军；首都体育记者队），掷保龄（首都体育记者队，明星队），打桥牌（似乎在几个赛事上拿过些名次），下围棋（若业余二段让几个子儿便能杀得天昏地暗）……还有军棋，好像获体育部冠军次数最多。

说孙先生门门儿灵也不确切。他有弱项，比如钓鱼。20 多年前孙先生就备了副好竿儿，也跟哥儿几个切磋过几回，不知为何总是鲜有斩获。这么些年了，在他手里上钩的鱼加起来有没有 20 条？不好说。这对鱼来讲倒未尝不是好事。

再比如跳舞。20 世纪 80 年代中期，交谊舞席卷神州，孙先生也报名学舞。嘣嚓嚓、嘣嚓嚓，一个多星期学完，跟没学差不太多，架型、步伐、节奏，想夸两句都难。后来在单位和记协的舞会上，孙先生还努力过一阵，成效甚微，干脆撤了。有好事者说，这叫"三赢"：对孙先生、对擅舞的女士们、对舞蹈本身，都是好事。

娱乐，韩

韩乔生先生知名度猛窜是由于著名的"韩语录"。有段时间，社会上曾掀起一股嘲讽和声讨"韩语录"的风浪，韩先生没有退却，死扛。他承认有少部分属实，更多的与他无关。"这句不是我说的""这段儿是瞎编的""这些话是×××说的"……逐句批驳、寸步不让、豪气冲天。

韩先生的反击竟能把这事基本摆平，实属不易。现如今，群体性拍板儿砖的事（特别是在网上）常见，被拍的人如果回击，往往会引来更猛烈的"砖雨"。韩先生逃过此劫，一方面，那些扔砖的原本就是在找乐子；另一方面，韩先生直来直去（也有人认为是死不认账）像一愣头青，在城府颇深、习惯琵琶半掩的名嘴群体当中实为罕见。大众觉得此人虽有瑕疵，但还不算招恨，于是不再计较。

聪明、机敏、热心、好交朋友……是人们描述韩先生时的常用词。我想加一个字：猛。

20 世纪 80 年代中后期，北京石景山游乐园开张，单位组织集体游玩。记得在疯狂过山车前面，大家推三阻四、犹豫不前，韩先生一句"我来"，健步上车。一趟疯狂过后，再看韩先生，走路打晃儿，目光呆滞，面色如土，翻江倒海"哇哇"地吐。他那天早上吃的是面条，因为 C 副主任以揶揄的口吻故作惊讶地说："北京人现在谁家大早上吃面条啊？这面条也没嚼，吐出来还是整根儿整根儿的哪！"这句话和猛韩形象从此一起留在了我的记忆当中。

还有更猛的呢！

1992 年 2 月的一个燥热的中午，我和韩先生等几人利用在曼谷转播亚青足球赛间隙，去附近鳄鱼湖公园看大象表演。表演前驯象师请十来个游客自愿参与，韩先生自告奋勇。驯象师让志愿者并排躺倒，每两人之间距离三四米，韩先生在最后。

表演开始，大象依次从众人身上跨过，步点儿轻灵准确令人叹为观止，场面有趣又不失惊险引得数百游客不断欢笑和惊叫。到了队尾，其他几位已先后起身离场，大象突然变招儿，单练韩先生：

大象刚迈过去，韩先生以为完事了，正要爬起来，忽见灰黑粗壮的后腿又伸了回来，他吓一跳，慌忙躺倒躲闪，紧接着另一条腿也回来了，原来大象在后退。糟糕的是，它只退两条后腿，刚好肚皮在韩先生头顶，站定不动了。韩先生也没动，哪儿敢动啊？他只觉眼前一片黑，天黑啦？No！一个毛茸茸、骚了吧叽的大肚皮遮天蔽日地几乎糊到脸上，能不黑吗？

我后悔没有在韩先生进场时一拳把他放倒，让他满地找牙也比躺在大象肚子底下命悬一线强，谁知道它要干什么，它要是万一累了想卧倒呢？或者，它想在韩先生身上踩那么一下怎么办？

不幸，这家伙真想这么干，它不仅要肆意折磨韩先生的神经，还要调戏他的身体。

它不紧不慢、颇有节奏地在躺倒在地的韩先生身体上方进进退退，跳一种独特的舞蹈：前腿迈过去，收回来，再用另一条腿做同样动作，然后一条后腿跨过去，退回来，再换腿。水泥电线杆儿似的四条腿在韩先生头顶、身边晃来晃去、踩来踩去一阵子之后，大象退到韩先生右侧。韩先生以为表演终于结束了，刚一动弹，大象伸出前腿，稳稳地踏在韩先生肚子上。全场哗然！

"Oh，my god！"老外大喊，印巴口音。

"哇！好猛耶！"华人狂叫，粤港澳一带的。

"要玩儿完！"同事惊呼，一老北京。

啥事儿没有。那粗腿在肚子上的分量拿捏得恰到好处，要是加上点儿力气，十余年后的那些经典"语录"以及各种好事烂事顺心事烦心事全都是扯淡了。

可怜韩先生，这时候能干嘛？听天由命吧。

大象开始最后的游戏，韩先生肚子上这时不是腿，成了鼻子，大象的长鼻子。2月的曼谷正热，韩先生穿的是宽敞的花格休闲短裤，在其他场合，很时尚，很得体，但此刻差不多就是灾难。你想啊，强有力的象鼻子在花格短裤宽松的裆部不停地鼓捣、折腾……反正就是那意思，还时不时吸住裆部轻轻提搂。象鼻子多有劲儿呀，它要铆足劲提搂，韩先生还不彻底被废了？轻轻地，火候正好，韩先生虽狼狈点儿，毕竟毫发无损，数百游客则得到了少有的娱乐。

实际情况正是如此，韩先生站起来的时候，人们悬着的心彻底放松，大笑，欢呼，鼓掌，为大象，也为韩先生。

韩先生手捂裤裆退场，他后悔没带条替换的裤子。花格短裤更花了，裤裆有些黏糊糊的东西，应该是大象的鼻内分泌物，上面沾着草渣儿。

"吓得我够呛！不过还挺有意思的！"韩先生用纸巾擦着裤裆说，看得出惊魂未定："没想到还能把象训练成这样。"略一停顿："真不容易！"是训练大象不容易，还是他全身而退不容易？他没说，也许两者兼而有之？

近几年电视界娱乐至上、娱乐至死风潮大起，韩先生据说也在努力改变路数往娱乐路线上靠。我看过几次他被人忽悠着卖力参与的"倾情奉献"，恕我直言，比前文提及的他在不经意间靠率真和勇猛（与鲁莽尚有一线之隔）达到的娱乐效果差远了。韩先生慎行。

（2010 年 5 月）

48.30 年的30 个词

从 1990 年北京亚运会至今时隔 20 年。编辑说，能不能谈谈 20 年的变化？

北京办亚运虽然是在 1990 年，申办却是 1983 年的事。而且整个 80 年代中国体育的整体表现对于北京申办和举办亚运会，作用不可估量。

所以，谈变化，应该从 20 世纪 80 年代说起，刚好三个十年。30 年间大事件小事情浩如烟海，我想简而化之，每一个十年，试着用 10 个词汇表达印象和感受，即使有的词与亚运无关，但不离本文主旨：变化。

1981～1990 年

五个大词汇：

（1）"五连冠"。中国女排在 1981 年首夺世界杯冠军，并在世锦赛、奥运会上连连称王，被称做"五连冠奇迹"。大球项目夺冠已是仅有，五连冠更是绝响，不可复制。

（2）"亚洲王"。1982 年新德里亚运会，中国队 61 金超过日本队的 57 金，首登亚洲头把交椅。这一成就是促使中国在 1983 年下决心申办 1990 年亚运会的原因之一。亚奥理事会本已同意日本广岛承办 1990 年亚运会，只是还没投票。为了说服亚奥理事会，中国外长吴学谦出具书面保证，承诺将遵守亚奥理事会章程，邀请所有成员（包括"中华台北"和没有外交关系的韩国）参加北京亚运，并全力支持广岛承办 1994 年亚运会。亚奥理事会被说服，广岛却没有放弃。投票结果，北京胜出。

（3）"零的突破"。1984 年中国参加洛杉矶奥运会并取得奥运金牌零的突破。虽然中国曾在 1952 年赫尔辛基奥运会临近尾声时短暂露面，并参加了 1980 年普莱西德冬奥会，但民众还是习惯于把洛杉矶奥运会看做中国体育全面融入世界的开端。

（4）"'中华台北'"。1989年4月，一支来自中国台湾地区的运动队以"中华台北"的名义到北京参加亚洲青年体操锦标赛。这是1949年之后，第一支中国台湾运动队到大陆参赛。该队事实上是为大队人马1990年参加北京亚运会探路。

（5）"亚洲雄风"。如果说洛杉矶奥运会标志着中国体育"走出去"全面融入世界，那么北京亚运会就是中国为把世界"请进来"敞开大门。亚运会会歌是施光南作曲的《高举起亚运会的火炬》，但真正广为传唱的是《亚洲雄风》。歌名豪迈，曲谱铿锵，歌词"我们亚洲，山是高昂的头；我们亚洲，河像热血流……""亚洲雄风震天吼"，更像是冲锋陷阵的战前动员。"热血"这类字词，似乎更适宜于出现在"义勇军进行曲"等歌曲中，如"把我们的血肉铸成我们新的长城"。18年后的中国，人们的心态不同了，"我和你，心连心，同住地球村……"，意境有明显区别。

五个小字眼：

（1）"扔银牌"。1983年，描写女排姑娘的故事片《沙鸥》公演。其中主人公在轮船上把国际比赛获得的一枚银牌抛入大海的情节让中国人血脉贲张，颇觉励志，那时国人的认识是为国争光只能夺金，银牌无价值。何振梁说："国际奥委会委员们对这一情节表示反感，认为不符合体育精神。"

（2）"200元"。1983年上半年，央视体育部成立，人员只有十几个。8月，体育部派出只有两人的报道组赴上海报道全运会：副主任Z和记者L。在火车上，L发现钱包被窃，内有两人到上海出差的全部费用共人民币200多元。L报警，指称同处上铺的一名中年妇女可疑。男乘警立即搜包、搜身，得到该妇女很好配合，但无果。三个月后，L接到警方电话，告知案子破了，小偷是一年轻男子，为麻痹别人扮成了军官，故轻易得手，被抓时200多元已分文不剩。L个人赔了100元，另100多元打报告副主任证明主任签字销账。

（3）"受刺激"。1984年年底，国家体委召集的一次媒体通气会让中国青年报体育记者毕熙东"倍受刺激"。因为主持会议的一位副主任转述国际奥委会对中国记者在洛杉矶奥运会上写的报道的评价是："没有一篇符合真正的奥林匹克精神。"毕熙东是洛杉矶奥运会期间发稿最多的中国记者之一。

（4）"留学"。1987 年 4 月，郎平登上飞往美国的班机，即将开始在新墨西哥州的留学生涯。她不是第一个也不是最后一个在 20 世纪 80 年代出国留学的体育明星。获洛杉矶奥运会冠军的中国女排 12 名队员中，有 7 人出国，现都定居海外，有的已放弃中国籍。

（5）"让球"。1987 年世界乒乓球锦标赛女子单打冠军何智丽没能进入汉城奥运会中国队阵容，舆论哗然。媒体深入挖掘，"让球"内幕始为人所知。"让球"，这一在国家荣誉的名义下被中国体育界视为天经地义的做法第一次遭广泛质疑。

十年点评：

1981～1990 年，中国体育的主旋律是全面融入世界。于是，有了若干项历史第一：第一次三大球夺冠、第一次亚运称王、第一次奥运夺金、第一次"中华台北"队登陆、第一次举办亚运……在国际体育界的秩序、规则和通行做法面前，中国意识到自己与国际社会在行为规范上的巨大差异，不再像过去那样采取抵制、对抗甚至煽动另立炉灶的做法，而是一次次摒弃教条，改变自己。改变，使民众、媒体以及体育从业者的固有观念和行事方法受到了冲击，社会上开始对中国体育领域的若干问题有了质疑的声音。

1991～2000 年

五个大词汇：

（1）"红山口"。1992 年，作为中国体育改革的试点，足球职业化改革以"红山口会议"为标志率先启动。今天看来，这一改革的艰巨性、复杂性远远超过了当初改革发起者们的预料，它不仅远未成功，甚至没有几条立得住的正面经验，有的只是反面教材。它的惟一贡献其实是个副产品，那就是不小心让各路媒体深度介入，使足球成了中国体育肌体中最透明的部分。这恐怕不是发起改革者的初衷。

（2）"志在必得"。1993 年，北京以志在必得之势申办 2000 年奥运会，在摩纳哥投票中两票之差败给悉尼。

（3）"马家军"。1993 年，马家军在斯图加特田径世锦赛和北京全运会上群体性大面积夺金，并大幅度刷新世界纪录，举世哗然。次年，这只看似铁板一块的队伍突生兵变，主要骨干逃离。

（4）"生长激素"。1998年1月，赴澳大利亚参加第八届世界游泳锦标赛的中国游泳队部分人在珀斯机场被检出行李中带有违禁药物"生长激素"。教练周××和女选手原×被取消参赛资格。比赛中又有四名中国选手因药检不合格遭逐。

（5）"内查"。2000年中国队出征悉尼奥运会发兵在即，中国奥委会突然宣布，在中国队内部进行的药检中，共有27人未能达标，其中不乏有希望奥运夺金者，这27人将不会前往悉尼。1994年发生过"兵变"的女子中长跑队，此时都已换成新人，7人药检，6人不合格，被连锅端拿下。在悉尼奥运会上，共有112人次中国选手接受药检，全都合格。

五个小字眼：

（1）"体残"。1992年巴塞罗那奥运会后的一天，北京紫竹院公园晨练的人群中一老者说："奥运会那叫体育呀？我看那不是体育，那是体残！为了比别人快那么0.1秒，远那么0.1厘米，弄块牌儿，挣俩钱儿，不惜吃药，自毁身体。什么叫体育？咱这才是体育呢！"老者说完，在周围人群的一片附和声中接着打太极拳。

（2）"体育频道"。1995年1月1日，央视体育频道开播。开播前后在北京公开招了几批编导、摄像、解说。一小伙报考解说员："我学得特像×××，一般人分不出来，要不要现在给你来两句？"某主任立即打断："不必了，学得越像越不要。"新招聘的解说果然是另一个路数。

（3）"二流论"。1997年，李富胜在一次朋友聚会时被问及对"足球起源于中国"的看法，他一脸苦笑："两码事！这根本就不是个足球问题，踢球的没一个觉得这事有什么可荣耀的！"与此同时，中国队失去世界杯出线机会，体育宣传部门负责人第一次抛出"亚洲二流论"，舆论哗然。一阵激情过后，"二流论"被认可。

（4）"撤稿"。1998年3月，长篇报告文学《马家军调查》由《中国作家》杂志作为特刊出版。该杂志曾和作者协商：如果撤下关于兴奋剂的全部章节，其他部分保证一字不改。如果不同意撤，全文不可能发（没人敢签字）。作者只得撤掉了关于兴奋剂的全部章节。

（5）"世纪最佳"。1999年5月，总部设在匈牙利布达佩斯的国际体育记者协会评选出20世纪全世界最佳运动员共25人，李宁榜上有名。"世纪最佳"是中国运动员得到的最高荣誉。李宁亲赴布达佩斯领奖，萨马兰奇出席颁奖仪式。

十年点评:

1991~2000 年,再提那些已被嚼了多少遍的夺金故事贫且无趣,它们的意义无法和贯穿中国体育这十年的三件大事相比:奥运争光、职业化改革和反兴奋剂。奥运争光靠举国体制强力推进,基本无风无浪。惊心动魄的是改革和反兴奋剂。改革是主动发起,反兴奋剂是被动迎击。改革是个漫长的过程,体制羁绊,利益纠缠,不能急;反兴奋剂要雷厉风行,快刀斩乱麻,不能等。十年下来,改革无法深入,举步维艰,处处被动。反兴奋剂是非分明,自揭家丑,真打真罚,终于由被动变主动。完全可以说,这十年是重塑中国体育形象的十年。没有这种形象,不会有在莫斯科申奥的完胜,更不会有 21 世纪北京奥运会的成功举办。

2001~2010 年

五个大词汇:

(1)"赢了"。2001 年 7 月,在莫斯科举行的国际奥委会 109 次全会上,北京申奥成功,获 2008 年第 29 届奥运会主办权。北京民众打出的标语中出现最多的两个字是"赢了"。

(2)"地球村"。2008 年 8 月,北京奥运会成功举行。那一时期,北京是全世界最大的地球村。北京奥运会使中国人从政府高层到普通百姓都不同程度地接触到了一些新的观念和方式。在那个"文艺为政治服务"的年代,中国人形成了"体育为政治服务"的体育观。体育确实离不开政治,但是,奥运会让中国人开始思考,究竟应该是体育为政治服务还是政治为体育服务。

(3)"扫黑反赌"。21 世纪的第一个十年,中国足球曾短暂陶醉于世界杯 32 强的虚假光鲜,此后便陷入从未有过的困境。体育改革的试验田成了打假扫黑反赌除恶的重灾区,两任足管中心的一把手和一帮足坛权势人物成了千夫所指的囚徒。媒体、民众以及主管部门对足坛腐败的根源各有说法,但在"管办不分""官商不分"等问题上有基本共识。糟糕的是两个"不分"不仅足球如此,其他项目也如此;不仅体育如此,其他行业也如此。足球改革也许从现在开始才有了真正的意义。

（4）"圣火永恒"。2010 年，女编导顾筠领衔摄制的北京奥运会官方纪录片《永恒的圣火》经国际奥委会审查通过，获准全球发行。从 1984 年批评中国记者的报道"没有一篇符合奥林匹克精神"，到委托中国媒体完成最需要体现奥林匹克精神的官方纪录片，变化显而易见。

（5）"全民健身日"。2009 年 8 月 8 日，是北京奥运会开幕一周年，这一天被国务院确定为"全民健身日"。以后每年 8 月 8 日，都将在全国举行"全民健身日"活动，这应该是对北京奥运会最好的纪念。

五个小字眼：

（1）"横渡"。2001 年，37 岁的北京体育大学教师张健横渡英吉利海峡，央视某频道（不是体育频道）斥资 500 余万，租用一艘 3 000 吨的轮船、一艘导航船和一架直升机，买下十多个小时的卫星线路全程直播。国内报纸有这样的大标题："中国人征服英吉利。"有意思的是，新华社驻英国记者本来是应邀见证这最壮观、最奢华的横渡的，但他写了一篇文章《他与张健同时横渡成功》。说的是一名 29 岁英国医生由女友及三个朋友驾导航船陪同横渡，用时比张健还少两小时。文章还交代了一些背景：此前已有 800 多人游过了海峡，最大 65 岁，最小 11 岁，仅当天就有四人横渡，并都获得成功。这些背景，大多数国内媒体要么是无知，要么是为了把英吉利海峡描绘成"世界上最难征服的海峡"、把普通的体育活动炒作成举世无双的爱国壮举的需要，没有被提及。

（2）"养狼"。在三大球以及田径、游泳等国际上影响大的项目上，中国人鲜有建树，物以稀为贵，偶然冒出一两个，立刻捧为神，直到捧杀为止。国际上普及程度不高，市场效益也不高的项目，如乒、羽、跳等，则是让中国人捧金捧到手软。电视里翻来覆去是那几个教练和队员的熟面孔，赛场有，采访有，晚会有，广告里更多，不少人已有了审美疲劳。不知是媒体恶搞还是确有风声，有消息说一股势力想把别人不玩儿、中国独大的项目清出奥运，于是有了"养狼"一说。意思是中国出人、出钱，培养能在中国优势项目上挑战中国人的外国人，话有点儿绕，意思就是那意思。

（3）"原委"。2009 年、2010 年，两位退休的体育高干分别出书。一位是长期高居中国体育决策层的前国家体育总局局长袁伟民，另一位是总局篮管中心主任李元伟。两本书的书名分别是《袁伟民与体坛风云》

《李元伟篮坛风云路》，不约而同都有"风云"二字。更巧的是，两人的姓名中各有两字与"原委"谐音。二位纵论"风云"，细说"原委"，对若干重大或敏感问题讲真话、道实情，开了曾经的"体制重臣"评说体制的先河。此前体坛名人出书的也不少，都不及这两本反响大。

（4）"感谢谁"。小姑娘周洋冬奥会夺金后一句"感谢父母"的真心话在老百姓看来是朴实纯真，在某体育高官看来是政治觉悟不高。他委婉地提醒应"先感谢国家"。此话一出，"感谢谁"一时成了热点话题，舆论一边倒认为周洋无错，批评高官僵化、迂腐、官僚气十足。一则短笑话在网上流传：一青年在公汽上给老人让座，老人感谢，青年说，别谢我，先谢国家。

（5）"重逢"。2010 年 11 月，将在广州举行的亚运会是中国体坛 21 世纪第一个十年的收官。亚运会从政治中心北京到改革开放先行城市广州，20 年后易地"重逢"，中国在变，中国体育在变，中国人的头脑在变。会歌的歌名 20 年前是刚猛的"高举""雄风"，现在是柔性的"重逢"；那时是不自觉地流露不服、抗争、挑战的心态，现在是有意识地传达亲情、友爱、和谐的心声。

十年点评：

越离得近，越不好说。一是因为缺乏时间的积淀，有些事还看不明白、说不清楚。二是因为信息远未透明，披露严重滞后，真真假假、虚虚实实，让人无从判断。现在回头看 20 世纪八九十年代的一些事，似乎脉络很清晰，但当时哪一桩不是一头雾水，甚至黑白颠倒？

生怕别人不知道、不承认"我了不起"，是一种弱者心态。袁伟民的书中写着"靠多拿金牌证明中国人行的时代已经过去了！"民众中弱者心态在逐步弱化，对体育作过多政治诉求的意愿在逐步弱化，是北京奥运会后的明显趋势。这一趋势和北京奥运金牌总数第一有关，更和国家发展的大势有关。媒体和大众对体育、金牌、成绩的看法有更多理性、平和、务实的声音，越来越多的人认识到，体育不仅需要有登顶精神，更要有规则意识。

推动全民健身的力度大大加强，这也许是这十年行将结束时最具深远影响的变化。1995 年先后提出"全民健身"和"奥运争光"两个计划，但真正倾力而为的是奥运争光。迈向体育强国，比金牌更重要的是全体国民的健身意识和健康水平。这一点，中国还有相当大的差距。

　　30 年的大小变化，脉络其实挺简单、挺清晰，那就是我们曾经远离体育的本原和常识，现正在往正确的方向缓慢而艰难地回归。

（2010 年 10 月）

49. 写在开幕式之前

　　舆论总是喜欢宣扬一种"开幕式崇拜",最典型但也最离谱的说法是:"成功的开幕式就等于运动会成功了一半。"其实不是那么回事。

　　温哥华冬奥会最关键的点火环节失误,四根冰柱有一根没点着,并不妨碍它成为最成功的冬奥会之一。

　　慕尼黑奥运会开幕式倒是没毛病,但"黑九月"杀死11名以色列运动员的恐怖事件让人们的回忆只剩下了黑色。

　　开幕式其实就是运动会开始的一次告知而已,真正惊心动魄、让人今日天堂明日地狱般生活的是随后那十几天。(若是世界杯就是30天)

　　并不是每一届大型运动会的开幕式都能给人们留下深刻记忆。比如广岛、曼谷、釜山亚运会的开幕式,谁还记得一鳞半爪?

　　但我记得汉城,因为那支名为《手挽手》的会歌。

　　我记得罗马,因为鱼贯而出的无数美女模特和那曲《意大利之夏》。

　　我记得亚特兰大,因为颤巍巍点火的拳王阿里。

　　我记得多哈,因为向火炬台冲击的飘逸洁白的阿拉伯斗篷和黑亮的骏马。

　　我当然记得北京,因为缶之歌,因为……

　　广州亚运会的开幕式导演团队无疑是想让人们记住些什么的,但是在有了多哈和北京这两个标杆之后,这个问题变得很难很难。

　　陈维亚们一定反复深入地琢磨过,什么东西能让人记住?答案自然是特色,是差异,是与众不同独一份。我不认为在导演团队中曾出现过类似诸葛亮和周瑜每人在手心上写个"火"字然后同时亮开手掌那样戏剧性的场面。最可能的情况是,某人试探着说出了一个"水"字,所有人立时茅塞顿开。

　　我是11月7日上午11点来钟在导演团队下榻的广州外商大酒店一楼

大堂见到陈维亚的。当时是去和他的助手谈开幕式之后到 CCTV - 5 做访谈节目的事，有些细节必须陈导本人来定。

陈导的精神和身体状态相当好，可以说好得出人意料。这么大一事，又到了最要劲的关头，竟然看不出丝毫的疲态，言谈话语之间是"一切都已搞定"的轻松、自信、淡定。倒是那位助手面有菜色，感觉明显睡眠不足。

外界高度关注的最后一棒火炬手的人选，陈导竟然一无所知。我们提出想把最后一棒火炬手也请进演播室的时候，他用手机拨通一个电话，随后告诉我们最后五棒火炬手的姓名，其中有一位非广州籍的退役女乒人士，极其有名。

"她不是最后一棒，最后一棒是本省的一位奥运冠军，跳水项目的，现在还没退役，女的，叫陈冲。"

"陈冲?"我们全傻了，这个名字属于一个和陈维亚基本同龄的过气女影星，和奥运冠军八竿子打不着。

"我再问问，不知道是他们搞错了还是我没听清。"一个电话之后，陈导说出一个新的名字，名没变姓变了，而且不是女的。

知道我们打算 11 月 8 日去看彩排，陈导说："应该去看看，有些表演还是难度很高的。比如'白云之帆'的空中表演，我们担心，问塔沟武校能不能干，他们说'你能想到，我就能做到'，真做到了。"

这个上午采访陈维亚的有三四拨，中国舞协还带了摄像机要制作成视频挂到网上。陈维亚在几拨人之间来回应对游走的时候，助手悄声说："值得期待，某些地方要高于北京奥运会。"

这里就不说我对彩排的观后感了，一来各人感受不同，我周围十来个看过彩排的人各有评价，我打分最高；二来电视观众的评价在很大程度上是由电视转播的水平决定的。

(2010 年 11 月)

50. 媒体村的电视节目

凡大型运动会，新闻中心都是两个，一个是主新闻中心（MPC），供平面媒体以及通讯社的文字、摄影记者使用；另一个是国际广播电视中心（IBC），是广播和电视记者工作的地方。

电视台人多势众，设备、器材也多，占据了 IBC 的绝大部分办公区域，我大致转了转，要找到广播电台播音、办公、制作节目的地方，不易。

网络媒体这些年来势凶猛，在民众中的影响力日益增强，比尔·盖茨曾预言五年左右网络将取代电视成为人们观看影像的第一选择。他这话是三年前说的，再过两年会怎么样，不好说。至少眼下看体育比赛，电视还是首选。在 IBC 偶尔会见到网络媒体的人，和乌泱泱的电视大军比起来，这些人还只能算散兵游勇。

为了工作方便，记者们都在新闻中心附近集中住宿，这种地方就叫做媒体村或记者村。

广州亚运会的媒体村与运动员村相距不远，都是新落成的公寓楼，住宿条件差不多，如果说有不同的话，最大区别是电视。

运动员村没有电视，也上不了网，这一点对各国运动员和官员一视同仁。虽然让人有些吃惊，但却是事实。估计是出于爱护运动员的目的，晚上看电视、网聊会耽误休息，网上的各种议论也可能影响情绪。为专心备战，以不知为妙。

媒体村不同。记者是搞信息的，讲究眼观六路、消息灵通。每个房间都有电视，"三星"32 英寸液晶的，"MADE IN CHINA"。

电视中有 67 个频道，其中 1 ~ 41 频道是各个赛场的比赛画面，理论上如果各赛场同时都有比赛，记者足不出户，只需坐沙发上手拿遥控器，就能实时了解赛况。

另外 26 个是电视节目频道，其中 CCTV 几乎占半壁江山，有 11 个频道。1 套、5 套、7 套、12 套和新闻频道都有赛事直播或大量的亚运新闻专题，4 套是针对海外华人的汉语频道，另外还有英语、法语、西语、俄语和阿拉伯语频道。在内地普通民众中颇有些人缘的文艺、电影、电视剧、戏曲、音乐、青少以及经济频道一概没有。

地方电视节目只有两个，广东卫视和广州体育台。

其余 13 个是境外节目。你能看到 CNN、BBC、CNBC 这几家国际知名主流媒体的最新消息和时评，也能看到 EURO SPORT（欧洲体育新闻台）、ESPN 的体育新闻和赛事直播。电影频道只有两个，HBO 和凤凰卫视电影，英语对白配中文字幕，虽然选择不多，但其实忙起来没人顾得上看。在纪录片爱好者中口碑甚佳的 DISCOVERY（探索发现频道）也在可供选择的节目当中。

考虑到亚洲有 12 个国家讲阿拉伯语，记者们可以在房间里看到阿拉伯世界最有影响力的半岛电视台海外频道。让我颇觉怪异的是居然还有俄罗斯国家电视台的一个频道。后来看到比赛时中亚国家选手中不断有俄罗斯名字出现，才想起苏联时期曾有大量俄罗斯人移民到中亚各加盟共和国，媒体村中应有不少讲俄语的记者。

收看到亚洲为数不多的发达国家日本和韩国的电视节目就顺理成章了。11 月 5 日晚上 11 点，NHK（日本广播协会）新闻节目头条是几天前发生的中日钓鱼岛撞船录像。这段影像是日本人在自己的海监船上拍摄的：镜头对准百十米开外的一条破旧渔船，画外音是海监船扩音器向渔船发出的中文广播："贵船现已驶入了日本领海，请立刻驶出。贵船现已驶入……"反复播放的就这一句。渔船一开始和海监船并行，然后突然掉转船头，撞向海监船。开始镜头还对准渔船船头，眼看要撞上了，爆发出一片日语的慌乱惊呼之声，画面开始乱晃，显然是摄像者惊慌失措了，然后就是"哐"的一声，画面剧烈震动。

此前我刚在 KBS（韩国国家电视台）看到一个节目：为纪念韩战 60 年，一批美国老兵来到韩国，在机场等候的韩国老兵献上鲜花，老人们相拥而泣。

（2010 年 11 月）

51. 不信传说

　　来广州十多天了，一直没有去过著名的五羊景点。一方面是没时间，另一方面，因为它只是一个传说。传说的东西，其实多是近代、现代甚至是当代人编的，可能很美，却不是真历史。

　　以前去外地采访，有时主人会邀请去景点看看。到了景点往往是这种情况：女导游指着一处处簇新的仿古建筑："传说有一天飞来了几个仙女……""传说王母娘娘经过时……""传说张果老骑着驴……""传说……"……

　　胡编滥造的低劣故事让人崩溃，我不止一次怒问女导游："怎么全是传说？就没有什么是真的吗？"

　　后来去希腊转了一个多月，看了不少废墟巨石残墙断柱，出土的陶啊罐啊什么的，听人家讲解"这是公元前 1 400 多年毁于一场大火的克诺索斯王宫……""公元前 776 年第一届古代奥运会在这里……"我知道我再也不会去听那些似是而非的"传说"了。

　　"传说"就是"流传的说法"或者是"有传闻说"，它弥漫在华夏古迹景点的上空，也环绕在我们周边。对身边的传说，我通常先是质疑，后去求真，至少也要知道还有没有不同的说法。

　　比如关于亚运首金，"有传闻说"以 0.06 分之差败于袁晓超的日本选手市来崎大佑很不爽，认为袁的落地动作有失误，裁判偏袒东道主，日本队已经提出了申诉。第二天见到中国武术队领队，他显然也听到过这个"传说"："没那事。日本人很高兴，他们代表团团长，不是武术代表团，是整个日本亚运代表团的总团长，他就在现场。历届亚运会日本的团长从来没到过武术比赛现场，那天是头一次。他非常满意，亲口对我讲拿到银牌很高兴，他那个队员是新手，根本没想到有这么好的成绩。"

伊拉克也是个传说。中国人对伊拉克的印象来自电视，典型场景是汽车炸弹爆炸后烧焦的车身、被炸得乱七八糟的菜市场和穿迷彩服的美国大兵。

一个月前看到一名在中国上学的伊拉克留学生拍摄的反映伊拉克运动员在巴格达备战亚运会的录像资料，让我看到了伊拉克的另一面。一同观看的几个人不断惊叹："这街道很漂亮嘛！""商店真不错，挺现代化的！""健身房很先进啊，设备一点儿不差！""体育场也挺好的，看不出打过仗啊！""多和谐呀！"

三天前在广东国际划船中心采访伊拉克赛艇选手穆哈希里·海德尔·奥扎德，我问他："在国内是否还很危险和困难？"他并不认同："前几年是有些不安全，现在好多了，安全方面没什么可担忧的。"

两个伊拉克人，留学生和赛艇手让我明白，如果只了解一个侧面，其实也和传说无异，因为在本质上不真。

关于六对中国体育舞蹈选手，也有一个传说：其中五对是情侣。

那天采访摘得第999金和第1 000金的梁洁瑜和沈宏，尽管觉得自己有点儿八卦，还是想核实这个传说。两人没有用简单的"Yes"或"No"作答，而是作了一番再明确不过的说明："要想跳好这个舞必须长时间在一起训练，要配合得非常默契融洽，跳出那种感觉。一般都要在一起练好多年，像我们一起练了八年，有的时间更长，从小就在一起，所以很正常。"

（2010 年 11 月）

52. 政治为体育服务

前两天去运动员村，见到了获男子射击飞碟多向团体冠军的"科威特运动员"。三人当中有两人到 40 公里开外的广州市区逛街购物了，只有最矮最胖的卡莱德哪儿都没去，说是因为累。

交谈中，我了解到三个人都是业余运动员，其中出去逛街的两位是警察（喜欢遛马路很可能是职业习惯）。卡莱德是"做枪械生意的"，我问是哪路枪械生意，卡莱德说，什么枪都做，军用枪、运动用枪以及猎枪。

鉴于科威特不大可能像美国那样有出售轻型军用武器的商店，所以我判断卡莱德或许是军火商。

"你的国家面积很小，又都是沙漠，买猎枪打什么动物？"我很好奇。

"鸟啊！"卡莱德有些兴奋，笑眯眯的："一种很小的鸟。"

我明白了，难怪他们打飞碟几乎百发百中，是因为打"一种很小的鸟"练出来的。

"科威特运动员"夺冠以后，颁奖时升的是国际奥委会会旗，奏的是国际奥委会会歌，这类事情在亚运会历史上是首次，在其他国际赛场却是早已有之。国际奥委会暂时停止科威特奥委会各项职权（包括参赛权）的决定是今年 1 月 1 日生效的，六个月后，国际奥委会允许该国运动员以个人名义参加了在新加坡举行的首届奥林匹克青年运动会。这样，"科威特运动员"这种说法就早于亚运会而首先出现在了新加坡。

比"科威特运动员"出现更早的，是"南斯拉夫运动员"。

1991 年，南斯拉夫境内爆发塞尔维亚族、克罗地亚族和穆斯林三方之间的大规模内战，联合国于 1992 年 5 月 30 日通过了全面制裁南斯拉夫的 757 号决议（中国投弃权票），其中包括禁止南斯拉夫参加一切国际体育赛事。

　　毫无疑问，联合国禁令剥夺了南斯拉夫参加即将举行的两项重大赛事的权利：1992 年 6 月在瑞典举行的欧洲杯足球赛和 7 月的巴塞罗那奥运会。

　　正值全盛时期的南斯拉夫足球队是以预选赛第四小组第一名的身份打进欧洲杯决赛圈的，757 号决议通过的时候，距离 6 月 10 日欧洲杯开赛只有 10 天。我记不清球队是正在打点行囊准备前往瑞典还是已经到了。总之，欧足联立刻宣布取消南斯拉夫资格，通知第四小组第二名丹麦队参赛。此刻丹麦队主教练正在装修厨房，队员有的休假，有的在陪其他参赛队热身挣外快，比如舒梅切尔。

　　我那时正在瑞典，新闻中心里其他各队的资料和宣传品已被记者们一扫而光，"被决赛"的丹麦队全家福明信片和其他资料刚刚印制出来，散着油墨味儿，厚厚的一摞摞在桌上，还很少有记者索取。

　　说话到了 7 月，奥运会开幕在即。忽然从洛桑传出一个苍老的声音："你可以制裁一个国家和它的政府，但不应该让运动员和青年受到伤害。"说这话的是胡安·萨马兰奇，时任国际奥委会主席，他比欧足联有更高的政治智慧和更灵活的外交手腕，也许更重要的是，他有考虑和运作的时间。

　　果然萨马兰奇想出了既遵守联合国制裁令，又最大限度保护运动员利益的办法。在 7 月 25 日的开幕式上，以个人名义参赛的南斯拉夫人举着国际奥委会的五环旗入场，他们如果在比赛中获胜，也只能升五环旗，奏国际奥委会会歌，这个群体被称为"南斯拉夫运动员"——一切都和"科威特运动员"的故事一模一样。

　　"萨马兰奇模式"沿用至今，被认为是政治家运用政治智慧为体育服务的典型范例，对于多年来一直抱持"体育为政治服务"观念的人们，有参考价值。

（2010 年 11 月）

53. 有反差才有故事

采访台球冠军刘莎莎、付小芳，我是有些畏难情绪的：她们都太年轻，一个 17 岁，另一个 23 岁，和我这个共和国同龄人至少隔两条代沟，这不等于是去哄小孩儿吗？

带着顾虑听编辑介绍两个人的情况，当说到她们都来自河南兰考时，我马上来了精神。

第一次知道兰考这两个字是 1965 年，对于我这辈人来说，兰考是和"盐碱地""泡桐树""焦裕禄"这几个名词联系在一起的，这两个字能引起我们对四五十年前那段历史太多的回忆。

"两个人都是来自兰考的？"年轻编辑有时活儿糙，不求甚解，所以我又追问了一句。我担心假如一个是兰考的，另一个是上海或其他什么大城市的，就差点儿意思了。

"都是兰考的。"

"是农村还是县城？"我不希望她们家住县城，那样也差点儿意思。

"是农村的，好像还是一个村儿，很穷，每天上学要从家里自己搬课桌去学校。"

这就更引起了我的兴趣。想想吧，黄泛区一个穷乡僻壤的盐碱地里走出两个小姑娘，几年后成了最具淑女风范的体育项目台球的世界冠军，一个还成了亚运会冠军……这么大的反差，背后该有多少电影编剧们打着灯笼也找不到的好故事！

我相信很多中国人和我一样，记住的第一个亚洲女子网球运动员的名字不是中国人，而是日本人伊达公子。20 世纪 90 年代中前期，伊达公子是亚洲在世界网坛一面孤独的旗帜，除了她，整个亚洲，无论男女，没有一个名字还能被人提到。1995 年，她甚至一度排名世界第四，全亚洲至今无人能及。

但是，1996年，26岁的伊达公子退役了，从此远离公众视线，音讯全无。

忽然，2008年9月，在38岁高龄，她又回来了。

而且，她的状态惊人，骄人战绩包括2009年法网首轮淘汰卫冕冠军萨芬娜、在首尔拿到复出后的第一个WTA巡回赛冠军、2010年9月28日40岁生日当天击败莎拉波娃、亚运会前在印尼巴厘岛战胜李娜、广州亚运会又获女单铜牌……目前排位已重返世界前50。

采访伊达公子之前，上网搜索一番，才知道她在销声匿迹的那12年，过得也是有声有色：经日本车手介绍，她在法国勒芒赛车场认识了德国车手迈克尔·克鲁姆，并在2001年结为夫妻。她参加了2004年伦敦马拉松赛，以3小时30分的成绩跑完全程。她和丈夫出钱在老挝为穷孩子们开办了一所学校，不是学网球，而是学文化……

彭帅和身高190公分的乌兹别克斯坦选手决赛之前，我采访了伊达公子。听她微笑着讲述自己的传奇故事，你会觉得这个皮肤黝黑、矮小精瘦的日本人内心一定是极其坚硬和强大的，其他人做成一件就足以毕生为荣的事情，她居然可以集于一身，每一件都做得那么成功。

反差出故事，对人来说是这样，对其他事物也是这样，比如说歌曲。

1990年亚运会会歌是施光南作曲的《高举起亚运会的火炬》，但真正广为传唱的是《亚洲雄风》。歌名豪迈，曲谱铿锵，歌词"我们亚洲，山是高昂的头；我们亚洲，河像热血流""亚洲雄风震天吼"，更像是冲锋陷阵的战前动员。

当时正值中国改革开放从启动进入加速阶段，《亚洲雄风》唱出了中国人激情澎湃急于宣示崛起的心态。但这样的表达是否真能代表亚洲？恐怕不一定。朝鲜可能会觉得"河像热血流"对美帝国主义有警示作用，唱起来很给力，但日本、新加坡、马来西亚会认为他们国家宁静清澈的河水"像热血流"吗？柬埔寨人怎么想？他们的国家刚刚结束了内战，曾经是真正的血流成河，还让他们回想那种场面吗？亚洲以外的人怎么想？你们要"震天吼"，吼给谁听啊？吼给欧洲人听还是美国人听啊？

而且"热血"这类字词，并不适合出现在大团圆、大联欢、大节日这样的场合，它只适宜于出现在《义勇军进行曲》等战斗救亡歌曲中："把我们的血肉铸成我们新的长城。"

18 年后的中国，北京奥运会，从会歌就能看出人们的心态已经不同："我和你，心连心，同住地球村……"

到了 2010 年 11 月，亚运会从政治中心北京到改革开放先行城市广州，20 年后易地"重逢"，中国在变，中国体育在变，中国人的头脑在变。会歌的歌名由 20 年前刚猛的"高举""雄风"，变成现在柔性的"重逢"；那时是不自觉地流露不服、抗争、挑战的心态，现在是有意识地传达亲情、友爱、和谐的心声，谁听着都没毛病。

这其中的反差以及反差背后的故事，那是太多太多了。

（2010 年 11 月）

54. 说　四

　　广州的普通话用词有时让人觉着新鲜。亚运会期间，一次乘无人售票公交车外出，每到一站，车上都会放一遍录音："请给老人、儿童和抱婴者让座。"

　　"抱婴者"！北京怎么说？"抱小孩儿的"！广州人的说法乍一听文绉绉有点儿别扭，细琢磨，和北京的直接吆喝相比，似乎能觉出一分对人的尊重。

　　亚运会结束后乘机回北京，在机场候机厅外有一明显路牌"涉亚专用通道"，让运动员和记者顿觉方便。

　　长期以来，北京以及全国大部地区的语境当中，凡使用"涉"字，多和负面事物有关：涉黄、涉黑、涉毒、涉赌、涉假、涉案等，即使不是负面事物，前面加个"涉"字，也往往没什么好事，如涉枪、涉密、涉外……北京奥运会的"奥运专用通道"，如果当时写成"涉奥专用通道"，估计会引来不少反对声。

　　看来是广州人为普通话的"涉"字正了名：它只是一个表明"与某事物相关"的中性字而已。

　　广州方言是粤语，粤语对普通话有很大影响，最大贡献是让全中国人民一看到数字"八"就会想到"发财"。改革开放以前，"发财"这个词不仅在人们的语言和文字当中已经绝迹，就是在头脑里也是不敢有的念头。那时的普通话，"八"并不是一个让人们有特殊好感的数字。印象里北京人提到"八"或与"八"谐音组成的词语，倒是骂人的居多，如疤瘌眼儿、王八、丘八，还有更难听的。

　　正如那时"八"不像今天这样大热，"四"也不像今天这般遇冷。事实上这两个数字在普通话中同时出现完全是平起平坐的，比如"四通八达""四面八方""四平八稳"之类。

　　自从"八"有了"发财"的意味之后，谐音之风大盛，"四"这么一个普通的数字便跟着倒了霉，特别单独出现更是忌讳。以至于雅典奥运会结束时，我突然发现的一组数字应不应当在最后一期《走希腊》节目中提及都让我犹豫了一下。当然最终我还是提了，因为这组数字太有意思了：摄制组四个人，在希腊各地转了四十天，自驾车行程四千多公里（另外还乘船走了一千多海里），带去四箱磁带，拍摄了四十个小时的素材，编辑了四四一十六集节目，每集节目平均四四一十六分钟，这种巧合是不是天意？

　　再说了，奥运会四年一次，世界杯四年一次，冬奥会四年一次，亚运会四年一次，亚洲杯四年一次，欧洲杯四年一次，篮球世锦赛四年一次（我故意没提越来越有争议的全运会）……最令人期待的体育盛会哪一个不是四年一轮回？

　　我其实要说的是《篮球报》已经出了 400 期，没有前面的数字，后面再多的"0"也没有价值。400 期，不容易，祝贺！

（2010 年 12 月）

55. 新闻玩具店

2011 年 11 月底，在成都参加了一个"全球化背景下体育与传媒关系研究"国际学术研讨会。会上不乏新鲜有趣的视角、深刻透彻的洞见和令人赞赏的成果。但我要说的和研讨会学术成就无关，而是会议进行中让我得到额外收益的几个小发现、小片段。

一、形象思维和抽象思维

会上作专题演讲的"业内人士"共 17 位，其中 15 位属于"学界"：10 个中国人分别来自成都体育学院、成都理工大学、四川大学、首都体育学院、北京师范大学、中国人民大学；4 个美国人是佛罗里达州立大学、亚拉巴马大学、伊萨卡大学、洛约拉·马里蒙特大学的教授；1 个澳大利亚人是澳大利亚西悉尼大学的学者。17 减 15 还剩俩，是"业界"，也就是真正的媒体从业者的代表。谁啊？一个是新华社体育部高级记者徐济成，再一个就是我。

也许是因为和画面、镜头打交道久了，养成了一种惯于形象思维、喜欢用影像说话的职业特点。在为演讲做准备的时候，我脑子里总是自然而然就显现出一幅幅影像，影像又串成事件，事件再提炼出观点。于是，我的演讲就成了这样一件并不复杂的事：用亲历、用故事、用实例告诉听众，长期以来中国体育媒体充斥着大量非体育的东西，这种情况正在发生变化。

在所有 17 个人演讲结束之后，我才发现完全靠实例说话、以叙事的方式阐明观点的只有我一人。

这是否证明了职业不同会导致思维方式和表述方式大相径庭？我不知道。但学者们因长期搞学术研究和理论教学，更习惯并擅长抽象思维确是事实，这使得他们的演讲中不断出现概念、理论、数据、严谨的分析以及不时地引经据典。

那么徐济成呢？他是"业界"名流而不属于"学界"呀，他笔下生花难道不是靠形象思维吗？

大徐是文字记者，是否像电视人那样完全靠形象思维吃饭我说不好。最主要的是，他的演讲题目"北京奥运会的媒体运行与媒体服务"，基本上是北京奥运会媒体运行的工作总结和经验介绍，这就决定了它大体上只能是一份抽象的东西。

二、"学界""业界"各司其职

这次研讨会还设有问答环节，演讲结束后，听众可以提问。一位新闻学教授提了一个问题："中国的体育媒体经常会出现'奥林匹克精神'和'体育精神'这样两个词汇，请问这两个词所要表述的是同一个概念吗？"

我当时第一感觉是这位教授思维够活跃、够敏锐，是真的在思考问题，然后才发现我真是被问着了。稍微想了想，我实话实说："这个问题对我是个挑战，我还真说不好这两个词到底有什么异同，因为从来没想过。不过有两点不知道对您是否有帮助。第一，从我做体育记者的经历来讲，我觉得使用这两个词的时候通常是可以互换的。比如说在作电视评论或写解说词的时候，你可以用'奥林匹克精神'，也可以用'体育精神'。到目前为止我不记得出现过不能互换的情况。第二，'奥林匹克精神'是否完全等同于'体育精神'，两个词之间能不能画等号，这是个学术问题，不是个实践问题。也就是说这是学者们的事，而媒体从业人员是在一线的实践者，他们不会被这个问题困扰，对这类纯学术的东西并不太在意。"

三、新闻中的玩具店

除了互动环节还有简短点评，由几位美国教授轮流担任点评。

我的演讲题目是"体育、青年和媒体的责任"，从1997年对萨马兰奇的一次独家采访说起（他当时多次提到体育与青年的关系，让我感触颇深），谈的是中国媒体30年来对体育的认识和表述正在从极端政治化向普世认知靠拢。

"这个演讲题目在我看来是有些奇怪的，美国人通常不会就这一问题进行论述，因为这个问题在美国并不存在。"洛约拉·马里蒙特大学教授劳伦斯·温纳点评说："不过，师先生用令人印象深刻的事例表明他的选择是有道理的，他让我们看到了他眼中的中国体育传媒的变化。"

这位学者还说了几句话，我只记住了其中一句："美国人把体育新闻看做是新闻中的玩具店。"

（2012 年 2 月）

56. 长筒袜、铲球及其他

　　我小时候没啥大志向，如果说曾经动过念头，打算将来干什么的话，那就是踢球。

　　我与共和国同龄，北京出生，20 世纪 50 年代中期我家在地安门帽儿胡同住过几年。现在胡同还在，但跟我小时候已是天壤之别。我家住 22 号院，挺大，东北角有一篮球场，是个土场地，几乎没人去玩篮球，夏天杂草丛生。在这儿，我学会了捉蜻蜓、逮蚂蚱，认识了蒲公英、马兰花儿和狗尾巴草。

　　实际上篮球场在这个院儿里只能算个小角落。

　　今天人们很难想象北京中心城区的胡同里曾有过这么敞亮的地方：走进 22 号院的中式大门，影碑后面一个标准足球场让人豁然开朗。你猜是哪个队在这儿训练过？国安？那时候离国安队诞生还有 40 年呢！那是谁呀？公安军队！

　　那个年代军队的编制除了陆、海、空军以外，还有一个军种：公安军，司令员是罗瑞卿。公安军有自己的球队和文工团，大部分住在 22 号院，所以这个院其实是公安军一些部门的办公及家属驻地，足球场是公安军足球队的训练场。

　　我那会儿刚上小学，住校，俩礼拜回一次家。印象中好像没什么家庭作业，即使寒暑假作业也不多，那日子真快活啊！自己制定作息时间表，贴墙上，到点起床，到点写作业，到点听《小喇叭》，里边有孙敬修老师讲故事，《西游记》和严文井写的《唐小西在下一次开船港》都是那时候听的。

　　其余时间干嘛？玩儿，踢球。我家距足球场不足百米，差不多每天，我都抱着我爸买的一个黑色橡胶皮球到球场去玩儿。有时候到球场一看，足球队在训练，就跟着混，他们慢跑，我尾随在后，他们踢球，我在场外捡球，乐此不疲。

人们喜爱足球的原因五花八门，估计和我类似的不会多。直到现在我都记得球场上其实只有两样东西最吸引我，其中一个是长筒袜。我一度觉得球场上风头最劲的男孩子，只有短裤球鞋是不够的，还必须得穿一双长筒袜。我不知道那种袜子属于足球专业服装，根本没有适合儿童的尺码。总之我央求我妈买过一双长筒袜，那只不过是比一般儿童袜略长一点而已，绝对盖不住小腿肚子。我曾提出改造方案：把袜筒加长三倍达到膝盖，剪掉后跟和脚掌部分，使它看起来更像大人们的足球袜，结果是招来一顿训斥。

另一个吸引我的是铲球。那时我不懂那叫铲球，就觉着那个动作特闹猛，往地上一出溜，对手立刻人仰马翻，人扔出去，球留下，真漂亮、真帅！记得有一天雨后，大人们在对抗训练，时不时有铲球，我就在一边儿看。球场是土场，不够平，有的地儿还有一汪一汪的泥水，球滚进去，我就把它搞出来，当然是用踢的。结果显而易见，不仅浑身上下都是泥点，"伪"长筒袜更是连花色都看不出了。我奶奶觉着到点该回家吃饭了，就出来叫我，见我一副泥猴儿样，叫还叫不应，火了，不知从哪儿捡了根小棍儿直逼过来，我转身就逃，"嗖！"小棍儿从我头上飞了过去……

我不但在训练场混，打比赛也跟着去过。那天足球队去先农坛比赛，乘一辆从朝鲜战场缴获的美制十轮大卡，敞篷，没座位，所有人都站着。那时候没这么强的安保意识，我又是小孩儿，熟脸儿，所以爬上卡车跟着去没任何毛病。一路上细雨不断，一个队员敞开雨衣把我裹住。

那场比赛的对手我记不清了，好像是波兰或保加利亚那边儿的社会主义友军。我坐在球队替补席最边上，场地湿漉漉的，小雨把草叶洗得干干净净，空气中能闻到草香。队员们从我面前走过时雄赳赳的，钉鞋踩在炉渣跑道上"咔嚓嚓"作响，鞋面和长筒袜上沾着青草的碎叶。

回家以后我就说，长大以后去踢球。我记得很清爽，我妈一向对我不赖的，但此刻虎着脸说："你要是踢足球，我就打断你的腿！你信不信？"她那时已转业到中央实验话剧院，正排练话剧（不是《桃花扇》就是《一仆二主》），有时在家读读剧本，这句狠话我知道不是戏词儿。我爸说话没这么暴力，他只不咸不淡说了句："黑皮球看来是买错了。"

后来整编，公安军撤销，足球队去了南京，成了南京部队队。我家在1958年搬出帽儿胡同，踢球的事再没提过。

（2012年2月）

57. 熊和牛

股市的人都爱牛不爱熊，生活中却是另一码事。

2月里，国内陡升一波围绕熊胆的口水热浪，表面看和股票涨跌无关，其实起因还是股市：福建一家专事在活熊身上取胆汁的制药企业归真堂谋求上市，省环保厅公布的环评报告称，归真堂已通过上市前的环保核查程序。

一个在公众看来涉嫌虐待甚至残害国家二级保护动物的企业居然要扩大经营、上市圈钱，而且还能通过政府的环保评测?! 消息传出，舆论哗然。

亚洲动物保护基金会（简称亚基会）以及国内几家动物保护组织率先反对。72位名流——包括企业家、作家、艺术家、媒体人如马云、薛蛮子、莫文蔚、陈丹青、冯骥才、毕淑敏、张泉灵以及我的同事张斌和于嘉等——在2月14日情人节这天展开抗争：联名致函证监会，"恳请"对归真堂上市申请不予支持批准。四天后，"最文艺"的挑战出现在四川，姚明夫妇来此看望从取胆现场得到解救的黑熊，消息经媒体刊发或播出，姚明与躺在手术台上的病熊"握手"的画面迅即直抵万户千家。

更猛烈反击来自普通网民，网上一边倒是责骂和谴责声，呼吁立法取消活熊取胆的帖子被不断点击转帖。支持活熊取胆的中国中药协会指称亚基会"受西方利益集团资助，假借动物保护名义从事反对我国黑熊养殖及名贵中药企业"的活动。这一"党棍体"言论招致的直接结果是中药协网站立即被黑。

这几乎是一次全民爱熊行动了，它反映的是国民意识的一种进步。以常识论，如果不能证明熊胆汁对人的某些疾病确有不可替代的、惟一的、非此莫属的疗效，被立法禁止应是合理结果。

阳春二月其实没有春。北纬40°，北京人裹着熊一样的冬装为熊们争生存争尊严；北纬30°，北京女篮在室温只有7°的浙江安吉体育馆捧起全国冠军奖杯时发现那杯子又冰又凉。想看春天要去北纬20°，"海南春来早"——《新闻联播》每年报道全国闹春耕，第一条新闻都是发自海南，用这句话开头。

北纬20°还有墨西哥城。2月8日《东方体育日报》刊登两幅照片：一大片人躺地上，每人只穿一条黑色三角裤，女士多一件文胸。是表示墨西哥城春天很暖和吗？

但照片与春天无关。文字说明："近千名当地动物保护者在独立纪念碑广场示威，半裸身体，身上涂着类似血迹的颜料，并将斗牛运动所用的花镖放在自己身上，打出标语'够了！没有更多的牛！'，以此反对斗牛运动。"

墨西哥斗牛运动源自西班牙。

我曾于2000年7月到西班牙潘普洛纳采访因海明威的小说《太阳照常升起》而广为人知的奔牛节，见到盛大节日游行队伍末尾有几位板着面孔的动物保护人士在示威。这一场景在我的节目中出现时解说词是这样写的："队伍的后面出现了反对派，一个人举着的牌子上写着：'反对斗牛，反对虐待动物'。"

反对虐待动物是为了让动物更好地生存，但出于保护动物的美好愿望最终却使这一动物品种灭绝了呢？我的采访笔记表明，西班牙人认为斗牛正面临这种危险。

何塞·穆尼奥斯是养牛专家，奔牛节期间负责照顾牛栏，他说："普通肉牛只养一年就进屠宰场，而每头斗牛至少要养四年。斗牛完全是个特殊的品种，普通肉牛即使长到四岁，也成不了斗牛。饲养斗牛比肉牛难得多，花钱也多得多。如果取消斗牛这项运动，斗牛这个品种就灭绝了。"

来自塞维利亚的斗牛士米盖尔·罗德里格斯说："实际上最关心和保护这种动物的人是我们这些从事斗牛的人。就像没有赛马运动就不会有人再去养昂贵的纯血马一样，没有斗牛运动，不可能还会有这个动物品种。能使这个独有品种继续存在，子孙后代都能亲眼看到而不是去博物馆看标本的惟一方法，就是开展斗牛运动。"

西班牙斗牛协会副主席、老斗牛士阿尔瓦雷斯·桑切斯说："在斗牛场上，当一头公牛表现特别出色，全场观众都要求把它放生的时候，首先感到高兴的是我们，因为这头牛将留下来成为我们的种公牛。这说明批评我们虐待动物的人错了，最最喜欢动物并知道如何保护动物的人正是我们。我要为动物保护人士鼓掌，同时也请这些先生们三思，如果没有斗牛，这个品种就永远消失了，人们只会去饲养又便宜又早熟、肉味鲜美的肉牛，谁会花大价钱去养没用的斗牛呢？"

　　我的采访笔记上还有女市长尤兰达·巴尔希娜的一大段话，有一句挺有意思："我们市政府听市民的，如果市民说搞下去，我们就搞。市民说不能再这样干了，我们就停止。"

（2012 年 3 月）

58. 十条爱尔兰科克围脖

我们是"伦敦行动"十来个摄制组中惟一到爱尔兰的。为什么来爱尔兰？因为策划"伦敦行动"之初就商定要讲些文化历史故事。今年是泰坦尼克号沉没百年，它的故事离不开爱尔兰。于是摄制组 5 月 2 日一分为二，三个人去贝尔法斯特建造泰坦尼克的造船厂，四个人（包括我）来到了该船遇难前最后一个停靠港科克。

（1）科克（CORK）市建于 7 世纪，城区现有 12 万人口，水量丰沛的里河（RIVER LEE）从市区穿过。科克市下辖周边几个小镇及广大农庄牧场，是为科克郡。走马观花看，乡间自然环境及经济发展水平不低于英格兰。科克郡别称"造反郡"（The Rebel County），从 9 世纪反抗北欧维京人入侵直到 20 世纪 20 年代的内战，科克郡没停过舞刀弄枪。

（2）城内外众多古堡是这里最重要的自然人文景观。古堡多集中建于 15 ~ 16 世纪，或是抵御法国、西班牙及北欧强敌，或是用于内战，足以看出当时历史之残酷。古堡有的保存完好，有的已成废墟。有些被政府买下改造成博物馆或观象台成为旅游景点，有些仍是私产，或住人或空置。最大的古堡是查尔斯波特，1922 年毁于内战。

（3）科克郡金塞尔镇戴斯蒙德古堡如今是葡萄酒博物馆，令我惊讶的是法国波尔多那些最著名的葡萄酒庄园多是几百年前爱尔兰移民建立的。世界顶级名酒轩尼诗（HENNESSY）创始人就曾是科克郡的望族，约 400 年前在宗教内斗中失败逃亡法国。目前科克仍有不少人姓轩尼诗。轩尼诗家族已经把逃亡前在科克郡的房屋土地又买了回来。

（4）美国汽车大王亨利·福特的祖父和父亲是移民美国的爱尔兰科克郡农民。1917 年，福特的第一个海外汽车制造厂在科克市郊的里河河畔建成，但我在岸边没见到工厂。原来在 20 世纪 80 年代，工厂因经营不善被关闭了。美国前总统肯尼迪家族也是爱尔兰移民，不过这个家族不属于科克郡，而是来自附近一个名叫 WEXFORD 的郡。

（5）1848～1950 年，百年间 600 多万爱尔兰人移民国外，其中 250 万从科克郡考福港乘船。1892 年 1 月 1 日，设在纽约爱丽思岛的美国移民局正式开张，第一个登记入境的是 15 岁的科克农家女孩安妮·摩尔。她前边本有一名德国粗汉，移民官一句"Lady first"铸就了今日之历史。在考福港岸边我们拍摄了安妮·摩尔和她两个弟弟的雕像。

（6）电影中的故事说泰坦尼克号于 1912 年 4 月 10 日驶离英国南安普顿港直发纽约，其实不是。该船于 11 日抵科克郡考福港（当时叫女王港）接载了 123 名旅客。由于潮汐缘故，巨轮没有靠岸，而是在科克湾斯派克岛附近海面抛锚，由摆渡船把旅客送来。这 123 人中有三等舱旅客 113 人，二等舱 7 人，头等舱 3 人。79 人遇难，44 人获救。

（7）登上摆渡船的码头今天还在，一所坚固的 200 年老房，当年是头等舱休息室。两年前本地年轻工程师基伦·乔伊斯花 200 万欧元买下房子，改造成名叫"体验泰坦尼克"（TATANIC EXPERIENCE）的旅游点，买仿真船票，进入复制的船舱，观看电脑再现的航行及沉船场景等。去年 10 月开始营业，成人 8 欧元，儿童减半，目前已接待了 6 万人。

（8）乔伊斯送给我两件纪念品：仿真船票和一份复印的旧报纸。仿真船票是参观门票，供客人保留。我这张票购票人是 Daniel Keane，35 岁，男，二等舱。电脑查询结果：失踪。旧报纸是 1912 年 4 月 15 日的《科克郡审查者报》早晨版，共 24 版。此刻泰坦尼克号刚刚沉没，但报纸并不知道，大版篇幅介绍这一史上最伟大船只的最伟大处女航。

（9）拍摄米德尔顿镇建于 1780 年的 JAMESON 威士忌酒厂时，有幸被选为八位品酒员之一。每人面前有三小杯威士忌，分别产自苏格兰、爱尔兰和美国，品酒员要如实说出最爱哪一款。先品美国酒，身旁一美国人真是行家，立刻品出来："是田纳西出产的！"导游不禁高声赞许。我反复品过后，先排除田纳西，再品，考虑主场因素，选择了 JAMESON。

（10）5 月 5 日是历时五天的第 50 届科克国际合唱节倒数第二天。合唱团来自 20 个国家，其中有近 40 人的菲律宾团和 60 多人的新加坡团。

演员总数 4 500 人，全是业余的。最感人时刻是竞赛环节结束后导演上台指挥千名观众在钢琴伴奏下合唱《哈利路亚》。我看到了虔诚，看到了内心的安静和充实。场面震撼人心，它传达着一种文明的力量、信仰的力量。

（2012 年 5 月）

59. 岛国的声音

公众通常只关注奥运会的体育竞赛价值，但诚如何振梁先生所言："文化和教育才是奥林匹克运动的精髓和根本所在。"何先生曾任国际奥委会"文化与奥林匹克教育委员会"主席，这种话不是随便说的。

英国人玩儿文化怎能离开本国第一文化名人莎士比亚？伦敦奥组委理所当然决定从 2012 年 4 月下旬开始举行莎士比亚戏剧节，所有人都知道这是一系列大型文化活动的重头戏。

威廉·莎士比亚旧居在伦敦北边一个叫斯特拉福的小镇，从伦敦出发大约一个多小时车程。1996 年在英国采访欧洲杯期间我曾经来过这儿，那时，我不会想到 16 年后居然还能旧地重游。

镇中心仍旧是 16 年前我见过的那种街道布局，这种网栅式的布局形成于中世纪，每条街道都有几百年的历史。《莎翁故居官方指南》认为就算这位大文豪转世再生也不会迷路："虽然过去了四个多世纪，今天的威廉·莎士比亚也会毫不困难地从亨雷街的住所，经过几位老朋友的家走到圣三一教堂自己的最后安息之地。"

威廉·莎士比亚生于 1564 年 4 月 23 日，距今 448 年。他诞生并度过一生大部分时光的老屋是亨雷街上一所两层的木石结构建筑，客厅、餐厅、卧室以及手套作坊（他父亲是制售皮手套的，手套是当时主要的时尚饰品）都按照 1574 年的式样布置，那年威廉 10 岁。

每年 4 月，斯特拉福镇都会以游行的方式纪念莎士比亚诞辰，从亨雷街的莎翁故居步行到他下葬的圣三一教堂。今年 4 月 21 日的游行被看做莎士比亚戏剧节的"开场哨"，规模超过以往。队列的安排可以看出莎翁家乡的人文素养，鼓乐齐鸣中先于乐队过来的是本地十几位肢残人士的轮椅方阵，每辆轮椅都由志愿者推行。接下来是几十名智障人士的队伍，每人举一面印有莎士比亚头像的小旗，上面写着："莎翁生日快乐！"

街道两旁围观的人们对这两支队伍鼓掌欢呼之后，才是鼓号队，再后面是本镇居民、莎翁的同乡父老。

亮点是随后走来的身穿莎士比亚剧中各种戏服的职业或业余演员们，这些人差不多占了游行队伍的一半。莎士比亚一生写了46部剧作，角色包括从古代欧洲到中世纪英国社会各阶层大小人物：王侯、贵胄、昏官、佞臣、农夫、村妇、牧师、窃贼、奸商、逃犯……你就想吧，这一部流动的莎翁戏剧人物大全，该使游行队伍多么花里胡哨、五彩缤纷。

两支来自中国的表演队伍让游行不再是纯粹英国式的。舞龙队由浙江奉化的十几个高中男生组成。奉化？我知道那是蒋介石的家乡，那里的舞龙很有名吗？"我们在上海世博会看了这支舞龙队的演出，决定邀请他们。能在世博会表演，水平不会差吧？"英国人说。

另一支队伍也是浙江的，来自杭州的昆曲演员，几位从化妆到服装都是中国传统戏曲扮相，她们将在这个小镇上演明代剧作家汤显祖的名作《牡丹亭》片段。特别邀请《牡丹亭》，表达了英国人对汤显祖这位和莎翁同时代的中国剧作家的格外敬重。汤显祖比莎士比亚早出生14年，1616年，两人同一年离世。

不少中年以上的中国人都看过根据舞台剧《哈姆雷特》拍成的黑白片《王子复仇记》。实际上"文革"前中国的剧场或影院里莎士比亚的剧作并不鲜见，一些喜欢戏剧的朋友应该还记得《罗密欧与朱丽叶》《仲夏夜之梦》《威尼斯商人》《理查三世》《温莎的风流娘们》《第十二夜》《奥赛罗》《李尔王》等剧名。

莎翁家乡的盛装游行只是宣布一出大戏的开幕，真正的戏码不在斯特拉福，在伦敦。确切说是在泰晤士河畔完全按照莎翁时代的样式复建的环球剧场。全世界36个国家的剧团来此用37种语言演出莎翁剧目，其中中国国家话剧院用普通话演出三场《理查三世》。

36个国家包括战乱中的伊拉克，让我既意外更感动。在圣三一教堂，我见到十来个伊拉克人向置于高坛之中的莎翁墓碑献花，他们将用阿拉伯语演出《罗密欧与朱丽叶》。原作说的是真心相爱的罗、朱因两家世仇而无法结合，最终殉情的悲剧故事。伊拉克版做了改动，把这对恋人安排成分别来自互相敌视的什叶派和逊尼派家庭，使这部戏有了现实意义。

莎士比亚无所不在，即使是奥运会开幕式。据说导演博伊尔把莎翁最后一部剧作《暴风雨》的某些元素糅进了开幕式。为什么是这部戏？

"我不知道，"莎翁故居基金会负责人朱迪·丹琦夫人说，"我个人认为，可能是因为里面有一句极其著名的台词吧。"

"怎么说的?"

"这个国家只是一个小岛，但在这个岛上你总能听到各种不同的声音。"

（2012 年 6 月）

60. 又见《决裂》

8 月初，伦敦奥运会鏖战正酣，京城北太平桥西北角的新影大放映间也没闲着，这里正举办一个体育影视节目的评选活动。活动的名称挺长："第八届北京国际体育电影周暨第 30 届米兰国际体育电影电视节作品评选。"

以"通过体育传播文化"为宗旨的米兰国际体育电影电视节是创办较早且坚持时间最长，或许还是目前仅存的国际体育电影电视节。每年 11 月下旬在意大利米兰举行时，参评作品可达数百，最多曾有 900 余部。这些作品先在全球 10 ~ 11 个城市的电影周进行筛选，优秀的被推荐到米兰，再由十余名国际评委评出最终各个奖项的得主。

北京是这 10 ~ 11 个城市之一，可以说北京国际体育电影周身兼二任，既是对中国体育影视制作水准的检视，同时又要为米兰推荐优秀作品。从 2004 年以来，央视体育频道的六部作品以及新影厂顾筠导演执导的北京奥运会、广州亚运会的官方纪录片先后在米兰获各个单元的"金花环奖"。

以往几届电影周都是分六个单元报名参评，即："奥林匹克精神""体育与社会""纪录片""故事片""体育广告""电视短片与新媒体"，这次增设了"足球电影与电视"单元，正是这个新增的单元最乏善可陈、一塌糊涂。也许电影周自身前期宣传不够，全国那么多电视足球栏目和制作足球影视的传媒公司，只有两部作品参评，且都出自西北某省同一家文化公司，一部名为《英伦传奇》，另一部叫《英伦制造》。先不提艺术表现、制作水准、突破创新之类，作品中自制的东西能占多大比重已是不言自明。

奖项同样空缺的另一个单元是"故事片"。七部电影参评，因片子长，有两部制成光盘让评委在家观看。我先看的是《跑出一片天》，讲一个四年级小男孩喜欢跑步的故事。虽有奥运跳水冠军田亮出演男二号，又拉来杨幂、韩乔生老师跑龙套，仍无法掩饰故事的苍白虚假空洞乏味。

然后看的是以大学生划龙舟为题材的《激浪青春》，片头五个大字"吴宇森监制"相当吓人，曾志伟、黄晓明、邵兵等一干明星的名字亦赫然在列。片子如何？比前一部更烂出 10 倍！胡编乱造得无以复加肆无忌惮！第二天评委讨论时竟无人能说出哪怕是一个字的可取之处。我的评价："罕见地拙劣地图解政治，编、表、导、摄、服、化、道、灯都让我想起了'文革'时期的《决裂》。"年轻人可能不知道《决裂》，但评委们都是中年以上的影视专家，皆表同感。中国电影艺术研究院资深研究员单老师说："两部片子都出自香港导演之手，拍这种主旋律电影，香港导演比大陆导演更烂！"其余五部呢？有的与体育基本无关，有的是体育院校的学生习作，完全拿不出手。

像以往一样，好东西出自"纪录片"单元。此前在米兰获奖的中国作品也大多是纪录片，说明我们有一批体育纪录片编导在观察力、思考力以及人文素养、知识积累、电视手段运用等方面都达到了较高水准。今年这个单元整体仍然比其他各单元强出太多，15 部参评作品有 6 部可以获奖。由于每个单元最多只能评出两部作品，所以把 6 部作品中的 4 部依据主题和片长移到其他单元参评，不但都获了奖，其中两部还在"奥林匹克精神"单元和"电视短片与新媒体"单元中评分名列第一，分别是 67.5 分（北京某文化传播公司制作的反映登山题材的《重返巅峰》）和 66.3 分（央视体育频道制作的表现极限滑雪运动的《为荒野而生》）。

北京国际体育电影周虽一直冠以"国际"之名，实际上从无国外作品参评。今年不同了，瑞典马丁影视机构（Matine Film & Television）送来一部时长一小时的作品，名为《兴奋剂之战》（*The War on Doping*）。讲述国际奥委会医务委员会主席、瑞典人阿尔内·林奎斯特教授 40 年坚持不懈反兴奋剂的故事。作品构思缜密、资料翔实、制作精良，严谨沉稳的风格正适合表现反兴奋剂这一严肃的社会和体育话题。这部作品在《体育与社会》单元得到了最高分，72 分。

鱼龙混杂、良莠不齐，几届电影周莫不如此，但花大钱请名角拍出有如新版《决裂》一样的烂片，还真是从没碰见过。幸亏，我们还有一些不错的东西。

（2012 年 8 月）

61. 廓除疑云

今年四五月间随《伦敦行动》摄制组去英国拍摄文学、电影、戏剧方面的内容，没能去成狄更斯故居，让我至今有些纠结。实际上，我小时候最先知道的英国作家就是狄更斯，他的《匹克威克外传》是我当时最喜欢的外国小说。

20世纪五六十年代之交，国家经济一度艰困，所有城镇居民都实行粮食定量供应。为减少热量流失，北京各中小学大都不许学生进行户外锻炼，有的干脆取消了体育课，学生体质普遍较差。那几年我正好是小学三至六年级，有点儿贫血，最匪夷所思的是有两个毛病：一是不能喝淡水，一喝就头疼，凡喝水必须放盐。二是每隔几星期必定"眼花"一次，没任何征兆，突然视力分散，什么也看不清。半小时后恢复正常，剧烈的偏头痛开始，通常持续一天。

怪毛病困扰我，也困扰医生，他们没见过，也治不了，大都猜测是贫血造成的，开些药，提几条医嘱，都不见效。

不喝淡水好办，加盐就是。眼花头痛，只好请病假。

那时父母在北京电影学院导演系和表演系任教，我家就住学院家属楼。电影学院不大，小楼五座，师生数百，教学、办公、生活都在一个院儿里。在家歇两三天，闷得不行，我就在校园转悠，或去办公楼一层阅览室看苏联东欧各种画报，或去小放映间看看是不是正在放电影。

小放映间距我家不足百米（学院最远的角落距我家超不过200米），在一排平房最西头，面积40多平方米，一张小银幕、20多把靠背木椅，是老师们观摩学习和分析影片的地方。也许是放映员及老师们都和父母认识，总之我还从来没被撵出来过。

当时中苏高层已经交恶，但下面并不知情，电影、戏剧、音乐、美术等艺术领域，还是以俄为师，言必称苏联。小放映间的影片自然以苏联片居多，记忆中看过普希金的长诗改编的同名歌剧片《叶甫盖尼·奥涅金》，高尔基的小说改编的《我的童年》《我的大学》，马卡连柯的小说改编的《教育诗篇》等。

要是放映两部影片，中间会休息几分钟，老师们出来透透气，冒根烟儿，听他们闲聊也挺有意思。

一次放映《列宁在十月》和《列宁在1918》，休息时老师们聊起扮演列宁的演员史楚金拍片时有多认真，说他只要化好妆，不管是不是在拍他的戏，每分每秒、一举一动都模仿列宁，同时要求剧组所有人不拍戏时也要把他当做列宁，以保持对角色的感觉。

还有一次是看苏联功勋艺术家玛列兹卡娅主演的两部经典影片《乡村女教师》和《政府委员》，文学系汪流老师操着江浙味儿普通话说："以女性为第一主角的片子我们也有一些，最好的像'双双'，跟这两部片子还是没法比。"这是我第一次听到有人省去"李"字，只说"双双"，佩服得不行，从此知道真正的圈内人是不像我们这些外行老土非要说出完整片名的。

其他国家的影片不多。印象中有曾获奥斯卡最佳故事片奖的美国音乐歌舞片《西区故事》，从此我记住了"奥斯卡"这三个字。

看过的英国影片有《第三者》，有莎士比亚的《理查三世》，还有狄更斯同名小说改编的《匹克威克外传》等。

说不好究竟什么原因让我——一个小学生——对《匹克威克外传》产生了一种特别的好感，是因为那个陌生的时代？是因为那个国家的社会人文？是因为狄更斯式幽默？是因为有憨厚滑稽、机巧多谋、狡猾奸诈的各色人物？都是又都不完全是，小学生说不出门道，全凭直觉，影片第一句旁白就让我感到不同凡响："廓除疑云，化幽暗为光明，……"

因为教学需要，父亲常到校图书馆借些电影史、导演理论、影片分析方面的参考书，也会带回几本中外小说。应我的要求，他借来了《匹克威克外传》。翻开首页，我惊喜地发现，电影里的第一段旁白完全是照搬小说的第一自然段："廓除疑云，化幽暗为光明，使不朽的匹克威克的光荣事业的早期历史免于湮没，这第一线光辉，是检阅匹克威克社文献中如下的记载得来的；……"

随着国家经济好转，课外活动和体育课都相继恢复，我那俩怪毛病不治自愈。说话到了高中一年级，班里张罗着搞一本班日志，大家轮流写，每人一天。我写首篇，写啥呀？忽然想到《匹克威克外传》的开头，于是略改几个字词，成文如下："廓除了疑云，化恼人的幽暗为耀眼的光明，使不朽的101中高一（2）班的光辉历史免于湮没，这第一线光辉……"

反映是极其正面的，未经证实的消息说有几个女生开始暗恋，确凿的事实是有男生发出惊呼，使用了"大气磅礴"之类的词。我于是狂聊狄更斯和匹克威克，有几个人便迫不及待要看。此时"文革"乍起，所有图书馆被抄被封，已经借不出书了。但我的确让同学们看到了这部小说，如何搞到的，忘了。

（2012 年 9 月）

1.2010 年 12 月，突尼斯境内撒哈拉沙漠边缘一个村子里的阿拉伯老农。有朋友笑问："是两个老农吗？"

2.2010 年 12 月，在撒哈拉沙漠与扮演突尼斯士兵的群众演员聊天。这里正进行一部美、英、法、意投资的故事片的外景拍摄。

3.2010 年 12 月，在空中拍摄撒哈拉沙漠深处的帐篷旅馆，最右边是我住的帐篷。

4. 登上轻型飞机从空中俯瞰大沙漠。

5. 为抵御风沙和严寒，要装备阿拉伯斗篷和包头巾。

6. 我在帐篷门口设计了这个场景，据说有为突尼斯葡萄酒做广告的嫌疑。

第30届米兰国际体育电影电视节
THE 30th WORLD FICTS CH
2012年11月14-17日 14-17th Nov
中国·北京 Beijing,Chi

1.2012年11月，第30届米兰国际体育电影电视节暨第8届北京国际体育电影周在京举行。这是评委会开会讨论获奖节目。张艺谋（中）任评委会主席，右为蒋效愚。

2.闭幕式上为获奖的俄罗斯导演颁奖。

3.1989年6月在第二届国际体育电影节上获奖。

4.1989年参加第二届国际体育电影节。评委会主席谢晋（中），左为编辑张兴，现任央视体育频道副总监。

5.虚拟人物福尔摩斯"住"在真实存在的贝克街221B，使人们宁愿认为这就是福尔摩斯故居。1996年欧洲杯时在福尔摩斯故居门口。

6.爱尔兰工程师基伦·乔伊斯（图左）在科克港把当年登上"泰坦尼克"的码头改造成了一个旅游景点，名叫"体验泰坦尼克"。

7.没想到16年之后，又来到贝克街221B。警察换了，访客老了，不变的是帽子和烟斗。

8.2012年4月在莎士比亚故居斯特拉福。两位老人家都是本镇居民，莎翁同乡，特意穿着那个时代的服装参加纪念莎翁诞辰448年的游行。这个游行活动每年4月举行一次。

因为有过从军的经历，所以，也愿意留下各国军人、警察的影像。

1.1997年，塔吉克斯坦首都杜尚别城外30公里就有反政府武装，在酒店能听到枪炮声。为保护中国国家足球队安全，塔方派军队跟随球队。

2.1997年，土库曼斯坦街头上的军官。

3.2006年，墨西哥首都女警。

4.1998年，阿根廷首都布宜诺斯艾利斯，马岛战争阵亡将士纪念碑的卫兵。

5.2004年，希腊国家议会大厦前的值班排长。

6.2007年9月，越老边界的越南边防军官。

7.1996年欧洲杯时的英国警察。

8.1988年汉城奥运会时的韩国警察。

9.1993年，摩纳哥王宫门口的警卫队长。

10.丹麦王宫门前的警卫身高190公分。

1.1992 年奥运会，巴塞罗那街头骑警。

2.1994 年世界杯，美国达拉斯街头上有骑自行车的巡警。

3.1990 年世界杯，意大利罗马骑警。

4.1994 年世界杯，达拉斯新闻中心外面的女骑警。

5.1992 年欧洲杯，瑞典首都的骑警。

6. 体育记者在体育锻炼上要身体力行，过去是打球，现在主要是骑马、钓鱼和跳舞。

7.2012 年在北京的一个阿根廷探戈舞会上。

8.2007 年，在全国电视体育播音主持年会上，和古巴老师表演古巴萨尔萨舞。

6

7

8

62. 一年 365 个马拉松

约两年前，在网上看到一则短消息："比利时人斯特凡·恩格斯连续 53 天每天一个马拉松，打破了日本人楠田昭德创造的 52 天跑 52 个马拉松的世界纪录。"

这几天评选米兰国际体育电影电视节优秀作品，看到比利时选送的纪录片《一年 365 个马拉松》，才知道"53 天 53 个马拉松"几乎可以忽略不计，因为它不过是一个令人瞠目的"疯狂计划"的一小部分。

斯特凡 1961 年出生于比利时北方小城根特，自幼酷爱运动，尤其善跑。2009 年，48 岁的斯特凡宣称：从 2010 年 1 月 1 日到 12 月 31 日，每天跑一个全程马拉松，用这一行动号召人们"走出户外，更多地动起来"。

不少人说他"发了疯"。斯特凡问道："是谁更疯狂？我，还是那些嚼着薯片窝在沙发里整天看电视的人？"

是心血来潮吗？未必。斯特凡 1985 年 24 岁时开始练马拉松，已经跑了 24 年。2008 年，他参加过 20 次铁人三项赛，游泳总里程 76 公里，骑自行车 3 600 公里，跑步 844 公里，这一壮举写入了吉尼斯世界纪录。

但每天一个马拉松，而且要跑一整年，是完全不同的。

2010 年新年第一天，斯特凡在根特迈出了第一步。尽管天寒刺骨，气温只有零下 11℃，仍有不少人闻讯赶来与他同跑。在几家小型私人机构赞助下，一位官方观察员、一个摄制组和一个医疗科研小组将跟踪一年，拍摄纪录片，同时做医疗保障和科研。负责医疗小组的运动医学专家克里斯·古森斯说："跑一整年马拉松对健康有利还是有害？谁都不知道，这是一个难得的研究案例。"

斯特凡出师不利，才三天，他的血液指标就出现异常。由于肌肉不能得到足够的恢复，造成血红蛋白中的血红细胞不足，影响对肌肉的供氧量，这样他必须跑得更卖力才能使肌肉得到同样的供氧，而肌肉将会更加疲劳甚至受损。

医疗小组认为他用 4 小时跑完全程速度太快了，建议他适当降低速度。

第 18 天，斯特凡的胫骨前肌开始发炎，这是小腿前端的肌肉，功能是抬脚。这样，每抬一次脚，都是一次疼痛的极限。这一天，斯特凡没有跑，他走完了全程，直到天黑。

打击接踵而至，第 19 天疼痛加剧，斯特凡连走都成了问题。他坐上轮椅，靠手臂转动轮子完成了 42.195 公里。他不得不停止跑步先去治腿。15 天后，腿伤基本康复，已经完成的前 18 个马拉松被一笔勾销，一切归零，从头开始。

西班牙生物制品公司得知斯特凡的计划，觉得这是很好的移动广告，于是签约成了头号赞助商。条件是，不能只在根特，要到世界各地去跑。这符合斯特凡尽可能扩大影响的初衷，但却给他的计划增加了更大的难度。

根据协议，斯特凡·恩格斯这一年应该在西班牙、葡萄牙、希腊、英国、加拿大、墨西哥和美国的传统马拉松赛事中露面。欧洲还好说，距离不太远，时差也就两三个小时。到西半球可就惨了，完全是黑白颠倒，这边跑完了匆匆赶到机场，下了飞机那边正好是白天，不管你旅途多劳累多辛苦，你必须立刻开跑，根本没有倒时差这回事。

几乎毁掉斯特凡的是墨西哥城，除了时差还有海拔。墨西哥城海拔 2 240 米，一般人要适应三天才能让身体产生多余血红蛋白，以确保肌肉在稀薄空气中获得足够供氧。在滨海小城根特长大的斯特凡一度有一些高原反应，但他没有时间去适应，跑马拉松就是适应。

除了海拔还有空气，不仅稀薄，还严重污染。他的第 213～219 次马拉松是在墨西哥城的阴霾中完成的，被头晕和喉咙不适困扰了一个星期。

最糟糕的是饮食，到墨西哥城第二天早上，斯特凡严重腹泻，肚子里翻江倒海。"不知道是吃了什么，我竟然忘了我是在墨西哥！"他说。那几天，斯特凡跑得有些难堪，他不时停下来上厕所，急救车在远处跟随，医院急诊病房特意留出了床位。"到这里跑步是我作出的最愚蠢的决定。"斯特凡形容他离开时的心情是"侥幸活着逃离"。

2011 年 2 月，斯特凡在赞助商所在地西班牙巴塞罗那完成了最后 6 次马拉松。一年来的宣传效果令人满意，有 15 000 多人先后参加了斯特凡的长跑活动。在根特举行了首届马拉松比赛，2 000 多人参加。人们说，没有斯特凡，根特不可能有这样的比赛。

全程数据显示，斯特凡是在每小时 10 公里匀速、每分钟 100 下心跳的情况下"尚留有余力"地跑了 365 个马拉松。克里斯·古森斯说："通过骨扫描、血检以及肌肉检查，我们发现，他的整体健康状况要好于一年以前。毫无疑问，他是从中受益的。"

一年跑 365 个马拉松，有人说是"达人"，有人说是"铁人"，不管怎么说，全世界仅此一人。

（2012 年 10 月）

63. 牙买加人为什么跑这么快

北京奥运会之后，一首新流行曲在牙买加开唱：

谁是世界上跑得最快的男人？

他是土生土长的牙买加人尤赛恩·博尔特；

谁是世界上跑得最快的女人？

她是土生土长的牙买加人维罗妮卡·坎贝尔；

他们为什么跑得这么快？因为……

四年前，牙买加人在鸟巢刮起一股无敌黑旋风，轻松卷走短跑项目六块金牌，全世界都在问：面积才1万平方公里，人口只有270万的牙买加怎么会冒出这么多顶尖短跑选手，他们为什么能跑这么快？2009年，西班牙的一个电视摄制组来到牙买加一探究竟。

这不是一次严谨的科学调研，而是一次既有所选择又非常随意的即兴采访，得到的回答自然是五花八门。

比如记者问一位据说有通灵能力的老人："有人说您知道牙买加人比美国人跑得快的秘密，是什么呢？"老人一本正经地回答："良心。美国没有良心，他们就认钱、钱、钱！"

流行音乐节目主持人韦布斯·卡特认为跑得快的原因是牙买加人天性好动、酷爱音乐："没有人像我们这样崇尚音乐和体育，二者在这里合二为一。"

女子100米冠军雪梨·弗雷泽的母亲马克辛·辛普森回忆在电视上看到女儿夺冠后脱口而出的第一句话是"感谢上帝！"这是大多数牙买加人在那个时刻都会有的想法。在一个基督教为主要宗教的国家，许多人相信上帝自有安排。法尔牧师说："上帝让每个民族各有长处，瑞士人擅长造手表，中国人成为世界工厂，而我们在短跑方面最棒！"

跑得快是否和饮食结构有关？看法颇多矛盾之处。博尔特的教练格林·米尔斯认为食品有决定性作用："我们只吃天然食品，所以我们跑得特别快。"厨师奥利佛说："我们不做荤类，只做健康食品，这是我们身强力壮的原因。"博尔特的家乡舍伍德滩一个邻居小孩证实当地日常食物主要是菠萝、西瓜、番茄和胡萝卜。

博尔特本人却另有说法："我不挑食，什么都吃，最爱吃肯德基炸鸡翅。"记者向教练格林·米尔斯求证，他回答："我不知道他喜欢肯德基，只听说他喜欢炸鸡块儿。"博尔特父亲的说法与众人都不同："我想应该是他幼年时吃了很多高能量食品的原因，他常喝牛奶，喜欢吃冰激凌和土豆。"

女医生茱莉亚·马兰特驳斥了"食物决定论"："实际上饮食方面没有帮助，牙买加人的食物很缺乏营养，以淀粉类为主，无非是糖和碳水化合物。成功主要靠意志力。"

这话看来有些道理，穷孩子从小就在艰辛中磨炼意志力。牙买加属世界最贫穷国家之一，治安极差。首都金斯顿郊区平均每天有四人死于谋杀，犯罪率在各国首都中名列前茅。其中穷人集中的13区又称"棚户区"，更是暴力犯罪多发地。北京奥运会女子400米栏冠军梅兰妮·沃克就出自这个区，她从三岁就开始跑步了。

流行歌手迈尔斯说："为什么跑得最快的人多出自贫民窟？因为我们听到'砰！砰！'的枪声立刻就要逃命，从小就练跑。这里的孩子没坐过摇篮或婴儿车，最重要的生活技能就是快跑。"

专业解释来自专业人士。"最有价值运动员俱乐部"负责人布鲁斯·詹姆斯认为跑得快有三个原因："一是运动员的天赋和能力；二是国内锦标赛制度的长期稳定；第三点非常重要，我们有高水平的教练资源。"

高水平的教练不仅指业务，更是指责任和事业心。青年田径教练琳达·威廉姆斯说："每成功培训一个孩子，不仅是帮助了他，也是减少一名街头黑社会的潜在成员，这是我的动力。"

当今体坛，凡运动成绩突出者不免会让人联想到兴奋剂，牙买加"飞人群体"也不例外。女医生茱莉亚·马兰特直言："我周围的朋友的确认为他们使用了违禁药品。"

美国昔日田坛巨星卡尔·刘易斯也是质疑者："如果不质疑，你就是傻瓜。"此番话引来回击。"黑人兄弟应互相拥抱，但你却在背后打压我们。"流行歌手巴格尔边说边用嘻哈腔调即兴开唱："刘易斯先生，我对你做了什么，为什么你把我当罪人，牙买加人不是罪人……"

牙买加人为什么跑得快？记者把这个问题也抛给了博尔特。"我不知道。"博尔特回答，"我们训练很辛苦，因为我们知道所有优秀运动员都在辛苦训练。所以我们的成功要归功于辛苦训练外加执着。"

最终也没搞明白为什么牙买加人会跑这么快，也许这原本就不是编导的意图。他们只是想以一个吸引眼球的问题为线索，遍访城乡，展示一个真实独特、多姿多彩、贫困但却有着无穷活力的国家，他们做到了，做得漂亮。

（2012 年 11 月）

64. 乌干达之殇

每个奥运冠军都有一段传奇，约翰·阿基－布阿的故事是传奇中的传奇。

1950 年，阿基－布阿出生在乌干达北部阿巴科村的一个大院里，父亲是县长，养着 8 个老婆和 43 个孩子。兄弟姐妹经常参加父亲组织的赛跑，获胜者得到糖果作为奖励。阿基－布阿很少能够拿到糖果，他虽然个子高，但跑得不够快。他最喜欢跟父亲学习打猎，绝活是用弹弓打蛇，大院内外的蛇几乎被他打光了。

1964 年，父亲去世，母亲对儿子下了"逐客令"："你一定要到外边看看，留在村里你必将堕落。"

阿基－布阿来到首都坎帕拉，栖身贫民窟，找了份收银员的工作。不久警察局招人，从没穿过鞋的阿基－布阿光着脚满场飞奔，只踢了 30 分钟球，就已经被招募者看中了。

乌干达于 1962 年脱离英国统治后，体育机构和运作方式仍沿袭英制。天分高的人多被招进警局，以便有更多时间集中训练。阿基－布阿的队友奥凯特说："当警察很吃香，有制服，有薪水。这里就像高级体育俱乐部，很适合有运动天赋的年轻人。"

阿基－布阿最喜欢排球和足球，但最出色的是田径。在全国警察田径运动会上，他报名七个项目，夺得五项冠军。"奖品有桌子、闹钟，还有毯子和茶壶。"阿基－布阿在回忆录中写道。

为组队参加 1968 年墨西哥奥运会，乌干达举行田径选拔赛。选拔赛盛况空前，老运动员赛夫·奥布拉回忆："观众多极了，就算你没有鞋也不用担心，会有人给你拿来一双。"18 岁的阿基－布阿参加的是 110 米中栏，以 14 秒 30 的成绩落选。

这一年，英国人马尔柯姆·阿莫尔德出任乌干达田径队总教练，他的初步印象是："设施和服务极差，但幸亏有一流运动员。"

1970 年，阿莫尔德率乌干达田径队到苏格兰爱丁堡参加英联邦运动会，这是阿基－布阿第一次参加国际大型赛事。他没有听从阿莫尔德让他改跑 400 米栏的建议，只愿意跑 110 米栏，结果在半决赛出局。得知阿莫尔德已经为他在 400 米栏报了名，他只得出赛，没想到打进决赛并最终获得第四名。"他甚至都没有觉得累，"阿莫尔德回忆说，"这对他是巨大激励，他希望到年底能排到 400 米栏世界第十，我把手指伸向天空，告诉他还能更好。"

1971 年 1 月 25 日，乌干达政变，伊迪·阿明将军上台。阿明曾是英国殖民政府非洲步枪队士兵，身高 192 公分，极魁梧，擅拳击，1951 ~ 1960 年蝉联全国重量级冠军。一件小事说明他既喜欢体育同时又无法无天的行事风格：阿基－布阿的堂弟、国家足球队队员丹尼斯-布阿回忆，一天晚上 11 点，阿明突然来到球队，叫醒队员，嘘寒问暖，临走时让助手给队员们留点儿钱。助手说钱花光了，阿明下令："立刻去印！"

1972 年的慕尼黑奥运会上，阿基－布阿以 47 秒 82 的成绩获男子 400 米栏金牌并打破世界纪录。这是令人吃惊的胜利：400 米栏跑进 48 秒的世界第一人，800 米以内中短距离径赛项目上获奥运冠军的非洲第一人，夺得奥运金牌的乌干达第一人……

阿明总统设国宴欢迎凯旋的国家英雄，他宣布："为了下一代永远记住阿基－布阿的名字，我将举行盛大仪式，以他的名字命名一条街道。"

除了命名街道，总统还赠与了汽车和一套在首都的房产。那个时期，世界只知道两个乌干达人：一个是伊迪·阿明，另一个是阿基－布阿。

但实际上乌干达已经沦为人间地狱。伊迪·阿明曾以体育家、爱开玩笑者、人民公仆的面目示人，却是个暴君、食人恶魔、反人类反文明的异类。他的一系列暴行逐渐被披露，其中包括对阿基－布阿所属的朗吉斯族等其他部族的屠杀。

1976 年，蒙特利尔奥运会遭非洲国家集体抵制，26 岁正值巅峰的阿基－布阿失去再造辉煌的机会。

乌干达国内形势更加凶险。阿基－布阿原以为凭他的贡献和声望肯定是安全的，但现在不确定了。眼见亲人朋友一个个被捕、失踪、遇害，他却被阿明带进电视直播间，向世界撒弥天大谎："看看他就明白了，哪里有什么屠杀?!"

阿基-布阿在族人中的地位一落千丈,人们认为他与阿明勾结,汽车、房子和在警局得到提升就是证据。他以酒浇愁,经常一天一瓶威士忌。他曾当面向总统申请出国,被怒斥为"腐化和道德败坏分子"。

1978年,阿明挑起和坦桑尼亚的战争。次年3月,坦军反攻到坎帕拉,阿基-布阿和堂弟丹尼斯决定趁战乱逃亡。他们化妆成出外巡视的高级警官,驾车到肯尼亚边境,再换上平民服装越境进入难民营,与先期逃离的妻儿会合。4月,阿明被推翻,流亡沙特。几个月后,彪马公司伸出援手,把阿基-布阿一家接到西德,在市场部安排了工作。彪马公司这一善举,是对阿基-布阿在慕尼黑奥运会上脚穿彪马跑鞋的回报。

经政府劝说,阿基-布阿于1983年回国,他想家,也希望他的孩子回到非洲。但现实距他的期望太远。他重返警察局工作,似乎并不太受欢迎。年轻人嘲笑他没文化,是"阿明的宠儿"。他想以自己的名义建立一所体育学院,但没有钱,也没有关系。他的房产被没收,一直没有归还……"他什么也没有了,是真正的穷人。"一个警局同事说。

1997年,阿基-布阿病逝,他才47岁,曾经有那么健康的身体。在他的家乡——阿巴科村的一块石头墓碑上刻着如下文字:"奥运英雄,已故的约翰·阿基-布阿,他无法阻挡地创造了世界纪录。"

他的妻子比他早两年离世。在这个没有福利的国家,两人留下了11个孤儿。

(2013年1月)

65. 舌尖上的体坛风云·人物

　　舌头的功能，一是吃，二是说。《舌尖上的中国》讲的是吃，我这里就讲讲说。长篇大论是说，三言两语也是说。1 月 19 日参与"2012 体坛风云人物"总评活动与几位新朋旧友见面说话，都属三言两语。

　　同事 Z 是"体坛风云人物"组委会内部人士，创办级元老之一。我问："熊朝忠怎么连非奥项目五个提名奖都进不去啊？这可是中国第一个世界职业拳王金腰带，分量比奥运会拳击冠军重多了！""初评评委给的票数不够呗，"Z 回答，"您也知道，咱们一点儿劲儿也使不上。""真可惜！不少评委也是只认奥运，不知职业体育，误事。"

　　和总局某中心 S 主任聊起干部轮岗，说到韦迪调离，S 说："这事办得不对。足球跟其他项目不同，问题复杂多了，短期见不到成效。韦迪开始不太懂，好不容易学了些东西，正该干又不让干了，一切还得从头来。"

　　投票后见到张卫平、姚明。张卫平快人快语："我就支持篮球，凡是候选人里有搞篮球的，我肯定投一票。"姚明谈了两个观点。第一，CBA 比过去激烈好看是因为外援水平高了，国内球员没有明显进步，应该多给国内球员机会，限制外援上场人次。他说："我一直提，场上只能有一名外援，让国内球员多上场，多些锻炼机会，这样才能提高，国家队才能强大。"第二，"裁判再这么玩儿，要出乱子"。姚明说："昨天青岛主场打北京，哨子至少决定了 10 ~ 20 分（常规时间 97 平，加时赛青岛以 104：101 胜）。前几天青岛在客场打八一队吃了裁判的亏（90：99 负于八一队，主裁吴敏华被禁赛 10 场，另两名裁判各禁 5 场），这场是给往回找。你不能这么干哪！"

　　前中国女足奥运银牌、世界杯银牌得主 G，此刻像是来化缘，只要开口，必是请求支持女足，特别希望能出钱。"你觉得女足还能东山再起吗?"我问,G不语,似乎很难回答。我也意识到题目太大,于是把问题缩小:"前几天看到对孙继海的采访,他认为与黑人、白人相比,中国人其实不适合足球运动,但是在亚洲,我们完全应该做到不比日本和韩国水平差。你怎么看?""这个说法对,把澳大利亚算进来,女足今天在亚洲只排第四、第五,太憋屈了!重回亚洲老大还是有可能的,但难度很大,问题很多,所以要大家支持啊!呵呵!"

《篮球报》总编辑T和央视解说Y正交流长跑心得,两人几个月前开始练长跑,每人都已经跑过三个全程马拉松了。两位中青年看上去比以前瘦了不少,更显干练。T问我:"还坚持跳舞吗?古巴萨尔萨?""跳,但改学新舞种了。""什么舞?""阿根廷探戈。""嘿!牛!"两人同叹。Y说:"我记得您跟我们说过,中国所谓体育迷其实就是喜欢看电视体育节目而已,真正自己去锻炼健身的并不多,您倒一直是身体力行的。"

从宾客阵容、会场气势、场面调度,以及大小环节的设计衔接,能感到"2012体坛风云人物"的颁奖晚会下了大功夫。不知怎么训练的,颁奖嘉宾们的舌头比过去好使了些。至少,假装幽默、磕磕巴巴死记硬背编辑拟好的台词的情况大为减少,虽然知道肯定布置了他们该说什么,但怎么说,似乎留够了余地。

主持人一如既往地是一男一女的传统搭配。女Z一如既往地扮演跑龙套敲边鼓打酱油的角色。男Z一如既往地潇洒飘逸流畅,甚至更潇洒、更飘逸、更流畅,舌尖上不断吐出的串串言辞比以往更华丽,同时更多地甩出一张张温情牌。曾有网友在微博上问,是否华丽和温情得有些过?我的回答是:"领导需要,人民需要。"这么有水平的话我说不出来,是老W——中国体育界的绝对资深元老——的舌尖上冒出来的。

我的回答其实还加了几个字:"收视率需要。"

(2013年2月)

66. 小年无小事

几天前拜访年已七旬的 L 先生。L 是历史教授，尤擅明清宫廷史，对体育完全外行，但爱跟我聊体育方面的人和事，特别是历史人物。

"庄则栋病逝，社会上什么说法？" L 退休后埋头写书，无非是明清野史及大案要案悬案疑案，写作工具是已属罕见的蘸水钢笔加格子纸。他不会上网，也不想学，信息渠道有限。

"基本上都是表达惋惜怀念之类的。" 我的这一印象主要是来自互联网，尤其是微博。

"'文革'那段儿没人提？"

"好像没有，至少我没见到。" 后来我才听说庄老的身后事办得并不顺，从"上面"传达下来诸多"不准"，但当时我不知道。

"有件事我一直忘不了，" L 教授说，"周恩来去世，领导人到医院向遗体告别，江青不摘帽子也就罢了，她那个身份在那儿。可庄则栋却背着手围着遗体绕了一圈就走了，也没鞠个躬。姚文元还假模假式弯腰三鞠躬呢。不该呀！周恩来对他多好啊！"

我说那时在新疆戈壁滩，什么也看不到。

"你现在怎么看？" 教授问。

"是个犯了错误的好人吧。两大贡献，一是运动成绩，连续三届世锦赛男单冠军，真正的球王。另一个是开启小球转动大球。这两样奠定了他的历史地位，前 30 年的体育人里没人比得了。"

"也是，人都不在了，多念念人家的好，谈谈过去的贡献，也对，而且那些贡献也是实实在在的。" L 教授说，"这应该算是体育界今年的大事了吧？"

大事？不好说。这年头，何为大事，何为小事，全看你用什么标准。如果从是否能成为热点，能吸引公众关注的角度讲，别说今年，就是眼下的一季度，随便拎出几件事都比庄老西归"事大"。

今年澳网比往年更像开年大戏。李娜继前年首夺女单亚军之后，今年再获亚军，名次没有提高，过程绝对刺激。决赛中两次崴脚，一次磕后脑勺造成短时晕厥，仍坚持打完决赛，曾不绝于耳的批评之声齐齐地变成了赞扬。

除了2009年1月扫黑风暴狂飙突起，中国足坛每年一季度没这么热闹过，每件事都引来板砖如雨：

足管中心主任韦迪"正常调动"，所有人都觉匪夷所思。普遍认为，三年任期终于让纯外行韦迪基本摸清了情况，有了思路，正是该干的时候，却突然被离岗，纯属瞎折腾。它说明，足协只是一具玩偶，无事生非的根源在上一级管理部门。

韦迪走，张剑来。上任伊始，足协对扫黑中的12家涉案俱乐部和58名个人宣布处罚决定。没有降级，只有罚款和扣分。有消息说张剑主张降级，但在足协内部被否。这一"迟到的正义"是否公平引起激辩，多数认为是"大事化小""从轻发落走过场"。

请贝克汉姆当中超形象大使，眼球吸引不少，口水喷得更多，媒体几乎一面倒认为"请小贝是过度消费""驴唇不对马嘴""病急乱投医""属于没事找事"。也有媒体说："你要告我说阿富汗跳水队请伏明霞当形象大使，我觉着都比这靠谱。"

张吉龙弃选算得上足坛又一桩"大事"。公开的说法是"避免亚足联分裂"，此理明显不通。当初哈曼"摊上大事"，张吉龙临危受命代理主席，说是维护了亚足联团结，怎么竞选转正反倒造成分裂？各种吞吞吐吐、欲言又止、语意双关、指东说西，使这件事更加扑朔迷离。有资深圈内人士提出"阴谋论"被认为符合逻辑：最高体育主管部门正在下一盘大棋，以张吉龙弃选换取亚奥理事会对乒羽留在奥运会的支持，足球成了奥运金牌战略"被弃的棋子"。

与孙杨师徒反目引起的震荡性反响相比，足坛简直没"大事"。"50后"功勋教练和"90后"明星徒弟在理念、处事方式等方面的不同终于以"谈恋爱"为引子爆发冲突。因孙杨是体坛"男一号"，此前一直和老教练以"情同父子"示人，突然公开矛盾且矛盾之深令人瞠目。此二人皆属体制内人士，各种关系利益作用下，3月5日在众多媒体面前"秀和解""抱了抱"。能否和好如初，用得上李章洙的口头禅："看吧。"

还用提"刀锋战士"涉嫌枪杀女友吗？一件震惊全世界的事，中国人只能隔岸观火；

也别提摔跤因"朝中无人"被奥运会剔除了，日、俄急中国不急，只要保住乒、羽，爱谁谁；

德罗巴、阿内尔卡成功逃离上海滩还算事吗？有功夫还不如去看《逃离德黑兰》。

以前常说奥运会后一年是体育"小年"，意思是"事少""事小"，节目不好做。这才一季度，就将出这么多事，还没到事更多更热闹的全运会呢。

哪里还有体育小年啊？

(2013 年 3 月)

67. 从养蜂农民到嘉德爵士

1953年5月29日，34岁的新西兰养蜂人埃德蒙·希拉里和他的尼泊尔向导丹增登上了珠穆朗玛峰顶，他们留下英国、新西兰、尼泊尔国旗和联合国旗各一面。基督徒希拉里没有忘记放一个十字架，笃信佛教的丹增摆上一袋糖果和饼干作贡品。下撤时他们又留下一支铅笔和一个黑色小布猫。

这是人类第一次踏上世界之巅，这一划时代历史事件距今整整60年。

"我们本来打算1952年登顶的。"2000年2月，在希拉里的家里，他对我说。

1951年，一支英国登山队在珠峰南麓尼泊尔境内训练，计划第二年冲击顶峰，希拉里是队中成员。1952年英国登山队重返尼泊尔，被告知不许登山，因为瑞士人买断了全年的独家攀登权。

"我们只好在山下边训练边打探消息，知道瑞士人没能到达山顶，大家都松了一口气。"希拉里说。

这次瑞士人差一点儿创造历史：两个人到达了8595米，距顶峰不足250米。其中一人是舍巴族向导，名叫丹增。

由于法国人买断了1954年的独家攀登权，英国队知道，要想创造历史，1953年是天赐良机。

350名挑夫、20吨物资、450公里路程、6周时间，把承担登顶任务的几个队员送到了9号营地。这是最后的突击营地，距顶峰300米。四个身体最好、最有经验的人组成两个突击组，希拉里和丹增是第二组。第一组在8765米的高度因体力耗尽且所剩氧气不多，被迫下撤，他们距顶峰只差83米。

5月29日清晨6点半，第二组出发。希拉里说他无法忘记的不是一路艰险，而是登顶后的美妙感觉："我突然意识到脚下就是地球之巅，雪山、冰河和白云尽收眼底，我甚至想伸出手，看看是不是能摸到太阳。"他的确伸出了手，不是摸太阳，而是看手表：上午 11 点 30 分。

消息轰动世界，评论五花八门。作为诺贝尔祖国的媒体，瑞典《哥德堡晨报》宣称："希拉里先生除了具有坚韧不拔的意志，一定还有不同于常人的腿和肺，对此进行研究的人将获得诺贝尔医学奖。"法国《队报》以怨愤的笔触写道："希拉里使法国人 1954 年将要进行的登山探险不值一提，我们为什么不买下 1953 年的独家攀登权？"

登山队回到英国，欢呼的场面堪比第二次世界大战胜利大凯旋。刚刚登基一年的女王伊丽莎白二世接见了登山队员。39 岁的尼泊尔山民丹增成为英国永久荣誉公民，希拉里受封为爵士，同时成为最显赫的嘉德勋章爵士院的成员。嘉德勋章是英国荣誉制度的最高级别，只授予仍在世的功勋卓著的爵士，包括女王夫妇在内不超过 25 人。

成名后的希拉里全力投身于帮助舍巴人发展经济和文化。他创办了喜马拉雅基金会，亲自出马找欧洲和北美的富人为舍巴人筹钱。他的举世无双的成就和嘉德勋章院最高爵士的身份使不少人心甘情愿慷慨解囊。

1962 年，希拉里捐助的第一所小学在海拔 4 000 多米的一个山村开学，这也许是世界上海拔最高的小学。最初只有 40 个孩子，现在有 400多个。第一批孩子中，有的成了记者，有的在政府部门工作，有一位成了德国汉莎航空公司大型喷气式客机的机长。

到 20 世纪末，喜马拉雅基金会在尼泊尔的崇山峻岭中为舍巴人建立了 30 多所学校和 3 所医院，修建了许多桥梁。

希拉里和丹增经常互访，来往密切，直到 1986 年丹增因肺结核去世。丹增居住的印度尼泊尔边界大吉岭地区，因宗教纠纷爆发武装冲突，整个地区对外国人关闭。直到 1997 年，丹增的葬礼才得以举行。希拉里在丹增的雕像前对人们说："我从不认为自己是英雄，真正的英雄是丹增，他是从社会最底层登上了世界最高峰。"

2000 年 2 月是新西兰的盛夏，距奥克兰市中心不远的海滨的一所普通的平房里，埃德蒙·希拉里爵士平静地讲述着自己的故事：孤僻的童年、16 岁第一次登山才看到雪、"二战"时无所作为的皇家空军中士、穷苦的养蜂生活、妻子遭遇空难……他已年过八旬，衣着随便，深蓝色衬衣黑色长裤，言谈举止让人感到农民式的热情和淳朴。

客厅除了沙发和门窗是现代款式，其余家具、地毯和各种摆的挂的物件一律是喜马拉雅传统风格，古朴、厚重，还有些神秘，它们全都来自尼泊尔和印度。墙上醒目位置挂着一幅喜马拉雅山民的油画像。"这是丹增，1986 年他送给我的，从此我们再没见过面。"希拉里对我说。

2008 年 1 月 11 日，登山家、慈善家埃德蒙·希拉里去世。三个"1"，不知是否蕴含天意：两个人曾经并肩站在世界第一高峰之上，那时没有人比他们离天堂更近。于是 1 月 11 日这一天，命运安排两个英雄、两个朋友在天堂重聚了。

（2013 年 4 月）

附录

附录一：关于《世界体育报道》
——答某杂志记者问

记：《世界体育报道》选择的报道题材不同于我们通常理解的竞技体育，比如它报道了不少诸如赛鸽、热气球、体育舞蹈等人们所不太熟悉的体育项目，选择这样的报道题材是出于什么考虑？

师：出于对体育的认识。我不把体育只简单地理解为竞技体育，竞技体育只是体育中很小的一个部分。我把体育理解成为一种文化、一种观念的体现、一种生活方式的体现，我是希望从这个角度去解释体育。一方面，在《世界体育报道》这个节目中，我希望能够表现出国外不同的民族、不同的社会制度、不同的文化背景下人们对于体育不同的感受，通过这种表现反映各个国家不同的文化传统、不同的生活方式。这也是《世界体育报道》的主要目的。因此，这个栏目是观察不同国家文化的一个窗口，而不是为了单纯地表现比赛的胜负。但是另一方面，《世界体育报道》又不能离开体育，它必须以体育为桥梁、以体育为载体，通过体育来反映文化。

《世界体育报道》每个星期都派出自己的记者到国外采访外国著名的运动员、教练员或者体育界的领导人，也报道中国运动员在国外参加的比赛，还报道外国当地的民间体育等，反正只要和体育有关且不是发生在中国境内的事情，都是《世界体育报道》的报道对象。我的印象当中还没有一个栏目每个星期播出的都是本栏目的记者在国外实地采访并拍摄的节目，这在过去是没有的，不仅在中国没有，就是在国外也没有，包括美国的那些实力雄厚的电视台。

在节目运作的初期，我们也只是仅仅从节目的形式上去考虑，如何做到每期节目必须是自己记者采访的国外的内容。但是在做的过程当中，我们就不断地尝试摆脱纯粹报道竞技体育的习惯做法，因为体育是一个包含面很广的东西，我们不能仅仅只局限于报道竞技体育。国内的新闻媒体都在竞技体育这样一个有限的"锅"里面"炒"来"炒"去，比如"炒"足球，如果《世界体育报道》到国外也去大"炒"足球，那么这个栏目就失去了它的个性和存在价值了。我们应该把体育的报道面拓宽，把体育的内涵扩大，把体育背后的一些东西表现出来。比如去年我去匈牙利报道世界皮划艇锦标赛，以往我们的新闻媒体对这类消息的报道往往很简单，可能只是报道一下："第几届世界皮划艇锦标赛在某某地举行，我国选手参加了比赛，获得了第几名。"但是我去了以后，就拍了两集、每集长度为35分钟的片子回来，观众在看了我的节目以后，才知道原来在皮划艇的背后还有那么多的故事、那么多的花絮。他们已不仅仅是停留在只了解一项赛事这样的一个层面，而是通过节目了解到更多体育以外的东西。

《世界体育报道》的另外一个很重要的任务就是要关照比较冷门的运动项目，比如前面提到过的皮划艇。这个栏目应尽量不去刻意追逐那些被众多媒体炒作的热点或是热门项目。对于一些冷门的运动项目来说，从事这些项目的运动员或者教练员的付出并不比其他的项目少，而且即使从体育为国争光的角度出发，他们的成绩也许还要远远超过像足球这样的项目，但是他们得到的却少得多。因此，我希望《世界体育报道》栏目能够成为宣传他们的一个阵地。

关于《世界体育报道》的一个更深层次的想法是我觉得文化品位高一些的电视节目会对改变中国人性格中不太好的一面起到潜移默化的作用。比如急功近利、浮躁、图虚名、吹牛皮、好虚张声势、规则意识差等，是现在中国人当中很普遍的毛病，在当前体育上的一个明显的表现就是体育的功利色彩太重。在节目中我给观众讲述我在国外的见闻和故事的时候，不是把自己摆在说教者的位置上，我只是通过摄像机镜头和解说词告诉观众我看到了什么，我听到了什么以及我的感受，我相信老百姓会从中悟出一些东西来，而这些悟出来的东西会给他们留下深刻的印象，久而久之，希望这个节目会最终影响到中国人观念中的一些东西。

现在，《世界体育报道》主要是在文化层次比较高的这部分观众群体中比较受欢迎，而在文化程度稍低的观众群体中反应一般。有人说这个节目有一点儿阳春白雪、孤芳自赏的味道，但是我觉得应该坚持这一点，因为电视除了其他的功能以外，还应该担负起提升人们文化品位的责任，不能一味地为追逐潮流而媚俗，不能一味地因为老百姓喜欢某一类节目而一哄而上，不能因为老百姓喜欢《非常男女》，于是各家电视台便争相效仿。我不愿意追这个潮流。第一个办出《非常男女》的人是电视高才，一哄而上争相仿效的人充其量是个电视匠人。我以为《世界体育报道》是体育节目中开风气之先的，全世界都没有这样的节目，以体育为载体谈文化、普及文化。当然，所有体育节目都按这个路子走也不行，但没有这类节目似乎又缺点儿什么，毕竟将来大家都应该是有文化的，现在部分群体没有文化是由于历史原因造成的。有一点可以肯定，低俗不是一种文明的表现，因而媚俗也是一种不文明的标志，电视节目不能都去适应低俗，应该有些节目起到提升人们的文化品位和修养的作用。

记：从采访的角度来说，非竞技体育和竞技体育的报道有何不同？

师：《世界体育报道》更多表现的是赛场外的东西，即使是竞技体育，我们也不太注重比分或者结果，而是侧重于过程的展示，并在这个过程中表现人们如何努力地塑造自我、如何体现人的价值。因此，《世界体育报道》的采访和报道更关注过程以及事件当中人的想法和做法。

起初，我自己也并没有很清楚地意识到这一点，完全是迫不得已、自然而然就这么做了。1995 年我去德国采访，有好几项内容，其中有一场德国和保加利亚的足球比赛，施拉普纳建议我一定要采访这场比赛，说它多么多么重要。说实在的我兴趣不大，因为这场比赛 1995 年 11 月中旬在柏林举行，而我们的节目播出时间是两个月以后的 1996 年 1 月。但施拉普纳说已经和德国足协联系好了，不去采访不合适。于是我没有把注意力放在采访和报道这场比赛本身，而是拍了许多球场外的东西，包括德国队举行的新闻发布会、德国队和保加利亚队的赛前训练、两国球迷在场外的"斗嘴"，还包括哈斯勒在赛前回母校和师生见面的场景，而真正的比赛画面很少。这期节目播出以后，给人耳目一新的感觉，我们才意识到原来在体育的背后，而且是在人们所熟悉的竞技体育、所熟悉的足球的背后，还有那么多不为人知的故事，这才是我们的广阔天地。于是从那时起，《世界体育报道》便沿着这样的一个路子发展至今。

记：在国外采访是不是比国内采访难度要大得多？

师：不仅难度大，而且更辛苦。国内的采访在语言、住宿、交通等方面比较方便，而且因为中央电视台的影响力，所以在通常情况下，采访容易些。但是到了国外，一方面，中央电视台的影响力远不能和国内相比，而且中国在很多体育项目上的落后也让记者在采访这些项目时有些底气不足。另一方面，记者在国外除了要完成采访任务以外，还必须花费很大的精力去应付吃、住、行等琐碎的事情，而且要能够适应时空上的变化。去年9月我去匈牙利、克罗地亚和白俄罗斯三国，一共做了六个节目，在这三个国家的采访总共花了21天，去掉出国和回国在飞机上的两天，工作时间是19天。在这期间，我飞了10个航班，住了9个酒店，其中还在法兰克福机场的凳子上盖着报纸睡了一宿。所有这些，都是记者在国外采访时必须面对的问题。

记：在采访过程中，由于翻译的存在，会不会影响到记者和被采访者之间的交流，以至于造成一定的信息损耗甚至误传？如果这样，有没有什么办法可以弥补？

师：这种情况肯定是存在的，我也经常能够从翻译的话当中听出来一些不准确或者不恰当、不合理的地方，最好的弥补方法就是记者自己精通采访所需要的语言。但是因为《世界体育报道》的采访遍布世界各地，因此要求一个记者精通多种语言是不可能的。对于我来说，也只是能用英语和别人作一般的交流沟通，如果作面对面的正式采访远远不够，因为正式的电视采访和底下聊天不同，必须非常流利、准确，合乎语法，不能够磕磕巴巴，如果那样，采访的效果肯定不会很好。对于《世界体育报道》的记者，我们希望最好懂英语，但是根本做不到。

除了语言以外，记者还必须具备其他很多的素质。比如《世界体育报道》有一个记者，他的英语不行，但是他的镜头感特别好，他做出来的片子看着很舒服，而且特别能够吃苦，对工作特别认真，在这种情况下，虽然他的英语不过关，但是我还是宁愿选择他，可以配一个好翻译嘛。我不会选择那些英语很好，但是工作不努力的人。当然如果二者兼备，那是最好的。

记：在你采访的对象当中，无论是运动员、教练员，还是体育官员，他们不少是国外的体育界名人，在采访的心态上如何把握？

师：不卑不亢。无论是采访萨马兰奇、阿维兰热、贝肯鲍尔，或者是贝利这些著名人物，还是那些没有名气或者名气较小的人，我都只把自己当做一名记者，一名代表中国国家电视台的记者，而他们只是我的采访对象。无论是什么人，只要他坐在我的面前接受我的采访，那么我们彼此双方就应该是平等的。

记：对那些知名人士，接受记者的采访是家常便饭。从这个角度来说，他们是经验丰富的被采访者。如果记者的采访功力不够或者提问不到位，他们就有可能敷衍了事，那么有什么办法能让他们认真地接受采访、认真地回答记者的问题？

师：首先，要对被采访者的经历，在体育方面的贡献和发生过的重大事件要特别了解，要想让他认真地接受采访，记者就不能再问一些诸如"你取得过什么冠军"之类的简单问题，记者必须想方设法向他传递这样一个信息：我了解你，而且很详细。这样才会引起他对记者的注意。我在德国采访拜仁慕尼黑俱乐部主席贝肯鲍尔时，我的第一个问题就提到他是第一个既作为队员、又作为主教练获得过世界杯的足坛人士，第二个问题是关于阿维兰热认为他是国际足联主席的合格候选人的，在听到这番话后，他便知道记者对他还是很了解的，于是记者下面的采访也就顺利了许多。贝肯鲍尔原打算只谈10分钟，结果实际上采访了20分钟。

其次，记者的问题要经过周密的准备和考虑，在采访之前，应该根据采访的目的和想了解的内容，精心设计好一份采访提纲，采访提纲的思路要明确，这样也便于被采访者在回答问题的时候能够很好地切中要害，提高采访的有效性。当然在采访过程中，记者也不必过分拘泥于采访提纲，要善于在被采访者的回答中发现新的问题，这样才能真正地达到和被采访者的双向交流和沟通。

记者还要尽可能快地和被采访者找到感情上的共通点，在采访马特乌斯的时候，我一上来就告诉他："在中国知道你的人比德国全国的人口还要多。"他的反应先是一愣，接着马上就明白了，脸上浮上一层满意的微笑。这样我和他之间的距离一下子就拉得很近，接下来的采访也就变得容易了。

记：《世界体育报道》的采访和报道主要可以分成两类：事件采访和人物采访，它们各自的侧重点有何不同？

师：通常我都是把人物放在事件里面去报道，在报道事件的时候，我又尽可能地在事件中穿插人物、表现人物，希望通过人物的言行来表现和丰富这个事件，我尽可能地把人物和事件糅合在一起。人因事显，事因人生。

记：在采访的过程中，如何处理采访提纲和现场应变的关系？

师：事先拟订的采访提纲不能成为采访过程中限制记者主动性的框框，应该随时根据采访进程中的变化对自己的采访提纲作出适当的调整。有的记者准备好一份采访提纲以后，在采访中就简单地把问题一个一个地抛给被采访者，根本不考虑采访环境和采访对象的变化，这样就失去了交流感和互动性，容易让被采访者产生应付了事的想法。

临场发挥主要应根据采访环境和采访人物的特定变化。在采访过程中，记者要认真聆听被采访者的回答，并善于从他的回答中引发出新的问题，因为被采访者的回答中经常会有一些记者意想不到而且很精彩的地方，记者对于这些要特别敏感和留意，并且现场的反应要快，思路要跟得上。

记者当然可以由被采访者在现场的一句话、一个表情乃至一个动作引发超出采访提纲的新的问题，但是要记住不要因此就偏离了主要的采访目的，要在适当的时候把采访的话题重新引回到原先的主题上。

记：在你的采访当中，感觉细节抓得非常好，你为什么那么重视细节，在实践中又是怎么做的？

师：细节是最能体现人的个性或者本质的东西，是最真实的东西，像阿维兰热在接受我们的采访时，电话铃响了，他起身去接电话，结果把话筒拿倒了，我们把这样的细节展示给观众，没有人说我们对他不尊重，反而大家觉得这个老人也是一个普通人，他也会有常人生活中的小失误，这样观众就会觉得更加真实，更加亲切。

为了抓细节，我对摄像师的要求是"不停机"。比如说阿维兰热拿倒话筒的细节，如果摄像师认为接电话与采访无关因而停机了，那么这个细节就会被遗漏。抓细节需要记者和摄像师很好地配合。同样是在采访阿维兰热的汽车公司时，我注意到阿维兰热走过去要和一个正在冲洗汽车的老工人握手，但是摄像师没注意到，他在拍另一辆汽车，我急忙提醒他把镜头转过来，这样才没有把这个细节丢掉，因为镜头摇得有点儿快，因此从摄影的角度来看，这个画面是失败的，因为它不合乎通常的规范，但是后来回过头去看，这个细节却产生了一种意想不到的效果，令人信服地表现了阿维兰热平易近人的品格。

谁都会碰到细节，有些人不太注意或者不太重视它们，而我不仅把它们记录下来，还要在我的节目中把它们表现出来，展示给观众。

记：注重采访中的细节是否就是你的一种风格?

师：在采访中强调细节是我比较注重的一个方面，我强调在采访中要记录人物活动和事件发展的过程，并且把这个过程中吸引人的细节尽可能多地展示给观众。因为在我们的生活当中，那些惊天动地、轰轰烈烈的事情毕竟是少数，更多更常见的是那些日常琐事，如何从这些点点滴滴的小事中提炼出生活中最本质、最真实的东西，并且在电视屏幕上展示给观众，这一点看似简单，其实却是考验和衡量记者功力是否深厚的一个重要标准。细节并不是那些可以让我们任意忽略的东西，当然也不是从生活中任意取得的东西都可以作为表现主题的细节展示给观众，那样只不过是一种资料的简单罗列，不能表达和传递记者的思想和情感，所以细节的采用也要经过记者精心的选择，把它们在节目中合理、有序地组合起来，以表达一种完整的思想。

除了强调细节以外，我觉得我采访时的心态比较轻松，我用比较轻松乐观的心态去观察世界。同样的一个事情，在别人看来可能比较沉闷乏味，我却往往会从中发现让人觉得轻松愉快的东西，这也许和我的性格有很大的关系。我从小就有这样一个特点，一件别人说起来干巴巴的事情经我一叙述，可能就会变得有声有色。另外，也许是因为历史太悠久，封建社会时间太长的缘故，我觉得中国文化有一种说不清道不明的沉重、僵硬的感觉，我比较喜欢用轻松、乐观的心态去表达。

再一点是我强调叙事，在叙事的过程中没有一点儿记者自己主观的感受是不可能的，但是我尽量把感受和观点穿插在事件当中，寓理于事，我是通过讲故事的方式来传达我的观点。我始终记得一位外国导演说的话："政治影片不是一部讨论政治的影片，而是一部改变着许多人对某件事看法的影片，世界上最政治性的影片可以是一部其中没有一句政治术语的影片，它应该把观众不知不觉地引到目的地。"这位导演的名字我记不住了，但他的话却对我影响很大。他对于宣传的理解比我们领导宣传和具体搞宣传的人的理解要高明不知多少倍。

记：我听说当初和你一起活跃在采访一线的记者大部分都已经退居二线了，而你现在还坚持经常去现场采访，是出于一种什么动力？

师：确实，在我这个年纪的很多人已经退居二线了，很多人说现在像你这把岁数还坐在编辑机前的人真是不多了，我之所以还坚持去现场采访，一方面是因为始终对外部世界保持着一种好奇心，做出来的节目能够得到观众的认可，自己也有一种满足感。另一方面就是出于一种对栏目本身的考虑，如果我现在不做节目，栏目的质量可能会受到一定影响。我也希望把更多的精力放在节目的整体策划和包装上面，但是现在不行。我在《世界体育报道》的记者当中，虽然年纪最大，但是我的体力和精力还允许我继续去一线采访，而且我的效率高于年轻人。

记：问一个和《世界体育报道》没有直接关系的问题。现在年青一代的记者和主持人中间，锋芒毕露式的风格比较普遍，他们一般都喜欢用问题去刺激采访对象，他们认为这样才能获得更加真实、更加鲜活的信息，你对于这种观点怎么看？

师：首先我并没有发现在年轻记者当中有这样一个普遍现象。充其量是个别人偶尔为之。另外，"刺激"这个词不够准确。如果指的是"尖锐"，那没有什么不好。如果是有"挑衅"的含义，那就值得商榷。我理解的"刺激"也许是介于"尖锐"和"挑衅"之间，不知是不是这样？如果是这样，关键是把握好其中的"度"。在通常的情况下，我觉得一次成功的采访需要记者和被采访者双方的合作，需要记者把问题问到位。比如意大利记者法拉齐，她的问题问得尖锐，但不挑衅，不是在那里"设套"或者是"挑刺儿"。她曾经采访过邓小平，作为一名西方记者，本来她可以在很多问题上向邓小平挑战，但是她不那么做。因此作为记者，我不是把注意力放在使问题更刺激上，而是在使问题更准确方面多下工夫。

当然，在提问的时候，我的有些问题有时也会让被采访者觉得比较难受，但是他会觉得我的态度是友善的。我在东京采访汪嘉伟的时候，问过他有关假张瑜当年给他写信的事情，我是通过一种友善而且轻松的方式说的："那时候你那么红，肯定有不少人给你写信，好像也有女孩子冒充别人写点儿信，闹得沸沸扬扬的。"他一听这个问题就明白是怎么回事，说："这些东西有时候都不愿意想起来，现在脸上都是皱纹了。"在这个时候，我充分尊重被采访者，因而不是把问题问得那么直白、简单。

如果要提一些刺激性的问题，应该考虑到具体的采访对象，在《体育沙龙》直播采访郑海霞的时候，我问过她的婚姻问题，这个问题对常人来说都不好开口，对于郑海霞更是一个敏感的问题，或者说有点儿刺激性。在采访之前我了解到她的性格很爽朗，而且我也在直播之前告诉她我会在采访中问到她的婚姻问题，她同意了。我想如果我不知道她是这样的一种性格并且预先跟她打过招呼，我是不会去问她这个问题的。

记：在多年的记者生涯特别是有这么丰富的国外采访经历以后，你觉得对于一个记者来说，在采访方面最重要的、或者最应该牢记的经验是什么？

师：我通常把自己摆在一个客观的位置上，不带框框地去采访，不是先入为主，而是通过自己的提问和亲眼所见到的事情去反映和表现人和事，不能先入为主地事先就在自己的脑子里作一个判断，这样客观性就会有所下降，容易造成采访和报道的偏差或者失误。

无论在什么时候或者在什么地方，我的身份只是一个采访者、一个叙事者、一个提问者，不是监督员或者管理员，更不是裁判和法官。如果你想在屏幕上表现出是正义的化身，是真理的代言人，往往适得其反。

（1999年5月）

附录二:《走希腊》及其他
——答某杂志记者问

记:你应该算是一个老体育人吧?

师:可算可不算。如果算,就得从当兵的时候说起。当时是"文化大革命",地方专业运动队都打烂了,体育比赛以及文艺演出,主要依靠部队业余球队、文艺宣传队在那儿撑着,文艺体育的尖子人才大部分都被军队收容了。那时驻新疆的一支野战部队,后来知道这个部队的前身是八路军359旅,他们到我插队的山西省孝义县招兵,把我招去了,到了这个部队的一个步兵团。团里有个篮球队,非常厉害,在整个新疆可以说从军队到地方没有对手。这很不容易,我们都是连队的战士啊,只是有比赛任务的时候集训,平时都分散在班排里,普通一兵,练射击、刺杀、投弹、单兵战术,站岗放哨、野营拉练、参加军事演习、进天山修战备公路,还要进行农副业生产,种白菜、西红柿、辣椒、黄瓜、茄子、西葫芦、扁豆……北方的菜我都种过。还种过麦子、老玉米、西瓜、哈密瓜。连队里还有养猪的、放羊的,只有这两样活儿我没干过,但是起羊圈、割猪草是经常要干的。对了,还有政治学习哪,雷打不动,学"毛选"、学《共产党宣言》,还学什么《哥达纲领批判》,书名你都没听说过吧?要写心得体会,农村兵也一样,批林批孔嘛,容易吗?

记:为什么又说"可不算"呢?

师:因为通常意义上的体育人好像应该指的是专业体育工作者,这样的话我太业余了,就不能算。

记:但你是体育记者。

师:那是后来,才20多年,跟更多体育人比起来也不很老。

记:你是你们团篮球队的?

师:一直是板凳队员。当兵前我在农村插队,是农民,没受过什么正规篮球训练，只是在知青和农民中还算一号。接兵部队听说我打篮球还可以，点名要我。那是冬天，农闲，我回了北京。在家里接到同学从公社给我打电话，那时公社都是那种手摇的电话，摇通县里的总机，让总机接长途。家里也没电话，电话打到我们院儿的传达室，传达室老头儿再到家里叫我。同学在电话里叫我赶紧回村里去，说新疆的部队叫我去当兵，所以我赶紧跑回去了。回到村里实际上征兵已经结束了，体检的设备都撤了，但是县医院有两个负责体检的医生还没走。接兵部队一个连长，姓张，1959年入伍的甘肃兵，领着我找到这俩医生补体检手续。填完表，没法儿检哪，连视力表都摘走了。实际上也就没体检，身高、体重、血压、脉搏，还有血型，我说啥是啥，因为我知道。视力多少？我说1.5。医生有点儿犹豫，指着墙上一张纸让我捂上一只眼念："马克思主义的道理千条万绪，归根结底就是一句话：造反有理。"然后捂上另一只眼，又念了另一张纸"伟大的导师、伟大的领袖、伟大的统帅、伟大的舵手毛主席万岁万岁万万岁!"填完表，俩医生谁也不签字，互相推。连长笑了，说："签了吧，你们放心，我们退哪个兵也不会退这个。"结果推来推去，俩人一块儿签的字。

记：那是哪一年的事情？

师：1970年，到现在也有35年了。在部队里一呆就是将近6年，开始打篮球，后来骑马把锁骨摔断了，好了以后就改打排球。1976年复员，就进了电视台。开始在总编室，后来到了新闻部。

记：一直就在中央电视台工作吗？

师：是。从1976年，当时叫北京电视台。1983年成立体育部以后，我才从新闻部调到体育部。

记：调你去体育部是不是因为你有体育特长？

师：应该是吧，因为我喜欢体育。

记：是不是可以说你的体育记者生涯，是伴随着中央电视台体育部的成长发展走过来的？

师：可以这么说。我到台里的时候，没有体育组，只有两三个搞卫生与健康节目的编辑，兼搞体育节目，体育节目是副业。后来成立体育组，往多了说也超不过五六个人。1983年成立体育部，陆续从台内外调了几个人，加上原有的那几位，我记得我是体育部的第13人。现在都上千人了。

记：宋世雄、韩乔生都在你以后？

师：对，晚两年左右吧。

记：这么些年体育解说最大的变化是什么？你最欣赏什么样的解说风格？

师：大的变化至少有两点吧。第一，廓清了电视解说与广播解说的区别，明确了电视解说应该是评述结合。第二，基本做到了在大项目上专人专项，至少在央视是这样。最欣赏的解说风格很难讲，大家其实差别不是很大，有的专业知识和语言表达能力、感染力强一些，有的稍差。

记：你参加过多少次奥运会的报道？

师：奥运会？我在前方参加了四届奥运会，在后方参加了一届。1988 年汉城、1992 年巴塞罗那、1996 年亚特兰大，我都是到了前方。2000 年悉尼我没有去，在后方。去年又去了希腊。亚运会我参加了三届，1990 年、1994 年、1998 年。全运会我参加了两届，1993 年、1997 年。1984 年中国第一次参加奥运会，中央电视台报道团队总共五个人，其中两个人分别是台长和外事处长，体育部才去三个人，俩记者，一个编辑。既没经验更没实力，就是到那儿给传传比赛、传传新闻，有没有直播我都没有印象了。

记：也就是说从 1988 年汉城奥运会开始，才是中央电视台体育部真正有了完整意义上的自制节目？

师：对，要自拍自编，而且要有新闻，有专题，有固定的栏目，每天还要有一定的数量，这才叫有自制节目。

记：汉城奥运会一共自制了多少小时的节目？

师：没有多少，16 天，可能都没有 100 个小时的节目。因为那时没有体育频道，中央电视台只有两套节目，不可能太多地占用别的节目时间，即使是奥运会。有想看电视剧、电影的，还有其他的专题也不能都给人家冲了吧。大量上体育节目只是在 1995 年体育频道开播之后，这个频道全是体育节目，有了平台了，有多少节目就都可以上了。

记：去汉城的央视报道组多少人？

师：18 人。

记：去年去雅典有多少人？

师：大概 150 多人。

记：去雅典是不是央视奥运报道派出人员最多的一次？

师：每一届都比上一届的人多。1984 年 5 个人，1988 年 18 个人，1992 年 28 个人，1996 年 50 多人，不到 60 人，2000 年就是百人出头，2004 年就有 150 多人。

记：除了大型综合性运动会，你应该还参加过很多其他赛事的报道吧？

师：当然。像世界乒乓球锦标赛、世界杯、欧洲杯，还有跳伞、赛艇、NBA 总决赛以及其他一些赛事。制作《世界体育报道》，到国外采访著名的体育人物或者是很普通的老百姓，讲述他们的体育故事。采访过的大人物有当时的国际奥委会主席萨马兰奇、前国际足联主席阿维兰热、球王贝利、足球皇帝贝肯鲍尔、拳王霍利菲尔德，还有施瓦辛格、布拉泽维奇、瓦尔德内尔等，一些著名的足球俱乐部我也采访过，像巴西的圣保罗、阿根廷的河床、德国的拜仁慕尼黑等。

记：有没有统计过你参加过多少赛事？

师：没有统计过，但是如果说到次数，我不是最多的。应该说次数最多的是播音员，就是现场解说员，就那么几个人，每次他们必不可少。但是编导毕竟人比较多，轮来轮去的，外出机会少多了。

记：但是像你这样深入采访过那么多的著名体育人物，在电视节目里告诉我们那么多有趣的故事，我觉得央视体育频道恐怕没有人能跟你比，你没打算出一本书吗？

师：有人这么建议过，因为像这么多的名人、这么多的地方、涉及这么多的层面，而且像这样比较长时间深入的采访，确实他们都没有。但我这人比较懒，另外，电视节目做时间长了，不会写稿子了，所以一直没想过这事。

记：你已经参加五届奥运会了，能不能谈谈五届奥运会或者是五个主办城市给你留下的最深印象？

师：汉城奥运会是我第一次参加这么重大的国际赛事，也是第一次去韩国，当时咱们叫南朝鲜。咱们只承认朝鲜，认为南朝鲜只不过是美帝的一个附庸，不是一个国家，"冷战"思维嘛。虽然咱们去了，但是在外交上没有给它承认，因此对中国人来讲这个国家、这个地区还是很陌生的。结果去了以后，看到韩国那种经济的发达，人民生活的富足，给人一种震撼。当时我最惊奇的，一个是整洁漂亮、汽车如梭的市容和琳琅满目、应有尽有的市场，再一个就是老百姓的行为举止文明、自信、有教养。过去一说资本主义国家、资本主义社会的人，咱们宣传所造成的印象就是穷困、失业、治安很差、社会动荡等。"世界上还有2/3的人生活在水深火热之中"指的就是包括韩国这样的国家。但是到了那里，才知道事实完全是另一个样子，很规矩、很有秩序，社会文明程度远在我们之上。我举一个很小的例子，无论在闹市，还是在比较偏的区域，所有的行人都严守交规，即使绿灯的方向上没有汽车通过，但是行人走的方向是红灯，也没有一个人走。不是路口有警察管着不敢走，你根本看不到警察，是老百姓自觉地遵纪守法，有公德，有秩序。中国人即使到了现在，即使在北京，所谓"首善之都"，老百姓也做不到红灯停、绿灯行。长安街警察多，协警也多，还好点儿。其他地方，我一看没车，虽然是红灯，我也不会等，肯定要过去，很多人都是这样，对吧？再一个就是在汉城，我第一次接触了奥运志愿者，我不知道他们怎么来的，但是我觉得这些志愿者服务热情、待人有礼，让我觉得挺舒服。中国文化在韩国有很大的影响，街上的招牌经常能够看到汉字。虽然两国没有正式外交关系，严格来讲，因为朝鲜战争和长期冷战，两国实际上还是一种敌对状态，但是普通老百姓对中国人像亲戚一样的那种亲切感，让我印象很深。

巴塞罗那倒有点儿相反的意思了。按理说西班牙是西方国家，去之前给人的感觉，好像西方国家应该是比较发达的。但是我去了巴塞罗那以后，感觉某些方面还不如韩国，特别是老百姓居住的地方，很多条件比较差，这让我觉得挺意外的。再一个就是巴塞罗那及其所属的加泰罗尼亚地区普通民众强烈的民族意识令人吃惊。国际奥委会的正式材料介绍，加泰罗尼亚过去是一个独立的国家，后来被西班牙占了，成了一个大区。这个区有区旗，像西班牙国旗一样也是红黄两色。但是西班牙国旗是两边红中间黄，加泰罗尼亚区旗是五条红道。有加泰罗尼亚人跟我说，这个旗子的意思是当年有一个英雄为了表明不屈服于西班牙人，把自己的心脏掏出来，然后用他的血手在黄色的衣服袖子上划了一下，五个血指头留下了五条红道。不止一个巴塞罗那人说，他们讨厌西班牙人，

"我们有自己的语言，我们不认为自己是西班牙人"。这是原话。让我同样吃惊的是西班牙能够在这个有着强烈分离意识的区举办奥运会，当然与巴塞罗那是萨马兰奇的家乡有很大关系，另外可能也是西班牙政府很自信、有把握。我记得刚到巴塞罗那的时候，一出机舱门，就看见机场大厅、通道、商店都贴着通缉令，通缉当地的恐怖分子，男男女女大概有十来个人，写着哪哪哪发生了什么事件，谁谁谁干的，说明这里实际上是巴斯克分离主义组织活动非常猖獗的一个地区。他们一直对西班牙的统治不满，一直想闹独立。但是西班牙不怕，它选择在这儿开奥运会。再一个要说的是卡洛斯国王的平易近人。国王看乒乓球去，场馆里没有贵宾席，包括萨马兰奇，就坐在观众席。大家看到国王进来，起立鼓掌，然后又坐下看比赛，不是不坐贵宾席，是根本就没有。在咱们这里建场馆，就要考虑哪些位置是哪个级别的人坐，一定要设计进去。

　　1996 年的亚特兰大奥运会是给我印象最差的一次。虽然它是在世界上头号强国美国举办，但是美国人的老大、傲慢，在那届奥运会上让很多人很反感。新闻中心以及周边场馆的交通混乱到了不可容忍的程度，记者和观众苦不堪言，今天让你停在这儿，明天让你停在那儿，亚特兰大的 7 月是最热的时候，今天你还在这里上车，明天你来了，却告诉你不是这儿，是另一个地方，拐过街角再走 200 米。几乎天天变，警察根本不作任何解释，大太阳底下就让你来回地走来走去，没有不骂的，包括西方国家的记者、美国记者和普通观众，无不怨声载道。萨马兰奇每一届奥运会都要说，这是我看到的最成功的奥运会，从开幕式就开始说，最伟大的开幕式或者是最成功的开幕式。惟独在亚特兰大没说这句话，而且在记者采访时，萨马兰奇表露出对 2000 年悉尼奥运会的担心，为什么呢？因为悉尼奥运会也类似美国这样，不是由国家来承办，完全是私人。美国 1984 年尤伯罗思通过私人办奥运，第一次办成了一个赚钱的奥运会，在以前几乎快没人承办了，谁办谁赔钱。只有他，通过商业运作，引入了许多赞助商，虽然苏联等国抵制，但是他却办成了挣钱的奥运会。于是 1996 年亚特兰大仍旧按照这一套来做，但是正因为是这样，所以能省钱就省钱，能不花钱就不花钱。节约没错，但该花的还是得花。由于奥运会完全办成了私营性的，政府的介入、政府的行政手段几乎就看不到，因此萨马兰奇在亚特兰大一看这么乱，有的时候班车也误点，该参加比赛的运动员也到不了场地，就表示对 2000 年悉尼奥运会的某种担忧。亚特兰大等于给悉尼提了个醒，悉尼大大加强了政府的作用，奥运会办得确实很成功，非常棒。

悉尼奥运会，我没有到前方去，但是对澳大利亚的了解比去一次奥运会要多多了，因为 1990 年年底到 1991 年中我在澳大利亚待了半年。在悉尼的 ABC 电视台总部，先是体育部，然后到 ABC 位于墨尔本的澳广中文部，待了三个月。我当时对悉尼的印象就是人人都在锻炼。普通人锻炼的风气和场地设施的平民化，深入到百姓居住的社区，骑车、快走、打澳式橄榄球的，打板球的，排球、篮球，锻炼风气特别好，是真正的一种全民健身。

然后就是雅典奥运会。我负责一个节目《走希腊》，实际上就是介绍希腊文化、历史、民风民俗。

记：这跟体育有什么关系呢？

师：对呀，跟体育没有什么直接关系，但是因为希腊在当今国际社会不是一个总有热点、非常受人关注的国家。一提到希腊，都是拿古代奥林匹克发源地说事，其他没什么可提的。尽管都知道希腊，听说过希腊神话，普罗米修斯、雅典娜、特洛伊木马什么的，但是到底怎么回事并不清楚。现代希腊和古代希腊是怎样一种传承的关系，古希腊文明对近现代西方文明有多大的影响，百姓并不知道，于是就需要有这样一个节目。实际上这个节目看起来好像与体育没有直接关系，但是从更广阔的文化历史的角度上，来帮助你了解奥运会的历史，了解雅典奥运会。因此这个节目很受欢迎。奥运会期间，我们四个人带一台摄像机，半个希腊走了一遍，每天拿出一个 16 分钟的节目。

记：都是现做现发回来，然后及时播出？

师：现拍、现编、现写词、现配解说。

记：都是在希腊完成的？

师：对，每一幅画面都是。

记：效率非常高。

师：确实是，回来以后不止一个人说，50 多岁的人哪还有像你这样干的。摄像师是个小伙子，哭了两次，确实辛苦，非常累，再一个可能也是想家想女朋友吧。我们自己开车，一共 40 天，行程 4 300 公里。我们租的一辆菲亚特面包车，一上车先把里程表归零，我说：看看咱们这次到底走多远。4 300公里。坐海轮1 000多海里，拍了40多小时的素材，编出的节目一共播出了16天，每天播出大约16分钟，总共制作了4小时的节目。

记：之前你要查阅大量资料？

师：是呀，我为了了解希腊历史，专门找了一本世界通史上册《古希腊部分》，硬着头皮看，看不下去，年代、人名、地名、信仰等，太遥远了，传说是怎么回事，实际上怎么回事，整个是一锅粥，根本看不进去。然后走了一圈希腊回来之后，那本书还在我的床头柜上，我再拿起一看，都能看懂，非常有意思。因为到了那些地方就都清楚了，是怎么怎么回事，再看书，噢，这段不是说的就是我去的那个地方嘛，那个地方就是这么说的，跟我在那里了解的一样。

记：所以学习历史最好亲自去看一看。

师：这个节目应该很大程度上得益于我在那里请的翻译兼主持人罗彤，是一位从北京去的女士，到希腊留学，在希腊已经14年了，希腊语特别好，对希腊的文化、戏剧、风情、民俗等都非常熟悉。她过去是中央戏剧学院导演系的学生，没有毕业就到希腊去留学，刚去的时候一个单词都不会，希腊字母都不会写。她的父亲是中央戏剧学院的教授，她的爷爷是罗念生，中国研究古希腊文化的第一权威。去年邓小平诞辰100周年，她爷爷也诞辰100周年，中国出了一套邓小平的纪念邮票，也出了一套罗念生诞辰百年纪念邮票，人物邮票就这么两套。1989年她去希腊时，她的爷爷还活着。

记：你怎么找到她的？

师：很偶然的机会，别人推荐的。同时推荐了好几个人，其他的人都没有去过或者没有长期在希腊生活的经验，都是那种书本上研究古希腊语的老专家。本来懂希腊语的人在中国就很少，能够在希腊长期生活的人更难找，而且长期生活你不能是个打工的、开餐馆的，就是找到这种人，他的知识层次也无法胜任。罗彤是专门研究希腊戏剧的，原来在中央戏剧学院上学，到了希腊学的又是希腊戏剧，现在又在雅典大学教希腊学生学习中文，所以这个人非常合适。我在去雅典之前，特意把她请到北京，由中央电视台掏钱给她买的飞机票，请到北京跟她见面，好好聊了聊，到底都有哪些东西，她提供了很多采访的素材，然后我再根据电视节目的需要和我的理解，两个人多次切磋，她回到希腊以后，给我做了一份非常详细的采访提纲，几号到哪里，几号采访什么，路程从哪里到哪里，多少公里，上午做什么，下午做什么，非常详细。去了之后，当天晚上到雅典，第二天就租车出发了，完全按照她的时间表来做的这个节目。所以如果没有这些前期的准备，根本就做不了这档节目。

记：你非常幸运，要不然不可能有每天 16 分钟那么深入的采访报道节目。

师：对，只能是浮光掠影、浮皮潦草的一些内容，根本不可能有深入的了解，有很多东西都是罗彤介绍的，她知道需要拍什么，知道应该去哪里，应该采访谁，都是她联系好的，不是说去了再联系，她预先都联系好了。因为她在希腊，由于她爷爷在希腊文化界非常受敬重，所以在希腊的上层有很多关系，有许多的渠道，所有的希腊古建筑都有文物保护措施，或者不允许拍摄，或者是不允许拿专业大机器拍摄。需要从国家文化部得到拍摄许可证，到哪里去都需要拿给人家看，如果没有她来提前做好这些准备，根本不可能搞这套节目。

记：所以真正在雅典奥运会期间，实际上你没有去报道比赛。

师：对。只是做了一个有关希腊历史文化、当代风情，当然也包括一些体育内容的节目。

记：实际拍摄用了多少天？

师：我比其他人早去几天，因为我要去外地拍摄这么多的东西，每天 16 分钟节目，我要提前拍到素材，提前编辑。8 月 13 日开幕，我是 7 月 21 日到的，其他人大概是 7 月 29 日和 8 月 6 日分两批去的。我一到雅典就到外地去了，然后转了 20 天，拍了大量素材，回到雅典编辑节目的时候，奥运会当天晚上要开幕，有一个小伙子来采访我，问我："师老师，您去了那么多届的奥运会了，今天晚上就要开幕了，您谈谈感想吧，是不是特别激动、兴奋呀？"我说："我毫无这个感觉，我觉得奥运会就是一个苦活儿、累活儿，一点儿都没觉得兴奋，一点儿都没有激动。"他说："我采访别人，人家可是都说特激动、特兴奋。"我说："我确实没有这种感觉。"小伙子悻悻然走了。过一会儿他告诉我，师老师，刚才采访您的内容都在新闻里播出去了，我说："怎么这么就播出去了，你要是希望我说点儿其他的话，兴奋呀、激动呀，我也可以说。"他说："别别别，您说的最真实了，好。其他的人都说特激动呀什么的，大家差不多，就您说的特真实。"

记：体育频道以前是不是没有做过这样配合奥运会的比较深入的人文类型的节目？

师：没有。

记：是你的创意吗？

师：这个主意不是我想的，是几位领导合计的，只不过有一天头儿找到我，说这活儿别人干不了，还需要你出山，给你派一个摄像，一个编辑。整个奥运会期间，我没有看过任何一场比赛，没有去过任何一个比赛场馆，但是所有的人都羡慕我：师老师怎么不带我去呀，下次要带着我呀！我说：哪儿还有下次啊。

记：但是这次希腊有一个最大的问题，就是通信网络非常落后，你每天发节目感受到了吗？

师：没有。我没有觉得通讯网络落后。

记：据我看到的一些新闻报道，新闻记者到新闻中心发稿、发图片很慢，发不出去，

师：这我不知道。我们在国际电视广播中心很方便，没有这个感觉。

记：2008年北京奥运会还有三年，原来提出的口号好像有了些变化，你怎么看？

师：我觉得"人文奥运""科技奥运"和"绿色奥运"的提法，是当时作为北京申办口号提出来的。作为一种我们想努力的目标，我们想要达到的标准，应该说有一定的道理。但是反过来说，既然提出的口号是表明将来要达到的目标，就说明现在没有达到这个目标。其他一些发达国家，我想他们不会提出这样的口号，因为他们已经达到这个目标了。人文、绿色或者科技在他们那里不是问题，就说明在我们这里是个问题。或者换一个角度讲，你把自己的软肋当做一个目标，把自己的不足当一个目标提出来，我觉得好像从这个角度看又不是一个特别合适的口号。但是因为当时是申办，出发点是迅速消除人家对我们的担忧，你不是说我人权不好、环境不好、科技水平低吗？我就要办一个人文奥运、绿色奥运、科技奥运让你看看。当时可能也想不出一个其他更合适的口号了。

推举奥运口号的会议我参加了，好多口号，群众中征集来的，假大空居多，现在也记不清了，总之一个也没用上。我当时建议就用马丁·路德·金的名言"I have a dream"（"我有一个梦"），没有被采纳。后来北京公布奥运主题口号"One world，One dream"（"同一个世界，同一个梦想"），我还想，这不是跟我提那个建议差不多吗？现在这个口号应该说，更能够为国际社会所接受，而且比以前站得高度也更高了。

记：现在这个口号是最新提出来的？

师：对。今年提出来的。这个叫北京奥运会口号，那个叫申办口号。应该说在申办以及筹办过程中，中国人对奥运会的理解，对自己办奥运会的认识，还是在不断地改进。一开始我们曾经提出来，要办一个历史上最成功的奥运会，这话就又犯了假大空的毛病，而且有贬低别人之嫌，所以这句话自己就给否定了，不再提了。另外一开始咱们场馆的设计也都是一出手，就要是国际一流、最先进的场馆，现在也不再提了，而且在大力地压缩场馆建设的经费，能够节约就节约，能够省钱的地方就不要铺张浪费。我觉得特别是这次去了希腊以后，可能对北京奥组委的这些官员，同时也通过那么多的记者的报道，大家看到了希腊人是怎样办奥运会的。它的篮球比赛场地原来就是一个飞机库，改装了一下，奥运会结束以后，还可以继续当飞机库。因为希腊总共才1 000多万人口，首都才300多万。办一届奥运会，建那么多场馆将来都没有用，作废了。所以这是比较真正的实事求是的做法。我想这些对北京奥组委的人们会有很大触动。通过记者的摄像机或者通过声音或者文字，我想对中国人也有很大触动。希腊奥运会没有结束的时候，北京已经决定要削减场馆的预算，有些场馆能不建就不建了。有些场馆过去设计得太奢华，也都消减了预算。我觉得这应该是比较实事求是的做法。

记：也就是说现在的这些领导人还是能够逐渐去接受或者倾听一些不同的意见。

师：应该是的。在有些方面，有这种意见可以表达。

记：距2008年奥运会还有三年，实际上说近不近，说远也不远，从你来说，最令你担忧的是什么问题？是资金财力吗？

师：不缺钱，特别中国现在的经济实力跟当时申办2000年奥运会的时候完全不同。从硬件来讲，从花钱来讲，从建造更好的设施来讲，从可以达到的更高的科技标准来讲，这是不成问题的，比那时强多了。但是从软件，从人的素质来讲，不敢说比 2000 年那时候强。

记：你怎么会有这种担忧？

师：真的，老百姓的普遍素质不一定比 2000 年强，可能比那时还差一些。我没有具体的数字，我仅仅从我在北京生活的感觉，至少那时不会有这么高的犯罪率。现在只要你打开每天的报纸，有三类消息肯定有，一类是车祸，一类是抢劫杀人，一类是跳楼自杀，这三类消息，在社会新闻里肯定有，不是隔几天有，是天天有。在 2000 年我觉得不是这样。今年 4 月哪一天我忘了，报上登的，北京市长王岐山在 3 月的一次关于奥运会的会议上说，我不担心场馆建设，肯定到时候能够建得好，能够完工，我不担心这些，我甚至不担心交通等问题，因为可以用政府手段来决定哪条路禁行，哪些车号不准上街，分单双号，那都有办法，但是老百姓的素质没有办法。他说，我担心的是老百姓的素质，我担心的是在升外国国旗、奏外国国歌的时候，老百姓不起立，我担心在外国选手获奖，在战胜中国选手以后，老百姓起哄喝倒彩，他担心的是这些，人的素质，这不是表现在直接和奥运会打交道的官员、记者、志愿者身上。我想，志愿者素质应该还是不错的，因为是从有文化的人里挑选，还要经过培训、懂外语，这些人可能不会去伸手找人要东西或者是当街向人兜售小商品呀，但这种人能有多少？志愿者能有多少人？更多的还是平常在街上见到的这些人吧，今年 4 月还是 5 月，警察可以开车在人行横道上把人撞死，我担心的是到时候人家外国人来了之后，人家不知道在北京人行横道上是很危险的地方，人家觉得人行横道就是天经地义该我走的地方，我根本不用左顾右盼，看看有没有车，人家外国人没有这个习惯，见人行横道我就走，不用看两边，汽车必须停下等我走过去。我在国外采访的时候，我也需要按照人家的规矩办，必须要停，所以回来以后，有的时候反而不习惯，有时一看有行人要过了就马上停了，行人过的时候有的向你招手，有的伸出大拇指，这司机行，文明有礼貌，但是后面的汽车按喇叭：嗒、嗒、嗒——，傻帽儿呀你，怎么不走？于是时间长了，你也不停了，走吧。有时你停了，行人不知所措，怎么回事？这车怎么不走了？你还得挥挥手，行人才明白，你是叫我先走呀！是这种意识，所以我担心的也是这些，很多这方面专家、记者或者业内人士都有这种担心，你想王岐山市长都可以公开讲话担心这些。组织老头老太太学英语，那都是假招子，有什么用呀，六七十岁、七八十岁的老头儿老太太，汉语都不太利落了，去学英语，迎奥运，这不纯粹是图形式，做样子吗？我记得6月有一篇文章，北京体育大学的奥林匹克专家任海教授在《中国体育报》上发表的，认为现在奥运筹备工作中有重硬轻软，重物轻人的倾向，就是重视的是硬件的建设，场馆、修路、绿化，都是看得见的，轻视了软环境的改造，软环境实际上主要指人，老百姓的文明习惯。我确实担心在人行横道上有外国人、记者或者游客被撞死。

记：对北京奥运会，你最期待的是什么？

师：中国真正了解外部世界，反过来讲，外部世界真正了解中国。

（2005年7月）

附录三：观察和联想
——2010 年 4 月在北京体育大学体育传媒系的讲座

今天来做一次讲座，客套话不多说了。虽然是跟大家第一次见面，但我以前来体育大学给体育传媒系讲过，给外语系也讲过，不是第一次了。所以我想时间有限，咱们就直接开始进入正题。

同学们都是学体育新闻的，将来的去向很可能是报纸、杂志、网站、通讯社，或者电台、电视台。今天主要说说我做电视的体会，将来不管你进哪个媒体，其实都有用，不讲理论，只说实践。

电视体育节目的形态大家都知道，主要是四种：新闻、谈话、直播或录播赛事，还有一个是专题和纪录片类的东西，大概就这些，没有跑出这几个类型的。

我觉得这里头除了谈话节目以外，应该都属于一种叙事为主的类型，新闻类、专题类、纪录片类都属于这个，赛事就更没得说了，完全是事件的同步跟进。其实谈话节目除了谈观点以外，也是有很大篇幅是用来叙事的，以证明你的观点。叙事类型的节目就是用事实来说话，这是咱们都知道的。

十多年前我写过一篇文章，题目就叫《我是一个叙事者》，我这个人一般来说喜欢叙事，寓事于理。作为《世界体育报道》和《体育人间》的制片人，我也要求我的编导们学会讲故事，而不是做那种普通的专题节目。所以我今天会讲很多的事例，通过事例来说明我的观点。

你们当中可能有一部分人是因为喜欢体育、喜欢新闻，才考这个专业的，想当个体育记者。也有的人说不清自己想干什么，既然考进来了，就学着呗。我成为体育记者，完全是歪打正着。歪打正着的意思是没想干却干了一件适合自己干的事。我就属于说不清自己想干什么那种人，总之从小没想过当记者，更没想过当体育记者。不像很多人说自己从小立志当科学家、当医生、当教师、当飞行员什么的。我发现凡是说自己从小立志当什么的，现在干的全是另一码差事，不是自己从小立的志向，所以那个志向是否可信也不一定。从小立志当官的，长大了当官的可能性倒比较大，但现在这些当官的又没一个人说自己从小就想当官。我的意思是别管什么志向不志向了，既来之则安之吧。干了这行之后，我发现，体育记者是一个非常有干头的这么一个职业。非常有吸引力，能够让你喜爱，能够让你发挥，能够让你展示激情的这么一份工作。

大家都知道，中国足球现在是一种什么样的状况。韦迪上任后，想法不少。其中一个点子是要让国奥打中超。他一开始提出来的时候，我不知道大家注意到没有，各界反响不一，但是，媒体的反对声是高度一致的。也就是说，足球记者们，不管是哪家媒体的，互相之间有什么恩怨，谁和谁在网上报纸上掐架等，在这件事情上，大家旗帜鲜明，都不赞成。再看足球从业人员，俱乐部、教练、球员，一开始意见是模糊的，我不知道你们有没有印象。有的说："哎，这主意不错！"认为对于那些没有机会上场的队员、那些年轻的队员有好处，增加了他们锻炼的机会。也有的说："还得等着看呢，看接下来的具体操作是怎么样的。"对吧？是这样的。像媒体那样明确表示反对的几乎没有。但是，后来变了，足球从业者基本上都跟媒体意见一致了，认为这事干不得。只有韦迪还在那儿坚持。我今天说这件事是什么意思呢？就是说，记者们，他们的眼界，他们的见解，他们的认识，应该是要高于普通老百姓，高于官员，甚至于高于专业从业人员的。

再举个例子，大家知道，世界上每年有三个最有影响的评选世界最佳足球运动员的活动，对吧？哪三个？国际足联、法国《队报》、英国《足球世界》，这三个。英国《足球世界》是球迷投票，国际足联是各个国家队主教练和国家队队长投票，法国《队报》是欧洲足球记者投票。足球界公认法国《队报》的评选最具权威性。为什么呢？因为这个评选不带任何官方色彩，没有任何球迷的偏激情绪。世界上顶尖的球员在欧洲，最好的赛事在欧洲，欧洲足球记者们常年在这个圈子里，他们的看法被认为最职业、最准确、最客观、最公正，这是顺理成章的事。这就是记者的作用。

昨天我参加了央视"体坛风云人物评选"的第一季度小结会。一些体育传媒界的专家们，包括新华社的、《中国体育报》的，还有咱们体育大学的教授、学者，一起回顾一季度中国体坛的事件和人物。原来这个评选体坛风云人物活动，都是快到年底的时候，11～12月才开始，搞个评选方案啊、策划啊，一年一次。但是今年，提前了。为什么要提前呢？就是想把这个活动搞得全年都有人关注，每个季度一次。你们在4月初就会看到，首先第一期节目，就是"体坛风云人物"的一季度"季度观察"。就是说，让评选成为一个全年不断线的、不断引起大家关注的这么一个常态的事。请来这些专家主要就是谈谈这个活动怎么继续开展，奖项的设置，节目该怎么制作，主要是提一些想法。我要说的是什么事儿呢，就是大家昨天开会休息的时候，随便聊天，不知怎么，话题就扯到了体育院校办新闻传播专业的事，就是在座各位学的这个专业。《中国体育报》的总编说体育院校新闻传播专业的毕业生留不住。我问，为什么留不住？我以为是孩子们才学高，报社的待遇啊升迁啊不理想，要跳槽，报社想留却留不住。他说不是，是胜任不了工作，而且是普遍现象。他说让他们出去单独采访个赛事或者人物什么的，笔头子不行，写出来的东西不行。后来我就说了，我说在央视体育频道有不少体育院校学新闻的毕业生，武汉体院的、上海体院的、成都体院的、西安体院的，还有咱们北京体育大学的，我说我们那儿的都挺行啊。为什么在央视的都能干，在你们那儿留不住呢？后来大家一讨论一分析，明白了。因为在报社是以笔为主，你去了，你就要单兵作战，这事儿就交给你了。你拿出来的稿子，一看，比不上别的报社的，比不上网站的，比不上老记者的，那当然就会觉得你这个人不行，对吧？电视节目是团队作战，是至少两人的一个小集体来完成一条消息或者是简单的节目。转播赛事需要的人和工种就更多了。一般来讲，不会让刚毕业的学生单独地承担一个比较复杂的或者有点儿分量的专题纪录片之类的节目。所以，你笔头子差，但是你身板好，你可以去扛摄像机啊。学摄像你学不了，眼神儿弱，你可以扛三脚架啊。你说你是小姑娘扛三脚架你力气小，你还可以举话筒杆啊，你可以举个照明灯啊，再不济你做场记总可以吧？电视就是这么一个工作方式，可以显出谁笔头子行，却显不出谁笔头子不行。你不行没关系，只要编辑笔头子行就不怕。央视的很多差事不需要体育大学传媒毕业，找一初中毕业的也能干。你不就是扛三脚架么，不就是架个梯子爬上去给照明灯加个蓝色或绿色光片么，初中毕业也能做。因此我觉得在央视，我看着还都挺好。当然，可能通过几年的工作，你积累了经验，你表现了才能，或者是你通过你自己的刻苦努力，你在某方面有了长足的进步，倒不一定是笔头子，你将来会有挑大梁的机会。但是在报社可能这个机会很难，大家都是动笔杆子的，你不行就很难出头，他们就是这么说的。当然如果你的志向是当官走仕途，那就是另一码事了。这句话不是他们说的。

那么我就再提出一个问题吧，就是我们在体育院校学新闻、学传媒的这些同学们，能不能在学校我们就把这个水准尽可能提高一点。不是说让你现在就能制作电视纪录片了，那比较难。我是说怎么样提高自己的最基本的水平，包括笔头子，但又不仅是笔头子，至少你对体育的理解应该是基本正确的吧？我的体育记者经历大部分是在做体育纪录片，像以前的《世界体育报道》，后来的《体育人间》，以及《走希腊》、《奥运档案》、《岁月纪事》等这些。通过做这些节目，我发现中国人对体育的理解是有巨大偏差的。这使得我们做电视纪录片，从根儿上就不可能做好，还不去谈你的镜头漂亮不漂亮，也不去说你的人物刻画得怎么样，先不说那个，从根儿上你对体育的理解有偏差，这个电视纪录片你肯定做不好。不是你的叙事技巧问题，不是你的摄像技术问题，不是你的编辑水平问题，不是你的特技用得好不好的问题，不是你的配乐恰当不恰当的问题。

我可以给大家举很多的例子。

大家知道《中国青年报》有一个很有名的体育记者，退休了，叫毕熙东，应该知道吧？去年，我们曾经有一次跟他一块儿座谈。为什么要把他请来座谈呢？因为去年是新中国成立60年，我们要搞一个梳理60年中国体育的系列节目。请了几位老体育工作者、老记者座谈，想要他们给我们提供些线索，结果毕熙东说了这么一个事儿让我印象非常深刻。他说1984年洛杉矶奥运会，他写了好多文章，有的还在国内得了奖，自己觉得挺满意。后来在体委的一次会议上，得知国际奥委会认为中国记者在洛杉矶奥运会期间写的报道没有一篇符合奥林匹克精神。我说不会吧，这也太有点儿那个了。他说没错，是当时国家体委一位副主任说的，这话对他刺激特别大，所以他不可能忘。我说你当时肯定不服气，他说是。他说现在服气了，回过头看，人家确实说得对。他说那时候只要得了金牌，写文章自觉不自觉就一定要上高度，胸怀祖国放眼世界、拼搏、振兴、崛起这类词必不可少。选手回来之后纷纷被授以"优秀共产党员""三八红旗手""新长征突击队""优秀共青团员"等各种名号，有的凭领导一句话就成了政协委员、人大代表。所以，人家说你们这是体育吗？这不是政治吗？当时在我们中国人看来这是正常的，就应该这样啊，但是，人家国际奥委会认为这不符合体育精神。这是不是偏差？现在，我们的媒体，特别是2008年奥运会之后，这个东西，我可以用一个词来说，就是被"痛击"了。到现在还有没有这种东西？有。但是市场大大萎缩，头脑清醒的人已经开始唾弃、厌恶这种东西了。跟1984年比，北京奥运会我们的报道已经好了不少，这是一个进步。

1983年的时候有一个体育故事片叫做《沙鸥》，我不知道你们看过没有。女排夺冠以后，为了应景儿，为了激励全国人民的这种所谓的民族自豪感吧，让大家多多拿金牌，弄了这么一个故事片。这个片子里头有一个情节是女排得了银牌之后，主人公沙鸥在轮船上，把那个银牌扔到海里。我们中国人觉得这个情节好励志啊，你看，银牌对我们来讲不算东西，我们要的是金牌，银牌无价值，我们不要。这个片子拿去给国际奥委会委员看，咱们觉得这是表明我们中国人在体育上多么有抱负、多么有追求、多么有志气的一部好片子。可是据何振梁说，国际奥委会委员看完了之后直摇头，说这个把银牌扔了，这不是奥林匹克精神啊。这就是我们体育观念的偏差。"千银不如一金"在当时是很流行的一种观念啊，现在体育主管部门依然如此。我相信很多普通中国人也仍旧是这样想的，不知道在座各位是否也是，但是在体育媒体当中，这种东西，我刚才用的是"痛击"两个字，已经没有太大市场了。现在的媒体报道里头，如果还要这么说的话，你就等于是太落伍了啊。

还说一个。大家都知道新影的女编导顾筠做了一个奥运会官方纪录片《永恒的圣火》，大家知道吧？每届奥运会国际奥委会都要委托一家影视制作机构拍摄一部纪录片，拿到各国去放映，这就是奥运官方纪录片。2008奥运会的官方纪录片就是顾筠领着一班人马干的。但是，纪录片没有请中国人来写解说词，我记得报上介绍说是请外国人写的解说词，好像是德国人吧。摄影、录音、剪辑等都是中国人完成的，作曲是日本人。

但是最能体现奥林匹克核心思想的部分是解说词，对不对？电视纪录片，如果你们以后干的话你们就知道了，一个纪录片，画面相同，配乐相同，但如果解说词不同，出来的东西是完全不一样的，完全不一样。画面我一点都不改，但是解说词请不同的人写，出来的效果，可以完全是另一个东西。电视纪录片解说词本身就可以作为一门课专门去讲，但是今天这个东西咱们不深说。我这里是要说，为什么中国这么多笔杆子这么多体育记者，她没有请中国人写，要请一个外国人去写。因为中国人写出来的东西，未必符合国际上公认的体育观、公认的奥林匹克观，也就是普世价值。于是不得不请外国人，中国人我可以让你摄影，我可以让你剪辑。但是，真正体现思想内核的事不得不请外国人来干。这是第三个例子。

第四个例子就是最近大家都知道的，首先感谢父母行不行？昨天我们聊起来的时候，新华社体育部主任还说了，报道这个消息的那位记者，可能是哪家报社还是网站的，后来被国家体育总局还通报了。这个主任说其实新华社记者也在场，也在跑两会嘛，但是回来之后到底写不写报不报，他说记者请示我的时候我犹豫了一下，说这话的毕竟是国家体育总局的副部级官员，就算了吧，放他一马。这位主任说，网上的那些东西确实是真的，就是这位官员的原话："首先应该感谢国家。"舆论不干了，纷纷质询这位官员的说法，先感谢父母有什么错？父母和国家是对立的吗？运动员不能讲自己的真心话，非要按照一个模式说话吗？这是大家都知道的一个最近的例子。

为什么中国人会有这些对体育的独特看法和做法？我觉得是我们长期以来把体育，当做一种什么呢，当做一种政治。我们不断地在说体育要和政治分开，但是实际上最把体育和政治紧紧拴在一起的是中国人。是我们的这种意识形态，是我们的这种做法，使得体育始终没有离开过政治，使得体育始终依附于政治。不是有一句口号叫做"文艺为政治服务"吗？这种指导思想在体育上一脉相承，可以说实际上搞的是"体育为政治服务"。

我觉得对体育最正确的定义是清华大学的马约翰教授说的："体育是产生优秀公民的最有效、最有趣、最适当的方法，这不是在开玩笑，而确实是事实。"这句话是1926年马约翰在美国春城大学拿硕士学位写的论文里的一句话。1926年他如果在中国，甭管他拿什么学位，他不会有这种认识。1926年中国是什么样？他只有去到美国那个环境里面，他才发现体育的本质其实是教育人的。我后来在《体育人间》的节目当中，一度把这句话作为《体育人间》片头的最后一句话。后来黄健翔问我，他说那句话是谁说的，我说马约翰说的。他说这是体育频道最好的宣传片、最牛的宣传片，他说马老这句话才真正讲明了体育的精髓。这是干体育的人，有脑子的人应该都能够达到这种认识。它不应该是别的，它只能够是教育人的，要让一个人完美，要让一个人成为尽可能的一个更健康、更完美的人，这种健康不光是身体上，还是一种心理上的健康。

　　袁伟民去年出了本儿书，后来接受了我的采访，聊了三次。11月底一次，今年1月上旬一次，春节之前一次，每次都是大半天儿。当然聊到了关于中国人的体育观念这种事情。他认为现在是改变举国体制的最好时机，这是他说的。他说历史已经证明，从取得优异成绩的角度讲，举国体制确实很成功，非常成功。在振奋中国人的精神方面，也很成功。但它是一种特定历史时期的产物，现在历史变了，时代变了，人们的观念也应该改变了。中国已经通过举国体制证明了在奥运会上我们不是只能偶然地一次达到高峰，我们已经连续几次都在前几名，2008年达到了奥运金牌第一。在其他的许多单项世界锦标赛上，也都是成绩非常好，这些成就已经证明了我们举国体制的威力。但是这种体制确实还有很大的弊端，我们是把青少年的最优秀人才聚在这儿，在全国选一帮人都聚在一起，就练体育，不干别的，最后出一个冠军，其他的就都荒废了。几千个人里出一个冠军，其他的人也都是跟着练过来的，没有少流一滴汗，甚至于还更苦，但最后冠军是这一个人的，金钱、荣誉、各种名利，只归这一个人，其他人全废了，学业荒废，有的甚至身体也练废了。这就是举国体制。在那个特定历史阶段，国家贫弱、落后，没什么东西拿得出手，升国旗、奏国歌，体育最容易见效。但是到现在，这种东西应该逐步淡化，不应该再搞下去。我们已经可以通过其他很多方面证明中华民族的力量，证明中国人的力量，证明中国的进步，不是只能靠体育了。他说体育确实应该是真正的，而不是像过去那样口头上的，体育应该回归大众、回归民间。我觉得这是一个老体育工作者的真知灼见、肺腑之言。但是，我想他要是还在总局局长的位置上，可能他也不能这么说，或者不便这么说，不是不明白。当时我就问他了："您这个想法为什么不公开说啊？以您的身份、影响，说出来有分量啊。"他说："我现在说这个你觉得合适吗？别人会说：'你本人就是举国体制出来的，你就是在举国体制下最得利的，你出了名、当了官，你怎么怎么的，现在你离开了，你就开始说漂亮话了。'所以这个话我不好说，但是，我确实觉得北京奥运会之后是一个转变的时机。"

所以，要当一个合格的体育记者，你心中的体育是个什么样子，是件很要紧的事。

另外，从纯记者业务角度来讲，怎么样让自己至少合格，尽量优秀，我今天还要讲讲这个。我就着那个体育报总编的话说吧，为什么咱们这些学传媒的毕业生到了报社使不上劲，没法儿挑重任？纯粹从业务的角度来讲，根据我自己的观察，是他们"不会观察"。根据我的观察是他们不会观察，我这话说得有点儿绕，意思不难懂。这么说起来我是一个比较会观察的人了？实话说，跟大多数人比，我确实是一个比较喜欢观察、也比较会观察的人。我举一个例子。2000年我到西班牙的北方小城潘普洛纳，去拍一个关于奔牛节的纪录片。奔牛节知道吧？每年7月初，在西班牙靠近法国边界的小城潘普洛纳，那儿有一个奔牛节。我去之前所知道的奔牛节就是每年7月的体育新闻里播出的那么一小段儿，30秒或者40秒。大家都看见过的，古老的街道上一群牛在那儿奔，穿白衣服的一群年轻人在前边跑，对吧？也就是这些。我为什么要去呢？是《新体育》杂志一个老记者给我推荐的。这个老记者"文化大革命"以前是北京外语学院学西班牙语的。后来他在西班牙又进修了两年，亲自到潘普洛纳采访过两次奔牛节，在《新体育》杂志上写了关于奔牛节的文章，上篇下篇连载。他推荐我去报道这件事儿的时候，还把这两篇文章复印了，说："你看看，特别有意思，真应该去一趟。"不看文章我也知道有意思，我就去了，带一台摄像机，而且请他同去，当翻译。我们在潘普洛纳呆了五天，拍出来的素材我做了两集节目，每一集35分钟。播出当晚我给这位老记者打电话。我说："唉，老哥，这个奔牛节的节目今晚播出啦，你有空看看吧。"他看完之后给我打电话，说："我怎么跟没去过似的。"这是他的原话。他说："我觉得我跟没去过似的，但是这地方我确实在场啊！我给你当翻译啊！但是你组织的这些东西，你拍的这些镜头，你讲的这个故事我听了觉着都是新鲜的，可我已经是第三次去了，还专门写过文章。里面那个流浪汉，我觉得你拍了也没什么用，没想到真用了，还挺好。"他觉得新鲜，就说明我观察的东西、报道的角度、叙事的方式出乎他的意料，让他有了陌生感。做电视就是挖掘陌生感，要让人对自以为很熟悉的事物产生陌生感，这才有意思。这要求你要善于观察，对观察到的事物要有正确的价值判断，比如那个流浪汉的事。奔牛节开始之前，我们在一条古老的街道拍摄，这条街长 800 米，是牛奔跑的路线。在一处街拐角碰上一个流浪汉，40 岁左右，是做那种行为艺术的，穿一身旧的皮衣皮裤，从头发到脸到全身直至靴子，都涂上金粉，站那儿一动不动，假装是一铜像，好心的行人就往他面前的一个破箱子里投几个钢镚儿。我们经过的时候他蹲在那儿，别人都在那儿跳啊、唱啊，他蹲在那儿一个人闷闷不乐，和周围的气氛形成强烈反差。我就走过去，叫摄像师开拍，同时请这位老记者翻译，问他从哪儿来、叫什么等。结果才知道这流浪汉并非本地人，他不知道这里今天是个节日，要是知道就不会来了。说着说着，流浪汉哭了，这镜头我就没停，一直就这么拍着。拍完，老记者跟我说："流浪汉你拍他干嘛呀，形象邋里邋遢的，跟节日气氛也不对。"我说："我觉得挺有意思的，这种反差背后有非常丰富深刻的内涵。"结果这个流浪汉在节目里头是亮点之一，非常出彩。为什么呢？我拍完这流浪汉继续沿着奔牛的路线一直走到头，然后原路返回，经过那个街拐角，我看见这流浪汉完全像变了一个人，戴一顶小红帽，攥着一瓶啤酒，都是别人送给他的，在那儿又唱又跳，跟别人干杯。我赶紧叫摄像师接着拍。老记者说："还拍呀，这不是出洋相呢吗，多难看……"我说："接着拍。"结果这个流浪汉在节目里出现了两次，前后一对比，强烈的反差，你们想想该有多大的感染力！一个能让所有人都高兴的节日，连流浪汉、乞丐都能忘记现实，狂欢一把、高兴一把，是不是把这个节日的气氛一下子就烘托起来了？流浪汉高兴得忘乎所以，把他那个装要饭家伙什儿的小木箱子非要送给我，里面的镜子、梳子、装金粉的瓶子……一股脑儿倒出来。这小箱子现在还在我家放着呢，装电池、耳机、充电器什么的。特别简陋一小木箱子，三合板儿的，但是个很好的纪念，而且，Made in Spain（西班牙造）。

同样是在 2000 年那次去西班牙，我在潘普洛纳认识了西班牙斗牛协会的副主席。聊天的时候我问他,有没有女斗牛士,我想采访。他说有,在马德里有个桑切斯,32 岁了,是女斗牛士里最著名的。我问能不能联系,他说好啊,但是她现在已经不斗牛了,退役了。我说没关系,我就是要现在进行时地拍她的故事。他说行,一联系,这事儿干不成。桑切斯要 6 万美元还是几万美元采访费,我记不清具体是多少钱,当时一算,好像折合 30 多万人民币。30 多万人民币,我没这个钱。后来,我说还有别的女斗牛士吗?他说有个女孩,在塞维利亚。他也不太清楚这女孩到底是怎么个来龙去脉,他就把这个女孩的地址、电话打听到,给了我,我就跟她联系。那女孩因为是初学,她没有那么大的腕儿,没说还要收采访费什么的,说是来吧。于是我那天开着车,上午 10 点到那女孩家的。她是在塞维利亚的一个村里头,叫伊盖拉,一个小乡村。10 点到伊盖拉,2 点离开,四个小时。回来做了一个 25 分钟的节目,叫《温柔杀手》,获全国一等奖。我到那儿才知道,这是个意大利姑娘,叫比安奇尼,来自艺术之都佛罗伦萨,她妈妈是中学英语老师,爸爸是意大利一家灯具店的老板,至少是中产阶级。她就是和全家到西班牙旅游一趟就迷上斗牛了,回到意大利以后不辞而别。家里头报了警,意大利警察通过国际刑警组织全球搜寻,结果在西班牙找着了她。把她带回家以后,她又跑出来,到西班牙学斗牛。这时候她家知道她确实是喜欢,不是一时冲动。没办法,只好支持她。

拍纪录片我主张不停机,这是原则,但实际上不可能绝对不停,那样就太机械了。就算我四个小时真的不停机,满打满算也就能拍到四个小时的素材吧。我看了一下那天大概是拍了两个多小时素材,编辑成一个 25 分钟的纪录片。这个例子我给许多人讲过,没有人想象得出待四个小时怎么弄出一个人的故事,而且弄得好。跟你们说吧,我还有些东西没用进去呢。伊盖拉村里还有一个小个儿斗牛士,那天也见了。一个男的,村里人管他叫"小中国人"。这个人的父亲是波兰人,母亲是越南人,他本人出生在法国,结果却在西班牙学斗牛。这个人是混血,脸孔能看出来。当地村民没听说过越南,但知道中国,于是管他叫小中国人,其实和中国八竿子搂不着。结果呢,这小中国人特热情,就想上电视,把我请到他们家去,去参观他们家,请我喝茶,讲他的故事……这些也都拍了,有素材,但是因为这个部分已离开这个女斗牛士的故事了,如果我再把这小中国人的故事放进去几分钟，人们就会觉得你这个故事的线索，不是集中讲温柔杀手了。忽然冒出一个小中国人，尽管有点儿意思，但是作为编节目来讲，和写文章一样，你不能走岔了，主题不集中了。于是我就没有放进去。也就是说，从素材里去掉关于小中国人的部分，剩下的东西编成了25分钟的纪录片。这绝对是考验观察力。咱们的记者当中，有的你把他放在那儿别说四个小时，就是四天，四个礼拜，也不一定能拍到哪怕是一分钟有用的东西，这种人不是没有。

我经常和年轻的记者或者摄像一起出去采访，不止一个人跟我说："师老师，你教我们几招吧！闷你肚子里不怕烂哪？"我说："我教你什么呀？你们跟我出去，发现没有，我不过就是观察得比较认真、比较仔细，很多别人不关注的东西我关注而已。很多情况下，你们都觉得拍这个干什么、有什么用，对不对？我只不过就是叫你们先拍下来再说。拍完了之后一编成节目，再一配解说词，很多人都是一拍大腿："哎呦，呵！我算明白了，闹了半天是用在这儿，是这么用……"这是经常发生的事，不是一次两次了。我说这个东西不是教的，真的不是教的。我的所有节目不是靠编辑技巧，基本上就是对编，画面接画面，严丝合缝就这么一拍，对不对？慢转换，或者说叠化，我都很少用，更别说更复杂的技巧了。因为我那个时候编节目，都是自己操作编辑机，编辑机只有一个功能，就是对编。我说你们都以为做好节目主要是技巧方面有什么高招儿，不是那么回事。你们最根本要学的是观察。

梁晓声知道吧？作家。梁晓声曾经用他自己的例子谈观察的重要性。上世纪80年代，他大概是北影的专业编剧。他的一个朋友有一个孩子，男孩，高三，要考大学。这个朋友就把儿子送到梁晓声家里去住一阵，叫他辅导他写作文。经过一段时间，梁晓声觉得这个孩子文笔还可以，语句挺通顺，认为没有什么太多需要进一步辅导的问题。有一次，他带这小孩儿一块儿去菜市场，转了一圈，买了些菜回到家里，他就问："刚才在菜市场，你觉得有什么事给你留下印象了吗？"小孩儿想想说："没有啊。"梁晓声告诉他："有四样东西，我觉得挺有意思：第一，在菜市场门口，有一算命先生你看见没有？"那小孩儿说看见了，梁晓声说"你没发现那算命先生是在用计算器算命吗？"小孩儿当然看见了，但是他没有意识到这里有什么。算命先生过去都是用签子，现在用计算器算命，梁晓声记住了。这说明虽然大家都有眼睛，但是，有人看了也是白看，有人过目不忘，记住了，产生了联想，认为这里有文章，这就是观察，不是说光看到了就叫观察，没有联想的观察不是观察。第二件事，北影一个著名的老导演，白发苍苍，在那儿因为一把蒜到底是三毛钱还是三毛五，跟那个卖蒜的小伙子斤斤计较，言辞还有些激烈，梁晓声跟这小孩儿也在旁边。那个卖蒜的小伙子说了一句："您这么有名一大导演，五分钱还那么计较哪。"小孩儿也听见了，但是他没联想到什么。梁晓声觉得，哎，挺有意思。第三件事儿，买鳝鱼，卖鳝鱼的是一小姑娘，非常利落地把鱼膛剖开洗净之后，洗洗手，坐到旁边，拿起一本高中英语课本在那儿看。梁晓声就想到，这个女孩儿，看她年纪也像个要考大学的高中生，但是她是在边卖鱼边复习功课，比他正在辅导的这个男孩儿条件差多了，梁晓声有触动，但是那男孩儿没有，不就是在卖鳝鱼嘛，没觉着怎么着。第四件事儿，在卖禽类的地方，摆着一排小乳鸽，都已经把羽毛拔了的小鸽子，这孩子也没有印象。

就凭这四件事，梁晓声完全可以写出一个很有时代特点的逛菜市场的故事。卖鳝鱼的小女孩儿不放弃自己的大学梦，这真的就是那个时代的特色。老导演虽然很有名气，80年代也并不是很有钱，那时候说"拿手术刀的不如拿剃头刀的"，就是有知识、有文化不一定挣钱多，那个时代确实是这样。算命老头已经用上计算器了，计算器普及正是在80年代中前期。再有一个就是那个时候人们对保护生态环境是很无知、很淡漠的，乳鸽可以拿来公开卖。

你们看，同样的事物、同样的时间、同样的地点，不同的人、有着完全不同的观察、完全不同的发现、完全不同的感受。这就是观察力不同的结果。我们是不是可以说，所谓"观察力"其实就是"联想力"，就是"思考力"，就是你看见的东西在你脑子里有没有"化学反应"。能不能这么说？我觉得可以。这是作为一个记者非常重要的东西。但是往往被忽视了，不光是在体育记者当中，实际上在中国的媒体当中都被忽视了，都觉得好像观察这个东西不是很重要的："不需要你去观察，你只要跟我保持一致就可以了。"我们大家都是这么被教育过来的。

再说说跟咱们这个体育大学有关的事吧。体育大学摔跤馆在什么地方我现在闹不清楚，几年以前有这么一个活动，叫做《谁来解说北京奥运》，我来过这个摔跤馆。当时是怎么个情况呢，就是为了即将到来的北京奥运会，央视体育频道在2004年至2005年春搞了一次全国范围的公开选拔编辑、记者、播音、主持人的活动。报名的3 000多人经过层层选拔，各种各样的考察，最后剩18个人，也许是32个人我记不清楚了，总之3 000多经过淘汰就剩二三十人，应该说确实是精英了，年龄跟你们差不多，大多是大四的学生，基本上完成学业了。这些人最后还是要排出名次的，于是还得接着比。下一项内容是测试观察力，选择在北京体育大学摔跤馆进行，我那天就在这儿作为评委。

大家看这个PPT。这字幕有甲乙丙丁，一共四个人。甲乙丙是三个参赛选手，两个女孩儿一个男孩儿，要求他们在摔跤馆里观察20分钟，然后每人写10个关键词，把观察结果，通过这10个关键词，用两分钟的时间告诉我，为什么你要写这10个关键词。三个人都是应届大学毕业生，一个是传媒大学的，另外两个是外地大学生，应该都是学新闻的。我们做记者，肯定经常去现场，比如全运会，让你去摔跤馆、乒乓球馆，你一定要观察一定要看，想想我这篇稿子写什么，实际上就是提炼关键词，把几个关键词说清楚了，这稿子就弄出来了。所以这是个很不错的练习，我也是第一次接触。幻灯上就是这三个孩子给我提供的关键词。

甲写的10个关键词是：第一、人品、年轻、激情、拼搏、意志、汗水、突破、爱、男运动员；

乙写的10个词是：秩序、人文关怀、年龄、状态、口号、目标、运动器械、节后、眼神、语言；

第三个人，丙写的是：音乐、国旗、日记、器械、年龄、更衣室、照片、目标、爱、规则。

你们可以看看，如果根据这些东西写成一篇文章或者做成一个电视节目的话，很难弄，大部分的词很浮、很虚、很空，对不对？很多词完全是可以由作者去任意拔高随意编造的。像什么第一、人品、激情、意志、突破、爱、人文关怀、目标、眼神等，你想上什么高度就可以上什么高度。不就是让你说说摔跤馆里的训练么，你还非要整一篇体育战线科学发展观的报告啊？

幻灯上的字幕不是甲乙丙丁四个人吗？丁是谁？丁是我。我为什么要写？纯属好奇。因为他们在观察的时候我没事，我说我也试试看，看看最后我写出来的东西跟他们有没有什么不同。说实话，我还没写完，20分钟时间到了，我写了9个词：女队、男陪练、连、吊扇、剪纸、更衣室、王旭、格瓦拉、民族。这9个关键词，我如果每一个全都说清楚，应该是一个至少十多分钟的节目，而且有充实的内容、扎实的信息。

我现在跟你们说说，你们可以跟前面的比照一下。

女队。墙上贴着两张纸，一张是《国家青年女子摔跤队运动员守则》，另一张是《国家青年女子摔跤队教练员守则》，就是说这地方是国家青年女子摔跤队的训练场地。我当时在想：为什么仅仅是青年女队在这儿训练？青年男队在哪儿？成年女队、男队在哪儿？为什么不在一个馆里？这就要有一个解释了，对吧？

男陪练。虽然是女队的训练馆，但是有几个年龄相仿的男孩儿在这儿陪练，跟女孩儿捉对儿厮杀。甲看到了，写的是"男运动员"，一个意思。我写"男陪练"，因为这是中国体育一种很有特色的培养女运动员的方法，男运动员陪女的训练来提高女运动员水平，尤其像摔跤、柔道、跆拳道这些项目，不少球类项目也都有男陪练、男陪打，陈忠和就曾是女排的男陪打。我就在琢磨：见过成年的男陪练，还真没见过小男孩儿当陪练。这些小孩儿是临时叫过来的？还是队里固定的陪练？他们是不是在男队水平不行才被发来当陪练的？我觉得这个要解释，不然你电视画面里有几个小男孩儿摔小女孩儿，观众会很纳闷儿。

连。在墙上有两条口号，字体大的是"拼搏"俩字，甲和乙的10个关键词都提到了，乙写的"口号"就指这俩字。还有一条口号，字体小一号，写着五个字：快、猛、连、什么什么，后两个我记不清了。这个"快"和"猛"，作为摔跤，可以理解，它没有什么特别之处，引起我注意的是"连"，说明摔跤动作的连贯性非常重要，需要特别加以强调，你在搂腰抱腿的同时要准备好下一个动作，这是摔跤的特色。"拼搏""猛""快"都不新鲜，特别是"拼搏"俩字儿，出现的频率都快赶上"文革"时候的"毛主席万岁"了，凡跟体育沾边儿的地儿都能看见。但是"连"，我在别地儿看不到，是这儿独有的。于是，我要把这"连"字儿解释出来。

吊扇。这个馆是老篮球馆改的，很旧，房顶还挂着三个叶片的那种吊扇，扇叶上满是油污，因为老是在旋转，太高又不好擦，另外有的吊扇的这个叶片，都已经翘起来了，不是那么很平衡，我觉得这说明训练条件不是很好，特别是对比其他项目训练馆那种优越的训练条件以后。

剪纸。这是什么意思呢？馆里头一面墙上有一个四五米长、半米多宽的巨幅剪纸，非常醒目，抬头写的是《中国忻州摔跤图》，忻州是摔跤之乡，整个剪纸就是一幅民间摔跤群像，类似《清明上河图》那种。后头的落款非常有意思："跤乡三姐妹赠送。"这么大的一幅剪纸，甲乙丙三个人总共30个关键词里头都没有提，他们不认为这里头有什么东西。但是我一看，"跤乡三姐妹"？怎么回事儿？三姐妹是什么人？她们平时干什么？怎么想起送一幅剪纸？用多长时间剪成的？……一连串问题。看落款，赠送的时间不长，当时是3月份，就是那年春节赠送的。我于是立刻给我的一个编辑打电话，叫他迅速联系忻州体育局，看能不能去采访三姐妹。后来联系到了，节目也做成了，三姐妹原来是三个50多岁的老太太，这是惟一让我有点儿失落的地方。

更衣室。这个词儿只有丙提到了。那个更衣室在训练馆一角，是铝合金的，男女通用，就那么一个门儿，而且还关不上，于是我就认为"更衣室"也是这里头的一个关键词，国字号的运动队，因为是摔跤，冷门项目，又是青年队，训练条件也不像外界想象得那么好。

王旭。王旭知道吧？雅典奥运会冠军。王旭在和这帮小孩儿一块儿训练，于是我就想要闹明白为什么王旭在这儿？她是国家队的，其他人都是国家青年队或者是竞技体校在校生这样一帮小孩儿，她们能够跟奥运冠军在一块儿训练，是什么原因？这一点甲乙丙谁也没有想到。

格瓦拉。格瓦拉是怎么回事儿呢？摔跤馆四周围有暖气罩，挨着窗户整个儿一圈。小队员们进来之后都把外套脱了，放在这个暖气罩上，有的人带着水杯水瓶，也都放在暖气罩上。休息的时候，大家都跑到这地方来喝水，有的带了水有的没带，于是就共饮一杯，轮流喝。其中有一个杯子，上头是一个格瓦拉的图像。格瓦拉知道吗？这么多人摇头，你们也不知道啊？他是古巴领袖卡斯特罗的战友，解放古巴的一个功臣，他本人是阿根廷人，后来跟卡斯特罗政见不合，又回南美打游击，牺牲在玻利维亚。总之世界各地有很多格瓦拉崇拜者，他的头像是很常见的，很典型的，都一个摸样，木刻，贝雷帽，大胡子。一个女孩儿喝水的时候我就问她，我说这杯子是你的吗？她说是。我说为什么买这个图案的杯子？她说觉得好看。我问这图像是谁你知道吗？我是随便问，没期待有什么惊人的回答。她说不知道，大概是雷锋吧。我吃了一惊，她不知道格瓦拉没有关系，你们也有很多人不知道格瓦拉，但我相信你们没有不知道雷锋的。哎，她觉得这个是雷锋。雷锋也有一个木刻像，但是雷锋不是歪戴帽子，雷锋的帽子是正戴的，栽绒棉帽，不是贝雷帽，而且没有大胡子。这事说明雷锋在一些年轻人心中已经没有具体形象了。我觉得这个有意思，对不对？是不是挺有意思？你的节目或者是文章中要是把这事儿包括进去，表面看与摔跤训练无关，实际上却有更深的社会文化内涵。

民族。我看见有六七个女孩子，明显不像汉族人，她们脸庞黑红黑红的，颧骨有点儿高，脸型有点儿扁，眼睛有点儿细，像哈萨克族。教练说不是哈萨克族，是藏族。我说怎么会有几个藏族孩子呢，他说藏族孩子勇猛，肯吃苦，听话，再一个就是力量足，练摔跤特别合适；她们的弱点是协调性、灵活性、柔韧性这些方面差一点，但是通过训练，这些东西都是可以提高的，关键是她们有一种一往无前的劲头。

你们看，我这9个关键词都是实的，不是虚的，只要老老实实解释明白就行，没有什么主观想象随意拔高的空间。把这9个词一一说明之后，摔跤馆怎么回事儿你们就大致知道了：一帮女孩子在这儿训练，有奥运冠军，有格瓦拉的杯子，有老旧的吊扇，有简陋的更衣室，有适合摔跤的藏族姑娘，有巨幅的剪纸，有年龄相仿的男陪练，有独特的口号。对不对？大致的情况就知道了。最主要的是，这些东西只属于摔跤馆，是独有的，你在其他地方看到的肯定与这里不一样。

再来看看甲乙丙的。"人品"？你们都笑了。的确，我当时也笑了。怎么叫"人品"呢？你想说孩子们训练很认真、教练也很认真，是吧，这能说明这个人人品好？"意志"？怎么表现"意志"？你说这个东西虚不虚啊？不是明摆着打算靠想当然胡喷吗？还有"秩序""人文关怀""状态""激情""突破""拼搏"，这节目怎么做啊？再说了，这也不是摔跤馆独有的，你到任何一个训练馆都可以写出这些东西。又要实在，又要惟一，30个词里真没几个。

你们还真别笑，我相信在座的绝大部分人毕业以后出去观察的就是这个东西，是甲乙丙，我相信你们都是甲乙丙。这几个人也都是学完传媒专业即将毕业的，而且经过层层筛选最后留下的佼佼者。我当时也没客气，我说："你们是'更年轻的党八股，新时代的假大空'。"这是我的原话。我说："你们怎么观察的是这些东西呢？"他们说："师老师，这些东西没人教给我们啊。"我说大学教育原来是这样的啊？学出来的完全是空对空啊。

上午是摔跤馆，下午去的是国家体操队训练馆，同样的活动，换了另外三个人，新的甲乙丙，丁仍旧是我。

甲：闻鸡起舞刻苦训练、李月久、黄玉斌、心理课、伤兵、传帮带、压抑、瘦小、光荣榜、年轻。

乙：守时、安静、和谐、微笑、坚定、教导、聆听、荣誉、备战、希望。

丙，脑子很活泛，10个关键词是一二三四五六七八九十开头：一年时间、两位教练、三份关怀、四项不均、五种保护、六项全能、七名元老、八个大字、九个教练、十人负责。

丁：通知、纸杯子、场馆、闲人多。

我就观察了这么四条，为什么才写了四个呢？因为我甚至还没进到体操训练馆门里头两米开外。体操馆有仨把门的，这和体育大学摔跤馆随便进随便观察完全两码事儿，戒备森严。那是一个花500万人民币重新装修的一个场所，原来是三个篮球场。光把门的就有三个，根本就不让进。也不知道是哪个环节没联系好，还是怎么回事，总之就是不让进。但是这三个小孩，参赛选手，因为给他们观察任务了，而且20分钟计时从到门口就已经开始，所以不管三七二十一就硬往里闯，那三个把门的也不敢追，满场一追动静就大了，甭管哪个教练一声吼，说是干扰了训练，他们都受不了。那仨都是临时工，饭碗就砸了。所以三个小孩儿往里闯，仨把门的只能压着嗓子在那儿威胁，没有行动，所以没用。但是我作为考官、作为评委没必要闯，我也没有观察任务。于是我就在门口和这几个看门的周旋解释，让他们无法分身去追小孩儿。这样我就没离开这个门口两米开外，如果有条两米线，我都没越过去。但是就在这两米，我写下了四个关键词：

通知。"通知"是什么呢？门口我看到一块儿小白板，上面写着，"通知：今天下午训练结束后，请心理老师在某某地点讲心理课。"我记得过去心理课是在大赛之前请心理老师过来给大家抚慰一下心灵，安抚安抚，开导开导。现在训练当中也有心理课，我觉得这是以往所没有听说过的。

纸杯子。门口拐角的地方堆着很多专门赞助体操队的运动饮料，名字我记不清楚了，反正运动饮料在那儿堆了很多箱，旁边有成摆的纸杯子，墙上贴了张纸，用电脑打印了几个字："××饮料，只能在馆内用纸杯子喝，不能带出馆外。"我于是就想到，这里边透露两个信息：第一，节约。因为这些瓶子都不是很小，如果要是不倒在杯子里喝的话，可能你喝不完一整瓶，剩下的别人也不会喝，因为还有那么多没开瓶的呢，我开瓶新的喝。这运动饮料就浪费了。于是就规定必须用纸杯子喝，两杯三杯都可以，瓶里剩下的其他人继续用纸杯子喝，这是一种节约。第二，只能在场馆内喝不能带出场外，就是说过去有人带出场外。运动员训练完了临走时口袋里揣上几瓶，晚上出去跟朋友见面："嘿！哥们儿你看！没见过吧，体操队专用！"肯定有这事儿，于是大量的运动饮料就没了。于是就出台了这个规定，第一用纸杯子，第二不许带出场外。这个我要是有拍新闻的任务，我会用摄像机把这些东西拍下来：通知拍下来，饮料拍下来，纸杯子拍下来，墙上这张纸拍下来。

场馆。这个场馆不是世界上数一数二，它是世界上独一无二，没有可比的，甭管是日本，俄罗斯还是美国，没有任何一个体操馆能跟中国体操队的训练馆相比。这就是国家对金牌大项的重视。摔跤只有王旭拿了一块奥运金牌，场馆是那么简陋的一个地方。体操是中国的奥运金牌大户，那么多金牌入账，所以国家出钱给你修最好的场馆。后来我跟这三个小孩儿说，这么漂亮的场馆，你们的关键词里怎么没有一个人提呀？我要是有摄像机我就把它拍下来，告诉人们这个场馆多么先进，中央空调，世界一流的环境和器材。

闲人多。40多个运动员训练，还有非运动员十来人在旁边看。这是些什么人？除了领队、教练，更多的可能是体操中心或者是处里的干部吧，坐一长溜在那儿看，边看边聊天。摔跤馆没有这个，摔跤馆只有两三个教练带着50多个女孩儿在那练，没有闲人。

我在门口这两平方米范围内活动，看见的就是这么些东西，4个关键词，可以做个两三分钟的节目，而且是言之有物。三个小孩儿在里头转了 20 分钟，每人写了 10 个词，大多是废的，没用，做不成节目。"压抑""年轻""守时""安静""和谐""微笑""坚定""教导""聆听""希望"……连"和谐"都出来了，比总书记发出号召的时间可能还早。大家看有一个词是"压抑"，是甲写的，甲在向我解释这个词的时候说，在 2004 年雅典奥运会上，体操男团失去奥运金牌，尽管半年时间过去了，能看出他们还没有摆脱失利的阴影，脸上的表情说明他们的心里仍非常压抑。再看另一个词"微笑"，是乙写的，她在解释"微笑"的时候说，去年男团在雅典失去奥运冠军，才半年时间他们已经走出阴影恢复了自信，从他们脸上的微笑就能看出来。你们看看，这就是他们的观察，相同地点、相同人群、相同面孔，一个人感觉是压抑，另一人看见的是微笑，你说记者要是这样的话那能行吗？假使甲和乙分别是两家报社记者，写出来的文章一个说还没摆脱阴影，另一个说已经走出了阴影，你让读者信谁的？

这两次观察力测试让我深受触动，为什么上午三个人和下午三个人在完全不同的场合，观察到的东西是这么高度一致啊，毛病都完全一样，都是一种"假大空"，都是一种"党八股"。我当时确实对大学教育产生了怀疑，我说怎么学生出来以后观察力是这样低下？有特点、有内容的东西他视而不见，看到的大多是似是而非、空洞抽象的东西，都是凭空想象的东西。这东西弄不了节目，对吧。

还有几个比较有意思的地方，完全可以看出是真的在观察还是想当然。你们再看这个丙，很聪明的一个人，名牌大学新闻系的，他的 10 个关键词是 10 个数字打头，从一到十，形式上很新颖。但是，一跟我解释就破绽百出。比如"两位教练"，他说一位是指总教练黄玉斌，去年失利以后今年怎么样卧薪尝胆；另一位是指李月久，放弃在美国的高薪回来执教，爱国壮举如何如何。我说："这俩人在体操馆吗？"他说："没有。"我说："那你为什么写呢？这两位就算你不到体操馆来观察，在家里头查电脑或者翻报纸也能写出来，对不对？那让你到体操馆来观察还有什么意义呢？你到这儿来应该告诉我你看到的而不是你在家里查到的东西，对不对？"再往下看，"四项不均"。他解释说自由体操是女队的弱项，但是，她们还在那儿练高低杠和平衡木，就是没练自由体操，这说明她们对体操四个项目的均衡发展还是没有引起重视。正说话间，女队练完平衡木，整队到自由体操垫子上来了，男队整队离开垫子去练别的项目。我说："你看，女队开始练自由体操了，你这个'四项不均'的结论还站得住脚吗？自由体操的训练场地只有一个，男女共用，时间安排是错开的，你怎么能够因为没看到女队练就认为人家'四项不均'呢？你不就为了凑这个'四'字儿么？"

这两次观察力的测试简直就是一塌糊涂，所有人都是"虚""空"，华而不实，或者说根本不知道观察什么、怎么观察。这都是经过咱们大学的几年训练，已经是非常优秀的学生，观察力尚且如此，普通的毕业生到了中国体育报的总编手里，他怎么能够派得上用场？

下面我给大家放一个7分多钟的短片，是我在盐湖城冬奥会做的一个节目。我首先把背景说一下：大家都在电视里看过运动员和小学生联欢的新闻吧，无非是献花、讲话、送纪念品、合影、演节目等一些固定套路，时间也就是三四十秒吧。如果是外国运动员和中国小朋友联欢或者是中国运动员和外国小朋友联欢，解说词还必然要写上"加深了两国人民之间的了解和友谊"之类，没错吧？完全是程式化的东西，空洞无物。我这个是盐湖城冬奥会拍的，当时我是去当编辑，任务是拍专题片，没有拍新闻的任务。当时那天正好是申雪赵宏博他们完成了比赛，盐湖城有一个小学早早就提出要求要和冬奥代表团的运动员见面，要联欢。花样滑冰比赛的时候运动员去不了，比赛结束第二天，就把他们派去了。于是给我临时加了个任务，说："今天有个什么什么联欢，你拍条新闻吧，30秒够了。"因为他们的思维也是这样，这类题材拍30秒新闻够了，应个景交个差。但是我做的这条新闻多长？7分多钟。7分多钟，管新闻的人没法儿删，舍不得删，最后整个就播吧。你们看一看，这个新闻是怎么回事。（放短片）

一条很普通的运动员和小学生联欢的新闻，按理说，在州长夫人讲完话以后就可以完了。这就算够长的了，3分多钟。但是，后头还有这么多东西，更有意思的东西，这里头有多少信息量啊：比如说犹他州是美国治安最好的州，孩子们的书包和衣服都挂在走廊里面。我甚至于在新闻里把楼道墙上贴着的那六条小学生守则一条不落都念出来了，这在拍新闻当中没见过。当时我叫摄像师架好三脚架拍足够长的时间，以便我有足够的时间配音。这六条守则太有意思了，当时我就想到中国的小学生守则，我小时候估计得有二三十条吧，早记不清了。我回国以后，曾经问过我的一位同事，她的女儿在北京上小学，我请她把她闺女的小学生守则拿来我看看。她说，这条新闻你在盐湖城的时候都已经播出了，你还要看这个干吗？我说，这是我的习惯，只要有疑问，我就总想整明白，这也是学习，是一种积累，日积月累就会发现自己长了见识，很有益处。结果这位女同事的闺女已经不是小学一二年级的学生，而是五年级了，多少条，什么内容，也早忘了。但她女儿还是给我问了，应该还是二三十条，热爱党、热爱社会主义之类，我小时候还有热爱毛主席那条，现在倒是没了。人家这个守则始终贴在走廊里，非常具体的六条，比如，说别人的好话不说坏话就是一条，楼道里面不要大声喧哗、不要奔跑又是一条。我当时为什么拍摄楼道里孩子们挂的这些衣服、书包和小学生守则，就是因为我看到的东西在我脑子里有思考，有"化学反应"，我知道中国小学生书包和衣服是不敢挂在楼道里的，锁抽屉里还可能被撬呢。

这里头有意思的另一个信息就是，中国驻美国大使馆的文化参赞居然对人家的教育理念一无所知。我当时就发现参赞说完"把熊猫送给一个学习成绩最好的男孩子和一个学习成绩最好的女孩子"后，学生们毫无反响，做鬼脸的继续做，聊天的继续聊。咱们的参赞期待着满堂彩，结果是孩子们没听懂。摄像机记录了整个过程。这个摄像师是东北一个省级电视台的文体频道的主任，过去也干过摄像，现在是位领导。他告诉我说："我九年没摸过摄像机了。"我说这次冬奥会你就是摄像，不是把你弄去当领导的。这东西就是他给拍的，因为怕他不适应我的"不停机"的拍摄方式，我还老盯着他，不断告诉他拍什么画面，看他的摄像机机头红灯亮不亮。我不知道参赞要讲什么，什么要送熊猫啊，全都是现发现、现抢、现抓的东西。如果要是停机的话，用我的解说词来说明参赞如何不懂业务，这新闻的可信度可就差多了，完全是两种感觉。说实话，并没打算做一个7分钟的东西，我也是想30秒的东西交个差完了。但是到学校后，我感到处处新鲜、处处陌生，处处引起我的兴趣，于是我就叮嘱摄像一定要拍下来。一楼礼堂举行的联欢仪式结束后，中国运动员被邀请上二楼参观教室。这时候我完全可以偃旗息鼓，可以跟那哥们说，歇着吧，任务已经完成了，编30秒新闻画面足够了。对吧？三对花样滑选手都表演托举了么，歌也唱了，礼也送了，讲话也讲了。但我不知道还会发生什么事，所以摄像问我还拍不拍，我说接着拍。结果上楼一看，哦！闹了半天人家教室是这样啊，人家教室里可以养鱼养兔子，我说拍！人家书包都挂走廊，人家小学生守则简单明了、好记好做，我说拍！长镜头，三脚架架上，不要动。最后送熊猫这个事，我回来写了篇文章，叫做《单数后面加 S》。大使馆送的绒熊猫脖子上挂着绸布条，写的是单数 "boy" "girl"。但学校送不出去。这信息本来我不知道，是我在编节目时，马上都快完了，电话响了。就那个中国翻译，她女儿在那个小学上学，她是上海到盐湖城的留学生，后来定居了。她给我打电话，说："师老师，你知道么，那熊猫还给学校添了难题了。"我说："怎么回事？"我当时把电话夹在肩膀上，手头的活儿没停。她说熊猫送不出去。美国小学没有谁的学习成绩最好这个概念，人家觉得小学生的可塑性是非常强的。现在你是个什么样的东西，排名第几，对将来没有什么意义。为了保护学生的自尊心，考试成绩不会公布，只通知家长，孩子都不知道，都不知道他的排名，因此他就没有这个概念。文化参赞说的"给一个学习成绩最好的男孩子和一个学习成绩最好的女孩子"，谁是最好的？学校找不出这个人。所以学校在单数后面加了"S"，把绒熊猫送到荣誉室了。她的意思是让我去补拍，我说不行，马上要传送了，来不及了。不过你的这个信息太棒了，要不然结尾还没这种高度呢，我说我一定写到解说词里面。这就是如何靠观察让一条 30 秒的新闻变成了 7 分钟，所以负责审新闻的领导说，这多好啊，干嘛改它，也没法儿改呀！刚刚你们在看的时候也在笑，也觉得很有意思，很新鲜，很陌生，对不对？所以你观察什么？发现什么？就是这些东西，让你陌生的东西，你就要记录下来，你就要如实的告诉给你的读者听众或者观众。真正能够让老百姓感兴趣的，不是他们喜欢什么，而是他们没见过什么，对什么是陌生的。赵本山小沈阳的小品，你们喜欢吧？很多人喜欢。但如果在同一时间某一个频道播赵本山小沈阳新的小品，另一个频道放 BBC 在朝鲜拍的纪录片《今日朝鲜真相》，你看哪个？高小以下文化的人多半看小品，初中以上文化的人多半要看看朝鲜什么样，陌生啊，没见过。咱们学新闻的，咱们将来讲纪录片的时候，不知道会不会讲到当年 1972 年，意大利人安东尼奥尼拍的一个片子，叫《中国》。我想你们不妨看一看，因为现在有那个碟卖。去年还是前年的时候，曾经有编导问我："师老师，现在我们看这个片子这么沉闷、这么冗长、这么拖沓、这么慢、这么什么什么，为什么那会儿影响这么大？"我说："我告诉你，因为1972年，西方根本不知道中国什么样，一个西方记者任意到天安门、任意到军营、到普通老百姓家里去拍，这节目再长，西方人也愿意看，因为他没见过，不是他喜欢中国，而是因为中国神秘、陌生。所以你们该观察的是这些东西，是陌生，是新鲜。"

已经到点了，我这儿还有好多来不及讲呢，后会有期吧。

（2010年4月）

附录四：独立或担任主创人员制作的
部分电视专题片和纪录片

1979 年

《孙传哲谈邮票设计二三事》，时任总编室节目组导演，"史上"制作的第一个电视节目，以访谈及邮票资料为主。

1983 年

《早起的北京人》，时任新闻部联播组编辑，第一次做纪录片，该片代表中央电视台参加在新西兰举行的亚广联年会评奖，是中国选送的惟一电视节目。

1984 年

《北京运动服装一瞥》，调进体育部后制作的第一部纪录片，被广院等院校选为教材。

《国庆趣话》（共三集），记录国庆 35 周年阅兵及群众游行的幕后故事。获全国综合栏目一等奖，受广电部通令嘉奖。

1985 年

《消息来自广东》，广东顺德均安乡一支由养蚕姑娘组成的农民女篮的故事。

1988 年

《世界同唱一首歌》，汉城奥运会会歌的作者及演唱者的故事，在第二届国际体育电影电视节上成为惟一获奖电视节目。

1995 年

《步步风流》，北京爱士体育舞蹈团赴德国参加世界体育舞蹈锦标赛。该节目是《世界体育报道》的开篇。

《双雄会柏林》，德国和保加利亚两国足球队在一场欧洲杯预选赛前的幕后故事。

《绿茵豪门》，德国拜仁慕尼黑足球俱乐部的采访见闻。

《老纳的旧章新篇》，在德国拍摄的关于施拉普纳的第一手材料。

1996 年

《佛帮拳热》，泰国人对拳击的喜爱以及泰拳的现状。

《六月足坛看英伦》（共三集），在英格兰举行欧洲杯期间拍摄到的形形色色的故事。

《东边日出西边雨》，马球在英国如何欣欣向荣，本片还颇为难得地拍摄到了查尔斯王子与文莱苏丹的一场马球赛。

《期待喝彩》，汪嘉伟在日本的生活和执教纪实。

《小城盛事》，中国运动员参加日本佐贺热气球节的故事。

1997 年

《西行轶事》，戚务生率中国足球队远征中亚，与土库曼和塔吉克两场世界杯预选赛小组赛的台前幕后。

《边玩边赛》，在芬兰小城拉合提举行的世界运动会见闻。

1998 年

《圣保罗没有悬念》，介绍一所在巴西圣保罗郊区完全由日本侨民开办的，专收日本少年的足球学校。

《不必为阿根廷哭泣》，阿根廷河床足球俱乐部的历史和今天。

《目击土伦五·一九》，5 月 19 日，朱广沪和他的健力宝队如何在土伦杯上以 1 比 0 击败了巴西青年队。

《击水蒂萨河》（上、下），中国队在匈牙利南方小城赛格德参加世界赛艇锦标赛。

《蓝天夺金》，中国队在克罗地亚举行的世界跳伞锦标赛中如何夺得金牌。

《感受名帅》，在萨格勒布采访法国世界杯季军克罗地亚队的主帅布拉泽维奇。

《伊万科夫的一天》，世界体操名将、白俄罗斯的伊万科夫在明斯克训练生活纪实。

《武风轻拂明斯克》，在白俄罗斯体育学院感受中国武术的影响。

1999 年

《我是巴西的儿子 我以世界的名义》，在巴西里约热内卢采访拍摄前国际足联主席阿维兰热的退休生活。该节目获年度全国优秀专题节目一等奖。

《百年一日》（上、下），在匈牙利首都布达佩斯举行的"20 世纪世界最佳运动员"评选颁奖活动纪实。

2000 年

《地球之巅上的风景》，拍摄世界上第一个登上珠峰的人——艾德蒙·希拉里的故事。

《发现美洲杯》（上、下），亲历美洲杯帆船赛赛场，是"史上"目击并报道这一赛事的首位中国记者。

《毛利轶事》（上、下），拍摄新西兰毛利族的体育故事。

《人比牛疯狂》（上、下），西班牙奔牛节见闻。

《温柔杀手》，一位意大利姑娘如何成了西班牙女斗牛士。该节目获年度全国优秀专题节目一等奖。

《武僧西行》，一名少林寺和尚在法国格勒诺布尔的山里办起了武术班。

2002 年

《盐湖城冬奥会 IBC 一览》（上、下），全面介绍冬奥会期间各国广播电视记者工作的地方。

《杨百翰大学巡礼》（上、下），参观著名的美国杨百翰大学纪实。

《香港赛马一瞥》，香港马会的历史和今天。

2003 年

《百岁哈雷 百年赛事》，哈雷摩托车诞生百年之际，全美各地车友驾车到佛罗里达戴托纳海滩，参加一项同样古老的赛事。

2004 年

《走希腊》（共 16 集），雅典奥运会期间在希腊各地拍摄，内容涉及历史、文化、风光、民俗以及见闻和观感等。

2008 年

《多彩 IBC》（上、下），介绍北京奥运会广播电视中心。

《奥运档案》（共 15 集），任总编导、总撰稿、制片人。节目讲述北京奥运会"你不知道、你看不到、你想不到"的幕后故事。在"解密"的同时更侧重于"解读"。该系列片获《新周刊》评选的 2008 中国电视榜"最具故事开掘力奥运别传奖"。

2009 年

《岁月纪事》（共 15 集），任总撰稿、制片人。节目反映新中国体育走过的 60 年历程。

跋

大约是 1986 年，央视一位资深编辑问我是否能帮忙写两集解说词。他属另一部门，正参与制作一部长达 30 多集的大型纪录片。我知道解说词已经请十几位知名作家撰写完成了，难道要重写？

"有很多东西不能用，看着不像解说词，"老编辑说，有些无奈，"本来以为作家写这个应该轻而易举，结果完全两回事。"

看了他给我的两集文稿之后，我更加确信写小说和写解说词的确是两个行当。

举个例子：画面是两支麻鸭在河面上游荡。

作家写道："看哪，两只鸭子在河里游得多么自由自在啊！"

我改成了："南京板鸭是和北京烤鸭齐名的美食，它的主要原料是麻鸭，这一带的江河湖泊正是麻鸭的重要产地。"

区别显而易见：作家用文字叙事，重现形象；电视用画面叙事，解说词作补充和说明，扩大信息量。所以也可以说，电视是画面和文字共同叙事。

因而，小说、评论、散文，要求文字本身有连贯性和逻辑性。电视解说词不同，它只有在和画面结合起来看的时候才是连贯的、符合逻辑的，文字本身可以跳跃，东一榔头西一棒子，经常出现的情况是，离开画面单看文字很可能看不懂。

这是我到体育部一年后体会到的。

1983 年我初到体育部当编辑，有老同志指出我"对镜头语言的把控力不足"。这是真的，我那时无论编新闻还是专题，都是先写解说词，录在录像带上，然后往上贴画面。如果不这样做，一大堆素材画面摆在面前就会手足无措。

这种情况持续了大约一年，渐渐地，我发现我不需要先写解说词了。

编节目的操作程序变成：

（1）仔细把所有的素材看一遍，边看边记场记（每一个可用画面的内容、在素材带上的时段、长短、景别……）。

（2）在一张 16 开打印纸上画个框架结构图（标明开头用哪些画面，中间分几个段落，讲什么事，由哪些画面组成，每个镜头每个段落多长，段落之间用什么镜头衔接转换，什么地方用哪一段采访同期声，什么地方要配一段何种情绪的音乐，片尾用哪些画面……）。

（3）修改结构图，调整某些段落和画面的长短，尽可能精确到秒。

这时的所谓节目，虽然还只是一张纸、一张图，但在我眼里，完成后的节目什么样，已经一目了然，不仅是画面，还包括解说词。写出来了？没有。实际上在以上三个步骤进行中，解说词随时都在冒出来，哪一段说什么内容，甚至说多少秒，逐渐心中有数，有些字句或关键词怕忘了，还会在场记本和结构图的相关段落旁加以注明。

接下来编画面，1 小时大约编 1 分钟，该配音乐的段落也都配上，效率算不算高我不知道，但编成啥样是啥样，不用改，一般人做不到。

最后写解说词，配音。

一年时间，"对镜头语言的把控力不足"不再是问题，写解说词也日益得心应手，但新的麻烦来了：适应了跳跃式思维习惯和离开画面便可能不知所云的"解说词文体"，不会写也不敢写其他文章了，甚至于写一篇个人年终工作总结或磁带丢失情况说明都费劲巴拉。开始我很意外，以为是我智商有问题，后来眼见几个供职于纸媒的"腕儿级"老友兴冲冲"触电"搞纪录片，先后无声无臭、灰头土脸收场，我松了一口气，认为这恰好逆向证明我并非个案。至于作家集体铩羽，可说是隔行如隔山的又一实例。

于是有了自知之明，除了电视节目解说词，别的不沾。整理本书稿件的时候，发现 1990 年虽然我亲历了意大利世界杯和北京亚运会两大赛事，身边故事不能算少，但为纸媒写稿数量为零，是彻底"不沾"的一年。1985～1988 年以及 1995 年、2001 年、2004 年、2005 年这八年，每年只写一篇，也是基本"不沾"。

没有完全"不沾"，原因有三。一是《中国电视报》时常约稿，希望写点儿出国采访的见闻观感。他们派记者出国机会不多，又是自家报纸，不好意思推辞。二是多家报纸杂志的编辑记者都是老友，你可以不主动投稿，但人家瞧得起你，客客气气请你写一篇儿，这个忙不能不帮。三是有些事、有些感悟在电视节目中无法呈现，但又的确想让更多人了解和分享，于是只好拿起笔。

去除完全与体育无关的几篇文章，剩余百余篇因字数太多（40余万字）又减去三分之一，于是就有了这本书。

这些近30年来在多家纸媒发表过的文章，是否还有可读性，我拿不准。稿件大致搜齐后，请几位不同年龄（30岁~73岁）和不同兴趣背景（体育迷和非体育迷）的人士看过，反馈还挺"正面"的。总体讲有两点：一是有史料价值，有助于读者更深入了解那个时期的体育人物和体育事件。二是"明白了什么是体育，什么是奥林匹克"，并引起了对体育的兴趣。这第二点感受来自"非体育迷"，让我意外，也备受鼓舞。

30年时间不算短，有些刊物我保存了，有些只找到了原稿，何时刊登在何种刊物，记不得也很难查到。为统一起见，每篇后面只注明写稿时间，刊物名称略去。文章内容维持原样，当时什么说法、什么认识，都不作"整容"。比如，"韩国首都首尔"那时的说法是"南朝鲜首都汉城"；再比如，现在感觉英超、德甲足球转播水平更高，那时认为意甲最好。

电视纪录片编导的主要时间和精力是摄取和编辑画面而不是撰写文字。即便如此，因我在这一行混的年头有点儿长，粗略统计为电视节目撰写解说词已在百万字以上。从这个角度讲，本书只是副业。

感谢所有提供过帮助的朋友。

师旭平

2013年3月15日

2011年10月，应某网络电视频道的邀请，与北京服装学院服装表演专业的学生"摆拍"了一组照片。对比36年前那张军营"赛诗会"，同是"摆拍"，周围的人大为不同，这世界真是变了。